THE EVERSHADE RING

CURSEBREAKER
BUCH DREI

JT LAWRENCE

FIRE FINCH

FIRE FINCH

DER EWIGSCHATTENRING
CURSEBREAKER, BUCH 3

KAPITEL 1
STÖRRISCHE HEXE

ASHA

»Waffen werden nicht nötig sein«, sagte der Vampir, der dort stand, sein inzwischen vertrautes Gesicht blasser als je zuvor unter dem Verandalicht. Seine goldenen Augen bohrten sich in mich. »Ich habe geduldig auf deine Rückkehr gewartet, Asha Viridian Rook. Jetzt ist meine Geduld am Ende.«

Ich erwiderte seinen intensiven Blick. Im Hintergrund blinkten immer noch die Polizeilichter.

Der Vampir bleckte seine Fangzähne. »Wir müssen reden.«

Ich sträubte mich; ich weiß nicht, woher ich die Energie nahm.

Sam trat vor. »Hör mal, ich weiß nicht, wer du bist, aber–«

Der Vampir zischte den Detektiv zum Schweigen. »Halt dich da raus, *Mensch*.« Er ließ das Wort wie eine Beleidigung klingen.

»Pass auf«, warnte ich meinen ungebetenen Gast. »Ich hatte einen langen Tag, aber ich habe immer noch genug Magie in mir, um dich deinen Besuch hier bereuen zu lassen. Wenn du ihn noch einmal anzischt, sortiere ich deine Fangzähne neu.«

Der Vampir lächelte. »So nett das auch ist, haben wir keine Zeit für Geplänkel. Du musst mit mir kommen.«

Ich schüttelte den Kopf. »Auf keinen Fall. Auf keinen Fall würde ich an einem normalen Tag mit dir mitgehen, und besonders nicht nach dem Tag, den ich hatte.« Die Einsatzfahrzeuge waren zum Henker noch mal nicht einmal abgefahren. Meine Rippen schmerzten noch, die gebrochenen Knochen waren gerade erst zusammengewachsen, Fleisch und Haut wieder verbunden. Ich war völlig erschöpft, müder als ich mich je gefühlt hatte. Ich musste bald essen und schlafen, sonst würde ich anfangen, wirres Zeug zu reden.

»Du verstehst das nicht«, sagte der umhangtragende Eindringling.

»Dann erklär es mir.« Ich hatte die Nase voll von seinen spontanen Auftritten und mysteriösen Warnungen. Er hatte mit Oblivion recht gehabt, aber das bedeutete nicht, dass ich ihm in die Leere weiß wohin folgen würde. Vampiren war nicht zu trauen, schon gar nicht in den besten Zeiten, und dies war keine gute Zeit. »Erklär es mir, oder verschwinde«, fauchte ich. Mein Bett rief nach mir.

Er schüttelte den Kopf, also nahm ich Sams Hand und drängte mich an ihm vorbei, um unsere Waffen zu holen und zu gehen.

Der Vampir zischte wieder, genervt. »Du bist eine störrische Hexe, Asha Viridian Rook.«

Ich antwortete nicht. Ich schätze, es braucht eine gewisse Sturheit, um am Leben zu bleiben.

KAPITEL 2

DER VAMPIR, DER MEIN LEBEN RETTETE

ASHA

»Wer war das?«, fragte Sam, nachdem ich ihm seinen Revolver zurückgegeben hatte, der im Mondlicht glitzerte.

»Der Vampir, der mein Leben gerettet hat«, antwortete ich. Ich kannte seinen Namen immer noch nicht, obwohl er darauf bestand, meinen vollen Namen zu verwenden, wie ein tadelnder Elternteil.

Als der Detektiv mir einen fragenden Blick zuwarf, gab ich ihm die Kurzfassung. »Er taucht ständig auf, um mich vor Dingen zu warnen. Es ist unglaublich nervig. Er hat mir gesagt, ich solle nicht nach Oblivion gehen.«

Der Detektiv öffnete mir die Beifahrertür und ich stieg ein. Der Innenraum des Autos roch vertraut, und ich fand darin großen Trost. Todmüde und erschöpft sehnte ich mich nach einem normalen Leben.

Sam setzte sich auf den Fahrersitz und zuckte mit den Schultern. »Ein guter Rat, angesichts dessen, was passiert ist.«

3

»Nein«, widersprach ich. »Nur ein guter Rat, wenn Selbsterhaltung deine Priorität ist, was bei mir nicht der Fall war. Wie auch immer, obwohl ich seine Warnung ignoriert habe, hat er unzählige Stunden damit verbracht, mich aus einem frühen Grab zu befreien, also schulde ich ihm etwas.« *Sehr zu meinem Ärger.*

Der Detektiv runzelte die Stirn, als er den Schlüssel im Zündschloss drehte. »Warum will er dich am Leben halten? Ich dachte, Vampire wären -«

»Abscheuliche Kreaturen«, beendete ich seinen Satz. »Ja. Blutrünstige, selbstsüchtige, gewalttätige Tiere.«

»Nicht unähnlich den Menschen«, sagte Sam. Natürlich, bei seinem Job würde er das wissen.

Ich betrachtete den Detektiv auf eine liebevolle Weise und hielt mich davon ab, ihn zu berühren. »Der Unterschied ist, dass man gelegentlich einen anständigen Menschen findet.«

Wir fuhren relativ schweigend nach Hause. Es gab so viel zu sagen, so viel zu erzählen, aber ich fühlte mich so leer wie ein aufgebrochener Kokon. Meine Erfahrung in Oblivion war ein Albtraum gewesen: surreal und erschreckend, durcheinander, verwirrend, traumatisch. Ich würde Hilfe brauchen, um das zu verarbeiten, aber nicht heute Abend.

Als Sam vor meinem Haus anhielt, gab es die zu erwartende Unbeholfenheit. Würde er hereinkommen? Würde er über Nacht bleiben? Wir hatten uns noch nicht einmal geküsst. Der Detektiv hielt mich gerne im Ungewissen. Er öffnete seine Tür, sprang heraus, um meine zu öffnen und mir herauszuhelfen, als wäre ich so gebrechlich, wie ich mich fühlte.

»Ich bin sicher, alles, was du tun möchtest, ist ins Bett zu fallen...«, begann er.

Oh ja, dachte ich. *Bett. Mit einem gewissen gutaussehenden Polizisten.* Ich verbarg mein Lächeln so gut ich konnte. Die Wärme des Tages strahlte von ihm aus. Er war so verdammt anziehend, wie er da unter den Sternen stand.

»… aber ich würde gerne hereinkommen.«

Mein Magen hob sich, und in meinen Lungen war ein Ziehen. Würde es endlich passieren?

»Okay«, sagte ich und sah ihm in die Augen. Leere, ich liebte seine Augen.

»Ich möchte nicht, dass du allein bist«, sagte er. »Nicht nach heute.«

Oh. Er würde als mein Leibwächter bleiben, nicht als Liebhaber. Ich schrumpfte leicht. »Der Vampir wird nicht kommen und mich holen, falls du dir darum Sorgen machst.«

Er schüttelte den Kopf. »Darum geht es nicht. Ich würde heute Nacht einfach gerne bei dir sein.«

Nun ja, ich würde ihn weder als Wächter noch als Liebhaber abweisen, also bestand keine Notwendigkeit, vor dem Haus zu stehen und zu überlegen, was später passieren würde. Ich schloss das Tor auf und führte ihn den mit Kräutern gesäumten Pfad entlang, wobei wir lila Minze und kriechenden Thymian zertraten. Selbst in meinem erschöpften Zustand konnte ich die verschiedenen Fruchtblüten riechen – Aprikose, Pflaume, Apfel – und konnte die Kraft des Gartens spüren, der uns umgab. Ich hatte den Instinkt, Sam Armstrong mit meinen Händen anzuhalten, ihn nah zu mir zu ziehen und ihn zu fragen: *Spürst du das?*

Aber ich wollte den Mann nicht verschrecken. Ich hatte ihm in den letzten Wochen genug zugemutet. Als er mich kennenlernte, hatte er keine Ahnung von der Maskerade: dem Schleier, der die magischen Wesen von den normalen Menschen trennte, die ihrem Alltag mit ihrer angeborenen und bequemen Scheuklappen nachgingen. Jetzt hatte er Zwerge, Hexen, Kobolde, Zauberer, Werwölfe und leider auch Vampire gesehen. Ich wollte ihn nicht in die Flucht schlagen, indem ich ihm erzählte, dass ich eins mit den Bäumen war. Allerdings spürte ich, dass Detektiv Armstrong aus hartem Holz geschnitzt war. Die Tatsache, dass er immer wieder in das Riverside zurückgelaufen war, um Menschen aus dem brennenden Asyl zu ziehen, bewies, dass er nicht leicht zu erschrecken war.

Als wir drinnen waren, fragte ich mich, ob er mich langsam aber bestimmt gegen eine Wand drücken und mich küssen würde, als ob er danach lechzte, es den ganzen Tag, die ganze Woche zu tun – aber stattdessen schaltete er den Wasserkocher ein und öffnete die Whiskyflasche, die er mitgebracht hatte. Ich verdrängte die Fantasie seiner warmen Haut aus meinem Kopf. Ich war an diesem Tag rückwärts durch die Hölle geschleift worden, und wir hatten viel zu besprechen, also wäre eine Tasse Kräutertee und ein Glas doppelter Malz genau das Richtige. Dennoch –

»Ich stehe zu deinen Diensten«, verkündete Sam und stellte die Tassen auf den Tisch. Auf der einen stand *TOIL & TROUBLE* und auf der anderen *BOIL & BUBBLE*. Eine Illustration eines Molchauges war auf der Innenseite aufgedruckt, eine Belohnung nach dem letzten Schluck.

»Sag das nicht«, erwiderte ich. »Ich könnte es ausnutzen.«

»Nutze es ruhig aus. Du musst dich ausruhen. Sag mir, was du brauchst, und ich kümmere mich darum.«

»Verlockend«, sagte ich, in der Hoffnung, dass es vage mein wahres Verlangen andeutete.

Er schenkte mir ein schiefes Lächeln. »Ich fange damit an, dir ein Bad einzulassen.« Er öffnete verschiedene Schränke und legte etwas Essen auf die Theke. »Wenn du rauskommst, gibt es etwas zu essen.«

Hmm, dachte ich. Ich könnte tatsächlich einen Snack gebrauchen.

»Dann werde ich dich in die weichste Decke wickeln, die du besitzt, und dich ins Bett stecken. Du wirst mindestens zwölf Stunden Schlaf brauchen.«

»Göttin«, stöhnte ich. »Das klingt so gut.« Zu gut. Träumte ich? Es war mir egal. Ich würde einfach mitmachen. Es war so tröstlich und wunderbar. Ich weiß, was Savvy gesagt hätte. *Wenn er zu gut klingt, um wahr zu sein, verbirgt er wahrscheinlich etwas.* Wenn ich meiner besten Freundin erzählen würde, wie Sam mich behandelte, würde sie mir wahrscheinlich sagen, dass er ein Serienmörder sei.

»Asha?«

Ich schüttelte den Kopf und sah ihn an. Er streckte mir seine Hand entgegen. Er führte mich die Treppe hinauf, wie ein Vater sein Kind, und setzte mich auf den Rand der Wanne, während er das warme Wasser einließ und etwas duftende Bittersalze aus dem antiken Glasgefäß hinzufügte, das er dort fand. Ich dachte, er würde mich allein lassen, damit ich mich privat entkleiden könnte, aber das tat er nicht.

Detektiv Sam Armstrong zog mich so langsam und zärtlich aus, dass es schmerzte. Er öffnete Reißverschlüsse, Knöpfe und zog meine kaputten Kleider von meinem kaputten Körper. In seinen Handlungen lag kein Verlangen, kein Endziel außer mich für das beruhigende Badewasser vorzubereiten, das auf mich wartete. Dies waren nicht die Handlungen neuer Liebhaber, sondern die eines Paares, das seit Jahrzehnten zusammen war. Wenn meine tätowierte Haut ihn irgendwie erregte, zeigte er es nicht. Es war nicht gerade so, wie ich mir unsere erste gemeinsame Nacht vorgestellt hatte, aber auf eine gewisse Weise war es besser, tiefer, realer. Sam ging, um Circe und Odysseus zu füttern und etwas zu essen für uns vorzubereiten, und als ich tiefer und tiefer ins Wasser sank und spürte, wie meine Muskeln sich entspannten, wurde mir klar, dass es kein Leugnen mehr gab, dass ich in ihn verliebt war.

KAPITEL 3

ES IST KOMPLIZIERT

ASHA

Ich kletterte aus der Badewanne, kurz bevor das Wasser kalt wurde, und wickelte mich in ein großes Handtuch. Sam hatte meinen SpongeBob-Schwammkopf-Schlafanzug auf mein Bett gelegt. Er hätte auch ein sexy Satin-Set oder Dessous wählen können, aber der Mann hatte sich für Schwammkopf entschieden. Genau, ich war verliebt.

Als ich mit nassem Haar und ungeschminkt nach unten kam, sah er anerkennend auf. »Gut. Du lebst noch.«

»Tut mir leid«, antwortete ich. »War ich ewig lang? Dachtest du, ich sei ertrunken?«

Er schüttelte den Kopf. »Nein. Aber nach allem, was ich bisher über dich weiß, kann ich dich nie als selbstverständlich betrachten.«

Ich nehme an, ich war ein paar Mal fast gestorben, seit wir uns kennengelernt hatten, und das war erst ein paar Wochen her. »Ich halte dich eben auf Trab«, scherzte ich.

»Eher mache ich schlapp dabei«, erwiderte er.

8

Er deutete auf meinen Esstisch, auf dem ein großes Holzbrett mit Gurken, Konserven, Crackern, Obst und veganem Käse stand.

»Ich wusste gar nicht, dass es veganen Käse gibt«, sagte er.

»Oh, den gibt es definitiv«, versicherte ich ihm.

Wir setzten uns und langten zu. Es schmeckte umso köstlicher, weil er es zubereitet hatte. Sein Whisky war andererseits nicht so gut wie Ferras Zimtwhisky, aber ich hatte nicht vor, mich zu beschweren. Tatsächlich war ich bereits bei meinem dritten Glas, als mir klar wurde, dass ich aufhören sollte. Wir hatten jeden Bissen auf dem Brett vertilgt, und ich fühlte mich geborgen und beschützt. Als ich in Sams Augen blickte, konnte ich mein Glück kaum fassen.

Bevor ich mich zurückhalten konnte, sprudelten dieselben Worte aus meinem Mund: »Ich kann mein Glück kaum fassen.«

»Wirklich?«, fragte er. »Ich finde eigentlich, dass du ziemlich schlechtes Glück hast.«

Circe wählte genau diesen Moment, um aufzutauchen und ihren Schwanz um Sams Knöchel zu wickeln. Ich warf ihr einen Blick zu. *Sehr witzig*, dachte ich in ihre Richtung. *Urkomisch. Was kommt als Nächstes? Ein zerbrochener Spiegel?*

»Okay«, sagte ich. »Vielleicht habe ich nicht das beste Glück in *manchen* Dingen.«

»Wie wenn es darum geht, auf einer Todesliste von dunklen Zauberern zu stehen«, sagte Sam. »Oder von einem Vampir verfolgt zu werden.«

»Der Auftrag wurde zurückgezogen«, sagte ich mit mehr Selbstvertrauen, als ich tatsächlich empfand. Ich hatte keine Informationen, die das bestätigten, aber seit ich Adrathar verdampft hatte, schienen die anderen Kopfgeldjäger abzukühlen. Vielleicht schätzten sie ihr Leben mehr als die beachtliche Belohnung, die auf meinen Kopf ausgesetzt worden war.

»Ah, gut«, sagte Sam und hob sein Glas. »Dann müssen wir uns nur noch um den Vampir Sorgen machen.«

»Wenn das nur wahr wäre«, erwiderte ich, aber ich hob trotzdem mein Glas, und wir stießen an.

»Also, erzähl mir«, sagte er und lehnte sich entspannt in seinem Stuhl zurück. »Was ist dir passiert? In Oblivion.«

Ich war hin- und hergerissen zwischen dem Gefühl, zu müde und traumatisiert zu sein, um darüber zu reden, und der Erleichterung, jemandem erzählen zu können, was passiert war. Die ganze lange, chaotische, schreckliche Wahrheit.

»Bist du sicher, dass du dafür bereit bist?«, fragte ich.

»Ich schon, wenn du es bist. Aber es kann warten, wenn du zu müde bist. Ich gehe nirgendwo hin.«

Um den Punkt noch zu unterstreichen, sprang Circe auf den Schoß des Detektivs und wartete darauf, gestreichelt zu werden. Manchmal schwor ich, dass diese Katzen Englisch verstehen konnten.

Ich begann mit dem Delport-Haus, wo Steiger und ich das verfluchte Portal geöffnet hatten und durch den mächtigen Elfenfluch des alten Taranath nach Oblivion geschleudert worden waren.

»Du dachtest, ihr öffnet den geheimen Keller«, sagte Sam. »Gemäß Henrys Anweisungen.«

»Ja. Wir haben ein Porträt als Portalschlüssel benutzt. Aber davor haben wir die lila Pilze genommen, die Merlin empfohlen hatte. Es war also ein dreifacher Schlag.«

Sam rieb sich die Wangen. »Heilige...«

»Genau«, erwiderte ich.

Ich fuhr fort und beschrieb, wie ich mich halluzinierend durch das Universum bewegte, einschließlich des allgegenwärtigen Waldes,

des Wiederauftauchens der Hexenhütte und des Babys, das sie als Fluch beschrieb, und des Wolfs, den ich dort getroffen hatte, als es zu schneien begann.

»Krass«, sagte er.

»Das war der einfache Teil«, sagte ich ihm. Als Nächstes kam das Aufwachen, nachdem ich lebendig begraben worden war, die Erkenntnis, dass ich an dem unmöglichen Ort zwischen Leben und Tod war, und der Kampf gegen Zombies und Monster mit Steiger.

»Er hat sich am Ende tatsächlich als ganz okay herausgestellt.«

Sam hob die Augenbrauen, nicht überzeugt.

»Er fand seine Erlösung. Er hat sich für Salty und mich geopfert.«

Sam hätte fast sein Glas fallen lassen. »Salty? Der Kobold?«

»Ah, verdammt«, sagte ich. »Ich habe Jax immer noch nicht gesagt, dass SaltySnap am Leben ist. Relativ gesehen.«

»Was?«, fragte Sam. »Im Ernst?«

»Sie lässt übrigens schön grüßen. Sagte, sie mochte dich, Herr Polizist.«

Armstrong lachte. »Stell dir das vor«, sagte er, schüttelte ungläubig den Kopf und nahm noch einen Schluck.

»Salty konnte mich zurückbringen, weil Steiger seinen Platz aufgegeben hat. Jetzt steckt er in Oblivion fest.« Ich erschauderte und zog meinen Bademantel enger.

»Warum hast du ‚relativ gesehen' gesagt? Du sagtest, SaltySnap sei am Leben, ‚relativ gesehen'.«

Ich seufzte. »Es ist kompliziert.« Sam bedeutete mir fortzufahren. »Sie wurde ermordet, richtig? Das bedeutet, sie kann nicht frei weitergehen, was auch immer als Nächstes kommt. Sie ist an diese Welt gebunden, bis ihr Mord gerächt ist.«

»Deshalb waren Henry und die Geisterkinder an das Delport-Haus gebunden.«

»Genau. Als wir den Fluch brachen-«

Das hatte das Töten des Fluchenden eingeschlossen – des alten Mannes in seinem Krankenhausbett – etwas, worauf ich nicht stolz war, und etwas, was ich sicherlich nicht wollte, dass Sam mich dabei sah, aber es war ein notwendiges Übel.

»Als wir den Fluch brachen, wurden die Kinder befreit. Saltys Fall ist etwas komplizierter. Eigentlich sollte sie in Oblivion feststecken, aber sie hat mich hierher zurückgebracht. Also ist sie hier-« Ich bewegte meine Hände umher. »Irgendwo hier, in unserer Welt, aber nicht in vollständiger körperlicher Form. Zumindest nicht, bis ich ihren Mord räche.«

»Du hast Recht«, sagte er und riss die Augen weit auf, um seinen Standpunkt zu unterstreichen. »Es ist kompliziert.«

Ich seufzte erneut und schüttelte den Kopf. Ich fühlte mich übermäßig müde, so müde, dass ich dachte, ich könnte in meinem Stuhl zerfließen. »Ich bin einfach so froh, dass es vorbei ist.«

»Es ist nicht vorbei«, sagte Sam. »Wir müssen einen Mörder finden.«

Ich schloss die Augen. Zum Teil war es die Erschöpfung, die sie beschwerte. Es war auch die Vorstellung, dass ich in ein paar Stunden aufstehen und mit einer schwierigen und gefährlichen Jagd beginnen müsste. Ich hatte so viele Menschen, denen ich Rechenschaft schuldig war, und ich hatte keinen Funken Energie mehr in meinem Körper. Meine Augen blieben geschlossen und meine Arme wurden schlaff, mein Nacken weich. Ich hörte, wie Sam aufstand, und wie eine Decke ausgeschüttelt wurde. Bald war sie um mich herum, und ich wurde von den starken Armen des Detektivs aus dem Stuhl gehoben. Zum zweiten Mal in dieser Nacht bewegte er sich mit mir die Treppe hinauf, und ich war eingeschlafen, bevor wir mein Zimmer erreichten.

KAPITEL 4
HOFFNUNGSLOSER FALL

ASHA

Ich wusste, dass Sam in dieser Nacht in meinem Bett geblieben war, weil er jedes Mal da war, um mich zu trösten, wenn ich zitternd oder murmelnd aufwachte. Ich spürte die Festigkeit seiner Schenkel an meiner Rückseite, nur durch Decken getrennt. Seine muskulösen Arme umschlossen fester meine Brust, als ich voller Angst vor irgendeiner Kreatur in meinen Albträumen aufschrie, irgendeinem hungrigen Ding mit Klauen, das mich verschlingen wollte. Der Wald peitschte mich unter die Erde und scharfe menschliche Knochen erwachten zum Leben, um mich aufzuspießen. Sam war jedes Mal da, um mich aufzufangen, um mich zu beruhigen, um mir zu sagen, dass ich zu Hause sicher war. Er war jedes Mal da, bis er es nicht mehr war, und ich saß aufrecht, presste die Bettdecke an meine Brust, keuchend, mit rasendem Herzen, während die späte Morgensonne hereinströmte.

War er ein Traum gewesen? Durchaus möglich, aber nein. Auf dem Nachttisch stand Tee, der noch dampfte.

Sam Armstrong hatte die Nacht über geblieben. Er hatte mich in meinem schlimmsten Zustand gesehen, in meiner größten Verletzlichkeit, und er war trotzdem über Nacht geblieben.

Ich streckte meinen Körper, glättete die Verspannungen und ließ frisch geheilte Knochen knacken. Alles fühlte sich gut genug an, was mich freute. Als ich mich rüberlehnte, um meinen Tee zu holen, sah ich Sams Notiz.

»Musste los«, hatte er geschrieben. »Nicht weit und nicht lange. Ruf mich an, wenn du etwas brauchst. Mittagessen vom Cog?«

Göttin, der Mann wusste, wie man das Herz einer Hexe erobert.

Ja zum Mittagessen. Ja zum Brauchen. Ja zu Sam Armstrong.

Ich war ein hoffnungsloser Fall und ich wusste es.

Mein Telefon klingelte, zerrüttete meine Nerven und wischte unhöflich meine Fantasien aus meinem Kopf. Ich ließ es klingeln, obwohl die Anrufer-ID MORGAN anzeigte. Sie konnte eine Nachricht hinterlassen. Der Tee war schön, aber ich brauchte Koffein, bevor ich mich mit der harten Realität befasste, die die Skorpion-Kapitänin normalerweise in mein Leben brachte. Ich verbrachte eine luxuriöse halbe Stunde damit, mit einer Tasse Kaffee durch den Garten zu schlendern, wissend, dass es die letzten friedlichen dreißig Minuten sein würden, die ich für lange Zeit bekommen würde. Ich bemerkte, wie viel alles gewachsen, erblüht und Früchte getragen hatte, und wie der Garten vor Leben pulsierte, mit leuchtenden Farben, die hervorsprangen, und Fraktalen, die sich in meinem Blickfeld drehten. Ich verwöhnte die gackernden Hühner mit Handvoll Beeren und einem ganzen Kohlkopf. Ich leerte meine Tasse, während ich ihnen zusah, wie sie in verwirrter Freude umherrannten. Für dreißig Minuten war das Leben gut.

Wieder drinnen holte ich tief Luft und hörte meine Nachrichten ab. Da war eine von Direktorin Copperfield, die sagte, sie würde mich gerne so bald wie möglich sehen. Merlin sagte, er freue sich, dass ich nach dem Purpurea-Pilz noch am Leben sei und könne es kaum erwarten, alles darüber zu hören. Kaffee, überlegte er laut. Auf seine

Kosten. Ich solle es ihn wissen lassen, und er würde es arrangieren. Dann brach Morgan in mein Ohr herein und fluchte wie ein Kesselflicker. *Hör mal*, sagte sie, *ich weiß, du hast eine schwere Zeit durchgemacht. Aber ich hätte dich vor fünf Minuten in meinem Büro gebraucht. Komm so schnell wie möglich rüber.*

Ich antwortete per SMS, dass ich in einer halben Stunde da sein würde, und sie antwortete mit einem Schrei-Emoji.

Dürfen Sondereinheitskapitäne überhaupt Emojis benutzen? fragte ich.

Ach, verpiss dich, antwortete sie und unterstrich es mit einem GIF eines erhobenen Mittelfingers, nur für den Fall, dass ich die Botschaft nicht verstanden hatte.

Ich kam in Rekordzeit im Skorpion-Hauptquartier an, nicht weil ich mich beeilt hatte, dorthin zu gelangen, sondern weil Gnrok, sobald ich mein Handy nach dem Texten mit Morgan weggelegt hatte, meine Haustür einschlug. Verdammte Orks. Sie kennen ihre eigene Stärke nicht. Meine Türangeln würden nie mehr dieselben sein.

Ich entkam Gnroks üblem Körpergeruch schnell, indem ich nach oben rannte. Ich warf meine übliche dunkle Kleidung über, zog meinen Umhang an und überprüfte meine Waffen. Als ich mein Ritualmesser berührte, hatte ich einen heftigen Flashback zu unserem Kampf gegen die Untoten, und Adrenalin pulsierte durch meinen Körper, als wäre ich wirklich dort zurück, in tödlicher Gefahr, die Zombies, die in mich einstiegen.

»Es ist vorbei«, sagte ich laut zu mir selbst und zu meinem panischen Körper. »Es ist vorbei. Ich bin in Sicherheit.«

Für mich war es vorbei, zumindest das. Steiger war eine andere Geschichte. Ein dunkler Schuldstrom vermischte sich mit dem hellen Adrenalin, das durch meine Venen schoss.

Mein aufgewühlter Zustand verschlimmerte sich nur in der Gegenwart von Gnroks Fahrkünsten, die zu wünschen übrig ließen. Menschliche Autos, selbst leistungsstarke staatlich ausgegebene SUVs, waren nicht für Orkfinger und -füße gemacht. Wir brachen alle möglichen Verkehrsregeln, dann schlängelten wir uns von Ampel zu Ampel, bis mir schlecht wurde. Schließlich klopfte ich an die Glastrennwand zwischen uns.

»Was zum Teufel ist los mit dir?« verlangte ich zu wissen. War er schon immer so ein schlechter Fahrer gewesen? Ich erinnerte mich, dass er schnell, aber nicht schlecht gefahren war. Ohne jede Vorwarnung hielt er am Straßenrand an, was dazu führte, dass die Autos auf allen Seiten hupten und ihre Lichter vor Ärger aufblitzen ließen. Seine Schultern waren gesenkt. Ich drückte den Knopf, um die Trennwand zu senken, und wurde sofort von seinem unverkennbaren Duft nach verdorbenen Zwiebeln und Blauschimmelkäse überfallen.

»Es ist mein Bruder«, knirschte der Ork. »Er wird vermisst.«

KAPITEL 5

EINE SCHÜSSEL KALTE MILCH

ASHA

»Gnroks Bruder wird vermisst«, sagte ich zu Morgan, sobald ich sie sah.

Sie schloss für einen Moment die Augen. Trotz ihrer meisterhaften Schminkkünste bemerkte ich feine Linien, die ich vorher nicht gesehen hatte.

Ich war wütend und ballte entsprechend meine Fäuste. Nicht auf Morgan, natürlich, aber ich wusste nicht genau, auf wen ich wütend sein sollte. Vielleicht auf das verdammte Reich, weil es Menschen verschluckte, als wären sie Cheerios in einer Schüssel kalter Milch. Die verschwundenen Töchter, Nilve SaltySnap, Gizmo, und jetzt Gnroks Bruder. Wie konnte es so etwas wagen? Wie konnte jemals jemand eine Chance auf Glück haben, wenn das Leben so unberechenbar war, wenn die eigene Existenz so zerbrechlich war?

»Du bist aufgebracht«, sagte Morgan.

»Natürlich bin ich aufgebracht!«, schrie ich und bereute es sofort.

»Weil Gnroks Bruder vermisst wird?«, wagte sie zu fragen.

»Ja! Weil – wie können wir so leben?«

»Wie denn?«

»Als ob wir keine Bedeutung hätten. Als ob jeder jederzeit einfach verschwinden könnte.«

»Wir haben eine Bedeutung«, sagte Morgan. »Du hast eine Bedeutung.«

Ich rieb mir die Stirn. »Meine Eltern dachten das nicht.«

Was? Wo kam das denn her? Ich hatte es nicht einmal gedacht, bevor es aus meinem Mund rutschte. Meine Eltern waren auch verschwunden. Zumindest aus meinem Leben verschwunden.

»Asha«, sagte die Hauptkommissarin mit sorgenvollem Gesicht. »Geht es dir gut?«

»Natürlich geht es mir gut«, fauchte ich. »Ich muss ja in Ordnung sein, oder? Weil es mein Job ist, all diese verdammten Menschen zu finden!«

Ehrlich gesagt wusste ich nicht, wo das alles herkam. Ich hatte bei Morgan nie die Beherrschung verloren. Das hatte sie nicht verdient. Aber meine Gefühle waren völlig außer Kontrolle, und sie bekam meine verzweifelte Wut ab. Ich erinnerte mich an einen Kessel, der überzukochen drohte. Morgan starrte mich mit offenem Mund an. Ich konnte sehen, dass sie nichts Falsches sagen wollte, besorgt, dass ich explodieren könnte.

Ich holte tief Luft, und dann noch einmal. Schließlich war ich ruhig genug, um mich zu entschuldigen.

»Es tut mir leid«, sagte ich. »Wirklich. Ich ... ehrlich, ich weiß nicht, was mit mir los ist.«

»Das ist völlig verständlich«, sagte Morgan. »Du hast die Hölle durchgemacht. Das Letzte, was du brauchtest, war, dass ich dir sage, du sollst sofort herkommen. Ich hätte dir einen Tag geben sollen.

Und ich hätte nicht Gnrok schicken sollen, um dich abzuholen. Nicht während er ... abgelenkt ist.«

Sie deutete auf die industriegroße Kaffeemaschine in ihrem Büro, die viel zu groß für den kleinen Schreibtisch war, auf dem sie stand, und die eine neue Delle aufwies.

»Ich habe ihn gebeten, mir früher einen Kaffee zu holen, und er hat die ganze Maschine aus der Kantine gerissen und sie hierher gestellt. Ich weiß nicht einmal, wie man sie benutzt. Ich habe immer noch keinen Kaffee.«

Sie lächelte mich an, und ich konnte nicht anders, als zurückzulächeln. Das Leben im Reich war beängstigend und unberechenbar, aber es konnte auch lächerlich sein.

Ich deutete auf den Stecker, der unten baumelte. »Es hilft, wenn du sie einsteckst.«

Sie schenkte mir ein weiteres schelmisches Lächeln. »Deshalb bist du meine Lieblingsdetektivin«, sagte sie.

»Ich habe das Gefühl, wir haben uns seit Wochen nicht gesehen.«

»Das Vergessen hat mich für jede Stunde, die ich dort war, um Jahrzehnte altern lassen«, antwortete ich, »also ergibt das Sinn. Aber wir haben uns tatsächlich gesehen -« Ich schaute auf die billige Uhr an der Wand. »Gestern.«

»Ja«, sagte sie. »Die Kellerkinder.«

»Gibt es dort Neuigkeiten?«

Bitte, Leere, nur gute Nachrichten.

»Das Jugendamt ordnet sie langsam den Orten zu, von denen sie weggenommen wurden. Verschiedene Waisenhäuser in Gauteng. Wirklich herzzerreißend. Nach allem, was sie durchgemacht haben, können wir sie nicht einmal in ein liebevolles Zuhause zurückbringen.«

Ich schüttelte den Kopf. »Das ist schrecklich.«

Ich würde nicht an meine eigenen Eltern denken. Würde ich nicht. Ich würde mich auf die aktuellen Fälle konzentrieren und mich nicht von meinem eigenen Gepäck ablenken lassen. Ich würde nicht über meine Vergangenheit grübeln, sondern mich stattdessen auf Dinge konzentrieren, die ich ändern konnte. Es folgte eine weitere Atemübung, die die Hauptkommissarin wieder besorgt aussehen ließ.

»Warum nimmst du dir nicht ein paar Tage frei?«, fragte sie. »Weißt du, nur um -«

»Um was?«, fragte ich.

»Ich weiß nicht«, sagte Morgan achselzuckend. »Runterzukommen.«

»Runterkommen? Hast du jemals einen Tag frei genommen?«, fragte ich herausfordernd.

»Ähm«, sagte sie. »Nein?«

»Eben«, sagte ich. »Also, zurück zur Arbeit.«

»Okay«, sagte Morgan und suchte in meinen Augen nach einem Funken meines normalen, nicht-bissigen Ichs. Ich versuchte, unter ihrem Blick weicher zu werden, versuchte, die stachelige Rüstung abzulegen, die ich trug. Wir beide gaben einfach unser Bestes.

»Okay«, sagte ich.

Morgan fand die Akte auf ihrem Schreibtisch und wir setzten uns. »Was wir dort unten – im Keller von Taranath – gefunden haben, war einfach furchtbar.«

Natürlich wusste ich das bereits. Ich war dort unten gewesen und von den verzweifelt aussehenden Kindern erschreckt worden, deren leuchtende Haut jahrelang kein Sonnenlicht gesehen hatte.

»Im Garten sowie im Keller wurden Überreste toter Kinder gefunden. Vielleicht wurde Taranath zu alt und krank, um Löcher zu graben, denn die neueren Leichen wurden im Keller gelassen.«

Die Haare in meinem Nacken stellten sich auf. »Das ist furchtbar.« Diese armen Kinder, was hatten sie durchgemacht? Kein Wunder, dass Henry so bestimmt mit mir gewesen war.

»Erst hörte er auf, sie zu begraben, wenn sie starben, dann hörte er auf, sie zu füttern.«

Ich erinnerte mich, dass ich dort unten Nagetiere gesehen hatte, und ihre zarten Skelette. Sie hatten Ratten gegessen, um zu überleben.

Der Gedanke, Blut aus dem kleinen Kadaver zu saugen, füllte plötzlich meinen Mund mit einem heißen Strom sauren Speichels, und ich war mir sicher, dass ich mich übergeben würde. Morgan, die meinen Gesichtsausdruck sah, schob mir ihren Papierkorb unter die Nase. Ich war auf so tiefe Weise angewidert, dass ich ohne jeden Zweifel wusste, dass ich als Kind dasselbe getan hatte. Ich wusste nicht wie oder warum, aber ich erinnerte mich an das Gefühl des zuckenden Körpers in meiner Hand, die Schnurrhaare auf meiner Haut, den warmen Blutfluss in meinem Mund. Ich erinnerte mich an den Geschmack.

Ich griff nach Morgans Eimer und würgte hinein, leerte meinen Magen von dem Rest des Kaffees, den ich so glücklich im Garten geschlürft hatte. Als ich dachte, ich wäre fertig, bekam ich einen weiteren Blitz der Ratte in meinen Händen und übergab mich erneut, diesmal trocken würgend. Morgan reichte mir ein Taschentuch und eine Flasche Wasser und ging, um ihren Korb wegzuwerfen.

KAPITEL 6
WIRBELND WIE SCHWARZER NEBEL

ASHA

Ich entschuldigte mich erneut. Ich war ein komplettes Durcheinander. Morgan winkte mein heftiges Würgen ab, als wäre es ein alltägliches Vorkommnis, und widmete sich wieder ihren Aufgaben.

»Ich nehme an, er hat sie nur aufgehört zu füttern, weil er so krank war. Er konnte kaum für Nahrung sorgen, als er im Krankenhaus lag.«

Ich stimmte zu. »Er wollte, dass sie am Leben bleiben.« Ich dachte an das kleine Fläschchen mit Elixier auf dem Nachttisch in seinem Krankenzimmer.

Morgan breitete einige Fotografien auf ihrem Schreibtisch aus. Ausgemergelte Kinder starrten mit toten Augen zurück. Würden sie jemals ein normales, glückliches Leben führen können? Morgan tippte auf die Bilder der Arme der Kinder, deren Armbeuge alle von Nadeln vernarbt waren.

»Einstichstellen«, sagte ich. »Er hat ihnen Blut abgenommen.«

»Taranath hatte ein Import-Export-Geschäft«, sagte Morgan.

Ich presste die Lippen zusammen. Wir wussten alle, was das bedeutete.

»Das Zeug, das er exportiert hat«, fragte ich. »Sah es irgendwie so aus?« Ich zog das Fläschchen aus meiner Umhangtasche. Es schimmerte in einem wunderschönen Blau.

»Wo hast du das her?«, fragte sie. Jetzt war es an ihr, gereizt zu reagieren.

»Es war auf seinem-«, ich hörte auf zu sprechen, da mir klar wurde, dass es mich in Taranaths Tod verwickeln würde.

»Ja?«, drängte Morgan. »Auf seinem?«

»Auf seinem... Regal. Zu Hause. Im Haus der Delports.« Ich log Morgan nicht gerne an, aber nichts Gutes würde dabei herauskommen, wenn sie wüsste, dass ich Taranath getötet hatte.

»Wirklich?«, sagte sie. »Das ist interessant.«

»Ja«, stimmte ich zu. »Das ist es.«

»Lustige Sache...«, sagte sie. »Wusstest du, dass er im selben Krankenhaus lag wie du?«

»Ja«, antwortete ich. »Ich habe davon gehört.«

Sie gab mir diesen harten Blick; den, bei dem sie überhaupt nicht blinzelt. Ich starrte zurück und bat sie im Stillen, keine weiteren Fragen zu stellen. Wenn sie die Wahrheit über mich wüsste – dass ich der Vigilanten-Attentäter war, den sie seit Jahren jagte – dann würde unsere Beziehung zerbrechen und all die gute Arbeit, die ich für ihr Team leistete, wäre verloren.

»Der Elf hat sich eine Seite aus dem Buch der Vampire genommen«, sagte ich.

Morgan blinzelte endlich. »Was?«

»Taranath hat diesen Kindern Blut abgezapft und daraus dieses Elixier hergestellt. Es hat ihn am Leben erhalten. Meine Vermutung ist, dass er anfangs nur für den Eigenbedarf produzierte, aber als er merkte, wie gut es wirkte, begann er es zu verkaufen und schließlich zu exportieren. Er machte ein Vermögen, aber es war ein leerer Sieg, denn er starb verängstigt und allein in einem kalten Krankenhausbett.«

»Nicht ganz leer«, sagte Morgan.

Ich sah sie fragend an.

»Taranaths Vermögen wird aufgeteilt und den Kindern zugewiesen, die wir im Keller gefunden haben. Sie bekommen jeweils ein paar Millionen Koin. Es ist nicht genug – es versteht sich von selbst, dass keine Geldsumme ausreichen würde, um wiedergutzumachen, was sie durchgemacht haben – aber nach zwanzig Jahren Zinseszinsen werden sie nie arbeiten müssen.«

»Okay«, sagte ich. »Wenigstens haben sie das.«

»Ja.«

»Und die Delports?«, fragte ich.

»Sie haben beschlossen, nach Durban zurückzuziehen. Sie bekommen das Geld für das Haus zurück – die Immobilienagentur hat zugestimmt, den Verkauf der Immobilie rückgängig zu machen.«

»Nett von ihnen«, sagte ich.

Morgan lächelte. »Ja.«

»Hattest du damit etwas zu tun?«

»Oh. Ich könnte gedroht haben, die forensischen Fotos zu veröffentlichen, die ich von den Skeletten im Garten hatte. Aber ich war sehr höflich dabei.«

»Natürlich warst du das«, sagte ich und konnte mir ein Grinsen nicht verkneifen.

»Das wird dich interessieren«, sagte Morgan und blätterte durch die Akte. »Wir haben die Opfer ausführlich befragt, um herauszufinden, wie sie entführt wurden. Denn wir sind ziemlich sicher, dass die verantwortliche Person noch da draußen ist.«

»Ja«, sagte ich. »Taranath hat diese Kinder nicht selbst geschnappt. Er hat jemanden dafür bezahlt.«

»Und je mehr wir über die Entführung von Kindern im Reich erfahren, desto wahrscheinlicher ist es, dass wir die vermissten Töchter finden.«

»Und was habt ihr herausgefunden?«

»Alle Kellerkinder wurden legal von einer Kinderhändlerin 'adoptiert', einer Frau mit einer Vielzahl gestohlener Identitäten. Sie übergab sie dann an Taranath, der sie mit Spielzeug und Süßigkeiten verwöhnte und sie dann in den Keller zu seiner kleinen unterirdischen Blutfarm schickte.«

»Ich hätte nie gedacht, dass ich den Tag erleben würde«, sagte ich und machte keinen Hehl aus meiner Abscheu. »Dass ein Elf etwas so Schreckliches tun würde. Vampire, ja. Von ihnen wird fast erwartet, dass sie grausam sind. Blutfarmen liegen in ihrer Natur. Aber ein Elf! Was wird nur aus dem Reich?«

»Das Böse hält sich nicht an Spezies«, sagte Morgan. »Es ist überall um uns herum, immer. Wirbelnd wie schwarzer Nebel.«

Sie zitterte kurz. Sie wird von imaginärem schwarzen Nebel heimgesucht, seit sie ihren Nachbarn tot und ausgeblutet auf ihrem Vorgarten gefunden hat. Er hat sie nie verlassen, selbst nachdem Jacqueline Denna Knight den verantwortlichen Vampir getötet hatte. Manche Traumata lassen dich nie los.

»Sieh dir die Ork-Fälle an«, sagte sie. »Sie häufen sich, und es interessiert niemanden.«

»Welche Ork-Fälle?«, fragte ich stirnrunzelnd.

»Genau. Niemand spricht darüber. Die Presse interessiert sich nicht dafür. Es ist, als ob es der Öffentlichkeit egal wäre, wenn Orks Orks töten. In ihren Köpfen ist es gute Riddance. Ich weiß nicht, wann wir je über den Hammerskin-Putsch hinwegkommen. Es war wirklich eine Katastrophe für die Öffentlichkeitsarbeit der Orks.«

»Orks töten Orks?«

»Deshalb macht sich Gnrok solche Sorgen. Er glaubt, sein Bruder wurde von einer dieser umherziehenden Banden getötet.«

»Hammerskins?«

»Vermute ich. Was von ihnen übrig ist, jedenfalls. Sie sind absolute Rohlinge. Nichts mehr, wofür es sich zu leben lohnt.«

»Sie töten einfach andere Orks?«

»Schlimmer als das«, sagte Morgan und deutete auf die Pinnwand mit ihren aktiven Fällen. »Wir denken, es handelt sich um Organdiebstahl. Aber wir wissen es nicht genau, weil sie die Beweise beseitigen. In der Vergangenheit fanden wir Orks in Eisbädern mit blauen Nähten, wo ihre Nieren sein sollten. Sie konnten einen weiteren Tag leben, aber das bedeutete auch, dass sie vor Gericht aussagen konnten. Die Wilden, die die Operation jetzt leiten, gehen dieses Risiko nicht ein. Wir glauben, sie nehmen alle Organe und lassen die Körper verschwinden.«

Ork-Organe waren mit den meisten Spezies kompatibel, außer mit Goblins, daher war es ein florierender Markt.

»Armer Gnrok«, sagte ich. »Armer Gnrok-Bruder.«

»Wir geraten noch nicht in Panik«, bestand Morgan, die eindeutig Gnroks erratisches Verhalten verleugnete. »Der Ork war schon früher verschwunden und ist immer ein paar Tage später wieder aufgetaucht, stinkend nach abgestandenem Trollbier.«

»Oh«, sagte ich. Das machte mich hoffnungsvoller.

»Glaub mir, das war eine Verbesserung«, sagte sie, und wir tauschten Lächeln aus.

Ich stand auf, um zu gehen.

»Ich schicke dir die Informationen, die wir bisher über die Entführerin haben, die Taranath angestellt hat. Hoffen wir, dass wir Glück haben und es irgendeine Verbindung gibt. Wenn nicht, werden wir zumindest die Entführerin aus dem Verkehr ziehen und den Kindern etwas Abschluss bringen.«

»Toll«, sagte ich. »Danke.«

»Oh, und Asha?«

Ich drehte mich um. »Ja?«

»Du musst mit jemandem sprechen.«

»Bietest du dich an?«

»Ja. Wir machen Cocktailstunde bei MacKenzie's. Ich kaufe dir Barsnacks und Piña Coladas.«

»Okay. Du weißt, dass ich Drinks mit kleinen Schirmchen darin nicht ablehnen kann.«

»Ja, das weiß ich. Aber das meinte ich nicht. Du musst mit jemandem mit medizinischem Abschluss sprechen.«

»Nein, muss ich nicht.«

»Doch, musst du. Und ich werde nicht mit dir streiten. Kennst du jemanden, oder muss ich den Skorpion-Psychiater beauftragen?«

Ich wartete einen langen, unangenehmen Moment, dann gab ich nach. »Ich kenne jemanden.«

»Gut«, antwortete sie zufrieden. Dann warf sie einen verzweifelten Blick auf die immer noch nicht angesteckte Kaffeemaschine. »Ich denke, ich werde Gnrok heute nicht bitten, mir ein Salami-Sandwich zum Mittagessen zu holen. Wer weiß, womit er zurückkommen würde?«

KAPITEL 7
FLAMMEN-GEFIEDERTE SITTICHE

THOMAS HARVEY

Thomas Harvey saß mit seinen wettergegerbten und arthritischen nackten Füßen auf dem Sitz des brüchigen Korbsessels auf seiner Veranda. Er nippte an seinem Earl Grey Tee, während er sein Land betrachtete, das sich wie ein verrücktes Patchwork-Tuch unter ihm ausbreitete. Opernmusik dröhnte aus den verschiedenen Lautsprechern, die er auf dem gesamten Grundstück verteilt hatte. Ein Tag ohne Oper war nach Thomas Harveys Meinung ein verschwendeter Tag, eine Beleidigung der verschiedenen Götter und Göttinnen, eine nachlässige Vergeudung von Schönheit. Er krümmte seine knorrigen Zehen im Takt der Melodie und hob einen Finger mit geschwollenen Knöcheln, um das imaginäre Orchester vor ihm zu dirigieren. Am Rande zwitscherten und krächzten Vögel, Hyänen kicherten und Wildkatzen schnurrten.

Was für ein Wunder, was für eine Schönheit, dachte er bei sich, wie er es oft an diesen Morgen tat, wenn er sich Zeit nahm, das Leben zu schätzen, das er glücklicherweise führen durfte. Thomas Harvey hatte ein ungewöhnlich langes Leben geführt, und ein gutes noch dazu. Er war kein reicher Mann, aber wohlhabend in all den Dingen, die wirklich zählten. Das weitläufige, heruntergekommene Anwesen, das er besaß, gut eingesessene Möbel, ein bequemes Bett, ausreichend bewegliche Gelenke und gutes Wetter. Die liebevollen Erinnerungen an ein erfülltes Leben und besonders an die zwei verstorbenen Ehefrauen, die er bis zum Ende gepflegt hatte. Was konnte ein alter Mann mehr verlangen?

In Harveys Fall gab es noch eine Sache, die sein Leben besser als vollkommen machte. Es war seine magische Menagerie.

Als Junge hatte er eine unheimliche Verbindung zu allen Tieren, die er traf. Hunde kamen angerannt, Katzen verengten sofort ihre edelsteinartigen Augen, wenn sie ihn sahen. Wilde Vögel segneten ihn zufällig mit Glück, sehr zum Leidwesen seiner Mutter, die seine Wäsche machte. Wenn er in den Urlaub fuhr, schwamm er im Meer, und kleine gefleckte Fische schwammen neben ihm her. Bei Wanderungen brachten ihm Eichhörnchen Geschenke in Form von Eicheln. Er hatte immer Haustiere gehabt, während er aufwuchs, manche gewöhnlicher als andere. Mit elf bekam er ein befruchtetes Hühnerei, das er bei niedriger Hitze im Ofen aufbewahrte, bis es schlüpfte. Dann trug er das kleine gelbe Küken in seiner Hemdtasche an seiner warmen Brust, bis es groß genug war, um dem Wetter alleine zu trotzen. Dass es zu groß für Harveys Tasche geworden war, hinderte das Küken nicht daran, stundenlang auf seiner linken Schulter zu verbringen und sich an seinen Hals zu kuscheln, wenn er im Bett lag und Comics las. In den mehr als achtzig Jahren seitdem hatte Harvey seine Haustiere tausendfach vermehrt, aber nicht so, wie man erwarten würde. Er sah sie nicht mehr als ihm gehörend an, sondern als Besucher. Es gab keine Käfige auf seinem Anwesen, keine Schlösser oder Ketten. Die Tiere, auf die er aufpasste, konnten kommen und gehen, wie sie wollten. Einige der Kreaturen, wie die Mosaik-Schwalben, flitzten einmal im Jahr für ein schnelles Hallo rein und raus. Andere, wie das blondseidene Faultier, blieben lieber dauerhaft auf dem Grundstück, vielleicht weil Faultiere im Allgemeinen nicht die ehrgeizigsten Tiere waren. Die meisten der magischen Kreaturen, die zu Besuch kamen, taten dies, um Hilfe zu suchen: eine Schiene für einen gebrochenen Flügel oder einen gebrochenen Fuß, Futter oder Wasser, wenn es in der Gegend wenig gab. Manchmal brachten die Leute Harvey wilde Tiere, die medizinische Hilfe brauchten, und er kümmerte sich um sie, bis sie geheilt waren. Einige von ihnen blieben trotz ihrer wiederhergestellten Gesundheit. Harveys Oase aus Bäumen, Nahrung und Wohlwollen inmitten der Stadt war ein wunderbarer Ort zum Leben.

Die einzige Umzäunung, die Harvey benutzte, war eine breite, sich windende elektronische Dachkonstruktion, die er nachts schloss, um die Tiere vor Raubtieren zu schützen. Es gab Habichte in der Gegend und Ginsterkatzen, schlanke Raubkatzen mit kleinen Gesichtern, die Schwalben im Schlaf schnappen würden und die Regeln des Aufenthalts in Harveys Heiligtum nicht kannten — dass jedes Tier, magisch oder nicht, Freund und nicht Futter war. Tatsächlich musste man in der zoologischen Anlage nicht für sein Abendessen singen. Abgesehen von der Fülle an Grünpflanzen und fruchttragenden Bäumen servierte Harvey selbst den Tieren eimerweise Futter, sodass es immer reichlich zu essen gab.

Thomas Harvey hatte einen bunt zusammengewürfelten Karriereweg. Er hatte Ingenieurwissenschaften studiert und seine Spezialisierung mehrmals geändert, bevor er akzeptierte, dass sein Leben um Tiere kreisen musste, ungeachtet seines Interesses daran, Dinge auseinanderzunehmen, sie wieder zusammenzubauen und mit verschiedenen chemischen Verbindungen zu experimentieren — wovon er unter seinen drahtigen weißen Augenbrauen feine Narben als Andenken trug. Nach einigen vergeudeten Jahren, an die er nie zu denken versuchte, hatte er schließlich in Uganda Veterinärmedizin studiert, in Gesellschaft von Silberrücken-Gorillas und flammengefiederten Sittichen.

Ja, Thomas Harvey hatte ein verzaubertes und symphonisches Leben geführt und hatte sehr wenige Probleme. Es stimmte, dass seine Fingerknöchel ihm manchmal Schwierigkeiten bereiteten, besonders an den kältesten Tagen, und dass einige der Erinnerungen an seine Frauen ihn melancholisch machten — denn er hatte beide tief und bedingungslos geliebt — und dass es ihm Schmerzen bereitete, ein Tier in Not zu sehen. Niemand kann hundert Prozent der Zeit glücklich sein, und das versuchte er auch nicht. Zufrieden zu sein, war das, was er wollte und worin er besonders talentiert war.

Es gab nur eine Sache, die ihn störte, und das waren die wiederkehrenden Albträume.

So liefen die nächtlichen Schrecken ab: Harvey würde sich um die Tiere kümmern, ihr Bettzeug und Futter überprüfen, ihr frisches Wasser auffüllen und Leckerbissen und Medikamente verteilen. Es war etwas, wovon man leicht träumen konnte, weil er so an die Routine gewöhnt war, dass er in einen traumähnlichen Zustand verfallen konnte, während er es im Wachzustand tat; eine Art Meditation. Er wäre fast fertig mit seinem Rundgang, würde etwas zusätzliches Getreide in den Freilaufflächen der Hühner verstreuen und den Filter des Ententeichs reinigen – dessen Pumpe er wirklich durch eine leistungsstärkere Version ersetzen sollte – und den Löffelhund, das Wolfsjunge und den schneeweißen geflügelten Dackel mit ihren K9-Shine Fleischpellets von Liscious füttern. Dann würde er etwas Bestimmtes tun. Es war jedes Mal anders. Er könnte einen Verband wechseln oder nach den inkubierten Schlangeneiern sehen oder eine Wunde nähen, als er etwas Ungewöhnliches hören würde. Die Menagerie war nicht der ruhigste Wohnort, besonders mit dem Dröhnen der Oper aus den Lautsprechern, aber Thomas Harvey war an die verschiedenen Geräusche gewöhnt, die die Tiere machten, und wusste, wenn etwas aus dem Gleichgewicht war. Jedes einzelne Mal würde er auf das ungewöhnliche Geräusch zugehen. Jedes einzelne Mal war es ein grunzendes, fast menschliches Geräusch und das Aufsetzen schwerer Füße auf dem glatten Betonboden. Und als er sich der versteckten Ecke näherte, aus der das Grunzen kam, würde er einen großen Schatten sehen. Orang-Utan? Dann würde er automatisch dorthin schauen, wo das blondseidene Faultier gerne schlief, den leeren Macadamia-Baum sehen und wissen, dass sein Lieblingstier gestohlen worden war.

Der böse Traum endete immer dort, vor jeglicher Panik oder Trauer, als ob Harvey auf eine Zeitwand gestoßen wäre, einen vertikalen

Pool aus Luft oder einen flüssigen Spiegel, der als sofortiges Tor diente und ihn zurück in sein Bett portierte, wo er aufrecht saß, das Herz gegen seine Hand schlagend, die durch Haut und Brustbein hindurch danach griff.

Die ersten paar Male, als er den Traum hatte, hatte er seine Stirnlampe auf der Stirn befestigt und war die Treppe hinunter in diese schattigen Ecken gegangen, um nach Blondie zu sehen, die immer dort war, wo sie sein sollte, schnarchend an ihrem Lieblingsplatz. Nach dem dritten oder vierten Mal hörte er auf hinunterzugehen, weil er wusste, dass der Traum nur das war. Aber trotzdem störte es ihn. Was bedeutete das? War es eine Warnung? War es eine Erinnerung daran, dass er selbst bald von diesem Planeten verschwinden würde? Es machte ihm nicht viel aus, wenn es seine Zeit war, aus dem sterblichen Leben zu scheiden, aber er machte sich Sorgen, was mit den Tieren geschehen würde, die unter seiner Obhut standen. War der Traum eine Botschaft des Universums, abenteuerlustiger oder vorsichtiger zu leben? Oder war es eine Erinnerung an die dunkle Zeit in seinem Leben, die er zu vergessen versucht hatte? Er wusste es nicht. Alles, was er wusste, war, dass die Albträume ihn störten und dass er den meisten Teil des Tages nach einem solchen Traum abgelenkt sein würde, was er nicht mochte. Er war zu alt, um abgelenkt zu sein, zu alt, um nicht direkt im gegebenen Moment zu leben. Wie ein Tag ohne Oper war ein Tag ohne Kontrolle über seinen Verstand eine rücksichtslose und unverzeihliche Verschwendung. Thomas Harvey wackelte wieder mit seinen sonnengebräunten Zehen, als das Lied seinen Höhepunkt erreichte, sein Geist flog hoch mit der Musik – eine gelbe Flagge, die in einer warmen Brise flatterte, höher, höher, höher! – bis er nicht anders konnte, als die Teetasse klappernd abzustellen, aufzustehen und das imaginäre Orchester in seinem Kopf mit beiden sehnigen Armen durch das Finale zu führen. Als die harte Arbeit getan war und die Musik langsamer und sanfter wurde, wickelte er sie ordentlich ein, den Kopf gesenkt und das Herz dankbar, bis der letzte Akkord gespielt wurde.

KAPITEL 8
MADAME BUTTERFLY

HARVEY

Lose Rooibos-Teeblätter zogen in der Küche, als Thomas Harvey den Knopf drückte, der die riesige Dachkonstruktion veranlasste, sich von ihren Verankerungen zu lösen und sich ordentlich zusammenzufalten. Zu sehen, wie gut es Tag für Tag funktionierte, war eine weitere Sache, die ihn glücklich machte. Gutes Design, besonders wenn es das eigene ist, ist wirklich äußerst befriedigend.

Nur mit seiner ausgeblichenen Boxershorts und tibetischen Gebetsperlen bekleidet, machte er seinen Weg durch das Naturschutzgelände, das nun von Morgenlicht durchflutet war, und überprüfte dabei die Tiere zur Begleitmusik von »Un Bel Di Vedremo« aus *Madame Butterfly*, gesungen von Maria Callas. Die Diamant-Boa begrüßte ihn mit ihrer gespaltenen Zunge, während das geckohäutige Krokodil seinen geisterhaften Schwanz im Teich bewegte, der durch Algen leuchtend grün gefärbt war. Die Pfauen staksten umher und kreischten zur Begrüßung. Harvey sah nach einem vom Aussterben bedrohten Vervetaffen mit einem wunden Schneidezahn, den er hoffentlich hatte retten können, und machte sich dann auf den Weg zur Voliere, wo Vögel verschiedenster Formen und Größen riefen, zwitscherten, piepsten und gackerten, während sie umherflatterten, fraßen und vorbeiflogen. Der Garten in der Voliere war dschungelartig, hauptsächlich wegen der Art und Weise, wie die Vögel den Boden darunter düngten. Er schuf sein eigenes Mikroklima, das im Sommer kühl blieb und im Winter Frost vermied. Die Affen und Schlangen schätzten den Schatten des Blätterdachs. Harvey nahm sich eine Minute Zeit, um seine Glieder zu dehnen und die Sonne auf seiner Haut zu genießen. Eine langsame und bewusste Sonnenanbetung zu den erhabenen Tönen von Callas war eine hervorragende Art, den Tag zu beginnen. Er summte mit, während er sich durch einige weitere Dehnungen und Atemübungen bewegte, eine ungewöhnliche und eklektische Kombination aus Yoga, Pilates und Tai-Chi, die er im Laufe der Jahre zusammengetragen hatte. Wenn es um Bewegung ging, war Thomas Harvey eine Hippie-Elster.

Als er fertig war, stand er wieder da und blickte auf sein Grundstück hinaus, während er die Steifheit in seinen Schultern wegrollte und nach einer obsidianfarbenen Feldlerche rief, die sofort zu ihm schwirrte und sich anmutig auf seinen dargebotenen Finger setzte. Harvey lächelte sie an und überprüfte ihre Füße und Flügel – die vor einigen Wochen bei einem unbekannten Unfall verstümmelt worden waren. Die Wunden waren verheilt, und ihr gebrochener Flügel war gut zusammengewachsen, unterstützt durch die Schiene, die Harvey angebracht hatte. Die Art, wie der Vogel mühelos zu ihm geflogen war, war Beweis genug, dass die mitternachtsschwarze Feldlerche gesund genug war, um das Naturschutzgelände zu verlassen.

»Flieg, wenn du bereit bist«, sagte Harvey.

Der Vogel musterte ihn mit seinen glänzenden, blinkenden Perlenaugen.

»Aber bleib so lange du möchtest.«

Die Lerche sang und sauste davon, aber nicht in das Blau des

Himmels. Sie wählte stattdessen einen nahen Baumzweig. *Vielleicht*, dachte Harvey, *mochte der Vogel* Madame Butterfly.

Gerade dabei, seinen Tee zu holen, der inzwischen die Farbe von Honig haben würde, süß und duftend, trieb ihn sein Instinkt dazu, noch ein Stück weiterzugehen, vorbei an dem Leguan und den schwatzenden Affen, vorbei an den neuen Gänschen mit ihrem wasserdichten Flaum, vorbei an der Python, die durch das gesprenkelte Laub über tote und sterbende Blätter glitt.

Was war das? fragte er sich. Etwas rief nach ihm. *Ein Tier in Not?*

Normalerweise wüsste er, wenn ein Lebewesen Hilfe brauchte – der Rest der Menagerie spürte es und machte einen richtigen Lärm, der Harvey zur Quelle der Störung führte. Aber die Tiere waren heute ruhig. Er ging weiter und betrachtete die Kreaturen, an denen er vorbeikam. Eine hundertjährige Schildkröte mit einem 3D-gedruckten Panzer trottete über seinen Weg, ein Eichhörnchen schoss einen Baum hinauf und verschwand in einem Loch, und ein wilder heiliger Ibis schüttelte seine Flügel aus, hob sein Gesicht zum Himmel und sang das Lied seines Volkes – eine schreckliche Kakophonie eines Krächzens, das den umgebenden Tieren stets eine Grimasse entlockte. Davon aufgeheitert, gluckste Harvey vor sich hin, aber das Lachen blieb ihm im Hals stecken und sein Körper erstarrte, als er zum Macadamiabaum hinüberblickte. Furcht durchfuhr seine arthritischen Knochen. Träumte er?

KAPITEL 9
SEIN GOLDENES FAULTIER WAR VERSCHWUNDEN

HARVEY

Ich werde jetzt aufwachen, dachte Harvey bei sich. *Es ist nur wieder der Albtraum.*

Doch Harvey wachte nicht auf. Er blieb wie angewurzelt stehen und starrte auf den leeren Macadamianussbaum, in dem Blondie, das goldene Faultier, lebte. Direkt hinter dem Baum war das Dach aufgerissen und das Scharnier gebrochen.

Nein.

Endlich löste er sich aus seiner Erstarrung, näherte sich langsam dem Baum und suchte nach Anzeichen eines Kampfes. Es gab keine. Wenn nicht das demolierte Dach wäre – und natürlich der Charakter des Faultiers –, hätte man denken können, das Tier hätte sich endlich zu einem Abenteuer entschlossen. Aber Blondie war seit Jahren bei Harvey, und er wusste ohne den geringsten Zweifel, dass das seidenweiche Faultier niemals freiwillig weggehen würde.

Genau wie seine beunruhigende Traumserie es ihm angedeutet hatte, war Goldie entführt worden.

Zitternd rannte Thomas Harvey ins Haus und schnappte sich sein Telefon. Seine Finger ließen es fast fallen, als er die Nummer eintippte.

»Scorpion-Hauptquartier«, meldete sich die fröhliche Empfangsdame.

»Ich muss ein vermisstes Tier melden«, sagte Harvey, wobei sein Schweizer Akzent wie immer in Stresssituationen besonders stark durchkam.

»Ein vermisstes was?«

»Ein Tier.«

»Ich glaube, es wäre am besten, wenn Sie das Ihrem örtlichen Tier-schutzverein melden würden, mein Herr.«

»Sie verstehen nicht«, sagte Harvey. »Es ist ein magisches Tier. Ich rufe vom MMCC an. Jemand ist letzte Nacht eingebrochen und hat ein besonderes Tier entführt.«

»Das mag ja sein, aber leider befassen wir uns nicht mit vermissten Tieren, mein Herr.«

Harvey schloss die Augen und verlangsamte seine Atmung, wobei er ohne großen Erfolg versuchte, seinen Herzschlag unter Kontrolle zu halten. »Verbinden Sie mich mit Captain Morgan. Bitte.«

»Es tut mir leid, mein Herr, aber wie ich Ihnen bereits sagte—«

»Verbinden Sie mich sofort mit Morgan, oder ich werde Ihre Dienst-marke fordern.« Es tat ihm leid, das zu sagen. Es war unaufrichtig und haltlos; er hatte weder den Willen noch die Befugnis, so etwas zu tun. Aber sein goldenes Faultier war verschwunden.

»Ähm...«, sagte sie und dachte nach. Würde sie lieber den Zorn ihres Captains riskieren oder den eines Mannes von einem Ort, von dem sie noch nie gehört hatte?

»Bitte«, wiederholte Harvey und erinnerte sich an seine guten Manieren, selbst nach einer leeren Drohung. Das schien den Ausschlag zu geben.

Die Empfangsdame seufzte resigniert. »Also gut. Ich verbinde Sie.«

KAPITEL 10

KALTES GIFT

ASHA

Ich genoss die Fahrt auf meiner Wespe und saugte die Weite und die Sonne auf meinem Rücken in mich auf. Das Leben war nicht immer so gut oder so einfach, also schätzte ich die Momente zwischen dem Chaos. Alle schattigen Parkplätze waren belegt, also schuf ich mir einfach meinen eigenen unter einem Baum. Zweifellos würde ein Vogel meine saubere Vespa segnen, während ich im Gebäude war, aber das war ein Preis, den ich zu zahlen bereit war.

Es war ein ordentliches, kompaktes Gebäude. Nichts Besonderes anzuschauen, aber das war nicht der Grund, warum ich hier war. Der unberührte Wachmann scannte mich nach Waffen ab, ließ mich aber meinen Zauberstab behalten. Er verstand nicht, welches Chaos er entfesseln könnte, welchen Schaden er anrichten könnte – aber nicht heute.

Ich saß da und wippte mit den Zehen in einem geschmackvoll einge- richteten Wartezimmer, während ich auf meinen Termin wartete. Schließlich öffnete sich die Tür und Doktor Gilbert sah mich in meinem Hexenumhang dasitzen. Ihr Gesicht hellte sich auf. »Asha Rook! Ich hätte nie gedacht, dass ich dich wiedersehen würde.«

Ich stand auf. »Hi, Doc.«

»Komm rein«, sagte sie und winkte mich mit ihren Händen voller dünner Akten in ihr Büro.

Ich zögerte. Musste ich wirklich hier sein? Es war Morgan, der mich dazu gedrängt hatte.

Gilbert lächelte. »Na?«

Ich nickte und folgte ihr in ihren Behandlungsraum.

»Ich bin so froh, dass du dich entschieden hast herzukommen«, sagte die Ärztin. »PTBS ist ein schreckliches Biest. Es kann selbst die widerstandsfähigste psychische Gesundheit verwüsten. Du tust das Richtige.«

Ich stoppte. »Ich habe nichts von PTBS gesagt.«

»Oh, Asha«, sagte sie. »Bitte, setz dich. Natürlich bist du traumatisiert. Du wurdest von einem Schläger auf einem Gehweg angegriffen und fast getötet. Du brauchtest massive medizinische Hilfe, nicht nur um dich ins Leben zurückzuholen, sondern auch, um dich am Atmen zu halten. Dein Körper war ein Spinnennetz aus Brüchen und Schnittwunden. Und die Amnesie! Als ob der Angriff nicht traumatisch genug gewesen wäre.«

Das alles fühlte sich an, als wäre es ein Jahrzehnt her. Gilbert wusste nicht, dass das der leichte Teil gewesen war. Konnte ich ihr überhaupt von dem schwierigen Teil erzählen? Sie war ein Mensch jenseits der Maskerade, die alle magischen Wesen zu wahren hatten, oder sie riskierten die Zerstörung unseres friedlichen Status quo mit unberührten Menschen. Ich hatte Sam bereits eingeweiht; wagte ich es, auch der Psychologin von dem Reich zu erzählen? Im besten Fall glaubt sie mir, und ich habe eines der wichtigsten Gesetze des Landes verraten. Im schlimmsten Fall beschließt sie, dass ich verrückt bin, und überweist mich an einen Ort wie Riverside. War es das wert, das Risiko einzugehen?

Du musst mit jemandem reden, hatte Morgan gesagt. Aber es gab keine Kopfdoktoren in der Berührten Welt – obwohl ich behaupten würde, dass wir Seelenklempner mehr brauchten als der durchschnittliche Mensch – also war es Doktor Gilbert oder nichts. Oder, genauer gesagt, Doktor Gilbert oder eine Reihe von zerstörerischen Bewältigungsmechanismen, die mit ziemlicher Sicherheit mein Leben auseinandernehmen würden.

»Du wurdest wieder ins Krankenhaus eingeliefert«, begann sie. »Als ich deinen Namen bei meiner Visite sah, kam ich runter, um dich zu besuchen, aber du hattest bereits den IV-Zugang herausgerissen und dich aus dem Staub gemacht. Schon wieder.«

Ich lächelte bei der Erinnerung daran, wie sie mir beim ersten Mal geholfen hatte zu fliehen. »Ich schulde dir immer noch einen Gürtel und einen Schal. Ich habe nicht daran gedacht, sie mitzubringen.«

»Unsinn«, sagte sie und winkte ab. »Ich bin mehr daran interessiert, warum du wieder in Morningvale warst. Hattest du irgendwelche Komplikationen? Oder einen Rückfall?«

»Wenn es nur das wäre«, antwortete ich.

Sie nahm ihren Stift aus dem Mund. »Was?«

»Es war kein Rückfall. Es war ein ganz neues Trauma.«

»Oh nein!«, rief sie aus. »Was ist passiert?«

Ich entschied mich nicht so sehr dafür, der Ärztin alles zu erzählen, als mein neu entdecktes Plappermaul es tat. Bevor ich es wusste, erzählte ich ihr alles. Im Hinterkopf wusste ich, dass ich ihr Gedächtnis löschen könnte, wenn es nötig wäre.

Doktor Gilbert war blass, als ich schließlich meine Geschichte beendete. Bei der Geburt ausgesetzt, in verschiedenen Pflegefamilien herumgeschoben und dabei Ablehnungsballast gesammelt, von Copperfield gerettet. Verschiedene Traumata als Fluchbrecherin der Stadt, der Angriff in jener schicksalhaften Nacht und der Verlust meiner selbst. Meine Erinnerungen zurückzubekommen, nur um in die Schreckenslandschaft von Oblivion geschleudert zu werden, erneut traumatisiert und fast tödlich verletzt zu werden – wieder.

Doktor Gilbert blinzelte lange und heftig. Ich konnte ihre Empathie und ihren Schock spüren.

»Ich würde dir nicht glauben, wenn ich es nicht selbst gesehen hätte«, flüsterte sie schließlich.

»Was meinst du?«

»Deine lange Liste von Krankenhausaufenthalten, aber keine sichtbaren Narben. Knochenbrüche, die in Stunden heilten. Das Gehirn, das Wochen hätte brauchen sollen, um wieder laufen zu lernen, aber da warst du, ranntest hier raus. Dann haben sie das zweite Mal im Pausenraum über dich gesprochen, davon, wie viel Blut du brauchtest, davon, dass du die Fahrt im Krankenwagen nicht hättest überleben sollen. Ich wusste, dass etwas Besonderes an dir ist.«

»Es ist eine Sache, seinen Körper schnell heilen zu können...«

Gilbert nickte. »Ja. Aber der Geist ist ein ganz anderes Reich. Nun, das ist er und ist er nicht. Ich sehe oft Patienten, deren Gedanken ihren Körper vergiften. Eine völlig gesunde Person kann dahinwelken und sterben, wenn ihre negativen Gedankenmuster sich verselbständigen.«

Furcht erblühte in mir, als ich mich in ihren Worten wiedererkannte. Als hätte ich das kalte Gift getrunken. Aber es war nicht zu spät. »Du denkst, ich habe eine posttraumatische Belastungsstörung?«

»Es wäre völlig seltsam, wenn du sie nicht hättest, nach den mehrfachen traumatischen Ereignissen, die du durchgemacht hast. Symptome von PTBS sind Albträume –«

»Check.«

»Ständig auf der Hut sein, leicht getriggert werden. Überwachsamkeit. Gestörter Schlaf. Überaktive Schreckreaktion. Eindringende Gedanken, Flashbacks, Zittern, Angst, Überforderung. Das Gefühl, dass nichts sicher ist.«

»Ja, okay, ich verstehe.«

»Also, du identifizierst dich mit einigen davon?«

Eher mit allen. »Das könnte man sagen. Was machen wir?« Ich hatte keinen Trank für PTBS, aber vielleicht sollte ich anfangen, an einem zu arbeiten.

»Wir reden«, antwortete sie und setzte sich bequem in ihren Stuhl.

»Das ist alles?«

Sie nickte. »Vorerst. Wenn du dich nicht bald besser fühlst, werden wir uns spezifischere Therapien ansehen und Medikamente in Betracht ziehen.«

Die Psychologin war nur etwa zehn Jahre älter als ich, aber ich spürte eine mütterliche Zuneigung von ihr, und das war tröstlich. Sie schaute mich an und wartete darauf, dass ich zustimmte, mit der Arbeit zu beginnen. Das Letzte, was ich jetzt wollte, war in einer Arztpraxis zu sitzen, wenn ich draußen in der Wildnis sein könnte, auf der Suche nach den vermissten Töchtern, aber gleichzeitig – und was wichtiger war – konnte ich es mir nicht leisten, die Ermittlungen in irgendeiner Weise zu vermasseln. Ich musste fokussiert und scharf bleiben, und das bedeutete, meine psychische Gesundheit in den Griff zu bekommen.

Ich nickte ihr zu. »Okay«, sagte ich widerwillig. »Fangen wir an.«

Doktor Gilberts Fragen ließen mich kämpfen, um ein ernstes Gesicht zu behalten.

»Wenn du ‚Vampire' sagst ... meinst du nicht wirklich *Vampire*, oder?«

»Du sagst, ein Ork riecht wie ... was?«

»Was meinst du mit ‚Geist'?«

Als wir nach etwa zwei Stunden zu den Details über Oblivion kamen, hielt sie mich an, schloss ihre Augen und stützte ihren Kopf eine Weile in ihre Hände. Es war, als ob sie versuchte, ihren Kopf davon abzuhalten zu explodieren. Dann schaute sie auf ihre Armbanduhr.

»Oh!«, sagte ich, da ich nicht bemerkt hatte, dass ich viel mehr als meine zugeteilte Zeit in Anspruch nahm. »Entschuldigung. Die Zeit. Ich gehe und komme nächstes Mal wieder –«

Doktor Gilbert schüttelte den Kopf. »Du gehst nirgendwo hin.« Sie nahm ihr Telefon. »Daniel. Sag alles ab, was ich heute habe. Ja. Und bring Kaffee, bitte. Den mit Raketentreibstoff. Danke.«

Nachdem ihr ziemlich besorgter persönlicher Assistent den Kaffee gebracht hatte, gab sie ihm den Rest des Tages frei. Er verengte misstrauisch die Augen auf mich, als ob ich einen Zauber auf Gilbert gewirkt hätte, was ich wohl auch getan hatte.

»Okay«, sagte die Ärztin, als Daniel die Tür hinter sich schloss. Sie riss ihren Seidenschal ab, öffnete den obersten Knopf ihrer Bluse und streifte ihre Absätze ab. »Wir betreten Oblivion. Was dann?«

Ich erzählte ihr von dem Albtraum, der dieser schreckliche Limbo-Ort war, wo tote Menschen wandelten und versuchten, dich dazu zu bringen, ihren Willen zu erfüllen, Besucher mit ihrer schieren Verzweiflung, gehört zu werden, töteten. Wo bösartige Tiere sich zu grauenhaften Wesen zusammenschlossen. Wie Steiger starb und ich die Zeit in einem bereits auf den Kopf gestellten Land umkehren musste, damit ich diejenige sein würde, die den Schaden erhielt. Meine Augen begannen zu tränen, meine Rippen schmerzten dort, wo sie von dem monströsen Wesen im Ouija-Brett aus Knochen gebrochen worden waren. Als ich in meinen Becher schaute, kräuselte sich die Flüssigkeit durch mein Zittern. Ich stellte ihn ab.

Gilbert starrte mich an. Ihr Mund hing nicht offen, aber ich hatte trotzdem das Gefühl, dass er es tat.

»Ich weiß, was du sagen wirst«, sagte ich zu ihr. »Ich bin schizophren, paranoid und muss auf jedes Antipsychotikum gesetzt werden, an das du denken kannst. Aber ich verspreche dir, das alles ist real —«

Sie schüttelte den Kopf und schluckte. »Nein«, sagte sie leise.

Ich hörte auf zu reden. Ich hatte stundenlang gesprochen und es war eine Befreiung gewesen, aber jetzt war ich erschöpft und bereit, dass die Ärztin übernahm.

»Du hast Probleme«, sagte sie.

»Ach, wirklich?«, antwortete ich. Sie wusste nicht einmal, dass ich auf der Todesliste der Dämmerungsschnitter stand. Sie wusste nicht, dass Gizmo vermisst wurde oder dass ich mich in einen verheirateten Mann verliebt hatte. Einen Polizisten, der mich einbuchten würde, sobald er herausfand, was ich wirklich beruflich machte.

»Du hast Probleme, die anders aussehen als die der meisten Menschen, aber die Traumareaktion ist dieselbe.«

Ich nickte.

»Zum Beispiel hat eine Klientin, die ich heute Morgen gesehen habe, Panikattacken infolge eines gewaltsamen Einbruchs, bei dem sie terrorisiert wurde. Es waren fünf Männer mit Waffen in ihrem Haus, und alle wurden geschlagen, auch die Kinder.«

Ich biss die Zähne zusammen. So viel Böses in der Welt.

»Mein Punkt ist, dass ihr beide von Monstern terrorisiert wurdet, sie sahen nur anders aus.«

Ich nickte. »Ja.«

»Deine Erfahrungen sind einzigartig, aber letztendlich bist du ein Mensch, und du hast die zu erwartenden menschlichen emotionalen Nachwirkungen, wenn du einen Albtraum überlebst. Wenn du keine Anzeichen von Belastung zeigen würdest, würde ich mir

Sorgen machen. Das wäre der Zeitpunkt für eine Psychose-diagnose.«

»Also, was mache ich?«

»Du kommst hierher für ein Gespräch, wann immer du das Gefühl hast. Ich bin für dich da.«

Ich spürte eine Dicke in meiner Kehle, aber ich hielt die Tränen zurück. »Danke.«

»In der Zwischenzeit erkenne deine Symptome als das, was sie sind. Sei geduldig mit dir selbst. Freundlich. Übe Selbstfürsorge. Lass andere wissen, was los ist, damit sie verstehen können, wenn du überreagierst. Lass mich wissen, wenn du nicht zurechtkommst, und wir fangen an, über Medikamente nachzudenken.« Doktor Gilbert lächelte. »Du wirst dich bald besser fühlen. Ich werde dir helfen.«

KAPITEL 11
UNSANFTE ERWECKUNGEN

ASHA

»**A**sha, du liebst Tiere, oder?«

Wir waren in der teuren Cocktailbar, wie Morgan es versprochen hatte. Sie trug ihren typischen dunklen Anzug, Stilettos und knallroten Lippenstift in London-Bus-Rot. Ich verstand nie, wie sie Zeit fand, glamourös auszusehen, wenn sie gleichzeitig ein übernatürliches Team leiten und sich um ihre Kinder zu Hause kümmern musste.

Ich erwiderte Morgans fragenden Blick. »Und?«

»Schau, normalerweise würde ich nicht fragen.«

»Nicht fragen was?« *Warum ist die Kapitänin so ausweichend?* »Hör mal, Morgan, ich adoptiere deinen Hund nicht.«

Sie keuchte und sah beleidigt aus. »Was ist falsch an meinem Hund?«

»Nichts! Du weißt, dass ich Pincher liebe. Ich bin nur nicht auf der Suche nach einem Dackel. Ist das der Grund, warum du mich heute Abend hergebracht hast?«

»Nein!«, rief Morgan und kicherte in ihre Hand. »Es geht nicht um Pincher.«

»Okay«, sagte ich. »Worum geht es dann?«

Sie lehnte sich vor und rieb sich die Augen. »Normalerweise ist das nichts, womit sich das Team befasst. Und ich weiß, dass du schon genug zu tun hast.«

»Komm auf den Punkt, Morgan.«

»Okay. Da ist dieser Mann. Der diese Gabe hat – mit Tieren.«

»Wenn du versuchst, mich zu verkuppeln–«

Morgan brach in schallendes Gelächter aus. Es war so laut und unerwartet, dass ich zurückwich. »Oh, Rookie, nein. Darum geht's nicht. Er ist nicht dein Typ. Erstens ist er locker hundert Jahre alt.«

Ich konnte nicht anders als zu lächeln. »Okay.«

»Außerdem, bist du nicht mit diesem heißen Muggel-Detektiv zusammen? Armstrong?«

Ich wurde rot. »Nein«, sagte ich. »Bisher ist es eine äußerst platonische Beziehung.«

Morgan zog ihre Augenbrauen hoch. »Wirklich.« Es klang eher wie eine Feststellung als eine Frage.

»Wirklich«, bekräftigte ich.

Sie runzelte die Stirn. »Ich bin verwirrt. Ich habe gesehen, wie er dich anschaut. Wie er dich behandelt. Das wirkt auf mich nicht besonders platonisch.«

»*Ja,* nun«, ich zuckte mit den Schultern. »Hast du auch den Ehering gesehen, den er darauf besteht zu tragen, selbst wenn er mich nach Hause fährt?«

»Verdammt«, fluchte sie. »Das ist eine ärgerliche Angewohnheit.«

Jetzt war ich an der Reihe, mir die Augen zu reiben. »Ich bin sicher, seine Frau würde das anders sehen.«

Ich hatte kein Interesse an unehrlichen und/oder untreuen Menschen. Aber bisher war Armstrong keins von beidem. Es war ein Rätsel, das ich an diesem Abend nicht lösen würde, also war es am besten, weiterzumachen.

»Du warst heute bei deiner Therapeutin?«, fragte die Kapitänin und nahm den kleinen Papierschirm aus ihrem Cocktail, damit sie ungehindert trinken konnte.

Ich nickte.

»Also, wie verrückt bist du auf einer Skala von eins bis zehn?«

»Sie benutzt diese Skala nicht«, antwortete ich. »Sie arbeitet mit der Skala von leicht aus dem Häuschen bis völlig verhexte Irre, die in eine Anstalt eingewiesen werden muss. Ich bin irgendwo in der Mitte.«

Morgan nickte. »Klingt für mich ziemlich richtig.«

Ich warf meinen Cocktailschirm nach ihr und hoffte, dass die spitze Seite sie nicht ins Auge piksen würde.

»Aber ernsthaft«, sagte sie. »Ich bin froh, dass du hingegangen bist. Du hast in den letzten Wochen viel durchgemacht, ganz zu schweigen von deiner ... ungewöhnlichen ... Kindheit.«

»Ja«, antwortete ich. »Ich bin froh, dass ich hingegangen bin. Die arme Dr. Gilbert sah allerdings traumatisierter aus als ich, als ich ihr vom Reich erzählte.«

»Ich kenne das Gefühl«, sagte Morgan. »Ich war vierundzwanzig, als ich zum ersten Mal erfuhr, was jenseits des Schleiers geschieht. Da spricht man von unsanften Erweckungen.«

Sie klopfte auf den Tisch und bestellte eine weitere Runde teurer Cocktails. Sie wusste, dass ich nicht nein sagen würde.

»Also«, sagte ich, in der Absicht, das Hauptthema der Diskussion von der Liste zu streichen, solange wir noch relativ nüchtern waren. »Du willst, dass ich den geriatrischen Tierliebhaber verhöre?«

Morgan hätte fast den letzten Schluck ihres geschmolzenen Daiquiris ausgespuckt. »Nein. Das wird nicht nötig sein. Ich brauche nur, dass du dorthin gehst und siehst, was passiert ist. Ich glaube, dir wird sein Anwesen gefallen. Es ist ein Gebiet von sechzehn Blocks, die er gekauft und zu einem einzigen Grundstück zusammengelegt hat.«

Ich runzelte die Stirn. »Wofür genau will er damit kompensieren?«

»Es ist nicht so«, sagte Morgan. »Er fing mit einem Haus an und erweiterte dann langsam, als seine Menagerie wuchs.«

»Menagerie?« Ich war neugierig. Ich kannte niemanden mit einer Menagerie. Ich scherzte zwar, dass ich eine hätte, aber das war nicht wirklich wahr, nur ein Kosename für meine Vogelschar und Katzen.

»Ich hab dir ja gesagt, dass es dich interessieren würde. Es ist ein unglaublicher Ort mit jedem Tier, das du dir vorstellen kannst.«

Ich schüttelte den Kopf. »Es ist verlockend, aber ich glaube nicht, dass ich Zeit habe. Ich suche nach den vermissten Mädchen – immer noch keine Hinweise übrigens – und ich habe Jax auch versprochen, nach Gizmo zu suchen.«

»Warte«, sagte Morgan. »Gizmo wird vermisst?«

Ich nickte.

»Immer kurioser und kurioser«, sagte sie und zitierte damit Alice im Wunderland. Ich konnte sehen, dass ihr Gehirn trotz des Rums, der durch ihr Blut schwappte, auf Hochtouren arbeitete.

Ich sah sie an und wartete darauf, dass sie eine Erklärung gab.

»Du könntest mehr mit dieser Sache zu tun haben, als du denkst. Thomas Harvey – der bereits erwähnte, magische-Menagerie-managende Hundertjährige – sucht ebenfalls nach einem vermissten Tier.«

»Ah«, sagte ich und trommelte auf den Tisch. »Okay. Erzähl weiter.«

KAPITEL 12

BLONDIE

HARVEY

Harvey tigerte barfuß mit hinter dem Rücken verschränkten Händen durch das Gelände und dachte angestrengt nach. Wer würde Blondie stehlen? Ja, goldene Faultiere waren wegen ihres Fells viel wert, aber gab es wirklich jemanden, der so verzweifelt nach Koin war, dass er Gefängniszeit für ein zweizehiges Säugetier aus der Familie *Megalonychidae* riskieren würde? Außerdem würde das Fell des gestressten Tieres bald fleckig, stumpf und finanziell wertlos werden. Es brauchte viel Pflege und Fürsorge, um Blondie so aussehen zu lassen, wie sie es tat. Zumal sie nicht wissen würden, wie sehr das süße Faultier Macadamianüsse mochte. Harveys Mundwinkel zeigten nach unten, und er ertappte sich dabei, wie er häufig seufzte. Sein beängstigender Traum war wahr geworden. Was bedeutete das?

Er wurde ungeduldig mit sich selbst, weil er tatenlos blieb, und mit den Skorpionen, die noch nicht eingetroffen waren – und weil sie die Entführung nicht ernst nahmen. Was hatte die Skorpion-Rezeptionistin gesagt? Sie befassten sich nicht mit Tieren?

Harvey schnaubte. Als ob Menschen in irgendeiner Weise überlegen wären!

Schön, dachte er. *Einfach schön.* Er würde tun, was nötig war, um die Tiere zu schützen. Er schaltete den Wasserkocher ein und holte dann von seiner Werkbank die Stehleiter und seinen alten Lederwerkzeuggürtel, dann legte er die energischste Arie auf, die er besaß. Ein Bariton schmetterte zungenbrechartige italienische Superlative und strapazierte seine Stimme bis an ihre Grenzen. Harvey summte, während er zu Rossinis *Der Barbier von Sevilla* hämmerte. Trotz aller Widrigkeiten hob es seine Stimmung.

Weniger als eine Stunde später hatte Harvey das Loch im Dach repariert und alle Türschlösser überprüft. Als er zufrieden war, machte er sich daran, die Tiere zu füttern und zu versorgen, die ihn freudig zu begrüßen schienen. Ein nicht-magisches Lama lächelte Harvey an und entblößte seine langen, grauen Zähne, und Harvey streichelte seinen wolligen Hals.

»Geh jetzt nicht mit irgendwelchen Fremden mit, okay?«, warnte er.

Das Lama verbreiterte sein Lächeln, und Harvey konnte nicht anders, als zurückzulächeln. Was für ein glückliches Leben er führte. Er würde seine Tiere schützen und Blondie zurückholen, und die Dinge würden wieder normal werden. Die Arie endete, die Lautsprecher knisterten und verstummten dann, und Harvey ging in das kühle Haus, um ein Nickerchen zu machen.

KAPITEL 13
GERÜCHT

ASHA

Ich wachte auf und fühlte mich müde, aber dennoch besser als seit Tagen. Die Gesprächstherapie mit Doktor Gilbert und die Cocktails mit Morgan hatten mir beide geholfen, meine angesammelte Belastung zu verarbeiten. Ich fühlte mich leichter – nicht mehr niedergedrückt von der psychischen Beklemmung, die ich seit meinen Missgeschicken in Oblivion mit mir herumgeschleppt hatte. Ich war beiden dankbar.

Ich überprüfte mein Handy, überzeugt davon, dass es eine dringende Nachricht von jemandem geben würde, der mich sofort brauchte, aber war glücklich, nur eine einzige Nachricht von Merlin zu finden.

Ich habe ein Gerücht gehört, dass du am Leben bist. Ich hoffe, es stimmt.

Ich grinste und antwortete, dass es tatsächlich stimmte. Ich bemerkte, dass nichts von Sam dabei war, was mir das Grinsen sofort aus dem Gesicht wischte. Hatte ich etwas getan, um ihn zu verschrecken? Vielleicht hatte er etwas in meinen Augen gesehen – mein Verlangen nach ihm, meine wahre Zuneigung. Ich versuchte mir einzureden, dass es besser früher als später war, besser meine Gefühle für ihn zu zügeln, bevor sie noch tiefer werden, aber die Worte verflogen einfach. Ich machte niemandem etwas vor. Ich würde lieber mit ihm in den Sumpf fallen und danach am Boden zerstört sein, als ihn gar nicht erst zu betreten.

Mein Handy vibrierte mit einer neuen Nachricht, was mich zusammenzucken ließ. Morgan.

Hey Hexe, tippte sie. *Wie steht's mit den Kopfschmerzen?*

Kein Kater für mich, antwortete ich.

Was ist das für eine Zauberei? fragte sie. *Her damit.*

Du brauchst keine Zauberei, antwortete ich. *Du musst nur nicht fünf Daiquiris hintereinander trinken.*

Uff, antwortete sie. *Fünf?? Was hab ich mir dabei gedacht?*

Du hast nicht nachgedacht. Wir brauchten beide eine Auszeit. Es hat uns gutgetan.

Meinem Kopf nicht. Schick mir irgendeinen Trank oder so, ja?

Nimm etwas Paracetamol, sagte ich.

Egoistisch, tippte sie und fügte ein lachendes Emoji hinzu.

Ich stand auf und zog mich an, bereit, nach unten zu gehen für Kaffee und um die Katzen zu füttern. Ich träumte von der freien Zeit, die ich an diesem Morgen haben würde, bevor ich mich mit Dingen wie dem Besuch bei Copperfield, Jax und Ferra beschäftigen müsste, als mein Handy klingelte. Wieder Morgan.

»Deine Kopfschmerzen können nicht *so* schlimm sein«, scherzte ich, während ich meine Stiefel zumachte und mein Spiegelbild überprüfte.

»Asha«, sagte sie mit ernster, erschrockener Stimme.

Ich erstarrte, und die Haare in meinem Nacken stellten sich auf. »Was ist los? Was ist passiert?«

»Kannst du herkommen?«

»Natürlich. Zum Hauptquartier?«

Sie war einen Moment lang still. »Zur Leichenhalle.«

KAPITEL 14

FAST TOT

ASHA

Ich war gerade auf dem Weg nach draußen, mit einem halben Stück Toast zwischen den Zähnen und hastisch gebrühtem Kaffee in meinem Reisebecher, der mir die Hand verbrannte, als Sam ankam.

»Oh«, sagte ich.

Er lächelte. »*Oh?* Ist das alles?«

Ich lachte nervös. »Ich ... ich habe dich nicht erwartet.«

»Du bist auf dem Weg raus«, bemerkte er und blickte auf meinen Helm.

Ich zuckte entschuldigend mit den Schultern. »Ja.«

Ich würde lieber hier bei dir bleiben. Ich wünschte, wir könnten uns in diesem Haus einschließen und vergessen, dass die restliche Welt existiert.

Es folgte eine peinliche Stille, die nur durch mein Kauen des abgebissenen Toasts unterbrochen wurde. Was es noch peinlicher machte. Ich schluckte die trockene Kruste herunter, verschluckte mich fast und verbrannte mir dann den Mund am Kaffee. Ich versuchte, nicht zusammenzuzucken.

»Es ist meine Schuld, dass ich unangemeldet aufgetaucht bin«, sagte er.

»Ich mag es, wenn du unangemeldet auftauchst«, antwortete ich.

Göttin. Warum fühlte ich mich bei ihm jetzt wie ein schüchterner Teenager? Der Mann hatte mich nackt gesehen. Er hatte mich fast tot gesehen. Warum wurde ich rot?

»Aber ich muss los«, sagte ich mit kribbelnden Lippen. »Morgan braucht mich.«

»Geht es um die Kinder, die wir gefunden haben? Im Keller von Delport?«

»Sie hat es nicht gesagt. Aber sie klang erschrocken. Also … vielleicht.«

Er nickte. »Okay. Nun-«

Wir standen noch einen Moment da und benahmen uns lächerlich. Der Himmel sah unglaublich blau aus, und ich spürte, wie die Pflanzen wuchsen, während wir dort standen.

Er deutete auf das Haus. »Soll ich für dich die Katzen füttern?«, fragte er. »Oder sonst etwas? Ich muss erst heute Nachmittag zur Arbeit.«

Einer der Gründe, warum ich mich in Sam Armstrong verliebt hatte, war, dass er, obwohl er mich nicht kannte, obwohl er mich des Totschlags verdächtigte, Circe und Odysseus gefüttert hatte, während ich im Krankenhaus im Koma lag.

»Ähm«, sagte ich. Ich hatte die Feliden und die Herde bereits gefüttert, aber ich wollte den Detektiv in meiner Nähe behalten. »Hast du vielleicht Lust mitzukommen?«

»Klar«, antwortete er ohne zu zögern. »Ich fahre.«

»Toll«, sagte ich und legte meinen Helm ab. Das würde das romantischste Date aller Zeiten werden.

Er drehte den Schlüssel und sein Auto erwachte brüllend zum Leben. »Wohin fahren wir?«

»In die Leichenhalle«, antwortete ich.

KAPITEL 15

DER GOTT DES RUMS UND LIMETTENSAFTS

ASHA

»Oh«, sagte Morgan, als sie Sam sah. Sie sah trotz ihres angeblichen Katers fantastisch aus. Ich konnte nicht umhin zu bemerken, wie ihr Blick zum Ringfinger des Detektivs wanderte, der hartnäckig mit dem Ehering geschmückt war.

»Genau das habe ich auch gesagt, als ich ihn sah«, erzählte ich ihr. »Er wird noch Komplexe kriegen.«

»Es ist nicht so, dass ich mich nicht freue, dich zu sehen«, sagte die Kapitänin. »Je mehr Köpfe, desto besser.«

»Helfe gerne«, erwiderte er.

»Glaub mir, ich brauche es«, sagte sie und zwinkerte mir zu.

Ich reichte ihr den Kaffee, den ich mitgebracht hatte. Darin war Merlins Katermittel – ein getrockneter, pulverisierter Pilz, gemischt mit den magischen Bohnen.

»Für deine ›Kopfschmerzen‹.« Ich zog eine Augenbraue hoch, und sie lächelte dankbar.

»Gott segne dich, Kind«, erwiderte sie, obwohl sie nur wenige Jahre älter war als ich.

»Welcher Gott?«, fragte ich.

»Ich weiß nicht. Der Gott des Rums und Limettensafts.«

Armstrong hob seine Augenbrauen und kräuselte seine Lippen, als wäre er beeindruckt. Ich verstand seinen Standpunkt: Es klang wie ein ziemlich beeindruckender Gott.

»Sollen wir reingehen?«, fragte die Kapitänin. Wir standen auf den breiten Stufen vor dem städtischen Leichenschauhaus.

»Nach dir«, antwortete Sam.

Die Luft drinnen war abgestanden und kalt. Der scharfe Dampf der Reinigungschemikalien peelte meine Nasennebenhöhlen. Ich bewegte meine Finger pulsierend, um warm zu bleiben und mich daran zu erinnern, dass ich am Leben war, und blinzelte mit brennenden Augen.

Sam warf mir einen fragenden Blick zu. »Geht's dir gut?«

»Ja«, sagte ich nickend. »Alles gut.«

Ich hoffte, dass er nicht dachte, er müsste auf mich aufpassen. Ich war eine durchaus fähige Erwachsene. Ich hatte mehr Schrecken überlebt, als er sich vorstellen konnte. Andererseits fühlte es sich gut an, jemanden zu haben, dem ich nicht egal war.

Mein Unabhängigkeitsgefühl und meine tiefsitzenden Verlassenheitsängste standen im Widerspruch zueinander – oder das hatte zumindest Doktor Gilbert gesagt. Ich war hin- und hergerissen zwischen der Kriegerhexe, die keine Gefangenen machte, und dem wilden Kind mit den verstörten Augen, das man im Wald gefunden hatte. Ein Kind, das sich nach der Liebe von Eltern sehnte, die es nie hatte – eine Wunde, die ich für immer tragen würde. Ich war beides gleichzeitig – Auftragsmörderin und Waise.

»Wir haben Gnroks Bruder immer noch nicht gefunden«, sagte Morgan und riss mich aus meiner Selbstreflexion.

»Oh nein.« Ich war schon nicht optimistisch, als ich die Nachricht das erste Mal hörte, und jetzt noch weniger. Ich gab Sam das Wenige weiter, was ich über die Geschichte wusste.

»Das Merkwürdige ist, dass die Leichen nicht auftauchen«, fügte Morgan hinzu.

»Und Orkleichen sind kaum zu übersehen«, sagte ich. Ein durchschnittlicher ausgewachsener männlicher Ork wog so viel wie drei seiner menschlichen Pendants. Alles an ihren Körpern war übergroß – außer vielleicht ihre Gehirne.

»Ist es möglich, dass sie nicht tot sind?«, fragte ich. »Wenn es keine Leichen gibt, meine ich.«

Morgan seufzte. »Alles ist möglich.«

»Besteht die Möglichkeit, dass Gnroks Bruder, ich weiß nicht, sich irgendeiner Geheimtruppe angeschlossen hat oder so? Du weißt schon, die Gerüchte über die verbliebene Hammerskin-Armee, die in den Untergrund gegangen ist?«

Morgan schüttelte den Kopf. »Ich bezweifle es. Ich meine, alles ist möglich, aber man muss eine bestimmte Art von Ork sein, um dazu bereit zu sein, besonders nach dem gescheiterten Putsch. Die vermissten Orks passen nicht zum Hammerskin-Profil. Politisch gesehen.«

Sams Augenbrauen zogen sich zusammen.

Ich erklärte es ihm. »Sie sind keine Neo-Nazis, mit anderen Worten.«

»Genau«, sagte Morgan. »Die vermissten Orks haben keine Terrorismus-Vergangenheit, keine Hammerskin-Tattoos, keine rasierten Köpfe. Wenn überhaupt, sind sie die Hippies der Orkwelt.«

Ich schmunzelte und stellte mir einen Ork in Batikshirt vor, der ein Gänseblümchen in den Lauf des Gewehrs eines Hammerskins steckte. Es schien... unwahrscheinlich.

»Na gut«, seufzte ich. »Ich denke weiter nach. Armer Gnrok.«

»Ja«, stimmte die Kapitänin zu. »Und arm ich. Er ist krank vor Sorge, also ist er eine komplette Gefahr, wenn man in seiner Nähe ist. Ich habe ihm gesagt, er soll sich frei nehmen, aber er weigert sich. Also bleibt er und macht auch mein Leben elend.«

»Du bist schrecklich«, sagte ich und versuchte nicht zu lachen. Es war keine Sache zum Lachen.

»Ich meine es ernst, Asha. Er hat seine Grundkenntnisse der englischen Sprache verloren. Er vergisst Dinge. Du hättest sehen sollen, wie er mich heute Morgen zur Wache gefahren hat. Ich hätte fast mein Frühstück verloren.«

»Ich bin mir sicher, dass das nichts mit dem Gott des Rums und Limettensafts zu tun hatte«, scherzte ich, und sie stieß mir ihren Ellbogen in die Rippen.

Wir gingen den blassen, von menschlichem Verkehr und Verzweiflung abgenutzten Korridor entlang, unsere Stirnen glänzten unter den flackernden Glühbirnen. Als wir uns den Doppeltüren näherten, hielt Morgan uns an.

»Ich muss euch wahrscheinlich nicht warnen«, sagte sie, »da wir sind, wo wir sind. Aber... ich werde es trotzdem tun. Ich habe die Fotos gesehen, die das forensische Team vor Ort gemacht hat, und es ist nicht hübsch.«

»Es ist in Ordnung«, sagte ich und schaute zu Sam. »Wir kommen klar.«

Sam nickte und ich wölbte meine Brust ein wenig, um mich auf das vorzubereiten, was vor uns lag. Ich wusste, dass ich Schlimmeres gesehen hatte. Das war das eine Gute an einer gewalttätigen Vergangenheit; die meisten Dinge verblassten im Vergleich zu meinem traumatischsten Erlebnis und stumpften meine Emotionen entsprechend ab. Erst vor wenigen Tagen hatte ich gesehen, wie eine gebärende Hexe ihren Bauch mit einem Messer aufschnitt, das sie gerade in ihrem Ofen verbrannt hatte. Nicht viel kann dich auf diese Art von Trauma vorbereiten, und nicht viel kann dich danach noch schockieren.

Kannst du dir eine Auszeit von der Arbeit nehmen?, hatte Gilbert gefragt. *Nur bis du dich weniger wund fühlst.*

Nein, hatte ich geantwortet. *Außerdem bin ich immer wund. Ich wurde wund geboren.*

Das ist eine seltsame Aussage.

Ich bin eine seltsame Person.

Sie hatte geseufzt. *Ich sage nicht, dass du aufgeben sollst, was du tust*, hatte die Psychologin betont. *Nur eine Pause einlegen, bis sich die Dinge normalisiert haben. Bis die Dinge nicht mehr so triggern...*

In meiner Welt normalisieren sich die Dinge nicht, erwiderte ich. Bei einer Vergangenheit wie meiner war alles ein Trigger. *Außerdem werden Mädchen vermisst. Die Töchter von Menschen. Wer weiß, was mit ihnen passiert? Daran mag man gar nicht denken. Jeder Tag, den ich mir frei nehme, bringt ihre Familien näher an eine Tragödie. Schon jetzt habe ich zu viel Zeit verschwendet...*

Aber du musst auf dich selbst aufpassen, damit du gesund genug bist, um für andere zu sorgen.

Ja, stimmte ich zu. *Deshalb bin ich hier.*

Ich schüttelte meinen Kopf und versuchte, ihn von Gilbert und ihren wohlmeinenden Worten zu befreien. Kapitänin Morgan benutzte ihre Ellbogen, um die breiten Doppeltüren in ihren massiven Scharnieren zu öffnen. Nachdem wir drinnen waren, seufzten die Türen zu. Ich schauderte.

Ich bin immer wund. Ich wurde wund geboren.

Das ist eine seltsame Aussage.

Ich bin eine seltsame Person.

Sam schaute mich an und ich schenkte ihm mein tapferstes falsches Lächeln. Der Raum war kälter als der Gang, und die Wand rechts war ein verpixeltes Spiegelbild aus zehn mal vier Aluminiumkühlschranktüren. Er kam näher zu mir, als könnte er meinen Körper durch bloße Nähe wärmen. Ich war dankbar dafür. So sehr ich mir wünschte, dass er meine Hand hielt, war ich froh, dass er es nicht tat, denn meine Handflächen waren kalt und klamm.

Eine Bahre stand in der Mitte des riesigen Raumes. Ein Körper war in das Standardleinen des städtischen Leichenschauhauses gehüllt – ein verblichenes blaues Baumwolllaken. Morgan marschierte darauf zu und zog das Leichentuch bis zum Bauchnabel des Mädchens herunter.

Ich schloss meine Augen so fest ich konnte. Meine Finger verkrampften sich zu Fäusten.

Nein.

Meine heftige Reaktion war nicht, weil ich das Mädchen kannte. Ihr Gesicht war mir nicht vertraut. Es war auch nicht, weil ihr kleiner Körper verwüstet und zerkratzt war, aufgerissen von etwas mit Klauen und Reißzähnen, das Fleisch, Sehnen und blutlose Knochen freilegte.

Es war vielmehr ihr zartes Alter. Ihr langes dunkles Haar, ihre blasse Haut. Ich konnte erkennen, dass sie eine Hexe war, selbst mit vierzehn, fünfzehn Jahren. Ihr Leben war so sehr kurz gewesen – es war nichts als ein Hauch warmer Luft auf einem kalten Planeten. Sie hatte nicht einmal Zeit gehabt, etwas über sich selbst zu lernen oder wer sie sein wollte. Sie hatte die Magie noch nicht gemeistert, die ihr Leben verständlich gemacht hätte. Ich rieb mir die Stirn und öffnete meine Augen wieder, atmete lang und langsam durch gespitzte Lippen aus. Morgan und Armstrong schauten mich beide an, Besorgnis in ihren Gesichtern.

Ich steckte meine Hände tief in meine Taschen und machte einen weiteren Schritt auf die Leiche zu, um zu signalisieren, dass ich okay war. Dass ich damit umgehen konnte. Aber als ich das tote Mädchen betrachtete, das dort lag, wurde ich wie vom Blitz getroffen von Reue. Ich war vor Wochen direkt und persönlich von Direktorin Copperfield und von Morgan beauftragt worden, herauszufinden, wer diese unschuldigen Mädchen nahm. Und was hatte ich getan? Den Fall gemieden wie die Pest. Mich mit verfluchten Ehefrauen, die in Anstalten eingesperrt waren, und mit Familien in Spukhäusern abgelenkt.

Verdammt noch mal, dachte ich, und dann, boshaft, *verdammt sollst du sein, Asha Viridian Rook. Du wertlose, wertlose Hexe.*

Ich blickte auf die tote Tochter hinab und fühlte, wie das Blut aus meinem Gesicht wich, als ob ich mich ihr auf der billigen Bahre anschließen würde. Ich spürte, wie mein rechtes Knie nachgab und alles andere danach. Ein ganzer Körper, der unter den harten Leuchtstoffröhren zusammenbrach. Ich wollte nicht auf die harten, abgenutzten Fliesen stürzen. Ich wollte meine Haut nicht mit dem in Verbindung bringen, was dieser Boden gesehen hatte. Ich war sicher, dass ich es nie abwaschen könnte. Bevor mein Körper auf dem Boden aufschlug, bewegte sich ein Schatten. Stark, männlich. Ich fühlte seine Muskeln unter meinen, als ich in ihn hineinfiel. Mein Gehirn wechselte von hell zu leer.

KAPITEL 16

BEUNRUHIGEND

ASHA

»... Sehr glücklich, dass du heute deinen Detektivfreund mitgebracht hast.«

Ich öffnete ein Auge in Richtung von Morgans Stimme. Da saß sie, in einem Büro, das ich nicht kannte, mit ordentlich überkreuzten Knöcheln vor sich. Ich öffnete mein zweites Auge und fuhr mit der Zunge über meinen Mund, der sich so trocken wie ein Trockenmittel anfühlte.

»Ugh«, war alles, was ich herausbringen konnte.

»Er hat dich hierher getragen, ohne auch nur ins Schwitzen zu kommen. Bist du sicher, dass er unberührt ist?«

Ich nickte.

»Na ja«, sagte sie und setzte sich aufrecht hin. »Er ist losgegangen, um dir etwas Wasser zu holen. Man kann Gnrok mit solchen Dingen nicht mehr trauen.«

Ich nickte.

»Was zur Hölle ist dir da drin passiert, Rook? Ich habe dich noch nie ohnmächtig werden sehen.«

»Ich bin nicht ohnmächtig geworden«, log ich. »Mir war nur ... mir war nur schwindelig. Vielleicht habe ich doch einen Kater.«

Morgan lachte. »Natürlich.«

»Okay«, sagte ich, immer noch etwas schwach. »Ich weiß nicht, was passiert ist. Dieses Mädchen-«

»Maxine Malachay«, ergänzte Morgan.

Ich hielt inne. *Maxine Malachay.* Warum klang das so vertraut? Dann erinnerte ich mich an den Abend in The Copper Cog mit Savvy. Diese verrückte Hexe, Mildred Malachay, hatte dem Hipster-Werwolf in der Ecke gedroht. Sie hatte ihn beschuldigt ... wessen?

»Maxine Malachay war das erste der Mädchen, die verschwunden sind«, sagte Morgan.

Und jetzt die erste, die tot aufgefunden wurde.

Ich schüttelte den Kopf. »Ihre Mutter muss-«

»Wir mussten sie einweisen. Ich war nicht dabei, als sie ihr die Nachricht überbracht haben, aber anscheinend hat sie die Fassung verloren. Sie mussten sie fixieren, sedieren. Es ist schrecklich.«

»Schrecklich«, wiederholte ich, in Ermangelung eines passenderen Wortes.

»Es wird noch schlimmer«, sagte Morgan.

»Wie?«, fragte ich bestürzt mit heiserer Stimme. »Wie könnte es das?«

»Es sieht so aus, als hätte Mildred ... Leute mobilisiert.«

»Was? Um ihre Tochter zu finden?«

»Um Krieg gegen die Werwölfe zu führen.«

Mein Mund klappte auf, eine Falte bildete sich auf meiner Stirn. »Was?«

»Mildred Malachay war überzeugt, dass die Werwölfe hinter Maxines Entführung steckten. Sie begann, Geschichten zu verbreiten – einige davon wahr – über Wolfsangriffe auf Menschen. Stellt sich heraus, dass sie eine ganze Druckerpresse in ihrem Haus hatte... Sie erstellte und verteilte Flugblätter über die Gefahren der Werwolfnation, wie sie eingesperrt und nicht züchten dürfen sollten. Sie glaubt, dass Werwölfe ein Fluch für das Realm sind. Anscheinend hatte sie schon vor der Entführung ihrer Tochter vage Verschwörungstheorien, aber danach wurde sie von deren Bösartigkeit überzeugt.«

In Ferras Restaurant hatte Malachay den Werwolf in jener Nacht *»einen mörderischen Köter«* genannt.

»Natürlich«, fuhr die Hauptmann fort, »verkompliziert der Zustand des Opferkörpers jetzt die Dinge.«

Ich dachte an das zerfetzte Fleisch, die Kratzspuren. Die hundeähnlichen Bissspuren.

»Die Wunden stimmen nicht nur mit einem Werwolfangriff überein«, sagte Morgan, »sondern das Team hat auch Wolfs-DNA am Tatort gefunden. Mikroskopische Spuren von Fell und Blut.«

»Verdammt«, sagte ich. Das würde im Realm völliges Chaos auslösen. Es gab bereits fast einen Hass auf Orks nach der Hammerskin-Affäre. Jetzt würden auch die Werwölfe verleumdet werden. Es würden Gruppierungen gegeneinander aufstehen. Bandenschießereien. Hassverbrechen.

Verdammt.

»Wenn wir nicht herausfinden, wer diese Mädchen entführt hat«, sagte Morgan und schüttelte langsam den Kopf, »wird es Krieg geben.«

Das Realm hatte vier Weltkriege erlebt, und der Hammerskin-Putsch hätte einen fünften ausgelöst, wenn Sugar Shagar und Jacquelyn Denna Knight ihn nicht gestoppt hätten. Jetzt sah es so aus, als wäre er ohnehin unausweichlich.

»Die Vampire werden die Gelegenheit, gegen die Wölfe anzutreten, genießen«, sagte ich. Die beiden Spezies waren die tödlichsten im Realm und seit Jahrtausenden Feinde. Es würde ein absolutes Blutbad geben.

Morgan schaute zur Tür, und ich drehte mich um, um Sam zu sehen, der drei Flaschen Wasser und einige Sandwiches hielt.

»Tut mir leid, dass ich so lange gebraucht habe«, sagte er. »Ich dachte, du könntest etwas essen, aber die Cafeteria hier hatte keine veganen Optionen, es sei denn, man zählt die schrumpeligen Äpfel an der Kasse dazu.«

»Was stimmt nicht mit dir?«, fragte Morgan.

Sam runzelte die Stirn. »Was?«

»Wasser? Vegane Optionen?«, schnappte sie. »Warum bist du so nett? Es ist verdammt beunruhigend.«

»So nett ist er gar nicht«, sagte ich. »Er hat versucht, mich zu verhaften, direkt nachdem ich fast gestorben wäre. Drei separate Male.«

Sam gab mir sein schiefes Lächeln. »Ich wollte sie nicht wirklich verhaften«, sagte er zu Morgan.

Die Hauptmann schürzte die Lippen und machte dieses seltsame Ding, bei dem sie nicht blinzelt. »Eine wahrscheinliche Geschichte. Ich behalte Sie im Auge, Detektiv.«

Ich lachte.

»Ich meine es ernst«, sagte sie zu mir, ohne eine Spur von Humor. »Ich behalte ihn im Auge.«

KAPITEL 17

TÖTET DIE WÖLFE

ASHA

Sam blieb in der Türöffnung stehen, als wäre er unsicher, ob er eintreten sollte.

»Na gut«, gab Morgan nach. »Da du Sandwiches mitgebracht hast, kannst du auch gleich reinkommen.«

Er verteilte die Erfrischungen und Papierservietten. »Ich muss bald auf der Wache sein. Soll ich dich irgendwo hinbringen, bevor meine Schicht beginnt?«

»Ich muss nach Copperfield, aber ich kann mir einen Uber nehmen.«

»Ich fahre dich. Kein Problem. Wenn du hier fertig bist.«

Ich schaute zu Morgan. »Gibt es noch etwas?«

»War das nicht genug?«

Ich stand auf, um zu gehen.

»Du könntest ein Auge auf die verschwundenen Orks haben, wenn es dir nichts ausmacht.«

»Natürlich.«

»Gnroks Bruder heißt Tureek. Ich schicke dir ein Foto.«

Also hatten wir verschwundene Mädchen, verschwundene Orks und verschwundene magische Tiere. Was zur Leere ging hier vor? Eine Art Realm-Entrückung? Und wo war mein Lieblings-ehemals-verstorbener Goblin, Nilve SaltySnap? Ich hatte sie nicht mehr gesehen, seit sie mich aus dem Vergessen zurückgeportet hatte. Ich brauchte sie.

»Bis bald«, sagte ich mit einem halben Winken. »Ich halte dich auf dem Laufenden.«

Wir verließen das Büro und machten uns auf den Weg zum Fahrstuhl.

»Danke für das Sandwich!«, rief uns Morgan hinterher.

Ich schaute zu Sam hinüber. »Sie mag dich«, erklärte ich, und er lachte leise.

Es war schwer, mit Sam Armstrong in einem Fahrstuhl zu sein. Sein Körper und mein Körper in so engen Räumlichkeiten... Ich fühlte mich, als wären wir Magnete, die der Anziehungskraft nicht nachgaben. Ich konnte nicht anders, als an diese typische Szene in romantischen Filmen zu denken, wo das Paar übereinander herfällt, sobald sich die Aufzugtüren schließen, und sie nur eine Sekunde vor dem Wiederöffnen der Türen innehalten, um Kleidung zu richten und verschmierte Lippenstiftspuren zu beseitigen. Das taten wir nicht. Stattdessen hielten wir Abstand, und ich atmete durch das heftige Verlangen, das meinen Körper durchströmte.

Nein, wir würden keinen Klischees erliegen. Und wir würden uns ganz bestimmt nicht zum ersten Mal in einem schäbigen alten Fahrstuhl im Stadtleichenschauhaus küssen.

Die Chemie zwischen uns intensivierte sich, bis ich das Gefühl hatte, dass mein ganzer Körper spontan in Flammen aufgehen würde, wenn er mich auch nur berühren würde. Sein Blick prickelte auf meiner Haut, während wir darauf warteten, dass die Metallbox uns nach unten ruckelte. Als sich die Türen wieder öffneten, stolperte ich praktisch hinaus und versprach mir, dass ich beim nächsten Mal die Treppe nehmen würde.

Aufgeregt und noch immer von der Ohnmacht geschwächt, wusste ich, dass ich es nicht ertragen könnte, den ganzen Weg bis nach Copperfield in seinem Auto zu sitzen.

Ich entschuldigte mich und sagte ihm, ich würde ihn später anrufen.

»Aber, Rookie«, sagte er verwirrt und hielt die Tür für mich auf, »mein Auto steht direkt hier. Lass mich dich fahren.«

Ich mochte nicht, dass ich ihm widersprüchliche Signale sandte, aber eine Hexe muss ihre Grenzen kennen. Und ich wusste, dass ich die Spannung nicht aushalten könnte, fünfundvierzig Minuten mit Mister Polizist in einem Fahrzeug zu sein, sein ganzer Körper in meiner Reichweite.

Ich trat von ihm weg. »Ich rufe dich später an«, wiederholte ich. »Vielleicht können wir was unternehmen.«

»Okay«, sagte er. Dann fügte er in einem neckenden Ton hinzu: »Vielleicht können wir was unternehmen.«

Ich grinste ihn an und ließ ihn mit seiner geöffneten Beifahrertür stehen.

Ich winkte einen Uber heran und stieg mit meinem Handy und Sandwich hinten ein, entspannte mich auf dem geräumigen Rücksitz und war sicher, dass ich die richtige Entscheidung getroffen hatte. Zumindest konnte ich jetzt atmen. Ich war nicht mehr in Gefahr, in Flammen aufzugehen.

In der kurzen Zeit, die es brauchte, um zum Parkplatz zu kommen, hatte Morgan mehrere Nachrichten geschickt. Die ersten enthielten Gnroks Bruders Namen und unscharfe, verblasste Fotos - Tureek am Strand in Badehose, Tureek bei seiner Schulabschlussfeier, Tureek bei seinem ersten Job als Trucker, wie er mit hochgestrecktem

Würstchenfinger-Daumen aus dem Fahrerfenster hing. Ich seufzte. Armer Tureek. Etwas sagte mir, dass er nie wieder einen Truck fahren oder im Meer schwimmen würde.

Die nächste Ladung Nachrichten vom Captain war schlimmer. Die erste war eine lange Reihe von Flüchen, gefolgt von einem Link zu einer zwielichtigen Boulevardzeitung, dem Realm Observer, der irgendwie an die Bilder des Forensikteams von Maxine Malachay gekommen war. Obwohl sie die grausamsten Teile geschwärzt hatten, war immer noch klar zu erkennen, dass das Mädchen von einem Werwolf getötet worden war.

»Hex!«, fluchte ich.

Der Fahrer sah alarmiert aus und schlingerte leicht.

»Entschuldigung«, sagte ich. »Ich habe nicht *dich* verhext.«

Er riss seinen Blick von mir los und konzentrierte sich wieder auf die Straße, wobei er das Gaspedal durchdrückte.

Ich schaute aus dem Fenster und fragte mich, was Direktorin Copperfield mir zu sagen hatte. Es war bisher schon ein interessanter Tag gewesen, einer, von dem ich hoffte, dass er etwas weniger interessant werden würde.

Das passierte nicht. Als wir in die Straße vor dem Copperfield Institute einbogen, wurden wir von einer dünnen Menge von Demonstranten empfangen. Ihre Schilder waren mit roter Farbe und Hassparolen beschmiert.

R.I.P. MAXINE

TÖTET DIE WÖLFE, BEVOR SIE UNS TÖTEN

WERWÖLFE = MÖRDER

BRINGT UNSERE VERMISSTEN TÖCHTER ZURÜCK

GERECHTIGKEIT FÜR DIE MALACHAYS

Einige der Demonstranten trugen Wolfspelze, bei deren Anblick ich erschauderte.

Nun war es an der Reihe des Fahrers zu fluchen. »Was geht denn hier vor?«

Die Leute, die am Auto vorbeigingen, begannen, mit ihren Handflächen dagegen zu schlagen, was uns beide zusammenzucken ließ.

»Hier ist es nicht sicher, Fräulein«, sagte er. »Lassen Sie mich Sie nach Hause bringen.«

»Ich gehe zu Fuß«, sagte ich und öffnete die Hintertür. Ich hörte ihn protestieren, tat aber so, als würde ich es nicht bemerken. Ich dankte ihm und schloss die Tür. Ich musste etwa fünfhundert Meter laufen, bevor ich den Eingang der Akademie erreichte, also zog ich meine Kapuze auf und schloss mich der Menge an. Es schien der sicherste Weg dorthin zu sein. Als Stokers Wachhäuschen in Sicht kam, keuchte ich auf. Die Leute, die daran vorbeigingen, warfen leere Flaschen und Beleidigungen. Jemand hatte es mit derselben roten Farbe bespritzt, die auf den Schildern war, und da war ein großer Brandfleck, wo jemand erfolglos versucht hatte, es niederzubrennen. Ich wollte Stoker warnen. Es war alles so schnell passiert. Die Geschichte im Observer war erst vor weniger als einer Stunde erschienen – wie hatten diese Leute sich bereits mobilisiert? Ich konnte den Hass förmlich in der Luft spüren. Wie konnte das sein? Das waren keine bösen Menschen; es waren normale Bürger des Reichs. Hexen, Zauberer, Magier, Zwerge. Gute Menschen, aber wütend. Und ich wusste, dass alle Wut aus Angst entsteht.

Ich sah eine Bewegung im Häuschen und wollte rufen. Aber was würde das helfen? Ich verließ die Menge. Ich konnte es nicht ertragen, mit ihnen zu gehen, auch wenn es sicherer war. Stattdessen huschte ich den Bürgersteig entlang und rannte an der riesigen glitzernden Mauer entlang. Die Demonstranten begannen, mich anzupöbeln, aber das war mir egal. Ich war fast da.

KAPITEL 18
NEUE GEWALT

ASHA

Ich fragte mich, warum Stoker nicht durch das Copperfield-Tor gegangen war, um sich zu schützen, und erkannte schnell, dass die Horde vielleicht mit ihm eindringen könnte. Er hatte die Pflicht, Copperfield zu schützen, und würde keine Eindringlinge auf das Schulgelände lassen. Nicht nach dem, was beim letzten Mal passiert war. *Ruhe in Frieden, Rusty.*

Der Mob schrie mich an, aber ich ignorierte sie. Ich versuchte herauszufinden, wie Stoker und ich auf das Gelände kommen würden. Meine Gleichgültigkeit machte sie wütend.

Von Zorn geblendet warf einer der Fanatiker die knallrote Farbe auf mich und bespritzte mein Gesicht, meine Haare und meinen Umhang. Ich biss die Zähne zusammen, und meine Magie brodelte in mir auf. Mein High-Tech-Hexenumhang war von Ferra, meiner Zwergenpatin. Er war etwas Besonderes. Und jetzt war er ruiniert, nur weil irgendein Schwachkopf entschieden hatte, dass ich der Feind sei, weil ich aus der Reihe getanzt war. Ich spürte, wie meine Zähne knirschten, und meine Zauberstabhand kribbelte.

Da sind hundert von ihnen, sagte ich zu mir selbst. *Und eine von dir. Verlier nicht die Beherrschung. Schlag nicht zurück.*

Ich holte tief Luft und versuchte, meine Wut zu beruhigen, aber die Farbe weckte etwas Wildes in mir. Schwarze Bienen summten in meinem Kopf.

Hier ist ein praktischer Lebenstipp: Übergieße niemals eine Hexe mit PTBS mit Farbe in der Farbe von Blut. Es ist einfach keine gute Idee. Kapiert?

Einige aus dem Mob begannen, gegen die Außenwand der Wächterhütte zu hämmern. Sie riefen Stoker zu, er solle herauskommen, kein Feigling sein, sich dem stellen, was seine Sippe getan hatte. Sie begannen, so hart zu drücken, dass die Hütte anfing, sich zu heben. Stoker stürmte heraus und die Menge johlte. Sie marschierten jetzt nicht mehr die Straße entlang, sondern versammelten sich lieber um den in die Enge getriebenen Werwolf. Eine schwangere Frau in einem Kapuzenumhang hob einen Stein auf und warf ihn auf Stoker. Er verfehlte sein Ziel, inspirierte die anderen aber dazu, ebenfalls nach Steinen zu suchen. Ich fühlte mich verzweifelt.

»Nein!«, schrie ich. »Nein!«

Stokers Onkel, Rusty, hatte bereits sein Leben gegeben, um das Reich zu schützen. Ich würde nicht zulassen, dass sich die Geschichte wiederholte.

Einige aus der Horde drehten sich um, um zu sehen, wer da schrie, ignorierten mich dann aber wieder und setzten die Steinigung fort. Stoker begann zu knurren und zeigte seine beeindruckenden Zähne und Fangzähne.

»Nein!«, brüllte ich, aber niemand beachtete mich.

Ich zog meinen Zauberstab heraus. In meiner Hand war bereits so viel Magie, dass der Stab mich schockte, als er Kontakt aufnahm. Ich keuchte bei dem Stromstoß und hätte ihn fast fallen lassen, bevor ich einen guten Griff bekam. Die rote Farbe tropfte immer noch von mir herab und erinnerte mich an meinen Terror in Oblivion.

Ich brannte vor Wut.

Die Wächterhütte krachte zu Boden, und Steine prasselten auf Stoker nieder. Stoker, der sein Leben riskiert hatte, um mir, einer völlig Fremden, zu helfen. Ich hob meinen Zauberstab. Aus dem Augenwinkel sah ich, wie jemand etwas warf, und einen Moment später spürte ich, wie ein Stein meine Schläfe traf und mich fast bewusstlos schlug. Zuerst gab es nur Schock und ein helles Licht. Als ich blinzelte, kehrte mein Sehvermögen zurück. Meine Haut brannte, mein Kopf pochte und ich spürte, wie Blut meinen Hals hinunterlief. Ich berührte meine Schläfe und zog meine Hand zurück, um nachzusehen, wie schlimm es war. An meiner Hand war kein Blut. Ich berührte die geschwollene Prellung erneut und prüfte meine Handfläche – und roch daran. Ei.

Meine Wut breitete sich aus wie eine Flamme auf verschüttetem Benzin.

Ich hielt erneut meinen Zauberstab hoch. Ich musste nicht versuchen, meine Magie in meine Adern zu bekommen, sie war bereits da, wartend, bereit hervorzubrechen. Ich musste mir auch keinen Zauberspruch überlegen, er sprudelte einfach wie Lava aus mir heraus.

»*Rumpis!*«, rief ich und zeigte auf die Steine in den Händen der Leute. *Zerstöre!*

Die Steine explodierten in ihren Handflächen, die Splitter stachen in ihre Hände und Gesichter, und ich war froh darüber. Stoker senkte für einen Moment seine Arme und sah zu mir herüber. Unser stummer Austausch erzürnte den Mob, und sie starteten gleichzeitig einen Angriff auf uns beide, neue Gewalt, die heller leuchtete als zuvor. Ich hieß sie willkommen. Meine purpurrote Wut konnte sich mit ihrer nicht messen. Ihr Zorn war künstlich, aber meiner war echt.

»Evoco et excito, Poseidon!« Ich rufe und erwecke den Gott des Meeres, der Stürme, der Erdbeben und der Pferde!

Schlecht gelaunt, launisch und rachsüchtig, Poseidon war der perfekte Gott für diesen Job. Natürlich hatte ich noch nie einen echten Gott beschworen, aber dies waren verzweifelte Zeiten. Zunächst dachte ich, es hätte nicht funktioniert, weil meine Angreifer ungehindert auf mich losstürmten. Ich sah, wie Stoker zu Boden ging und jemand anfing, ihm in den Bauch zu treten. Ich schrie auf, als ein Mann mir auf den Kiefer schlug, wodurch mein Kopf nach hinten schnellte und meine Zähne aufeinander krachten. Ich hörte etwas brechen und hoffte, dass es nicht mein Genick war. Warme, kupferfarbene Flüssigkeit füllte meinen Mund, und ich wusste, dass es ein Zahn war, der sich gelöst hatte. Ich spuckte den Mund voll Blut aus und sah meinen Zahn zusammen damit auf dem Gras landen.

Kleine Gnade. Ein Zahn statt eines Rückgrats. Ein Zahnarzttermin statt eines Rollstuhls.

Ich hob den Zahn schnell auf und steckte ihn in meine Tasche. Überzeugt, dass mein Zauber fehlgeschlagen war, blickte ich auf und sah weitere Angreifer auf mich zustürmen. Doch hinter ihnen erhob sich etwas Schockierendes: eine Wasserwand, höher als die Straßenlaterne und immer höher werdend. Die Demonstranten begannen zu schreien und zu rennen, aber es war zu spät. Poseidon musste seinen Dreizack geschwungen haben, denn das Wasser stürzte herab, schwer wie Blei, ein Tsunami aus Blau, der jeden Angreifer an den Knien traf und sie die Straße hinunter trug, als wäre es ein Fluss und der Mob eine kleine Armee von Ameisen. Genau als es mich erreichen wollte, sprang ich hoch, außer Reichweite.

»Volas!«, rief ich. *Schwebe!*

Ein warmer Wind trug mich in die Luft, und ich strampelte eine Weile, während ich mich an das Gefühl gewöhnte, wie beim Wassertreten in einem Pool. Das wirbelnde Wasser fegte unter mir hindurch, stieß den Mann nieder, der mich geschlagen hatte, und ich spürte, wie das Wasser an meine Beine spritzte, als ich höher in die Luft stieg.

Stoker ertrank. Die Welle hatte ihn getroffen, bevor ich die Chance hatte, ihn hochzuziehen. Aber die Welle zog so viel von meiner Energie, plus meinen Schwebezauber... Es blieb nur noch ein Rinnsal. Ich musste schnell denken und mein Timing richtig abstimmen. Ich sah, wie er an dem Wasser würgte. Mit dem Zauberstab noch in der Hand kappte ich meine Energie zum Poseidon-Zauber, trocknete den Fluss aus und zerdrückte die riesige Welle, aber bevor sie fiel, richtete ich meinen Zauberstab auf ihn und hob ihn mit meinem *Volas* hoch, so dass wir beide von der Leere-Magie gehalten wurden. Mit all der Kraft, die ich noch hatte, schob ich uns über die Copperfield-Mauer. Wir traten beide verzweifelt in der Luft, als ob es helfen würde. Als wir es hinübergeschafft hatten – Magie im freien Fall – war die Landung auf der anderen Seite etwas unsanft, aber wenigstens waren wir vor dem Fleischanzug-Mob sicher. Stoker hustete und prustete, erholte sich aber schnell. Sein Fell war nass. Seine Uniform war zerrissen und zerzaust, und er roch wie ein Labrador am Strand. Meine Haare, mein Gesicht und mein Umhang waren rot gefärbt, und mein Zahnfleisch schmerzte und blutete. Wir müssen ein Anblick gewesen sein, als Direktorin Copperfield mit ihrem in der Sonne glitzernden Titanstock auf uns zugeschritten kam.

KAPITEL 19

WERWOLFPANIK

ASHA

Ich kann mir nicht vorstellen, was die Direktorin gedacht haben muss, als wir mit ihr den Hügel hinaufhumpelten.

»Was in aller Leere ist passiert?«, erkundigte sie sich außer Atem. »Die Sicherheitskamera hat die Gruppe vorbeimarschieren gesehen, und bevor wir es wussten, gab es eine Flutwelle mitten in einer Stadt, die nicht am Meer liegt!«

Es war so schnell passiert – innerhalb von Minuten – und ich hätte gedacht, es sei ein Traum, wenn nicht ein Zahn in meiner Tasche gewesen wäre.

Ich hob meine Hand. »Das war meine Schuld.«

Stoker hustete wieder und brachte hoffentlich das letzte Wasser aus seiner Lunge heraus.

»Dein Gesicht«, sagte sie zu mir, leicht beunruhigt. »Es schwillt vor meinen Augen an.«

»Nichts Ernstes«, log ich und hielt meinen Kiefer. Die Wahrheit war, dass ein Schlag ins Gesicht nie seinen körperlichen Schockfaktor verlor, besonders wenn der Angreifer doppelt so groß war wie man selbst. Die intime Gewalt erschütterte mich bis ins Mark. Aber ich hatte Schlimmeres durchgemacht, also schob ich es beiseite – vorerst. Wir hatten dringendere Dinge zu erledigen.

»Diese Leute wollten Stokers Blut. Er kann hier nicht mehr arbeiten.«

Die Direktorin sah verwirrt aus. »Welche Leute? Wer waren sie?«

»Ganz normale Menschen«, antwortete ich. »Das ist das Erschreckende. Gewöhnliche Realmer, die in eine Werwolfpanik getrieben wurden.«

Copperfield presste die Kiefer aufeinander und verschränkte die Arme. Sie schaute Stoker an. »Sie gehen in Urlaub, bei vollem Gehalt, mit sofortiger Wirkung.«

Ich konnte sehen, dass der Wolf widersprechen wollte, aber es hatte keinen Sinn. Erstens widersprach niemand Direktorin Copperfield, und zweitens war er als Wachmann nutzlos, wenn er Horden von schäumenden Wahnsinnigen zur Schule lockte. Zu guter Letzt war er in keinem Zustand für ein Gespräch, nachdem er verprügelt und fast ertränkt worden war.

»Und Sie werden in Ihrem Zuhause nicht sicher sein, also können Sie hier auf dem Gelände bleiben«, fuhr Copperfield fort. »Ich habe gehört, dass das Aventurine-Wohnheim besonders bequeme Betten hat.«

Er verbeugte sich, nicht ohne vor Schmerz das Gesicht zu verziehen. »Danke, Frau Direktorin.«

»Gehen Sie jetzt zur Krankenstation. Oberschwester Bodmuhilde wird Ihre Wunden behandeln. Sie wird begeistert sein, wieder einen Patienten zu haben. Sie wird einsam, wenn die Schule geschlossen ist – sie sagt, das bringt sie dazu, den Inhalt des Kühlschranks zum Trost zu essen, und dann muss sie den Rest des Tages Speer- und Kugelstößen üben, damit sie noch in ihre Uniform passt.«

Direktorin Copperfield schaute verträumt. Es schien, als sei sie genauso begierig darauf, dass die Schule wieder öffnet. Stoker verabschiedete sich und humpelte ungleichmäßig in Richtung der Wohnheime. Wir gingen weiter zum Haus der Schulleiterin, wo sie die Schüler unterbrachte, die kein anderes Zuhause hatten.

»Ist das schon einmal passiert?«, fragte ich. »Werwolfpanik?«

»Natürlich ist es das«, sagte Copperfield, ihr langer Rock schwang bei ihrem energischen Schritt. »Es kommt in Zyklen, nicht wahr? Der Verdacht gegenüber Kobolden, der Hass auf Vampire, der Ekel vor Orks. Die Verachtung einer anderen Rasse gibt einem das Gefühl, überlegen zu sein.«

Ich nickte. Die Spannung zwischen den verschiedenen Rassen war immer offensichtlich gewesen. Ich hatte es sogar zwischen Hexen und Zauberern gesehen. Jacquelyn Denna Knight wurde von den gemeinen Hexen-Mädchen unaufhörlich gemobbt, weil sie die einzige Zauberin in der Schule war – das heißt, bis zur legendären Armbrustmeisterschaft, bei der Jax allen zeigte, wer der Boss war.

Copperfield verlangsamte ihren Schritt, als sie ihr Haus erreichte, das voller Kinder jeden Alters war, die spielten, kletterten und lasen. Ich suchte nach Dusty, konnte sie aber nicht sehen. Ich nahm an, dass sie in der unglaublichen Bibliothek im Inneren sein musste. Wir hielten an, bevor wir die Kinder erreichten.

»Ich bin mir nicht sicher, ob dein Timing günstig ist oder nicht«, sagte sie.

Ich blinzelte sie an. »Was meinen Sie?«

»Kurz bevor wir mitbekamen, was draußen passierte, hatten wir einige Gäste, die ankamen.«

Ich runzelte die Stirn. »Gäste?«

Die Direktorin holte tief Luft und strich über die Vorderseite ihres Kleides, das so steif wie ein Korsett war.

»Eher unerwünschte Gäste«, sagte sie leise, ihre Augen funkelten.
»Komm rein und lerne sie kennen.«

KAPITEL 20

EXTRA KUCHEN

ASHA

»Äh«, sagte ich.

Ich war in keiner Verfassung, irgendwelche Gäste zu empfangen, willkommen oder nicht. Ich hatte Blutflecken auf meinen Lippen, und mein Umhang sah aus, als gehörte er in einen apokalyptischen Vampirfilm. Mein Gesicht schwoll immer noch in verschiedene Richtungen an, und ich roch nach Ei. Aber vielleicht war es das, was Copperfield wollte – dass ich sie verschrecke.

»In Ordnung«, antwortete ich und richtete mich zu meiner vollen Größe auf. Meine Sprache war leicht beeinträchtigt, aber ich würde mein Bestes geben. Wir gingen den malerischen Weg hinunter und durch die Tür, die offen gelassen worden war. Im Wohnzimmer der Direktorin saßen ein Mann und eine Frau, sichtlich aufgeregt. Als sie mich sahen, weiteten sich ihre Augen.

»Entschuldigen Sie, dass ich so davongeeilt bin«, sagte Copperfield. »Wir hatten einen kleinen Notfall, aber er wurde behoben.«

Sie stellte uns vor, aber ich erkannte ihre Namen nicht und vergaß sie sofort wieder. Ich hatte viel im Kopf. Wir setzten uns, und ich zeigte ihnen mein bestes falsches Lächeln – was schmerzte – und tat so, als wäre alles normal. Die Frau zupfte ständig an ihrem Ärmel, und der Mann rieb sich oft die Nase. Matron Steel schlurfte mit einem silbernen Tablett voller Tee, Kaffee und was wie Karottenkuchen aussah, gemütlich unter einer beachtlichen Menge Frischkäsefrosting verborgen.

»Ausgezeichnet«, sagte Copperfield und klatschte lautlos in die Hände. »Danke.«

Matron Steel warf uns allen einen misstrauischen Blick zu und verließ den Raum. Ich war mir sicher, dass sie direkt außer Sichtweite Wache stand. Sie schien den Besuchern auch nicht zu trauen.

Ich mochte die Energie nicht, die von ihnen ausging. Ich war besonders misstrauisch gegenüber Fremden nach dem, was gerade am Eingang passiert war, und diese beiden wirkten gefährlich nervös, als ob gleich eine Bombe explodieren würde. Ihre Angst nährte meine, und ich spürte, wie meine Atmung flach wurde. Wir alle beobachteten die dampfende Teekanne auf dem Tisch vor uns. Ich sprang auf, um allen zu servieren, meine Stiefel quietschten laut in der Stille. Ich dachte, die Gäste würden den Kuchen ablehnen, aber ich lag falsch. Die Frau deutete auf zwei Stücke Kuchen trotz der Zierlichkeit des Tellers. Ich tat, was sie wollte, hörte aber auf zu lächeln. Die Direktorin trank Tee, und ich nahm mir schwarzen Kaffee.

»Gut«, sagte Direktorin Copperfield mit einer Fröhlichkeit, die sie offensichtlich nicht fühlte. »Herr und Frau Garrett. Lassen Sie uns zu unserem Gespräch zurückkehren. Bitte sagen Sie mir, wie ich Ihnen helfen kann –«

»Ich komme direkt auf den Punkt«, knurrte der Mann. »Wir sind wegen einer Sache hierher gekommen, und wir gehen nicht ohne sie.«

Frau Garrett, mit vollem Mund, nickte wild. Ich bemerkte, dass ihre Fingernägel bis aufs Äußerste abgekaut waren.

»Ja«, sagte die Direktorin gleichmäßig. »Ich bin sicher, wir können eine Einigung erzielen. Und wenn Sie ›Sache‹ und ›sie‹ sagen, nehme ich an, Sie sprechen von Ihrer Tochter?«

Meine Hand umklammerte meine Tasse fester.

»Natürlich sprechen wir von unserer Tochter!«, schnappte Frau Garrett, wobei ein Krümel Kuchen aus ihrem gemeinen Mund flog.

»Lisa kommt mit uns, und es gibt nichts, was Sie dagegen tun können.«

»Lisa«, sagte ich zu mir selbst.

Beide drehten ihre Köpfe und starrten mich an. »Ja«, sagte Dustys Vater. »Ihr Name ist Lisa Garrett, und wir sind hier, um sie nach Hause zu holen.«

»Warum?«, fragte ich.

»Was meinen Sie?«, fragte Frau Garrett, wieder an ihrem Ärmel fummelnd. »Sie ist unsere Tochter. Sie gehört nach Hause zu uns.«

»Sie haben sich nicht um sie gekümmert«, sagte ich. Eigentlich wollte ich sagen *»ihr habt ihr wehgetan«*, aber ich wollte nicht, dass der Raum explodiert. »Sie ist aus freien Stücken gegangen.«

»Was?«, schnappte die Frau.

»Es war ihre Entscheidung, Ihre Obhut zu verlassen«, sagte Direktorin Copperfield.

»Ich weiß, was ›aus freien Stücken‹ bedeutet«, höhnte die Frau und knallte ihren leeren Teller hin. »Sie haben sie von uns weggelockt.«

Herr Garrett wedelte mit seiner Hand herum, und ich bemerkte, was ein Gefängnistatoo sein könnte, der unter seinem Hemdärmel hervorlugte. »Gott weiß nur, wofür ihr sie in diesem seltsamen Ort vorbereitet.«

»Weggelockt?«, entgegnete ich. »Wir haben nichts dergleichen getan. Ich habe Dusty —«

»Lisa«, korrigierte der Mann.

»Ich habe Lisa mitten in der Stadt gefunden. Sie hat auf der Straße geschlafen. Sie verhungerte. Sie war mit blauen Flecken übersät.«

Herr Garrett hob seine Hände. »Nicht von uns!«

»Selbst wenn das stimmt«, räumte ich ein, »warum haben Sie dann nicht nach ihr gesucht? Warum haben Sie nicht die Polizei alarmiert, als sie verschwand? Wie alt ist sie? Zwölf?«

Sie sahen sich an, keiner von ihnen war sich sicher, wie alt ihre Tochter war.

»Wir dachten, sie würde zurückkommen«, sagte der Mann.

»Das hätte sie auch«, sagte die Frau. »Wenn Sie sie nicht hier festgehalten hätten.«

»Ihre Tochter wird hier nicht festgehalten«, sagte die Direktorin. »Sie kann gehen, wann immer sie möchte.«

»Wo ist dann das Problem?«, fragte Herr Garrett. »Bringen wir sie ins Auto und fahren. Ganz einfach.«

»Einfach, ja«, sagte Copperfield. »Sie darf wählen, wo sie leben möchte, und sie wählt hier, bei uns.«

»Das ist *Entführung*«, fauchte Frau Garrett.

»Ich rufe die Polizei an«, betonte Herr Garrett. »Ich weiß nicht, was für einen Laden Sie hier führen, Frau Coppery, aber betrachten Sie ihn als erledigt. Es ist vorbei.«

»Woher haben Sie all diese anderen Kinder, hm?«, stichelte Dustys Mutter. »Auch von ihren Eltern gestohlen?«

»Sie sind Waisen«, sagte ich. »Was Dusty auch als sich selbst betrachtet.«

»Wie kannst du es wagen«, brummte der Mann. Sein Körper war sehnig, aber stark, und ich konnte mir vorstellen, wie er Dusty schlug, und spürte einen erneuten Antrieb, sie zum Gehen zu bewegen und ihre Unverschämtheit mitzunehmen. Wir starrten einander an, und meine Hand kribbelte vor Magie. Die Direktorin räusperte sich, und wir alle schauten zu ihr.

»Ich denke, wir können zu einer Verständigung kommen.« Ihre Stimme war so ruhig und angenehm, ich wusste nicht, wie sie das schaffte. »Ich möchte ein Friedensangebot machen.«

»Nein«, sagte Herr Garrett.

Frau Garretts Augen leuchteten auf und sie packte den Arm ihres Mannes. »Moment, Schatz. Lass uns hören, was die Dame zu sagen hat.«

»Ich werde es übernehmen, Lisa bis zu ihrem Abschluss in sechs Jahren zu unterrichten und sie auf eigene Kosten zu beherbergen und zu ernähren. Ich werde mich auch bemühen, Lisa ihre Wahl an weiterführender Bildung zu ermöglichen, die ich bezahlen werde. Im Grunde müssen Sie sich nie wieder um Ihre Tochter sorgen. Sie können ruhig schlafen in dem Wissen, dass sie die allerbeste Bildung und Betreuung erhält. Es versteht sich von selbst, dass sie Sie jederzeit besuchen kann, und Sie können dasselbe tun.«

»Es klingt wie ein Trick«, sagte der Mann. »Sie täuschen uns, um unsere Tochter zu bekommen.«

»Nein«, sagte die Direktorin, ihr Gesicht verhärtete sich endlich. »Ich mache Ihnen ein großzügiges Angebot, das abzulehnen töricht wäre. Die einfache Wahrheit ist, dass Lisa nicht bei Ihnen leben möchte, und ich glaube, das bietet eine praktikable Lösung. Wenn Lisa Sie nicht von sich aus sehen will, haben wir einen Schulberater, der Ihre Besuche vermitteln könnte –«

»Ich habe genug davon«, sagte Herr Garrett und stand auf. Wir alle folgten, außer Frau Garrett, die immer noch zählte, wie viel Geld sie sparen würde, wenn sie kein Kind im Haus hätte. »Lass uns nicht überstürzen«, sagte sie. »Lass uns nach Hause gehen und darüber nachdenken.«

»Nicht ohne meine Tochter«, sagte er.

»Sie hat ein wundervolles Leben hier«, sagte ich. »Und eine wundervolle Zukunft. Ist das nicht, was Sie für sie wollen?«

»Ich will sie jetzt sehen«, sagte er.

»Ich glaube nicht, dass das eine gute Idee ist«, sagte die Direktorin. »Die Emotionen kochen hoch. Sollen wir uns morgen wieder treffen?«

Herr Garrett stieß mit dem Finger auf die Direktorin. Es war eine hässliche Geste, und ich verachtete ihn für seine Behandlung von Copperfield und seiner Tochter. Wie schrecklich, im selben Haus wie dieses Paar aufgewachsen zu sein. Wie schrecklich, dass das die Menschen waren, die sie lieben und führen sollten.

»Geh und hol sie«, sagte er zu mir, als wäre ich sein Lakai.

»Nein«, sagte ich.

»Ich rufe die Polizei«, sagte er.

»Okay«, antwortete ich. »Nur zu.«

Er holte sein Telefon heraus und begann, mit dem Finger darauf herumzustochern. Ich war versucht, einen schnellen Blitzzauber zu senden, um sein Telefon kurzzuschließen, aber dann hatte ich eine bessere Idee.

»Ihnen ist schon klar, dass die Polizei einen Hausbesuch vereinbaren wird«, sagte ich beiläufig.

Herr Garrett hörte auf zu stochern.

»Sie werden Ihr Haus auf Eignung zur Kindererziehung überprüfen. Besonders nach dem, was Dusty ihnen über Ihre Gewohnheiten erzählen wird. Sie haben jetzt diese speziellen Spürhunde, wissen Sie. Sie können alles finden.«

»Was unterstellen Sie?«, forderte Frau Garrett.

Ich hob meine Hände und tat unschuldig. »Nichts. Nur, vielleicht möchten Sie Ihr Haus von gewissen ... Utensilien befreien, bevor Sie die Polizei hereinbitten?«

Herr Garretts Augen wurden noch härter. »Ich mag dich nicht«, sagte er.

Das Gefühl war gegenseitig, obwohl ich vielleicht ein stärkeres Wort benutzt hätte. Ich schaute auf mein Telefon. »Ach, wie auch immer«, sagte ich. »Sie können sie ruhig anrufen. Sieht so aus, als würden sie jetzt sowieso Ihr Haus besuchen. Jemand scheint sie informiert zu haben. Ein Nachbar vielleicht? Seltsames Kommen und Gehen, anscheinend.«

»Lügnerin«, sagte Frau Garrett.

Ich zuckte mit den Schultern. »Es gibt nur einen Weg, das herauszufinden.«

Sie begannen, in Richtung ihres Autos zu gehen, das ein klapprige Nissan war. Ich machte heimlich ein Foto von ihrem Nummernschild, während Herr Garrett an seinen Schlüsseln herumfummelte. Er zitterte, aber ich glaube, es war mehr aus Wut als aus Angst.

»Wir kommen wieder«, knurrte Herr Garrett. »Mit unseren Anwälten.«

Direktorin Copperfield lächelte süß. »Ich werde Matron Steel bitten, extra Kuchen zu backen.«

KAPITEL 21
DAS GEHEIMNIS DES VERSCHWUNDENEN GOLDENEN FAULTIERS

HARVEY

Harvey war gerade mitten in einer Meditationssitzung, als er plötzlich wusste, was zu tun war. Er blieb in Lotusposition mit geschlossenen Augen sitzen, während er seinen Plan aussheckte. Es war offensichtlich, dass die Skorpione zu viel um die Ohren hatten, um sich mit dem Diebstahl seiner lieben Blondie zu befassen, also musste er die Sache selbst in die Hand nehmen. Der Rauch des Sandelholz-Räucherwerks parfümierte die Luft, und er konnte die Affen in der Ferne schnattern hören, als ob sie ihn anfeuern würden. Seine besten Ideen kamen ihm immer, wenn er in seinem Kokon des Bewusstseins eingehüllt war. Wenn man ihn fragte, dachten die Leute, dass Meditation darin bestand, nicht zu denken, aber das war irreführend. Mönche nannten diese Art westlicher Praxis »dumme Meditation«, weil sie hauptsächlich daraus bestand, die Gehirnfunktion abzuschalten. Das war überhaupt nicht der Sinn. Meditation bedeutete für Harvey, Zugang zu seiner inneren Welt zu finden und seinen Geist zu erweitern. Aber nicht heute.

Heute konzentrierte er sich darauf, das Geheimnis des verschwundenen goldenen Faultiers zu lösen. Es klang wie ein Detektivroman der Fünf Freunde. Das Problem war, dass Thomas Harvey noch nie ein besonders guter Detektiv gewesen war.

Harvey besaß nicht den misstrauischen Geist, der für den Job erforderlich war. Er glaubte, dass alle Menschen gut waren – und wenn sie es nicht waren, könnten sie mit etwas Hilfe ihre angeborene Güte finden. Die Menschheit war traumatisiert und handelte entsprechend. Harvey glaubte nicht an das Böse. Das hieß allerdings nicht, dass er den Diebstahl seines geliebten Faultiers unangefochten lassen würde. Er wusste, dass die Tierentführer zurückkommen würden. Wie Maulwürfe hatten sie ihren Weg hinein gefunden. Wie scharfohrige Füchse, die sich unter der Erde durchgraben und wieder nach oben, in den Hühnerstall hinein. Er hatte das Loch im Dach repariert, aber er wusste, dass sie das nicht aufhalten würde.

Teil eins seines Plans bestand darin, das Gelände zu sichern. Teil zwei war, die Person zu finden, die für Blondies Entführung verantwortlich war, sich entsprechend um sie zu kümmern und Blondie nach Hause zu bringen. Zu wissen, dass sie in der Obhut von jemand anderem war, machte ihn unruhig. Würden sie wissen, wie man ein seidiges Zweizehenfaultier pflegt? Würden sie wissen, was man ihr zu fressen geben musste? Sie würde gestresst sein, so weit weg von ihrem Macadamia-Baum. Und was, wenn sie kacken müsste? Nun, ihr Entführer würde eine böse Überraschung erleben. Der Gedanke brachte Harvey zum Lächeln. Selbst in Zeiten wie diesen gab es Freude in der Welt.

Thomas Harvey richtete seinen Körper aus der Lotusstellung auf, räumte die Weihrauch-Asche weg und schaltete den Wasserkocher für einen Kräutertee ein. In einer seiner Lieblingsunterhosen führte er seine Yoga-Plus-Routine durch.

»Ich muss die alten Knochen strecken, oder?«, bemerkte er zu dem langwimprigen Emu, der ihn interessiert beobachtete, während er sich atmend und stöhnend durch das Trainingsprogramm bewegte.

Nach seinem Training drehte Harvey energische klassische Musik auf – Gustav Holsts »Jupiter, der Bringer der Fröhlichkeit« –, überprüfte seine Reparatur des Daches und war zufrieden damit, stellte jedoch fest, dass es vielleicht keine gute Idee war, eine hohe Leiter zu besteigen, wenn man Musik mit Fußwipp-Effekt hörte. Als nächstes würde er die Menagerie füttern und dann an der Verbesserung seiner Sicherheit arbeiten. Ja, er glaubte, dass alle Menschen von Geburt an gut sind, aber er war verdammt, wenn er zulassen würde, dass die Schnapper noch eines seiner Tiere mitnähmen.

Während Harvey seinen Tee schlürfte und Strategien entwickelte, schaute er zum Himmel hinauf. Die Brise hatte aufgefrischt, und er spürte, dass ein Gewitter aufzog. Die Tiere wurden immer nervös, bevor der Blitz kam. Man sagt, Tiere wissen solche Dinge, ihre Instinkte sind geschärft, weil sie in Kontakt mit der Natur sind – nein, sie *sind* die Natur –, während die Menschheit auf hell erleuchtete Bildschirme starrte und sich fragte, warum wir uns so leer und abgeschnitten fühlen. Harvey atmete tief ein und seufzte. Er müsste seine Arbeit erledigen, bevor der Regen einsetzte.

KAPITEL 22

KEINE TRÄNEN MEHR HEUTE ABEND, KLEINE HEXEN

ASHA

Der Himmel wurde grau, und am Horizont zogen Regenwolken auf. Direktorin Copperfield winkte den Garretts königlich zu, während sie mit ihren Autoreifen Sand zu Staub zermalmten. Furchtbare, furchtbare Menschen.

»Möge die Leere ihre Herzen segnen«, sagte sie, als sie ruckelnd durch den hinteren Ausgang des Grundstücks fuhren, der Auspuff knallte wie ein Schrotgewehr.

»Amen«, sagte ich und besiegelte den relativ harmlosen Fluch.

»Was machen wir bloß mit denen?«, fragte die Schulleiterin, während wir zusahen, wie sie mit durchdrehenden Reifen auf die Straße einbogen.

»Sie haben ihr wehgetan, weißt du. Sie haben Dusty verletzt.«

Direktorin Copperfield nickte grimmig. »Matron hat mir von den blauen Flecken erzählt. Leider haben wir sie nicht dokumentiert. Das war kurzsichtig.«

»Glaubst du wirklich, dass sie einen Anwalt einschalten werden?«

»Daran habe ich keinen Zweifel.«

Das ergab für mich keinen Sinn. Sie wollten sie offensichtlich nicht um sich haben, warum also kämpften sie darum? Ich schüttelte den Kopf. »Ich verstehe das nicht. Sie haben sie vernachlässigt und misshandelt. Die Göttin weiß, was noch alles. Warum wollen sie sie zurück?«

»Sie betrachten sie als Besitz. Als etwas, das ihnen gehört und das jemand weggenommen hat.«

Ich fühlte eine Mischung aus Traurigkeit und Wut, und ich musste unwillkürlich an meine eigene Aussetzung als Baby denken.

»Ich glaube nicht, dass sie sie wirklich *zurückhaben* wollen«, sagte Copperfield. »Sie haben nicht nach ihrem Wohlbefinden oder sonst etwas gefragt. Aber sie wollen irgendeine Art von Entschädigung.«

Ja, das macht mehr Sinn. Sie sind hinter Geld her. »Ich habe gesehen, wie Mrs. Garrett dich angeschaut hat, als du gesagt hast, dass du Dustys Kosten übernimmst.«

»Genau«, bestätigte die Schulleiterin. »Und deshalb werden sie mit einem Anwalt im Schlepptau zurückkommen, um die maximale Zahlung herauszuholen.«

»Sie haben nicht einmal nach ihr gefragt«, wiederholte ich leise die Worte der Schulleiterin. »Arme Dusty.«

»Ich werde das Rechtsteam des Rates anrufen«, sagte Copperfield.

Seit wann hatte die Direktorin Zugang zum Rechtsteam des Rates? Dann fiel mir ein, dass sie mit Jax' Großvater, Blimaex Abarim, zusammen war, der ein Ratsmagier war.

Gut gespielt, Direktorin Copperfield, dachte ich. *Gut gespielt.*

Sie blickte zum Himmel auf, der von Minute zu Minute dunkler wurde. »Könntest du bitte versuchen, Dusty zu finden, bevor es regnet?«

»Ich dachte, sie wäre in der Bibliothek«, sagte ich. »Sie ist gerne dort.«

»Ist sie nicht«, sagte Copperfield. »Und ich habe sie den ganzen Tag nicht gesehen.«

Ich drehte mich um, um mit der Suche zu beginnen, als die Direktorin mich aufhielt. »Lass uns erst deinen Zahn reparieren.«

Ich konnte nicht erraten, woher sie von dem gelockerten Zahn wusste, der in meiner Tasche klapperte, aber ich musste es auch nicht. Ich nahm ihn heraus und betrachtete ihn, versuchte herauszufinden, wie herum er gehörte, und legte ihn dann über das Loch in meinem Zahnfleisch. Copperfield nahm ihren typischen Titanium-Zauberstab heraus, dessen Spitze sofort aufleuchtete. Sie murmelte einen Zauberspruch, mein Mund wurde taub, und der Zahn fand mit einem festen und entschlossenen *Klick* seinen Weg zurück an seinen Platz in meinem Kiefer.

»Argh!«, rief ich aus, nicht weil es schmerzte. Es war einfach ein so seltsames Gefühl. Wie ein ausgekugeltes Gelenk, das wieder eingerenkt wird. Genau so, war es repariert. Ich versuchte, der Direktorin zu danken, aber mein Mund war so taub, dass ich nur sabbern konnte.

»Die Betäubung lässt in ein oder zwei Minuten nach«, kicherte sie.

Ich lief in immer größeren Kreisen um das Haus herum, rief Dustys Namen und gewöhnte mich daran, dass der Zahn wieder eingesetzt war. Die Luft um mich herum wurde dunkel und kalt, und der Wind zerrte an mir und verwirbelte meine Haare. Ich zog meinen Umhang enger und als ich die rote Farbe auf dem Stoff sah, erinnerte ich mich an Stoker und fragte mich, wie es ihm ging.

»Dusty!«, rief ich. »Dusty!«

Ich ging an den Hockeyfeldern, dem Amphitheater, den Pferdeställen und den Tennisplätzen vorbei. Die große Halle und die Wohngebäude waren unheimlich leer, abgesehen von der einen oder anderen« brennenden Glühbirne in den Personalunterkünften. Es wurde immer dunkler, und ich wollte aufgeben. Mein Tag war lang gewesen, und ich wurde müde, als die Wolken die untergehende Sonne verdeckten.

»Dusty!«

Ich hörte Weinen und folgte dem Geräusch. Es kam und ging, was es schwer machte, ihm zu folgen. Es war definitiv ein junges Mädchen, aber ich konnte nicht sagen, ob es Dusty war oder nicht.

Lisa Garrett, verbesserte ich mich selbst. Wir sollten sie wahrscheinlich jetzt bei ihrem richtigen Namen nennen. Ich erinnerte mich daran, wie hungrig das wilde Kind gewesen war, als ich sie zum Mittagessen ins Steakhouse mitgenommen hatte. Wie sie einen schwarzen Kaffee zu ihrem Mittagessen bestellt hatte statt einer Limonade und ihren neuen Namen von einem Musikplakat bekommen hatte, das an der Wand des Restaurants hing. *Dust 2 Dust.*

Ich kam näher. Die Luft war kalt auf meiner unbedeckten Haut, und ich begann zu zittern. Ich konnte es kaum erwarten, wieder drinnen zu sein. Ich war jetzt in der Nähe des Tränkegartens und betrat das Labyrinth aus Jasmin, Rosmarin, Salbei und Brennnesseln. Das Weinen wurde lauter. Es war nicht so sehr ein Irrgarten als vielmehr ein duftender, sich windender Pfad, der in eine großzügige Lichtung in der Mitte führte, wo die restlichen Pflanzen gediehen. Normalerweise war es einer meiner Lieblingsorte, aber die Farben der Blumen waren im schwachen Licht gedämpft, und das Laub verwandelte sich von Grün in Schwarz, während die Wolken immer bedrohlicher wurden.

Schließlich fand ich eine weinende Silhouette, die auf einer der Steinbänke zwischen dem Grün zusammengesunken war.

»Oh, Dusty«, sagte ich und stürzte auf sie zu. Sie musste gewusst haben, dass ihre Eltern zu Besuch gekommen waren, und hatte sich vor ihnen versteckt. Doch als ich das Mädchen an der Schulter berührte, zuckte es zusammen und blickte erschrocken zu mir auf. Salbei lag in der Luft.

»Oh«, sagte ich, leicht schockiert. »Entschuldige. Ich dachte, du wärst Dusty. Ich habe nach ihr gesucht.«

Maple Mellors Gesicht war blass und von Tränen gestreift. Ihre Augen waren geschwollen, und sie zitterte mehr als ich.

»Wie lange bist du schon hier draußen?«, fragte ich sie und vergaß, dass sie von dem Vampir, der ihre Zimmernachbarin entführt hatte, stumm gemacht worden war. »Komm schon«, sagte ich und bot ihr meine Hand an, um aufzustehen. »Du musst doch durchgefroren sein.«

Sie bewegte sich nicht. Sie blinzelte mich nur mit ihren nassen, dunklen Augen an.

»Komm schon«, sagte ich noch einmal und deutete auf den Himmel. »Es wird gleich schütten. Lass uns zurück zum Haus der Direktorin gehen.«

Eine Stimme hinter mir ließ mich einen Meter in die Luft springen. »Ich gehe nicht zurück«, sagte sie.

Ich drehte mich um, die Hand auf mein Herz gepresst. »Bei Adders Gabel! Dusty! Willst du mir einen Herzinfarkt verpassen?«

»Ich gehe nicht zurück«, wiederholte sie und ignorierte meine Nahtoderfahrung.

Ich war zunächst verwirrt und dachte, sie würde sagen, dass sie nicht mit mir zu Copperfields Haus zurückkehren würde, aber mir wurde schnell klar, dass sie ihre Eltern gesehen haben musste.

»Du musst nicht zurück«, sagte ich. »Wir werden alles tun, um dich hier zu behalten.«

»Jemand muss sich um Maple kümmern«, sagte Dusty. »Niemand versteht sie so wie ich.«

»Die Direktorin telefoniert gerade mit dem Rechtsteam des Rates«, erklärte ich. »Wir werden nicht zulassen, dass sie gewinnen.«

Dustys Augen blitzten wild. »Ich würde lieber sterben als dorthin zurückzugehen.«

»Okay«, sagte ich nickend.

Sie sprach zwischen zusammengebissenen Zähnen. »Asha, ich würde lieber sterben.«

»Ich verstehe«, sagte ich und erwiderte ihren intensiven Blick. In diesem Moment fragte ich mich, was sie dem Mädchen angetan hatten, dass sie so verängstigt war, und ich hasste sie dafür. »Dusty. Hör mir zu. Ich verspreche dir, dass du nie wieder bei deinen Eltern leben musst.«

Ihr starrer Blick löste sich auf, und ehe ich mich versah, schluchzte sie genauso heftig wie Maple. Ich zog sie zu mir und umarmte sie lange, ließ sie weinen. Sie hatte viel durchgemacht, und ich hatte sie noch nie weinen sehen, also dachte ich, es müsste eine gute Sache sein. Bald stimmte auch der Himmel ein, und ich wurde von allen Seiten beregnet.

»Kommt schon, Mädels«, sagte ich. »Lasst uns zum Haus zurückgehen. Dort warten Tee und Karottenkuchen auf uns.«

ALS WIR IM warmen Licht des Hauses der Schulleiterin eingehüllt waren, fühlten sich alle besser. Es gab tatsächlich frischen Tee und reichlich übriggebliebenen Karottenkuchen, trotz der großen Portionen, die Mrs. Garrett verputzt hatte. Matron Steel war sogar so freundlich, mir ein veganes Gebäck zu bringen, da sie wusste, dass ich den Kuchen nicht essen würde.

»Das ist wirklich nicht nötig«, sagte ich zu ihr. »Du musst dich nicht extra bemühen, nur weil ich so wählerisch bin.«

»Ach, nimm schon«, antwortete sie lächelnd, ihre Wangen von der Arbeit in der Küche gerötet. Ich dankte ihr und nahm mir vor, ihr beim nächsten Besuch etwas mitzubringen. Welche Geschenke schätzten Zwergen-Matrons? Ich müsste Ferra fragen. Die Leckerei war absolut köstlich - leichte, goldene Schichten aus Gebäck, gekrönt mit Ahorn-Pekannuss-Krümeln.

Wir waren nur die Mädchen und ich, und wir saßen am Tisch nahe dem Fenster und dem Kamin.

»Maple«, begann ich vorsichtig.

Sie blickte von ihrem Tee auf.

»Warum hast du vorhin geweint? Im Tränkegarten?«

Dusty antwortete für sie. »Sie hat Angst.«

»Vor dem Entführer?«

»Ja. Wir haben gehört, dass sie die Leiche eines Mädchens gefunden haben. Wir dachten, es könnte Zaleria sein. Dann haben wir gehört, dass es Maxine Malachay war und dass sie von einem Werwolf angegriffen wurde. Erst ein Vampir, dann ein Werwolf. Im Moment scheint alles einfach beängstigend zu sein.«

»Natürlich«, erwiderte ich. »Die Dinge *sind* im Moment beängstigend.«

»Ich meine, vor einem Monat wusste ich nicht einmal, dass magische Kreaturen existieren, mein Gehirn ist also ein bisschen durcheinander«, sagte Dusty. »Und dann haben wir gesehen, wie meine Eltern ankamen, und wir dachten, sie würden mich mitnehmen. Ich bin in Panik geraten. Und Maple hat angefangen zu weinen, weil sie nicht ohne mich hierbleiben will. Und auch, weil sie ihre Familie vermisst. Sie sind lieb zu ihr. Aber sie kann nicht mit ihnen zusammen sein, falls sie versehentlich etwas sagt und dann der Vampir sie alle umbringt.«

Ich starrte Dusty an, ohne zu wissen, was ich sagen sollte. Schließlich stellte ich meine Tasse ab.

»Das Reich ist ein gefährlicher Ort«, sagte ich langsam. »Aber es ist auch ein wunderbarer Ort, voller Magie und Überraschungen und interessanter Dinge. Darauf könnt ihr euch freuen. Und auf eure Copperfield-Ausbildung! Ihr seid an der besten magischen Akademie Südafrikas. Die Dinge sind jetzt verrückt, aber sie werden besser werden. Maple wird wieder nach Hause gehen können, und du wirst zu meiner Schülerin ausgebildet. Wenn das ist, was du willst.«

Dustys Mund klappte auf. »Meinst du das ernst?«

»Ernst wie ein Herzinfarkt«, nickte ich. »So wie der, den du mir vorhin fast verpasst hast.«

Sie knallte ihren Becher ab und stürzte sich in eine Umarmung, wobei sie meinen Stuhl fast nach hinten umwarf. Man könnte meinen, ich hätte gesagt, ich würde das Kind adoptieren.

»Danke, Asha«, murmelte sie in meine Schulter.

Ich umarmte sie wieder. Plötzlich wurde ich von einer riesigen Welle der Schläfrigkeit übermannt, als ob Poseidon zurückgekehrt wäre, diesmal mit Schlafsand statt Wasser bewaffnet.

»Keine Tränen mehr heute Abend, kleine Hexen«, sagte ich gähnend. »Schlaft gut in dem Wissen, dass ihr zusammen in Sicherheit seid. Morgen ist ein neuer Tag, um den guten Kampf zu führen.«

KAPITEL 23

DIE ÜBERBLEIBSEL SEINER TRÄUME

HARVEY

Harvey träumte wieder. Er wusste, dass er träumte, konnte aber nicht in die Wachheit zurückfinden. Diesmal war es nicht sein üblicher Albtraum – es war nur ein Durcheinander von Gedanken und unvollendeten Szenen ohne befriedigende Auflösung. Und natürlich Tiere. In Thomas Harveys Träumen gab es immer Tiere.

Elefanten, Diamanten, Macadamianussbäume, Schmetterlinge, Fremde mit Baretts. Seine erste Frau, Sigrid, die zusah, wie ihre Haare wegen der unerbittlichen Chemotherapie büschelweise ausfielen. Motorboote und Tsunamis. Ein verlorenes Kätzchen in einem Abflusskanal. Hühner und Kuchen. Ein steifer Nacken und etwas Hartes und Unbewegliches an seiner Wange. Er öffnete halb die Augen, nicht sicher, wo genau er sich befand. Morgenlicht teilte die Wand in zwei Hälften. Er hob seinen Kopf vom Schreibtisch und blinzelte auf die verschiedenen Bildschirme vor ihm.

Ah, er war in seinem Kontrollraum. Er hatte den Nachmittag damit verbracht, die Überwachungskameras auf dem Grundstück zu warten und sicherzustellen, dass alle funktionierten und mit dem Netzwerk verbunden waren. Er hatte auch die Winkel angepasst, sodass sie nicht mehr auf die Tiere gerichtet waren, was ihr ursprünglicher Zweck gewesen war, sondern auf mögliche Zugangspunkte, die Eindringlinge nutzen könnten. Der geschlossene Kamerakreislauf, den er normalerweise nutzte, um die meisten Tiere von einem Ort aus zu überprüfen, wurde jetzt als Sicherheitssystem verwendet.

Der Sturm war gekommen, und Harvey hatte sich ins Innere zurückgezogen und zu Abend gegessen – Tomaten-Bohnen-Chili und gelben Reis – bevor er sich mit einer Tasse Tee vor die Kamerabildschirme setzte.

Er blinzelte erneut. Etwas stimmte nicht. Er starrte auf die Bildschirme, seine Sicht noch immer verschwommen von den Überbleibseln seiner Träume.

Er eilte nach draußen, um mit eigenen Augen zu sehen. Die Netzpython war verschwunden. Der Flötenschnabel-Pfau, die ganze Familie der Astral-Buschbabys, der weinende schwarze Schwan. Er rannte von Gehege zu Gehege, um zu prüfen, welche Tiere fehlten, und zählte dreizehn, wobei seine Angst mit jedem wuchs. Viele dieser Tiere benötigten besondere Pflege und spezielle Umgebungen. Die meisten von ihnen würden extrem gestresst sein. Das war überhaupt nicht gut. Er sprach laut mit sich selbst, aber nur ein Wort kam über seine Lippen.

»Nein. Nein, nein, nein, nein, nein.«

Harvey rannte zurück ins Haus und spulte mit zitternden Händen die Überwachungsaufnahmen zurück, um zu sehen, was passiert war. Das Video war grau und körnig. Er spulte weiter zurück, bis er die Tiere sicher und schlafend nach dem Sturm sah, dann ließ er es laufen. Sein Herz war wie eine schwarze Klaviertaste, die von einem überschwänglichen Spieler getreten wurde, seine Rippen wie die Saiten, auf die eingehämmert wurde.

Er sah etwas und setzte sich so schnell auf, dass er fast seine Wirbelsäule zurückließ. Dort auf dem verschwommenen Bildschirm sah er einen Unterarm von der Größe eines Schlagstocks, der sich durch den Spalt zwischen Dach und Außenwand zwängte. Er verschwand, und die Klinge eines Messers tauchte auf, schnitt durch den strapazierfähigen Stoff der Dachkonstruktion. Harvey beugte sich zum Bildschirm vor, um zu sehen, wer der Dieb war, und lehnte sich schockiert zurück, als der Eindringling die Grenze seines Grundstücks durchbrach und sich durch den gezackten Riss zwängte. Der Plünderer war riesig! Alles an ihm war grotesk übergroß. Er war wie Der unglaubliche Hulk – aber eindeutig mehr Masse als Hulk.

Mein Gott, dachte er. Was könnte ein Mann wie der mit magischen Tieren wollen? Sie waren so schön und zart, und er war … nicht. Der Mann zwängte sich hindurch und sprang auf den Boden, sah sich um, schlich den Gehweg entlang, als ein weiterer Mann ähnlicher Größe ebenfalls über die Mauer kam.

»Nein!«, schrie er den Bildschirm an. An diesem Punkt tanzte Harvey fast vor Nervosität auf seinem Stuhl. Er konnte nicht glauben, dass er durch so etwas Schreckliches geschlafen hatte. Er beobachtete ihre Bewegungen und die Kleidung, die sie trugen, und erkannte mit einer schrecklichen dunklen Welle des Grauens, dass die Männer Orks waren.

Orks! Was wollten diese Bestien mit seinen Tieren? Er beobachtete durch seine Finger hindurch – sah zu, wie sie von Bildschirm zu Bildschirm wanderten und die Kreaturen einsammelten, die sie wollten, als hätten sie eine Einkaufsliste. Nachdem sie fertig waren, fiel Harvey erschüttert in seinen Stuhl zurück. Er drehte seine Musik auf volle Lautstärke – *La Traviata* – damit die anderen Tiere sein Weinen nicht hören würden.

KAPITEL 24
VERLORENE SACHE

ASHA

Ich schnappte mir meine Yogamatte und befestigte sie mit der Tragetasche auf meinem Rücken, bevor ich auf meine Vespa stieg. Ich hatte nach dem anstrengenden Tag zehn Stunden geschlafen und fühlte mich hundertmal besser. Zu meiner guten Laune trug auch die Nachricht meines Lieblingsdetektivs bei, der mich zum Mittagessen einladen wollte. Ich hatte geantwortet, dass ich nicht sicher sei, ob er mich mochte oder nur Ferras Kochkünste, worauf er einfach mit *JA* geantwortet hatte.

Ich düste durch die Straßen von Joburg und genoss die Sonne auf meinem Rücken und den Geruch von Regen auf dem Asphalt. Mein Garten hatte sich nach dem Sturm wieder erholt und nur ein paar Blätter dem Enthusiasmus des Regenschauers geopfert. Nach dem Regen durch den Garten zu laufen war immer ein Vergnügen, und ich hatte mir Zeit gelassen, obwohl ich wusste, dass ich ein Treffen mit dem Starfall-Zirkel hatte. Ich lächelte und beschleunigte.

Ich hatte meine schwarzen Yogaleggings und Tops gefunden, also konnte ich jetzt die leuchtend pinken Leopardenprint-Leggings an Savvy zurückgeben, mit der ich an diesem Abend ein Grinsen-und-

Herumtollen-Date hatte. Der Sturm hatte den Schmutz weggewaschen, und die Dinge sahen definitiv besser aus.

Soleil begrüßte mich mit einem breiten Grinsen, obwohl ich über zehn Minuten zu spät war. Auch der Rest des Zirkels begrüßte mich herzlich – außer Boston, was keine Überraschung war. Ich lief zum Kreis und Soleil verwandelte unsere Yogakleidung mit einem Fingerschnippen in Hexenmäntel. Wir gingen die Routine durch: die Musik, Kerzen, Gesänge und Weihrauch, und bald war es Zeit zu besprechen, was getan werden musste, um das Ungleichgewicht des Reichs zu beheben.

Die Werwolfpanik stand im Mittelpunkt.

Ich dachte, dass die Hohepriesterin uns drängen würde, bezüglich der Paranoia ruhig und rational zu bleiben, aber das Gegenteil war der Fall.

»Es kommen immer mehr Berichte über Werwolfflüche herein«, sagte sie.

»Was sind Werwolfflüche?«, fragte Rose Devka, der einzige unberührte Mensch im Zirkel.

»Wenn Werwölfe Menschen verwandeln«, antwortete Forsythia, die Tierflüsterin der Gruppe. »Das Wolfsgen ist ein virulenter Stamm, wie ein Virus. Ein Biss genügt.«

Mir lief es kalt den Rücken runter. »Sagen Sie, dass Werwölfe tatsächlich versuchen, Menschen zu verwandeln?«

»Ja«, sagte Soleil. »Wir haben ein beunruhigendes Muster bemerkt, und die Fälle nehmen zu.«

»Ich, nur... «, sagte ich. »Ich finde es einfach schwer zu glauben. Wir haben seit Hunderten von Jahren in Frieden mit Werwölfen im Reich gelebt. Warum sollten sie plötzlich anfangen, Menschen anzugreifen?«

»Wir kennen die Antwort darauf nicht«, sagte Soleil.

»Wen interessiert das überhaupt?«, fragte Boston. »Alles, was wir wissen müssen, ist, dass sie Krieg führen, und wir müssen uns vorbereiten.«

»*Krieg führen?*«, erwiderte ich. »Das ist etwas übertrieben, findest du nicht?« Ich schaute mich bei den anderen Zirkelschwestern um, und sie wirkten unsicher. Ich blickte zu Soleil und erwartete, dass sie Bostons leichtsinnige Behauptung zurückweisen würde, aber sie tat es nicht.

»Asha«, sagte sie sanft. »Ich weiß, dass du schon immer eine Verbindung zu Wölfen hattest. Und ich weiß, dass du Wolfsfreunde hast. Aber wenn die Rasse weiterhin Menschen angreift, müssen wir uns mobilisieren und zurückschlagen.«

»Hohepriesterin!«, antwortete ich, etwas lauter als beabsichtigt. »Ein paar Leute geraten in Panik, das ist alles. Es gibt keine koordinierte Anstrengung, Menschen zu infizieren.«

»Und woher weißt du das mit Sicherheit?«, fragte sie, wohl wissend, dass ich keine fundierte Antwort hatte. »Du verstehst genauso gut wie ich, dass es gute und schlechte Wölfe gibt, genau wie bei Menschen. Und übrigens auch bei Hexen!«

»Genau«, erwiderte ich. »Deshalb dürfen wir diese aufkommende Paranoia nicht schüren. Sie wird niemandem dienen.«

»Schaut«, sagte Soleil und hob ihre Hand. »Lasst uns hier nicht streiten. Es ist nicht gut für die kosmische oder karmische Energie des Zirkels. Schließen wir den Kreis, und diejenigen, die dies weiter besprechen möchten, können es draußen im Garten tun.«

Meine Lippen waren zusammengepresst, als ich nickte. Ich konnte nicht glauben, dass Soleil in diesen Unsinn verstrickt war. Ich hatte sie immer vergöttert, und jetzt, als ich sie ansah, erkannte ich, dass sie nicht mehr auf dem Podest stand, auf das ich sie gestellt hatte.

»Ich habe noch eine Sache zu besprechen, bevor wir schließen«, sagte ich. Jemand räusperte sich gerade laut genug, dass ich es hören konnte. Ich wusste, dass ich unverschämt klang, also fügte ich schnell hinzu: »Wenn die Hohepriesterin es mir erlaubt.«

Soleil nickte mir zu.

»Da ist eine junge Frau. Ein Mädchen mit hellseherischen Kräften, das ich in der Stadt auf der Straße lebend gefunden habe. Copperfield hat sie aufgenommen, und sie war dort glücklich. Gestern kamen ihre Eltern in der Schule an – die Eltern sind der Grund, warum das Mädchen von zu Hause weggegangen ist – und bestanden darauf, sie nach Hause zu nehmen. Das Mädchen will nicht gehen. Sie engagieren einen Anwalt.«

»Die Eltern werden mit ziemlicher Sicherheit das Sorgerecht bekommen«, sagte Jessie. Sie war die Anwältin des Zirkels. Meine Schultern sanken herab. »Wir haben eigentlich keine Chance zu gewinnen. Es ist eine verlorene Sache.«

»Das sind gute Neuigkeiten«, sagte Soleil zu mir und zwinkerte.

Ich runzelte die Stirn. »Warum?«

Sie lächelte. »Weil verlorene Sachen Jessies Spezialität sind.«

KAPITEL 25

DOPPELDATE

ASHA

Soleil sorgte dafür, dass Jessie und ich Nummern austauschten, und die Anwältin sagte, sie würde Direktorin Copperfield anrufen, um so schnell wie möglich ein Treffen zu vereinbaren. Ich hatte ein gutes Gefühl dabei und hoffte, dass ich mein Versprechen an Dusty halten könnte, dass sie nie wieder bei ihren Eltern leben müsste.

Nur über meine Leiche, dachte ich immer wieder. *Nur über meine Leiche wird sie zu ihnen zurückkehren müssen*, bis ich mir dachte, dass ich besser aufhören sollte, so zu denken, sonst würde es vielleicht wahr werden. Magie funktioniert auf mysteriöse Weise. Ich war gerade dabei, in den Garten des Starfall Yoga Studios zu gehen, um meinen Standpunkt zum Werwolfpanik-Thema darzulegen, als mein Handy in meiner Tasche vibrierte. Ich trug meinen alten Umhang, da mein neuer von Ferra von den mundatmenden Fleischsäcken vor dem Copperfield Institut ruiniert worden war. Ich überlegte, ihn in die Reinigung zu bringen, aber ich glaubte nicht, dass sie es schätzen würden, ein Kleidungsstück zu erhalten, das mit getrockneter Farbe bedeckt war, die wie Blut aussah. Nein, ich würde den alten tragen müssen, bis ich den Mut aufbringen würde, meiner Feen-Zwergen-Patin zu erzählen, was passiert war.

Ich zog mein Handy heraus, mit einem vor Angst wirbelnden Magen, weil ich dachte, es wäre Morgan, der eine weitere Leiche oder ein vermisstes Mädchen melden würde, aber – Gott sei Dank! – ich lag falsch. Es war eine Nachricht von meiner Lieblingszauberin, Jacquelyn Denna Knight. Ich nahm mir einen Moment Zeit, um innerlich auszuflippen, bevor ich sie las. Ich konnte immer noch kaum glauben, dass ich mit der berühmtesten weiblichen Zauberin im Reich SMS-Kontakt hatte. Okay, Jax war wahrscheinlich die einzige weibliche Zauberin im Reich, aber das hielt niemanden davon ab, ihren Mut zu bewundern. Niemand in unserer Generation würde vergessen, was sie für uns getan hatte – wir wären alle Silvano-Vampir-Blutsklaven oder tot, wenn es sie nicht gäbe.

Asha, kommst du zum Mittagessen?, stand in Jax' erster Nachricht. Die zweite lautete: *Keine Sorge, Darick kocht :)*

Ich war gerade dabei, ein begeistertes »JA« zu antworten, als ich mich erinnerte, dass Sam früher etwas vom Mittagessen erwähnt hatte. Musste ich zwischen Mittagessen mit Sam oder Jax wählen? Das wäre unmöglich. *Verdammt!*

Ich würde sehr gerne, schrieb ich an Jax. *Aber Sam und ich haben bereits Pläne.*

»Sam und ich«? Das ließ uns verdächtig nach einem Paar klingen.

Bring ihn mit!, antwortete Jax. *Doppeldate.* Und sie schickte mir einen Pin mit ihrer Adresse.

Nachdem ich eine Nachricht an Sam geschickt hatte, flitzte ich nach Hause, um mein schwarzes Lycra gegen ein schwarzes Kleid zu tauschen. Mit meinem Ritualmesser schnitt ich einen großen gemischten Blumenstrauß aus meinem Garten, einschließlich einiger Kräuter, und nahm dann einen Uber. Ich wartete am Eingang von Jax' Gebäude, einem massiven Wolkenkratzer.

»Da bist du ja«, sagte Sam, als er auf mich zukam. Ich dachte, er würde mich vielleicht küssen, aber er blieb kurz davor stehen. Er hielt eine Flasche Wein in der Hand.

»Danke, dass du deine Mittagspläne geändert hast«, sagte ich.

»Habe ich nicht«, sagte er. »Der einzige Plan, den ich hatte, war, dich zu sehen.«

Ich konnte nicht anders, als zu denken, dass ich mir wünschte, er würde *mich* zum Mittagessen haben. Ich errötete und schaute weg, um zu versuchen, meine heißen Wangen zu verbergen.

»Alles in Ordnung?«, fragte der Detektiv.

»Ja«, sagte ich und lockerte meinen Kragen. »Mir ist nur etwas warm. Dieser Mantel ist zu warm.«

»Zieh ihn aus?«, schlug er vor und bot an, ihn zu halten, und ich sah ihn sehnsüchtig an.

Der Türsteher, ein Ork mit aufgeblähten Bizepsen, öffnete die Tür für uns, also hörten wir auf herumzulungern und betraten die Eingangshalle. Die Blumen brachten den Ork zum Niesen.

»Welche Wohnungsnummer hat Jacquelyn?«, fragte Sam.

»Sie hat keine Nummer angegeben«, antwortete ich. Ich sah den Türsteher an. »Wissen Sie, welche Wohnung Daricks ist?«

Amüsiert lächelte er breit. Ich musste wegschauen von dem steinigen Sumpfland, das sein Mund war, um nicht meinen Appetit zu verlieren. »Sie gehören alle ihm«, antwortete er.

Ich hatte das Gerücht gehört, wie wohlhabend Jax' Magier-Freund war, aber nichts bereitete mich darauf vor, seine Wohnung zum ersten Mal zu betreten. Sie war wie aus einem Magazin – einem Magazin über Innenarchitektur für Milliardäre, die Minimalismus und Technologie mögen – und ich versuchte, zu verhindern, dass meine Augen aus dem Kopf fielen.

Jax empfing uns an der Tür. In völligem Kontrast zur eleganten, teuren Einrichtung trug sie eine Jogginghose und einen Hoodie, und als ich neugierig auf ihr Outfit schaute – ohne es zu beabsichtigen – zuckte sie mit den Schultern und sagte: »Das ist das Einzige, was jetzt noch passt!« Sie stellte sich seitlich, um ihren Babybauch zu zeigen. Er schien gewachsen zu sein, seit ich sie zuletzt bei Nilve SaltySnaps Beerdigung unter dem Riesenrad gesehen hatte.

Ich gab ihr den Blumenstrauß, der unordentlich, organisch und duftend war und mit Daricks Stil unvereinbar schien. Sie lächelte und dankte mir.

Darick war in der Küche. Sobald er uns sah, lächelte er herzlich, nahm seine Schürze ab und faltete sie ordentlich zusammen, wodurch ein schicker Leinenanzug zum Vorschein kam. »Wir sind so froh, dass ihr zu uns kommen konntet«, sagte er und schüttelte Sam die Hand. »Ihr seid genau pünktlich.«

Ich zog meine Augenbrauen hoch. Zeit wofür?

»Darick ist sehr pingelig, was das Essen betrifft, das er zubereitet«, sagte Jax und zwinkerte mir verschwörerisch zu. »Und er hasst es, wenn das Essen kalt wird.«

Ich entdeckte ein Bild am Kühlschrank – einen Ultraschallausdruck ihres Babys.

Wir wurden sofort zu einem Tisch auf dem riesigen auskragenden Balkon geführt, der über der Stadtlandschaft in der Luft zu schweben schien, wo Jax mit den Fingern schnippte, um ihn mit einer Tischdecke zu bedecken. Ein weiteres Schnippen sorgte dafür, dass unsere Weingläser voll waren und die Blumen, die ich mitgebracht hatte, das Herzstück bildeten. Ich konnte die Fenchelblüten riechen.

»Angeber«, sagte Darick, als er mit einem Tablett voller Vorspeisen herankam. Es waren wunderschöne, komplizierte Dinge, zu hübsch zum Essen.

»Sagt der Richtige!«, erwiderte Jax, und Darick schnippte mit seinem Geschirrtuch nach ihr. »Schau dir das an!«, rief sie angesichts des Essens aus. »Kein Wunder, dass ich so groß wie die *Titanic* bin.«

Ich lachte, wahrscheinlich zu laut, aber Jax stimmte mit ein.

»Ich war mal fit«, erzählte sie uns. »Ich habe hart trainiert und nie aufgehört zu essen, außer wenn Ferra für mich gekocht hat.«

Sam und ich lächelten beide bei der Erwähnung des Namens der Zwergin.

»Aber jetzt mästet Darick mich, als ob er plant, mich zu Weihnachten in den Ofen zu stecken.«

Ich lachte wieder.

»Also, danke, dass ihr gekommen seid. Ich bin dankbar, Menschen zu haben, mit denen ich das Essen teilen kann. Meine Ex-Taille dankt euch.«

Darick gesellte sich zu uns, und wir stießen alle mit den Gläsern an. Jax hatte Sprudelwasser in ihrem Glas und nahm einen Zweig Lavendel aus dem Strauß, um ihn in ihr Glas zu geben.

»Auf neue Freunde«, sagte Darick mit seiner wundervollen tiefen Stimme.

»Auf eure Gesundheit«, sagte Sam, »und eine sichere Entbindung.«

Jax lächelte. »Auf Nilve SaltySnap«, sagte sie, und die Fröhlichkeit verschwand. Ihre Augen füllten sich mit Tränen. Darick legte seine Hand auf ihre.

»Ich habe euch etwas zu sagen«, platzte es aus mir heraus. »Über Salty. Sie lebt. Irgendwie.«

Jax stellte ihr Glas ab und verschüttete es fast. »Was?«

Darick starrte mich an. »Was meinst du mit *irgendwie*?«

»Ach«, sagte ich und rieb mir das Gesicht. »Es ist kompliziert. Aber es sind gute Nachrichten, das verspreche ich.«

Jax schüttelte ungläubig den Kopf. »Nein«, sagte sie. »Ich habe die Leiche gesehen.«

Ich sah Sam an, und er bedeutete mir, zu erklären, was in Oblivion geschehen war – wie Nathan Steiger und ich wegen des Falltürfluchs dorthin katapultiert wurden und Salty beschwören konnten, weil sie in diesem erschreckenden Limbo festsaß, bis ihr Mörder zur Rechenschaft gezogen würde. Wie Steiger seine Heimreise geopfert hatte, damit ich mit Salty zurückkehren konnte.

»Also bist du mit ihr zurückgekehrt?«, fragte Jax, in deren Augen ein Funken Hoffnung tanzte.

»Ja«, sagte ich nickend. »Ihre Portalfähigkeiten waren mein einziger Weg nach Hause.«

Jax hielt den Stiel ihres Glases so fest, dass ich befürchtete, er würde zerbrechen und ihre Hand schneiden. »Aber wo ist sie dann?«

»Das ist der komplizierte Teil«, sagte ich. »Ich habe sie nicht mehr gesehen, seit ich im Reich wieder aufgewacht bin.«

»Aber du hast sie gerettet«, sagte Jax. »Du hast sie gerettet!«

Ich schüttelte den Kopf. »Nein. Nilve SaltySnap hat mich gerettet.«

KAPITEL 26

VIRIDIAN

ASHA

»**M**eine Vermutung ist, dass Salty hier erst vollständig wiederhergestellt sein wird, wenn ihr Mord gerächt ist.«

»Du denkst, sie ist ein … Geist?«, fragte Darick.

»So etwas in der Art.« Ich seufzte und nahm einen großen Schluck Wein. »Ich hatte nur gehofft, sie könnte mir zeigen, wer ihr Mörder ist – und wo Gizmo steckt. Ich dachte, es würde einfach sein, weil ich dachte, sie würde hier bei uns sein und uns sagen, wohin wir gehen müssen.«

Bei der Erwähnung von Gizmo füllten sich Jax' Augen erneut mit Tränen.

»Es tut mir leid«, sagte ich. »Ich wollte dich nicht aufwühlen.«

»Das bist nicht du«, antwortete sie. »Früher habe ich nie geweint, aber jetzt bin ich ein emotionales Wrack. Ich vermisse ihn einfach. Er war schon mal verschwunden, aber noch nie so lange.« Sie schniefte. »Ich mache mir einfach große Sorgen um ihn. Ich befürchte, dass er verletzt ist.«

»Nun, ich werde ihn finden«, sagte ich.

Alle schüttelten gleichzeitig den Kopf, aber ich ließ mich nicht entmutigen.

»Es ist zu gefährlich«, sagte Sam.

Darick nickte. »So wurde Salty getötet.«

»Ich bin nicht Salty«, sagte ich. »Und wie soll ich sonst ihren Mörder finden, wenn ich nicht Gizmos Spur folge?«

Trotz der Sorge, die in der Luft lag, konnten wir unser köstliches Mittagessen genießen. Jax und Darick hatten eine spielerische Beziehung, die für angenehme und unbeschwerte Gesellschaft sorgte, wenn wir entschlossen den Elefanten – oder besser gesagt den Geistkobold und den magischen Albino-Frettchen – im Raum ignorierten. Darick war, wie versprochen, ein fantastischer Koch, und der Ausblick auf die Stadt und die umliegenden Vororte war unglaublich, obwohl es ziemlich nervenaufreibend war, über den Rand des Balkons zu schauen.

Ich versuchte, bei meiner Portionsgröße höflich zu bleiben, aber Jax häufte ihren Teller hoch auf, also tat ich es ihr gleich. Frisch gebackene Spanakopita, frische Oliventapenade und Hummus mit Pitabrot, marinierte geröstete Paprika und Auberginen, Kichererbsen-Falafel und ein knackiger, kräutiger Salat – all das machte mein Herz glücklich.

»Captain Morgan hat mich neulich angerufen«, sagte Jax, als wir Kaffee tranken.

»Oh?«, sagte ich. »Sie hatte erwähnt, dass sie das tun würde. Sie vermisst dich.«

»Es war kein Höflichkeitsanruf. Sie möchte, dass ich bei dem Fall der vermissten Töchter helfe.«

»Sie hätte dich nicht fragen sollen«, sagte Darick. »Du bist im siebten Monat schwanger.«

»Wir wissen nicht, wie lange das noch dauern wird«, sagte Jax. »Vielleicht kann ich helfen, nachdem das Baby geboren ist.«

Darick warf ihr einen amüsierten Blick zu, seine Mundwinkel zuckten leicht nach oben. »Was willst du tun? Unser Neugeborenes auf die Brust schnallen, während du Vampire pfählst?«

»Wenn Sugar Shagar das kann...«, sagte Jax, und wir lachten alle. Die Ork-Mafia-Patin war eine beeindruckende Frau.

»Der Grund, warum sie dich gefragt hat, ist, dass du die beste Vampirjägerin im Realm bist«, sagte ich. »Und wir denken, der Entführer ist ein Vampir.«

Ich erzählte ihr von dem heimlichen Vampir, den Maple Mellor beobachtet hatte, wie er Zaleria Chalice aus ihrem Bett in Copperfield entführte.

»Er sagte zu Mellor, dass er ihren kleinen Bruder und ihre Eltern töten würde, wenn sie jemandem davon erzählt. Also ist sie jetzt stumm.«

»*Filius canis*«, fluchte Jax, ihr Gesicht wirkte plötzlich gequält. »Das ist erschreckend.«

»Wie sah der Vampir aus?«, fragte Darick.

»Ich weiß es nicht, das traumatisierte Kind hat kein Wort mehr gesagt und sie weigerte sich, mit dem Phantombildzeichner zusammenzuarbeiten.«

»Welche Farbe hatte die Innenseite seines Umhangs?«, fragte Jax.

»Grün«, antwortete ich. »Strahlendes Blaugrün.«

Jax und Darick tauschten Blicke aus. »Viridian? Das ist der Smaragde-Clan«, sagte Jax.

Mein Herz setzte fast aus, als sie »Viridian« sagten. Darick blieb still und strich sich auf eine Weise über die Augenbrauen, die mich nervös machte.

»Ich weiß nichts über sie«, sagte ich leise. Ich hatte noch nie von ihnen gehört. Ich hätte mich offensichtlich erinnert, da wir einen Namen teilten – der Gedanke daran entsetzte mich.

»An denen ist nichts Besonderes«, sagte Jax und trank ihren Kaffee aus. »Sie sind genauso grausam wie alle anderen.«

»Ihre Anführerin ist Sirilla Voltane«, sagte Darick. »Sie ist ein ganz besonderes Exemplar.«

»Du kennst sie?«, fragte Jax.

»Man könnte es so sagen.« Darick bewegte seine Finger, als würde er sich auf einen Faustkampf vorbereiten. Jax füllte sein Weinglas für ihn nach, ebenso wie unsere. Sie tat es von Hand, ohne Magie, und wirkte dabei nachdenklich.

»Warum sollten sie junge Mädchen entführen?«, fragte ich.

»Wir wissen nicht, ob es viele Mädchen sind oder nur Zaleria«, sagte Sam.

»Stimmt«, antwortete ich.

Darick nickte. »*Der Realm Observer* berichtete, dass die Mädchen möglicherweise von Werwölfen mitgenommen wurden.«

»Völliger Unsinn«, sagte ich und überraschte alle mit meinem Tonfall. »Nur weil *ein* Mädchen von einem Wolf angegriffen wurde...«

»Sie versuchen aktiv, ihre Zahlen zu erhöhen«, argumentierte Darick, »also würde es Sinn machen, Menschen zu schnappen.«

»Sie zu töten scheint aber kontraproduktiv«, sagte ich, und alle nickten.

»Chalice«, grübelte Jax. »Warum kommt mir dieser Name bekannt vor?«

Darick antwortete. »Sabine und Thavior Chalice gehören zur Zauberer-Aristokratie. Sie haben die BetterRealm-Stiftung gegründet.«

»Richtig«, sagte Jax. »Jetzt erinnere ich mich. Es scheint ein seltsames Paar zu sein, das man sich zum Feind macht – wo sie doch so im Rampenlicht stehen. Warum haben sie nicht gleich das Mellor-Mädchen mitgenommen?«

»Wer weiß?«, sagte Darick. »Manche Leute wollen gefasst werden.«

Jax tippte mit dem Fuß. »Smaragde«, sagte sie. »Da wir den Clan kennen, warum lassen wir Morgan nicht das Smaragde-Versteck stürmen, um zu sehen, was sie finden kann?«

»Dafür braucht man einen Durchsuchungsbefehl«, sagte Darick. »Vom Rat.«

»Also muss sie tun, was nötig ist, um einen zu bekommen. Richtig?«

»Ich bin mir nicht sicher«, sagte Sam. Er war bis dahin ziemlich still gewesen, also bekam er unsere Aufmerksamkeit. »Vielleicht will sie sie nicht auf ihre Verdächtigungen aufmerksam machen. Vielleicht wartet sie darauf, dass sie einen Fehler machen, anstatt sie in Alarmbereitschaft zu versetzen. Sie werden viel leichter zu fangen sein, wenn sie sich sicher fühlen.«

Sirilla Voltane vom Smaragde-Clan, sagte ich zu mir selbst. *Du solltest besser deine Angelegenheiten in Ordnung bringen, denn deine Tage sind gezählt.*

KAPITEL 27
SCHLEIMIGE GRÜNE BÄNDER

HARVEY

Thomas Harvey arbeitete sich durch drei vollständige Opernsoundtracks, bevor er verstand, was er tun musste. Plötzlich war sein schlaffer Körper voller Energie, und er schnappte sich seinen Werkzeugkasten und machte sich an die Arbeit. Zunächst überlegte er, alles festzuschrauben und Elektrozäune und Stacheldraht aufzustellen, aber das wäre zu gefährlich für die Tiere. Außerdem weigerte er sich, zuzulassen, dass die orkischen Wilden seine Überzeugung ruinierten, dass die Tiere kommen und gehen durften, wie sie wollten. Er hatte sich vor langer Zeit versprochen, niemals wieder ein Tier gefangen zu halten, und diese Brutalen würden daran nichts ändern. Er reparierte das Dach so gut er konnte – wieder einmal – und überprüfte die Kameras. Am wichtigsten war, dass er einen alten Schrank im staubigen Lagerraum gewaltsam öffnete und sein altes Betäubungsgewehr herausholte.

Das Gewehr war uralt. Er hatte es in seiner Jugend zu benutzen begonnen und hatte über die Jahre so viel Übung, dass er wahrscheinlich die internationale Meisterschaft gewinnen würde – wenn es eine gäbe – für klapprige alte Betäubungsgewehr-Meister. Er kaute an seiner Unterlippe, während er entschied, welche Dosierung er brauchen würde, um die orkischen Eindringlinge zu betäuben. Waren sie so groß wie Löwen oder Bären? Er nahm einen tiefen, nachdenklichen Atemzug, während er die verschiedenen Betäubungspfeile studierte. Seine Hand schwebte über dem, der für große Katzen verwendet wurde, und dann nahm er einen Schritt höher. Die Orks waren zwar nicht so groß wie Eisbären, aber Harvey wollte kein Risiko eingehen. Er steckte die Betäubungsmittel ein und schloss den Lagerraum, wobei er fast niesen musste.

Thomas Harvey verbrachte den Rest des Tages in nachdenklicher Stimmung. Er nahm sich Zeit, das Gewehr zu reinigen und sicherzustellen, dass es funktionierte. Er versuchte, nicht zu viel an seine vermissten Tiere zu denken – er wusste, dass Sorgen nichts lösten –, aber er konnte nicht verhindern, dass sie ihm in den Sinn kamen. Unter welchen Bedingungen wurden sie gehalten? Welches Futter würden sie bekommen? Diese Sorge erinnerte ihn daran, das Futter für den Rest seiner Menagerie aufzufüllen, und er tat es gerne. Er begann den einstündigen Prozess, bewegte sich von einer Seite des Geländes zur anderen und sprach mit den kreischenden und bellenden und schnurrenden Tieren, die geblieben waren. Manchmal sang er ihnen ein Lied vor, aber heute war ihm nicht danach zumute. Er schnitt Obst für die Affen und Vögel, wobei er selbst ein Stück Ananas aß, und füllte Vogelfutter in die verschiedenen Futterautomaten. Die fleischfressenden Tiere bekamen eine großzügige Portion Liscious Paws Love Protein, 20-kg-Säcke, die Harvey in großen Mengen direkt vom Werk liefern ließ. Die Fütterung des Zoos war eine schmutzige Arbeit, und als er fertig war, zog er sich aus und ging in seinem kalten Bioteich schwimmen, wo die Enten ihn verärgert anquakten, weil er ihren Nachmittagspaddelausflug störte.

Er keuchte bei der Kälte, dem Schock der Kälte gegen seinen warmen Körper. Sein Herz hüpfte; seine Haut zog sich zusammen. Er war sofort erfrischt und gleichzeitig unwohl, und zwang sich, untergetaucht zu bleiben. Zumindest war er in Afrika und nicht in der Schweiz, wo diese Art von Aktivität in den eisigen Seen, in deren

Nähe er aufgewachsen war, viel härter war. Ein kaltes Schwimmen war gut für die Verfassung, das wusste er, und dachte, dass er es mehr zur Gewohnheit machen sollte. Er beobachtete, wie die Kaulquappen an seinen Beinen vorbeischwammen, und starrte auf die schleimigen grünen Bänder, die sich unter Wasser wiegten. Er konnte das Gefühl nicht abschütteln, dass er nur seine Zeit abwartete. In seinem Alter hatte er erkannt, dass es nie einen Sinn hatte zu warten; er hatte das Warten als Geisteszustand aufgegeben. Aber heute, als er im kalten Wasser trieb und zusah, wie seine Wellen die Seerosenblätter hüpfen ließen, wusste er, dass er nur die Zeit totschlug, bis die Sonne unterging und die Orks wieder auftauchen würden, um mehr von den Geschöpfen in seiner Obhut zu stehlen. Sie würden kommen, genau wie zuvor, aber diesmal würde er bereit für sie sein.

KAPITEL 28
STINKENDER MITTERNACHTSSNACK

HARVEY

Die Nacht brach herein, und Thomas Harvey fühlte sich aufgedreht. Seine Nerven hielten seine Augen offen. An Abendessen war nicht zu denken. Stattdessen ernährte er sich von grünem Tee und gelegentlich einer Handvoll roher Erdnüsse – und von dem Adrenalin, das jede Zelle in hellwache Bereitschaft zu versetzen schien, trotz des dunklen Hauses, in dem er sich befand. Er verbrachte die Zeit mit Auf- und Abgehen, überprüfte die Bildschirme und sah nur Wolken dunkler Pixel, während die Tiere schliefen. Die nachtaktiven Geschöpfe schauten manchmal in Richtung der Kamera und heulten oder schrien, und Harvey war dankbar für die Gesellschaft, die seine Nerven zu beruhigen schien.

Das erste Anzeichen dafür, dass die piratenartigen Wilden angekommen waren, war das hohe Schnattern der verschwindenden Grünmeerkatzen im Dschungelbereich. Sie waren auf dem Bildschirm zwischen den Ästen und Blättern schwer zu erkennen, aber Harvey kannte den Klang ihres Alarms.

Okay, sagte er zu sich selbst. *Okay.* Als er auf die Uhrzeit am Monitor blickte, sah er, dass es 2:38 Uhr war. Er atmete tief durch, berührte seine Lippen und dann die Himalaya-Gebetsperlen, die um seinen Hals hingen.

Du schaffst das, sagte er zu sich selbst, als er das frisch gewartete Gewehr aufhob. *Du bist der alte, wackelige Meister im Betäubungsgewehrschießen.*

In seinem Tarnmuster-Winteronesie schlüpfte Harvey durch die Hintertür, deren Schieberiegelung er einige Stunden zuvor geölt hatte, um sie so leise wie möglich zu halten. Sein Make-up bestand aus einer wachsigen Schuhpolitur, mit der er seine Wangen tigerartig gestreift hatte. Der Gürtel seines schwarzen Bademantels war Rambo-mäßig um seine Stirn gebunden. Er war bereit.

Harvey pirschte in Richtung Dschungel. Die Affen hatten sich beruhigt, aber die Vögel nahe dem Wasserfall waren nun aufgeregt. Harvey ertappte sich dabei, dass er sich einige gefährliche Raubtiere wünschte. Vielleicht ein Krokodil oder einen schwarzen Jaguar, die die Orks als stinkenden Mitternachtssnack verspeisen könnten. Blauschimmelkäse-Burritos.

Er hörte einen dumpfen Aufprall. Es war nah bei ihm; zu nah für seinen Geschmack. Er duckte sich unter das breite, prähistorisch aussehende Blatt einer köstlichen Monstera-Pflanze. Harveys Hände schwitzten leicht und lockerten seinen Griff am Gewehr. Der Versuch, es fester zu halten, machte es nur schlimmer.

Lebenslektionen findet man überall, dachte er. *Sogar in Zeiten wie diesen.*

Da sah er die Wilderer.

Diesmal waren es drei, und der neue Zugang war riesig, selbst im Vergleich zu den anderen gewaltigen Orks. Die ursprünglichen Plünderer hatten eindeutig mehr Muskelmasse mitgebracht, um den ganzen Ort leerzuräumen. Harveys Herz beschleunigte seinen Rhythmus. Er war froh, dass er die Sedativ-Dosierung für ein riesiges Tier gewählt hatte. Langsam und gleichmäßig durch die

Nase atmend versuchte er, seinen Körper zu beruhigen. Er brauchte Hände, die nicht zitterten.

Die Orks gestikulierten miteinander und teilten sich dann auf.

Donder und blitzen, fluchte der alte Mann. Donner und Blitz. Er hatte gehofft, sie wären dumm genug, zusammenzubleiben. Ein panisches Gackern und Schnattern hinter ihm ließ ihn zusammenzucken und fast einen Schuss abfeuern, und sein Herz schlug so laut, dass er kaum etwas anderes hören konnte. Das Geflügel setzte sein alarmiertes Geschrei fort, als hätte ein Fuchs seinen Weg in den Hühnerstall gefunden.

Harvey schluckte schwer und bewegte sich vorwärts, aus seiner Deckung heraus und in Richtung des Hühnerhauses. Er sah einen der Unholde – einen aus dem ursprünglichen Paar – der versuchte, die Goldblattenten zu fangen, die in Panik flatterten und schnatterten. Es war ein aussichtsloses Unterfangen. Selbst Harvey, der mit tiermagischen Talenten geboren war, fand es schwer, diese Enten zu fangen. Er kauerte sich hinter einem Busch nieder und zielte.

Den Abzug zu betätigen, erforderte mehr Anstrengung, als Harvey erwartet hatte. Vielleicht zeigte das Gewehr sein Alter, oder vielleicht hatte er Angst, eine der Enten statt des Eindringlings zu treffen, was den Vogel mit Sicherheit töten würde. Er übte weiter Druck aus, behielt sein sich bewegendes Ziel im Auge, bis der Abzug nachgab. Es gab ein kleines scharfes Rauschen, als der Pfeil durch die Nachtluft pfiff, und dann ein verwirrtes Grunzen, als der abgelenkte Ork den Nadelstich in seinem Oberschenkel spürte und darauf hinunterblickte. Harvey hielt den Atem an. Es war eine riesige Dosis Beruhigungsmittel, groß genug, um ein Baby-Nashorn auszuknocken, und doch schüttelte der Ork seinen Kopf und jagte weiter die quakenden und schnatternden Enten. Hatte Harvey einen Fehler bei der Dosierung gemacht? Verriet ihn sein gealtertes Gehirn endlich? Er hatte nur sechs Pfeile mitgebracht, weil er sich sicher gewesen war, dass drei mehr als genug sein würden. Der Ork hatte nicht einmal verlangsamt. Hatten Orks irgendeinen genetischen Vorteil, bei dem Beruhigungsmittel sie nicht beeinflussten?

Der dreiste Dieb bekam seine riesigen Hände an einen Enterich und schob ihn grob in seinen Sack, wobei Harvey bei dem Winkel des Flügels zusammenzuckte, als der Vogel hineingestopft wurde. Er wusste, wie komplex das Flügelskelett war, wie empfindlich. Der Ork schaffte es, zwei weitere Goldblattenten zu fangen, wobei er fast eine mit seinem schweren Stiefel aus Versehen zertreten hätte.

Thomas Harvey versuchte, nicht in Panik zu geraten und wog seine Optionen ab. Er könnte diesen Ork noch einmal schießen, aber dann hätte er nur noch vier Pfeile für die anderen beiden übrig, von denen einer so groß wie ein Eisbär war. Und was, wenn er danebenschoss? Er wäre erledigt, und die Tiere hätten keine Hoffnung mehr. Körperlicher Kampf war keine Option. Es wäre, als würde eine Stabschrecke einen Streit mit einem Gorilla anfangen.

Bevor er sich wirklich entschieden hatte, was zu tun war, zielte er und drückte ab. Sein Körper hatte für ihn entschieden. Wieder zischte das Geschoss durch die schwarze Luft, diesmal landete es auf der Brust des Orks, so nah an seinem Herzen, wie Harvey es schaffen konnte.

Der Barbar hielt inne und schaute nach unten, vielleicht in Erwartung, eine Art stechendes Insekt zu sehen. Stattdessen runzelte er die Stirn über den Pfeil und zog ihn aus seinem Brustmuskel, dann hielt er ihn nah an sein Gesicht, um ihn zu inspizieren. Als er erkannte, was es war, brüllte er vor Wut. Man hätte schwören können, er wäre King Kong, der von Miniatur-Hubschraubern angegriffen wird, so wie er tanzte und um sich schlug, während er die ganze Zeit brüllte. Er ließ den Sack fallen, und die unbeeindruckten Enten watschelten heraus und in Sicherheit. Das Gleiche konnte man nicht von Harvey sagen. Der Ork entdeckte sein Gewehr, das im Mondlicht glänzte, und brüllte seine Wut heraus, bevor er in Richtung des alten Mannes losraste.

KAPITEL 29

EIN SCHREI WIE EINE ROTE LEUCHTRAKETE

HARVEY

Harvey zuckte zusammen und schoss einen weiteren Pfeil ab, der sein Ziel verfehlte. Auch der nächste ging daneben. Der folgende Pfeil traf den Ork an der Schulter, und der sechste und letzte Pfeil landete in seinem Hals. Der Eindringling brüllte auf und stürmte in Harveys Richtung, doch als er nur noch einen Meter entfernt war, stolperte er endlich.

Er fiel nach vorne, die Arme ausgestreckt, als wolle er Harvey im Fallen erwürgen, aber Harvey wich schnell rückwärts weiter ins Gebüsch zurück und nutzte dabei seinen kleineren und vergleichsweise beweglichen Körper. Der Ork verfehlte ihn um einen Zentimeter, was eine Erleichterung war, denn er krachte wie ein Haufen stinkender Ziegelsteine zu Boden, und Harvey wäre sicherlich unter ihm zerquetscht worden. Es wäre ein äußerst unangenehmer Tod gewesen. Selbst ein zufälliger Arm hätte schweren Schaden anrichten können.

Harvey schloss für einen Moment die Augen und hielt eine Hand über sein wild pochendes Herz. Seine Haut war von den Zweigen zerkratzt, aber abgesehen davon hatte er überlebt... vorerst. Jetzt musste er sich mit der Tatsache auseinandersetzen, dass er null Pfeile übrig hatte und zwei bergeshohe Verbrecher seine Tiere verfolgten. Das Einzige, woran er denken konnte, war, zurück zum Lagerraum zu gehen und mehr Pfeile zu holen. Er glaubte nicht, dass es genug sein würden, aber er würde nehmen, was er kriegen konnte. Er konnte immer noch nicht begreifen, wie es fünf Pfeile brauchte, um den Ork zu betäuben, der jetzt bewusstlos vor ihm lag, aber jetzt war nicht die Zeit, die Rätsel des Universums zu lösen. Er stand auf und strich sich die Blätter aus dem Haar. Glücklicherweise hatte sein Einteiler ihn vor dem Schlimmsten des stacheligen Busches geschützt. Harvey entdeckte ein Jagdmesser, das am Gürtel des Orks glänzte, und nahm es an sich. Thomas Harvey war kein gewalttätiger Mensch, aber er lehnte auch keine unverhofften Geschenke des Lebens ab.

Ein Schrei stieg in die Luft wie eine rote Leuchtrakete. Die Schimpansen! Harvey duckte den Kopf und eilte in die Richtung der Primaten. Waren diese Brutalen darauf aus, jedes einzelne Tier mitzunehmen, das hier Zuflucht gesucht hatte? Seine Wut flammte erneut auf, und mit ihr kam neue Energie. Als er jedoch zum Lagerraum kam, stand ein Ork im Weg. Es gab keine Möglichkeit, an ihm vorbeizukommen und in den Raum dahinter zu gelangen, in dem die restlichen Betäubungspfeile gelagert waren. Die Affen schrien wieder und kündigten einen Tumult in den Bäumen an, in denen sie gewöhnlich schliefen. Der bergeshohe Ork musste derjenige sein, der versuchte, sie zu fangen. Es wäre sicher ein komischer Anblick gewesen, einen unbeholfenen Riesen dabei zu beobachten, wie er versuchte, die schelmischen Kreaturen zu fassen zu bekommen. Es wäre witzig gewesen, wenn es nicht die Tatsache gäbe, dass diese Orks versuchten, die Schimpansenfamilie zu entführen, zu der auch ein neugeborenes Baby gehörte.

»Donner und Blitzen«, fluchte er erneut unter seinem Atem. Der Ork, den er beobachtete, zeigte keine Anzeichen, aus dem Weg zu gehen, und die Tonhöhe der Schreie wurde immer höher und höher. Er musste etwas unternehmen.

KAPITEL 30

DAS VERSPRECHEN DER GEWALT

HARVEY

Thomas Harvey hatte eine Idee. Ganz langsam wich er vom Lagerraum und seinem zufälligen Wächter zurück, während er den Ork nicht aus den Augen ließ. Er kannte das Gelände wie seine Westentasche, daher war es relativ einfach, rückwärts zu gehen, bis er außer Sichtweite war. Er bewegte sich so leise wie möglich in der Dunkelheit und machte sich auf den Weg zur Westseite des Dschungels, wobei er den Schimpansen auswich. Er erreichte den Bereich, den er im Sinn hatte, und begann, die Äste und Steine am Boden abzusuchen. Vorsichtig, leise, um das Tier, das er suchte, nicht zu erschrecken – und die Konsequenzen zu tragen. Schließlich sah er die glänzende, geschuppte Haut, so dunkel wie der Nachthimmel. Die Rautenpython hatte eine Galaxie von Sternen auf ihrer Haut.

»Da bist du ja«, flüsterte Harvey.

Die Schlange war wach. Sie schnupperte mit ihrer flackernden, gespaltenen Zunge in Harveys Richtung.

»Ich entschuldige mich für die Störung, aber deine Hilfe wird benötigt.«

Harvey wusste, dass die meisten Tiere die menschliche Sprache nicht verstanden, aber er hatte mit der Zeit auch gelernt, dass Tonfall und Energie manchmal lauter sprachen als Worte. Er näherte sich vorsichtig der mitternachtsfarbenen Schlange und bot ihr seine Handfläche an, die das Reptil nutzte, um seinen Arm hinaufzugleiten und sich wie ein lockerer Schal um seinen Hals zu legen. Der alte Mann machte sich auf den Weg zurück zum Lagerraum, wo der Ork noch immer Wache stand. Anscheinend war es ihm egal, dass einer seiner Plündererkollegen bewusstlos im Hühnerstall lag und der andere den Dschungel auf der Suche nach der Truppe widerspenstiger und unkooperativer Affen auf den Kopf stellte. Der Ork griff in seine Jackentasche, und Harvey sah eine Pistole im Holster. Er erstarrte. Hatte der Ork ihn gehört? Griff er nach der Waffe? Die Schlange spürte, wie Harvey sich versteifte, und tat es ihm gleich.

Aber nein, der Ork hatte nur nach seinem Tabakbeutel gegriffen. Mensch und Schlangenschal entspannten sich, während sie beobachteten, wie der Dieb sich eine Zigarette drehte. Während der Ork mit den Augen auf seinem Selbstgedrehten war, ging Harvey in die Hocke, und die Schlange glitt von seinem Körper auf den Boden und bewegte sich elegant auf den Raucher zu.

Der Schrei des Orks war viel lauter als der der Schimpansen. Man hätte schwören können, die Schlange hätte ihre Zähne in seine Hoden versenkt, so wie er brüllte. Harvey dankte allen Göttern und Göttinnen, die ihm einfielen. Er hatte nicht gewusst, ob Orks Angst vor Schlangen hatten, also war seine Reaktion ein Glücksspiel gewesen. Glücklicherweise für Harvey wusste dieser spezielle Ork nicht, dass Rautenpythons in ihren beeindruckend aussehenden Fangzähnen kein Gift trugen. Die Schlange hatte nicht einmal so tun müssen, als würde sie angreifen. Ein schnelles Aufrichten und ein lautes Zischen reichten aus, und der Ork rannte vom Lagerraum weg, als stünde er in Flammen.

Harvey seufzte erleichtert und lächelte in die Dunkelheit. Darüber würde er später herzhaft lachen können, vielleicht sogar für den

Rest seines Lebens. Vorerst hatte er noch eine Aufgabe zu erledigen.

Er huschte in den Lagerraum, riss den Schrank mit den Medikamenten auf und griff nach allem, was in seine Tasche passte. Er würde nicht den gleichen Fehler zweimal machen. Er würde alle nehmen, jedes einzelne, und nicht zögern zu –

Aber das Regal war leer.

Was? Er war erst vor wenigen Stunden hier gewesen und hatte entschieden, welche Dosierung er verwenden sollte. Da waren mindestens fünfzig zur Auswahl gewesen. Jetzt war das Regal absolut leer. Es war unmöglich. Es sei denn, er verlor endlich seinen Verstand, was angesichts seines fortgeschrittenen Alters durchaus möglich war. Er überprüfte die restlichen Regale, die nicht gestört zu sein schienen.

Mein Gott, dachte er und spürte aufkommende Panik. *Jetzt sind wir in Schwierigkeiten. In großen Schwierigkeiten.*

Er durchsuchte das leere Regal ein letztes Mal, diesmal mit seinen Händen, für den Fall, dass seine Augen ihm einen Streich spielten. Wieder fand er nichts.

Eine tiefere Dunkelheit legte sich über ihn, ein Nachtschatten, der die Haare in seinem Nacken aufstellte. Er konnte jemanden hinter sich atmen hören. Sein Magen verkrampfte sich, und er drehte sich langsam um, um den größten Ork in der Türöffnung stehen zu sehen. Er war teilweise im Gegenlicht, aber es gab keinen Zweifel daran, was er in seinen bananengroßen Fingern hielt. Die gestohlenen Betäubungspfeile.

Der Koloss grinste hämisch, und seine Augen glänzten mit dem Versprechen von Gewalt. »Suchst du nach diesen?«

KAPITEL 31

ÜBEREINSTIMMENDE GRINSEN

HARVEY

Thomas Harvey erwartete, unter dem Blick des Orks zu schmelzen, so sehr fürchtete er sich vor der Kreatur. In jüngeren Jahren hätte er vielleicht noch ein bisschen Widerstand leisten können. Er würde verlieren, aber zumindest könnte er es versuchen. Aber wenn man fast ein Jahrhundert alt ist, hat Nahkampf mit einem Wilden wie dem Ork keinen Sinn mehr. Alte Knochen brechen zu leicht und brauchen zu lange, um zu heilen. Tatsächlich war schweres körperliches Trauma eine von Harveys größten Ängsten, denn er liebte es, aktiv zu sein, sich um die Tiere zu kümmern und seinen Yoga-Mix zu machen. Er konnte sich nicht vorstellen, wochenlang im Bett zu liegen, während sein Körper langsam zusammenwuchs und seine Muskeln schwanden.

Er hob sofort die Hände, um seine Kapitulation zu signalisieren. »Ich bin ein alter Mann«, sagte er mit der jämmerlichsten Stimme, die er hervorbringen konnte. Er nutzte alle Angst in seinem Körper, um sicherzustellen, dass seine leise Stimme zitterte. »Ich bin nur ein alter Mann«, wiederholte er mit nach vorne gebeugten Schultern. »Ich kümmere mich um Tiere. Ich werde Ihnen nichts tun.«

135

Der andere Ork, der mit der Schlangenphobie, tauchte hinter dem Berg auf. Er sah verärgert aus. »Sie helfen uns, die Tiere zu verladen«, sagte er. »Der Lastwagen wartet.«

Harvey stellte fest, dass er sich nicht bewegen konnte. Beiseitestehen und zusehen, wie sie die Menagerie plünderten, wäre schon schwer genug, aber aktiv zu helfen? Das Vertrauen der Tiere in ihn auszunutzen? Das konnte er nicht, würde er nicht. Lieber würde er sterben.

»In Ordnung«, stimmte er zu, die Arme noch immer in der Luft. »Sie lassen mir keine Wahl. Ich werde helfen.«

Die Orks trugen übereinstimmende Grinsen. Das würde ihre Arbeit hundertmal einfacher machen. Sie nahmen ihre Augen für eine Sekunde von Harvey, als sie sich umdrehten, um den Lagerraum zu verlassen. Harvey, dessen Hand bereits nahe an den Gartengeräten war, die im Dunkeln an der Wand hingen, griff nach der Schaufel und schwang sie, als hinge sein Leben davon ab. Er schlug sie hart auf den kahlen Kopf des riesigen Orks. Es gab ein schreckliches Knacken, und der Dieb stolperte, alle seine Sinne benebelt von dem mysteriösen Schmerzblitz. Sein Kamerad drehte sich schockiert um und griff nach der Waffe in seinem Gürtel. Harvey trat den benommenen Ork mit aller Kraft und zwang ihn, in Richtung des anderen zu fallen, den er mit seinem beträchtlichen Gewicht umwarf. Beide stöhnten vom Boden aus, immer noch bei Bewusstsein, immer noch gefährlich. Der Raucher begann, den massiven Ork von sich wegzuschieben, um wieder nach der Waffe greifen zu können. Er hob und grunzte, nutzte seine ganze Kraft, um den ogergroßen Ork von seinem Becken zu rollen. Harvey nutzte die Zeit, um sein Betäubungsgewehr nachzuladen. Mit zitternden Fingern wählte er die Elefantendosis und schoss schnell einen Pfeil ab, bevor der Ork sich verteidigen konnte. Ein hübscher, blauer Pfeil mit Federenden segelte lautlos durch die Luft zwischen ihnen und landete im Nacken des Orks. Er verzog das Gesicht und zog ihn heraus, aber nicht bevor Harvey ihn mit einem weiteren in die Brust traf. Als Nächstes schoss er eine Nashornsdosis in den stöhnenden Riesen, der immer noch auf dem Rücken zappelte wie eine gigantische Schildkröte. Harvey lud einen weiteren Pfeil und wartete ab, für wen er ihn verwenden sollte, aber der Abzug blieb ungedrückt, weil das Vorschlaghammer-Beruhigungsmittel beide Orks gleichzeitig zu treffen schien. Sie gaben ein letztes Stöhnen von sich, ihre Augen verloren den Fokus und ihre Köpfe trafen auf den Boden.

Harvey war ein intelligenter Mann, und er hatte zu viele Horrorfilme gesehen, um von den bewusstlosen Orks wegzugehen. Er wusste, dass es immer eine Szene am Ende gab, in der die Monster wieder zum Leben erwachten, und er würde nicht diesen Fehler machen. Er war keine hübsche blonde Studentin, die die Treppe zum Dunklen hinabging, weil sie unheimliche Geräusche aus dem Keller gehört hatte. *Nein!*

Stattdessen setzte er sich in einiger Entfernung von ihren regungslosen Körpern, das Betäubungsgewehr geladen und in ihre Richtung gerichtet, bis er absolut hundertprozentig sicher war, dass sie außer Gefecht gesetzt waren. Als er sich sicher war, hängte er sich das Gewehr über die Schulter und ging nachsehen, wie es dem ersten Ork ging, der ebenfalls noch bewusstlos war und Schlafspucke als Beweis hatte. Einige der Enten hatten dem Ork sein früheres Verhalten bereits verziehen und kuschelten sich an ihn, nutzten das riesige Floß von Körperwärme, das wie aus dem Nichts aufgetaucht war. Er würde bald nach Entenkot riechen, dachte Harvey mit einem Anflug eines Lächelns. Es wäre wahrscheinlich eine Verbesserung.

Als Nächstes ging er nachsehen, wie es der Affengruppe ging, die immer noch Lärm machte. Er sprach beruhigend mit ihnen und versuchte, sie zu besänftigen. Er sah nach dem Schimpansenbaby, das in den schützenden Armen seiner besorgten Mutter tief und fest schlief.

Jetzt war die Frage, was mit den Orks zu tun sei. Es war etwa drei Uhr morgens, und er wusste, dass Captain Morgan einen Anruf zu dieser Zeit nicht schätzen würde. Allerdings wusste er auch, dass die Plünderer früher aufwachen würden, als ihm lieb war. Er hatte weder die Kraft noch den Willen, ihre riesigen, massigen, übel riechenden Körper zu bewegen. Er würde sich etwas einfallen lassen müssen. Er musste einfach. Aber zuerst würde Thomas Harvey etwas klassische Musik auflegen und sich eine Tasse wohlverdienten Kamillentee machen.

weder die Kraft noch den Willen, ihre riesigen, massigen, übel riechenden Körper zu bewegen. Er würde sich etwas einfallen lassen müssen. Er musste einfach. Aber zuerst würde Thomas Harvey etwas klassische Musik auflegen und sich eine Tasse wohlverdienten Kamillentee machen.

KAPITEL 32

HERZERWÄRMEND

HARVEY

Als das Ork-Trio von Tierdieben aufwachte, fanden sie sich in einem stabilen Stahlkäfig wieder, während Opernmusik von überall her dröhnte und die Sonne langsam am Horizont aufging. Harvey beobachtete, wie sie sich ihre schmerzenden Köpfe hielten und verwirrt grunzten. Er ließ sie eine Weile untereinander murmeln, dann brachte er ihnen kaltes Flaschenwasser.

Der gigantische Ork schlug nach den Gitterstäben und verfehlte Harvey nur knapp, als dieser die Flaschen hindurchreichte. Dann drückte und zog er an den Stäben und versuchte, sie weit genug zu verbiegen, um fliehen zu können.

»Das wird nicht funktionieren«, sagte Harvey beiläufig. Er war ziemlich zufrieden mit seiner Arbeit, und Tierentführer in einem Käfig für Tiere zu sehen, war nichts weniger als herzerwärmend. Er klopfte mit seinen knochigen Fingern gegen den Käfig. »Jetzt wisst ihr, wie sich das anfühlt«, sagte er.

Der gebirgsgroße Ork schlug erneut gegen die Stäbe. Er war wie ein wütender Grizzlybär. »Lasst uns raus!«, brüllte er. Sein Atem war warm und sauer, wie eine Pfütze Erbrochenes an einem heißen Tag.

Harvey verspürte nicht das Bedürfnis zu antworten. Er musste jedoch die Skorpione anrufen, damit sie kommen und die Entführer verhaften konnten, damit er mit seinen Pflichten fortfahren konnte. Er hatte aufzuräumen, und die Ozelots würden sich nicht selbst füttern.

»Ich lasse euch gehen«, sagte er zu den Dieben. Sie blickten alle gleichzeitig auf. »Ich lasse euch gehen und sage kein Wort zu den Skorpionen. Wenn ihr mir sagt, wo meine vermissten Tiere sind.«

»Was?«, kam die gutturale Antwort.

»Die Tiere, die ihr in der vorletzten Nacht mitgenommen habt. Und davor – mein goldenes Faultier. Wo sind sie?«

Einer der Orks bellte ein hässliches Lachen.

»Sie wissen nicht, mit wem Sie es zu tun haben«, sagte der massive Ork. Der blaue Fleck auf seiner Kopfhaut sah aus wie ein riesiges, hässliches Muttermal in Form von Russland auf einer Landkarte.

»Es ist mir egal, mit wem ich es zu tun habe«, antwortete Harvey. »Ich *werde* diese Tiere zurückbekommen.«

Die Orks schüttelten ihre Köpfe. »Es ist zu spät für sie«, sagte der Berg. »Und wenn sie herausfinden, dass Sie unsere Mission gefährdet haben, wird es auch für Sie zu spät sein.«

Harvey fühlte sich etwas weniger selbstgefällig.

Er ließ die Schläger im Käfig zurück und ging hinein, um Morgan anzurufen.

»Was?«, rief sie, als er ihr erzählte, was passiert war.

»Ich hatte gehofft, du könntest jemanden schicken, um sie zu verhaften«, sagte Harvey. »Ich fühle mich jetzt ziemlich müde und würde gerne ein Nickerchen machen.«

»Natürlich fühlst du dich müde«, sagte Morgan, die das Lachen in ihrer Stimme nicht verbergen konnte. »Du hast im Alleingang drei Orks niedergeschlagen und eingesperrt.«

»Ich konnte sie nicht in den Käfig schleifen«, sagte er. »Sie waren zu schwer. Ich musste den Happikat-Futterwagen benutzen. Es hat Stunden gedauert! Mein Rücken wird nie mehr derselbe sein.«

Morgan kicherte. »Die Leere segne dich, Thomas Harvey. Du bist einzigartig. Ich schicke ein Team, um sie abzuholen.«

»Danke, Belle«, sagte er und benutzte ihren Kindheitsspitznamen.

»Das ist das Mindeste, was wir tun können. Es tut mir leid, dass ich nicht früher ein Team schicken konnte und du dich allein darum kümmern musstest.«

»Oh, ich war nicht allein«, antwortete er. »Ich bin nie allein in der Menagerie.«

IN WENIGER ALS EINER Stunde kamen zwei kräftige Polizisten und ein Ork-Fahrer in einem schwarzen, nicht gekennzeichneten Polizeiwagen an. Sie legten den Dieben Handschellen an und führten sie in den hinteren Teil des Fahrzeugs. Gnrok ging auf Harvey zu, der mit gemischten Gefühlen zusah. Hatten sie geblufft, als sie sagten, es sei zu spät? Und was meinten sie überhaupt damit? Der Ork-Fahrer überreichte ihm etwas – ein schlecht verpacktes Geschenk, das mit einem besonders hässlichen Band zusammengebunden war.

»Was ist das?«, fragte er und nahm es vorsichtig entgegen.

»Von der Hauptfrau«, antwortete Gnrok. »Ich habe es für sie auf dem Weg mitgenommen. Ich bin nicht so gut im Einpacken.«

»Ich bin sicher, Sie haben viele andere Talente«, sagte Harvey.

Gnrok grunzte, und die Skorpione verschwanden, was Harvey ermöglichte, einen wohlverdienten Frieden zu genießen. Er war seit den 80ern nicht mehr die ganze Nacht wach geblieben. Er brauchte eine Tasse Tee und ein Nickerchen, und dann würde er sich um den Rest seiner Pflichten kümmern. Während er darauf wartete, dass das Wasser kochte, packte er das Geschenk von Morgan aus und lächelte. Es war eine Packung Ibuprofen-Tabletten und ein Wärmekissen – die Art von Dingen, die man bei einem schmerzenden Rücken verwenden würde.

KAPITEL 33

ZU ALT, UM GEGEN ORKS ZU KÄMPFEN

HARVEY

Thomas Harvey streckte seine Beine aus und gähnte, während er die letzten Strahlen der goldenen untergehenden Sonne genoss. Er fühlte sich besser. Nach seinem langen Nickerchen war er ausgeruht und machte sich weniger Sorgen um die magischen Tierdiebe. Wenn sie ihm nicht sagen wollten, wo seine Geschöpfe waren, würde er eben selbst nach ihnen suchen müssen. Die Leere wusste, dass er keine Ahnung hatte, wo er anfangen sollte, aber er hatte in seinem Leben genug Projekte begonnen, um zu wissen, dass es immer eine Phase des Herumstolperns gibt, eine Zeit, in der man keine Ahnung hat, wie man die Aufgabe bewältigen soll. Und dann, langsam, beginnt man, sie zu entwirren, wie ein Knäuel verknoteter Wolle. Man löst langsam die Stränge heraus, und es wird einfacher, je weiter man vorankommt.

Er war zwar von Natur aus kein Ermittler, aber wo ein Wille ist, ist auch ein Weg. Er hatte die Musikanlage ausnahmsweise ausgeschaltet, weil er die einzigartigen Geräusche und Rufe seiner Tiere hören wollte. Er lehnte den Kopf zurück, schloss die Augen und lauschte.

143

Er musste dort auf seinem kleinen staubigen Balkon, der den Blick auf das Gelände bot, eingeschlafen sein, denn als er die Augen wieder öffnete, war die Nacht hereingebrochen und die Sterne waren herausgekommen. Blinzelnd verscheuchte er den Schlaf und blickte zum Himmel hinauf. Die Sterne erinnerten ihn an die Diamantrückenschlange, die ihm geholfen hatte, die Eindringlinge in der Nacht zuvor abzulenken. Was für ein seltsames kleines Leben das doch war, dachte er. Wie unglaublich verbunden alles ist – ein unsichtbares Spinnennetz, dessen wir uns nicht einmal bewusst sind und das jedes Atom im Universum miteinander verbindet. Harvey begann zu frieren, also versuchte er aufzustehen, aber sein Körper weigerte sich. Vielleicht hatte er sich beim Rollen der Orks auf den Futterwagen doch mehr verausgabt als gedacht. Er versuchte es erneut, aber seine steifen Glieder wollten einfach nicht mitmachen. Seine alten Knie waren wie festgefroren, seine Hüften wie erstarrt.

Er lachte laut auf, trotz der Schmerzen. Was sollte er auch sonst tun in einer so lächerlichen Situation? Er versuchte es noch einmal und diesmal hatte er einen kleinen Erfolg, sodass er halb stand, halb saß und wie der Glöckner von Notre Dame nach vorne gebeugt war. Mit kleinen, schlurfenden Schritten bewegte er sich vorwärts und richtete dabei allmählich seinen Rücken auf. Auch dort gab es Arthritis, da war er sich sicher. Warum sonst würde es sich anfühlen, als wäre ein großes Eisenschloss fest um den unteren Teil seiner Wirbelsäule verschlossen?

»Du wirst zu alt, um gegen Orks zu kämpfen, Thomas Harvey«, sagte er.

Er schlurfte weiter, geduldig mit seinem abgenutzten und müden Körper. Er würde zu seiner Meditations- und Yoga-Routine zurückkehren, und das würde seine Steifheit lindern. Vorerst freute er sich darauf, sich mit seinen entzündungshemmenden Mitteln, seinem neuen Heizkissen und einem richtig guten Buch ins Bett zu legen.

Thomas Harvey war gerade erst drei Kapitel in einer faszinierenden Lektüre darüber, wie Pilze den Planeten retten würden, als er etwas hörte. Etwas, das kein Tier war – oder zumindest keines seiner Tiere. Es konnten nicht die Ork-Eindringlinge sein; Morgan hatte ihm früher eine Nachricht geschickt, dass alle drei festgenommen worden waren und in den UnterT-Zellen im Skorpion-Hauptquartier auf ihren Prozess warteten. Aber wenn nicht die Orks, wer dann? Harvey zögerte, aus dem Bett zu steigen. Er war so müde, und sein Schlafzimmer war so gemütlich – *gemütlich* war das schweizerdeutsche Wort –, also schloss er leise sein Buch und lauschte so aufmerksam, wie seine alten Ohren es ihm erlaubten. Sein Körper begann sich gerade wieder zu entspannen, als er etwas anderes hörte, diesmal näher. Jemand oder etwas versuchte, in sein Haus einzudringen. Er fühlte einen Schauer, als ob kaltes Wasser irgendwie in seine Adern gelangt wäre.

Ist es so, wie ich sterbe?, dachte er bei sich. *Ist es so, wie ich endlich sterbe? Ich schätze, es musste irgendwann passieren.* Nicht, dass ihm die Vorstellung gefiel, in seinem Bett ermordet zu werden ... aber es war der gemütlichste Raum im Haus. Das ist doch, was die Leute sich wünschen, oder? Im eigenen Bett zu sterben, am Ende eines langen, befriedigenden, sinnvollen Lebens.

Aber dann die Tiere. Natürlich, es ging immer um die Tiere.

Wie konnte er loslassen, wenn niemand anderes da war, um sich um sie zu kümmern? Wer würde die Augeninfektion des fliegenden Leguans überwachen? Wer würde sicherstellen, dass das neugeborene Vervetäffchen seine angemessenen Entwicklungsmeilensteine erreichte? Und sicherlich wäre niemand sonst bereit, den Abszess zu öffnen, der plötzlich am Hinterbein der gestreiften Hyäne aufgetaucht war.

Nein, dachte er. *Ich muss die Nacht überleben. Und dann brauche ich einen Nachfolgeplan, um diesen Ort an jemanden zu übergeben, der die Tiere genauso lieben wird wie ich. Ich werde bald sterben, aber nicht heute Nacht.*

Dieser Entschluss war energiespendend genug, um den alten Mann von der Wärme und Behaglichkeit seines Bettes aufzutreiben und in seinen Bademantel zu schlüpfen. Glücklicherweise war er zu müde gewesen, um sein Blasrohr wegzuräumen, sodass es in Reichweite war. Er vergewisserte sich, dass seine Tasche voller Betäubungspfeile der besonders starken Sorte war. Er verließ sein Schlafzimmer und ging den Gang hinunter, wobei er es dunkel ließ und sich so einen Vorteil verschaffte. Er lebte schon so lange in diesem Haus, dass er es mit verbundenen Augen durchqueren könnte, ohne gegen ein einziges Möbelstück zu stoßen.

Den Finger am Abzug, schlich Harvey lautlos den Gang hinunter und auf den Schreibtisch mit den Überwachungsbildschirmen zu. Er suchte auf den Bildschirmen nach Bewegung, konnte jedoch nichts erkennen. Hatte er sich die seltsamen Geräusche eingebildet? Vielleicht war er nach dem, was in der Nacht zuvor geschehen war, etwas paranoid geworden. Vielleicht waren seine Sinne in höchster Alarmbereitschaft vor Gefahr – das macht Gefahr mit deinem Gehirn.

Ja, das war es. Seine Fantasie und seine Sinne überreagieren. Er konnte sogar diesen unverwechselbaren Ork-Geruch riechen, dieses Aroma aus schmutziger Windel, eingewickelt in Roquefort und Eier-Mayonnaise. Harvey schauderte. Wenn er nie wieder einen Ork riechen müsste, wäre es nicht zu früh.

Die Bildschirme waren leer, und es gab keine weiteren seltsamen Geräusche mehr. Harvey holte tief Luft und spürte, wie sich seine Schultern entspannten. Er nahm den Finger vom Abzug.

Also ist es meine Glücksnacht, dachte er. *Ich werde heute Nacht nicht sterben.*

Er trat einen Schritt von den Bildschirmen zurück, zufrieden mit dem Wissen, dass die Tiere in Ordnung zu sein schienen und keine weiteren Schäden an der Dachkonstruktion entstanden waren, die sie schützte. Als er seinen nächsten Schritt zurück machte, spürte er etwas unter seiner nackten Ferse. Er wirbelte herum und griff nach dem Abzug, aber der Ork, auf dessen Zehen er gerade getreten war, riss den Pfeil aus dem Blasrohr und drückte ihn an Harveys Brust, wobei er sein Herz als Zielscheibe benutzte. Thomas Harvey wog an guten Tagen einundsechzig Kilogramm, und der Pfeil enthielt genug Betäubungsmittel, um einen sechshundert Kilogramm schweren Elefanten niederzustrecken. Harvey blinzelte den Barbaren an, und plötzlich schlug ihm der Holzboden ins Gesicht. Es tat nicht weh. Sein Körper war so taub wie ein Block kalten Käses. Als er den Griff auf seinen letzten Faden des Bewusstseins verlor, konnte Harvey nicht anders, als zu denken, dass zumindest sein Rücken nicht mehr schmerzte.

KAPITEL 34
ES IST NICHT MEIN KIMONO

ASHA

In dieser Nacht, nach dem reichhaltigen Essen, das Darick zubereitet hatte – und ehrlich gesagt, nach der Art und Weise, wie ich den Wein hinuntergestürzt hatte, um mit dem Gespräch klarzukommen – hatte ich die seltsamsten Träume. Sam hatte mich wie immer zu Hause abgesetzt und mich wie immer nicht geküsst. Ich würde bald noch einen Komplex bekommen. Ich meine, ich liebte den Mann, aber was war sein Problem? Besonders nachdem ich gesehen hatte, was für ein glückliches Paar Jax und Darick waren, dachte ich, dass er mich vielleicht wenigstens ins Haus begleiten würde. Vielleicht wieder ein Bad für mich einlassen, aber diesmal mit mir zusammen hineinsteigen. Ich war eingeschlafen, während ich nicht an blutrünstige Vampire dachte, sondern vielmehr an Detective Sam Armstrongs Hände, die über meinen Körper strichen, und seine Lippen, die sich auf meine pressten, und ich driftete in diese Fantasie ab. Das war viel leichter zu ertragen als die harten Wahrheiten, mit denen wir es zu tun hatten.

Ich hatte die Zeit mit Jax und Darick sehr genossen und konnte es kaum erwarten zu sehen, wie ihr Baby aussehen würde. Würde es halb Heilmagier, halb Zauberer sein? Das wäre in der Tat eine interessante Mischung. Oder die Energie des Babys könnte sich in eine dunklere Richtung entwickeln. Der Junge könnte Daricks Assassinen-Seite und Jax' Dhampyr-Blut erben. Aber darüber wollte ich nicht weiter nachdenken. Mir fiel auf, dass Darick und ich ähnliche widersprüchliche Kräfte hatten – wir wurden beide mit Talenten zum Heilen und Töten geboren. Wie gut würdest du schlafen, wenn ein Assassine in deinem Zimmer wäre? Vielleicht war das der Grund, warum Sam nie mein Bett teilen wollte.

Dann waren da Jax und Sam, die beiden Detektive, also hatten wir als Paare eine seltsam ähnliche Dynamik.

Das Essen war ausgezeichnet gewesen und die Gesellschaft anregend, also kein Wunder, dass ich begann, in Gerüchen und Texturen zu träumen. Ich kämpfte mich durch die surreale Landschaft meiner Traumwelt, vom Ausziehen Sams über Vampirbabys bis hin zu riesigen lila Pilzen, bis ich schließlich Nilve SaltySnap sah, worüber ich trotz ihres Fluchens in der Goblin-Umgangssprache begeistert war.

»Ich habe mich schon gefragt, wann du auftauchen würdest«, sagte ich zu ihr. Ich lag in einem Kimono auf einem Sofa und rauchte eine Zigarette. »Ich fing schon an, mir Sorgen zu machen. Fing an zu denken, du wärst doch nicht zurückgekommen.«

»Ich fing schon an zu denken, es wäre dir egal«, höhnte Salty, nachdem sie mich mit ihren schleimigen Obszönitäten bombardiert hatte.

»*Egal?* Bist du verrückt?«, fragte ich und setzte mich auf. »Ich verdanke dir mein Leben!«

Der Traum war spektakulär realistisch. Ich konnte die Goblin in perfektem Detail sehen, von ihren fettigen Haaren bis zu ihrem straff gespannten Schmerbauch. Ich spürte den kühlen Satinstoff an meinen Oberschenkeln.

»Und doch sitzt du da in deinem kixxy Kimono, als hättest du keine Sorgen auf der Welt.«

Ich würde das Goblin-Fluchen nie richtig verstehen. Es war sehr kompliziert. Erstens musste man Alliterationen verwenden. Wenn man kein Schimpfwort finden konnte, das mit dem gleichen Buchstaben wie das nächste Wort im Satz begann, Pech gehabt, dann musste man die Dinge sauber halten, egal wie wütend man war. Dann gab es Bonuspunkte, wenn dein Fluchen wie Zischen klang, also war »kixxy« ein gutes Wort, wofür ich mir Anerkennung gab, da es mein Traum war.

»Es ist nicht mein Kimono«, sagte ich.

»Wo warst du?«, verlangte die Goblin zu wissen und zeigte mir all ihre schmutzigen Nadelzähne. »Du stinkst nach Blut und neuem Leben.«

»Was?«

Sie verengte ihre Augen misstrauisch. »Bist du schwanger?«

Ich lachte schockiert auf. »Wenn ich schwanger bin, dann ist das ein Wunder, wie man es seit Jahrtausenden nicht gesehen hat.«

»Asha. Du hast keine Zeit, schwanger zu sein.«

»Ich bin nicht-«

»Und du solltest definitiv nicht rauchen.«

Ich drückte die Zigarette in einem Aschenbecher aus, der aus dem Nichts erschien. »Ich bin nicht schwanger!«

Sie kam näher und schnupperte an mir. »Ugh! Was hast du heute gemacht? Eine Entbindungsstation besucht?«

»Nein.« Und dann fiel es mir wieder ein. »Ah! Ich war beim Mittagessen mit Jax und Darick.«

Nilve, sichtlich erleichtert, seufzte und nickte. »Okay. Das ergibt Sinn.«

»Ja.«

Sie schaute einen Moment lang wehmütig drein. »Es ist ein Mädchen, weißt du.«

Ich hielt inne, um es sacken zu lassen. »Das wusste ich nicht.«

»Nun, jetzt weißt du es.«

»Sie würde dich gerne sehen. Warum haben wir dich nicht gesehen?«

»Meine Göttin, Hexe. Weißt du gar nichts?«

Ich starrte sie an. »Offenbar nicht.«

Ehrlich gesagt hatte ich noch nie von Oblivion gehört, bis ich von diesem bösen Elfen, Taranath, dorthin geschickt wurde. Ich hatte auf jeden Fall nicht das Kleingedruckte gelesen, bevor ich eintrat.

»Ich werde nicht zurückkommen – richtig zurückkommen –, bis du dein Versprechen einlöst.«

»Du meinst, deinen Mörder finden?«

»Bingo!«, schrie sie, die Augen quollen hervor wie bei einem kranken Guppy.

»Und dann kommst du *zurück* zurück?«

»Ja! Soll ich dir einen Plan mit Fingerfarben malen, dem du folgen kannst? Oder bevorzugst du Knete?«

»Kreide und eine Tafel, bitte. Du könntest mir sagen, wer dich getötet hat. Das würde helfen.«

Salty schnüffelte. »Das wäre Betrug.«

»Und seit wann kümmern sich Goblins um Fairplay?«

»Tun wir nicht. Aber wir machen die Regeln nicht. Nicht über das Humpeln durchs Limbo, jedenfalls.«

»Aber du kannst mich führen, oder?«

»Nicht direkt.«

»Aber du kannst mich in die richtige Richtung weisen.«

»Nicht wirklich.«

Ich trommelte mit den Fingern. »Gib mir einen Hinweis, Goblin.«

»Kann nicht.« Sie verschränkte die Arme vor der Brust.

Frustration ließ mich die Zähne zusammenbeißen. »Was machst du dann überhaupt hier?«

Die mürrische Goblin stampfte mit dem Fuß auf. »Dich an deine Pflicht erinnern!«

»Ich brauche keine Erinnerung, ich bin sehr-«

»Wirklich?«, schrie Nilve mich an. »Wirklich! Du bist so beschäftigt damit, Kuchen mit Direktorinnen zu essen und mit Realm-Prominenten zu Mittag zu essen, dass du keinen zweiten Gedanken an meinen vorzeitigen Mord verschwendet hast.«

Schuld kroch wie eine bewegliche Karte über meine Haut. Sie hatte Recht. Ich hatte einen wunderbaren Nachmittag mit Jax und Darick verbracht und hatte nicht an SaltySnap oder Dusty oder die vermissten Töchter gedacht. Es war gut für mich gewesen, aber zu welchem Preis?

»Es tut mir leid«, sagte ich.

»Und du musstest *Mittagessen* haben?«, rief sie und umklammerte ihren runden Bauch. »Weißt du, wie hungrig ich bin? Ich habe nichts gegessen, seit ich getötet wurde! Ich verhungere! Ich könnte ein ganzes Einhorn vom Drehspieß essen. Mit Krautsalat. Und Frischkäse. Und Knoblauchbutter-Fladenbrot.«

»Bäh«, antwortete ich.

»Erlöse mich von meinem Elend, Hexe. Ich flehe dich an.«

»Ich fange an, sobald ich aufwache.«

»Worauf wartest du dann?«, fragte sie.

Als ich ihre Frage bedachte, blinzelte ich und sah das Morgenlicht an meiner Schlafzimmerdecke.

KAPITEL 35

GOLDFISCHE MIT FEDERN

ASHA

Ich erkannte, dass es doch kein Traum gewesen war – jedenfalls nicht im herkömmlichen Sinne. Es war eine seltsame parallele Realität, in der ein Geistergoblin mit mir kommunizieren konnte. Ich fragte mich, wie wir sonst noch kommunizieren könnten, und erschauderte bei der Erinnerung daran, wie ich das Ouija-Brett aus bleichen, ausgebleichten Knochen und einem Kinderschädel erschaffen hatte. Vielleicht könnte ich es diesmal weniger gefährlich gestalten. Ich könnte Scrabble-Steine verwenden. Bananagrams. Buchstabensuppe. Irgendetwas Harmloses, das nicht aufsteigen und das Grauen dessen mit sich bringen würde, was es ursprünglich getötet hatte. Mir fiel auf, dass mein Herz schneller als gewöhnlich schlug, und ich spürte einen Schweißfilm auf meinem Gesicht. Doktor Gilbert hatte recht. Ich musste vieles verarbeiten, bevor ich es hinter mir lassen konnte. Der Körper erinnert sich an mehr, als der Verstand je fassen kann. Ich schob meine Bettdecke ungeduldig von mir weg und spürte die kühle Luft auf meiner Haut. Ich nahm ein paar tiefe Atemzüge und atmete langsam aus, um die irrationale Angst, die durch meine PTBS verursacht wurde, zu unterdrücken.

Ich bin in Sicherheit. Im Bett. Zu Hause. Hier gibt es nichts, wovor ich Angst haben müsste.

Nach ein paar Minuten stand ich auf. Es dauerte eine Weile, alles glattzuziehen, weil ich die Laken im Schlaf verdreht und verknäuelt hatte.

Ich hatte viel, worüber ich nachdenken musste, und meine Gedanken drängten sich in meinem Kopf, kämpften um Aufmerksamkeit wie Fans in der ersten Reihe eines Rockkonzerts. Ich zog mir ein paar Klamotten an und schaltete den Wasserkocher ein, bevor ich meine Runde im Garten drehte. Die Erbsen brauchten Stützen und der Knoblauch musste gemulcht werden. *Der ganze Garten könnte eine großzügige Schicht selbstgemachten Kompost vertragen,* dachte ich, aber mir war klar, dass für solche Dinge keine Zeit blieb. Die Hühner würden die Beete düngen müssen und das fallende Laub konnte als Mulch dienen; die Natur würde sich schon selbst helfen, wie sie es immer tut, wenn wir nur die Weisheit besitzen, ihr nicht im Weg zu stehen. In der Zwischenzeit würde ich mich um die unnatürlichen Dinge kümmern, wie entführte Mädchen, Geister-Goblins und verschwundene magische Albino-Frettchen.

Ich nahm meinen Tee mit in meinen Zaubertrankraum und hielt nur kurz inne, um das neue Wachstum der Pflanzen im Wintergarten zu bewundern, die mir bei meiner heutigen Mission nützlich sein würden. Die Luft im Zaubertrankraum war trocken und duftend. Kräuterbündel trockneten kopfüber an den Wänden neben Gemälden von Göttinnen und Rezepten für Zauber der Alten Magie. Eine selbstanimierende Karte der Mondphase leuchtete mit einem zunehmenden Mond. Das ließ mich an Stoker denken, wie es ihm wohl ging. Ich setzte mich auf den Barhocker an meinem großen, überfüllten Tisch und begann mit einer Federkiele und brauner Tinte die Grundlage für den Trank zu skizzieren, der mein erster Schritt sein würde, um Nilve SaltySnaps Mörder zu finden.

Ich würde mit den Grundzutaten für einen Glamour-Trank beginnen und dann meine eigene Note hinzufügen. Ich würde ihn auch zu einer Dampfflüssigkeit machen, sodass ich ihn nicht trinken müsste – Glamour-Tränke sind dafür bekannt, schrecklich zu schmecken – und ich würde ihn testen. Amateur-Zaubertrankmeister und -meisterinnen begehen oft den Fehler, ihre Tränke nicht zu testen, was ein bisschen wie ein Koch ist, der sein Essen nicht probiert, nur dass die Ergebnisse deutlich dramatischer sein können als eine zu salzige Consommé.

Ich kritzelte die ersten Zutaten auf, jene, die jede selbstachtende Hexe oder jeder Zauberer kennen würde, bevor sie ihren Abschluss in Copperfield machten, und versicherte mich, dass ich alles hatte, was ich brauchte. Ich verbrachte einige Zeit damit, verschiedene Zaubertrankrezepte der Hexen zu lesen, die vor mir gekommen waren. Schattenbücher waren in dieser Hinsicht wunderbar, da man oft Einblick in den kreativen Prozess der Hexe bekam, während sie ihre Mischung und Technik perfektionierten, wie ein Familienrezept, das über Generationen weitergegeben wurde. Ich verbrachte den Tag mit Ernten, Kochen, Extrahieren und Pulverisieren. Ich war so vertieft in die Arbeit, dass ich vergaß zu essen.

Schließlich war der Trank fertig – zumindest bereit zum Testen – und ich kramte nach dem Vape-Pen, von dem ich wusste, dass er in einer meiner unordentlichen Schubladen versteckt war. Ich war nie wirklich eine Raucherin gewesen, trotz dem, was der Traum der vergangenen Nacht vermuten ließ, aber ich besaß Vape-Ausrüstung für Zeiten wie diese. Frühere Generationen von Weisen hatten kein Problem damit, verschiedene Kräuter zu rauchen; sie wussten nichts über die Gefahren des Einatmens von Karzinogenen aus brennenden Blättern, aber heute ist das anders. Es gibt alle möglichen High-Tech-Methoden, um Tränke zu verabreichen, von denen ich die meisten mied, obwohl ich gelegentlich eine magische Badebombe genoss. Ich hasste die Idee von EpiPen-Zaubern oder Trank-Infusionen, die wie diese Vitamin- oder Entgiftungstropfer mit zusätzlichen magischen Effekten waren, aber einige Hexen schworen darauf. Jedem das Seine, aber Dampfen war so High-Tech, wie ich es vertragen konnte. Ich lud den Stift mit einer kleinen Menge des

Tranks und ging in meinen Garten. Die Dinosauriervögel, die dachten, ich wäre da, um sie zu füttern, wurden aufgeregt und begannen, mich ernsthaft anzukreischen.

»Ihr alberne Gacker«, säuselte ich und gab ihnen etwas extra Getreide. Ihre Gehirne waren so klein, dass sie sich wahrscheinlich nicht daran erinnern konnten, dass ich sie früher gefüttert hatte – wie Goldfische mit Federn. Kein Wunder, dass sie ständig fraßen. Ich setzte mich unter den Apfelbäumen ins Gras und nahm ein paar Züge aus dem Stift. Es schmeckte nicht großartig, aber unendlich besser, als die widerliche Mischung in dicker flüssiger Form hinunterzuschlucken. Ich legte mich auf den Rücken und wartete geduldig darauf, dass der Trank seine Magie wirkte, während ich in den Himmel blickte, der wolkenlos und unglaublich schön jenseits der schimmernden silbrig-grünen Blätter der Apfelbäume war. Es war so friedlich dort, und ich hatte stundenlang gearbeitet, also kämpfte ich nicht dagegen an, als meine Augen begannen, zuzufallen. Ein kurzes Nickerchen würde nicht schaden. Mit geschlossenen Augen und entspannten Gliedmaßen fühlte ich, wie mein Körper schwer wurde, als ob die magnetische Anziehungskraft der Erde plötzlich stärker geworden wäre. Sogar mein Gehirn fühlte sich schwerer als gewöhnlich an, und mein Kopf wurde so schwer wie eine Bowlingkugel. Es war seltsam entspannend, so in der Umarmung der Erde zu liegen, bis es auf einmal nicht mehr so war.

KAPITEL 36
EINE GEWALTSAME VERWANDLUNG

ASHA

Mein Körper begann anzuschwellen. Es ging so schnell, dass ich einen Stich der Angst verspürte und mich fragte, was ich mir selbst angetan hatte. Hatte ich ein altes Rezept falsch gelesen? Hatte ich wegen der verschmierten Handschrift meiner uralten Vorgänger eine Zutat verwechselt? Waren meine Zutaten nicht so rein, wie ich geglaubt hatte? Oder hatte ich einfach einen Fehler gemacht, als ich alles zusammenmischte?

Hades! Mein Körper explodierte unter meiner Haut, als ob jede Zelle darum wetteiferte, sich zu vermehren. Organe wuchsen und erkundeten den Raum unter der Fleischhülle.

Das ist normal, sagte ich mir. *Völlig normal. Keine Panik.*

Meine Arme schwollen an; meine Beine verwandelten sich in hautumwickelte Baumstämme. Mein Oberkörper verdoppelte und dann verdreifachte sich so schnell, dass ich mich auf die Schulter drehte und trocken ins Gras würgte. Das Hauptproblem bei diesem bestimmten Glamourzauber war, dass man alles – *alles* – spürte, wie es sich ausdehnte. Kein Organ blieb verschont. Es war nicht etwa ein Zauber, der dich etwas größer oder hübscher machte, dessen Wirkung wahrscheinlich erträglicher gewesen wäre. Nein, dies war eine gewaltsame Verwandlung. Mein Hals dehnte sich aus, was mich erneut würgen ließ, dann meine Wangenknochen, meine Nasenlöcher, meine Zunge. Sie streckten und gähnten, wuchsen und klafften. Meine tätowierte Haut war ausgedehnt, die botanischen Illustrationen meiner Tattoos verzerrten und verbogen sich. Meine Zähne vibrierten in schmerzenden Zahnfleisch, bis sie schief waren und mein Mund nach Seegras schmeckte. Ich schwöre, ich konnte sogar spüren, wie sich meine Poren weiteten und meine Pupillen sich ausdehnten. Haare wurden gröber. Ich keuchte, als meine Knochen knackten, während sie sich streckten und verdickten, ihre Position neu fanden und in ihren erweiterten Gelenken solide einrasteten. Man würde erwarten, dass das wehtun würde, aber das tat es nicht. Es war äußerst beunruhigend, die seltsamste aller seltsamen Empfindungen, aber es war nicht schmerzhaft. Meine Lippen hatten die Größe und Textur von rohen Würsten, was mich ein drittes und letztes Mal würgen ließ.

Nachdem ich mich vollständig in einen Ork verwandelt hatte, blieb ich weiterhin im Gras liegen und starrte den Vape-Stift an, als wäre er mein Todfeind. Ich musste mich daran erinnern, dass ich diesen Trank selbst angebaut, hergestellt, gemischt und dann geraucht hatte, und es schien, als hätte er genau das getan, was er tun sollte. Es hatte also keinen Sinn, patzig mit dem Stift zu werden, der geholfen hatte, ihn zu übertragen. Ich stöhnte und rollte mich auf alle viere, starrte auf meine Hände und Finger. Ja, er hatte genau das getan, was er tun sollte. Ich stand auf und streckte mich, mein Knorpel knackte so laut, dass die Hühner aufhörten zu fressen und herüberschauten, vielleicht in der Erwartung, dass es Popcorn gäbe, und dann erschrocken gackerten, als sie stattdessen mich entdeckten.

Ich stöhnte erneut, als ich schwerfällig ins Haus ging und auf den Spiegel zusteuerte. Ich musste den Schaden begutachten – oder besser gesagt, die majestätischen Auswirkungen der Handwerkskunst meines einzigartigen Tranks.

Als ich den Spiegel erreichte, keuchte ich, obwohl ich wusste, was mich erwartete. Das Ergebnis war einfach viel überzeugender, als ich mir vorgestellt hatte. Da stand ein ziemlich schockierter Ork, der mich anstarrte. Ich untersuchte meine riesigen Augen, Nase, Mund. Ich strich mit einem bratwurstgroßen Finger über meine moosigen Grabsteinzähne. Ich glättete die schwarzen, drahtigen Hecken auf meiner Stirn, die als Augenbrauen dienten. Und als ich alles in mich aufgenommen hatte, begann ich zu lachen. Es begann als ein Kichern, weil die Situation ziemlich lächerlich erschien und ich in einer Art schockiertem Unglauben war, dass mein Körper so aussehen konnte. Aber es verwandelte sich bald in ein brüllendes Gelächter, und bald war ich von der Komik meines Aussehens gebeugt. Ich ließ mich ziemlich mitreißen – was ich dem Schock und der Erleichterung zuschrieb, dass der Trank so gut funktionierte – und heulte vor Lachen, das so unbändig war, dass ich dachte, ich könnte hyperventilieren. Ich zwang mich, das hysterische Lachen zu stoppen, aber als ich wieder in den Spiegel schaute, konnte ich nicht anders als zu lächeln, und als ich diese Zähne wieder sah, wälzte ich mich fast auf dem Boden, so sehr lachte ich. Meine Kleidung war hauteng gespannt, und meine Heiterkeit riss einige der schwächeren Nähte auf, was mich noch mehr zum Lachen brachte.

Reiß dich zusammen, schalt ich mich selbst. *Das soll eine ernsthafte Arbeit sein.*

Aber es half nichts. Ich lachte so sehr, dass ich mich fast einnässte. Eigentlich nässte ich mich ein, wenn man bedenkt, dass Tränen meine vergrößerten, schweißigen Cheddar-Wangen hinunterliefen.

Doch dann klingelte es an der Tür, und ich hörte auf zu lachen.

Oh Göttin, oh Göttin, oh Göttin, dachte ich. *War das Sam?*

Wenn ja, würde das Öffnen der Tür sicherlich jeden kleinen Funken Romantik, den wir hatten, ersticken. Ein Kichern stieg in meiner

Kehle auf, aber ich kämpfte dagegen an. Das war eindeutig nicht lustig. Ich wischte meine Tränen weg und vermied meinen Blick in den Spiegel.

Die Türklingel läutete erneut.

KAPITEL 37

GIN & SPASS

ASHA

Ich wartete hinter meiner Haustür und hoffte, dass wer auch immer an der Tür klingelte, aufgeben und verschwinden würde. Natürlich hatte die Person mit Sicherheit meine hysterischen Anfälle gehört, also war es ein albernes Spiel. Als die Türklingel erneut läutete, gab ich die unglaubwürdige List auf und öffnete die Tür, bereit, verspottet zu werden. Erleichterung durchströmte meinen übergroßen Körper. Dort, hinter dem Tor, stand meine BFF. Als sie mich erblickte, hätte Savvy fast die Ginflasche fallen lassen, die sie in der Hand hielt.

»Ich bin's«, sagte ich und stampfte unelegant den Weg hinunter, um das Tor aufzuschließen.

Ihr Mund öffnete sich so weit, dass ich erwartete, ein Kessel voller Fledermäuse würde entfliehen.

»Ich probiere meine neue Ork-Illusion aus«, sagte ich, meine Lippen wie Blubber.

»Das sehe ich«, sagte Savannah. Sie trug ein modisches asymmetrisches rotes Kleid und ihr Make-up war makellos. Kupferohrringe blitzten an ihren Ohren.

»Hast du dich für mich so schick gemacht?«, fragte ich.

»Das könnte ich dich auch fragen«, antwortete sie. Ich blickte auf den zerrissenen und gespannten Stoff meiner Kleidung und lachte wieder laut. Savvy stimmte mit ein, und wir umarmten uns unbeholfen.

»Ich habe ein Date«, sagte sie, als wir zum Haus gingen, und blickte mich von der Seite an und zwinkerte.

»Wie konntest du nur?«, erwiderte ich mit gespielter Empörung. »Es ist unser Gin und Spaß-Abend! Du lässt mich für einen *Mann* sitzen?« Ganz zu schweigen davon, dass ich völlig vergessen hatte, dass Gin-Abend war. »Wofür ist dann der Gin?«, fragte ich und hob meine Augenbrauen in Richtung der Flasche in ihrer Hand. »Ist das mein Trostpreis?«

»Nein«, sagte sie. »Der Babysitter übernachtet, und unser Gin-Abend findet wie geplant statt. Ich treffe ihn danach. Er ist eine Nachteule.« Sie lächelte auf eine sinnliche Weise, und ich hatte den Eindruck, dass sie bereits mindestens ein paar Nächte zusammen verbracht hatten.

»Nun«, seufzte ich, wobei sich meine riesige Brust hob, »wenigstens einer von uns hat Glück.«

Savvy knallte die Ginflasche auf die Theke. »Du machst Witze! Immer noch nichts von Heiße Detektiv?«

»Heiße *verheiratete* Detektiv«, erinnerte ich sie.

»Ugh«, murrte sie. »*So* unbequem.«

Ich füllte die Gingläser mit einer großzügigen Menge Eis und schenkte uns beiden einen doppelten ein, garnierte die Getränke mit frischer Minze und Granatapfelkernen aus dem Garten. Mit meinen neuen Bratwurstfingern war das Arbeiten mit so anspruchsvollen

Zutaten nicht einfach, also dauerte es länger als gewöhnlich. Savvy beobachtete mich fasziniert, ohne Hilfe anzubieten.

»Aber warum hängt er dann um dich herum?«, fragte sie. »Entweder er ist verfügbar oder nicht. Was ist sein Problem? Was soll dieses Katz-und-Maus-Spiel?«

Ich zuckte mit meinen berggroßen Schultern und reichte Savannah ihr Glas. Wir stießen an und nahmen einen Schluck, und ich verschüttete den größten Teil meines ersten Schlucks über mein Kinn.

»Ich werde mich nie an diese Lippen gewöhnen«, sagte ich und griff nach einem Küchentuch, um das Durcheinander aufzuwischen.

Savannah lachte laut, und ich stimmte mit ein.

»Das Glas ist zu zierlich für dich«, sagte sie und wischte sich Tränen aus den Augen. »Es sieht lächerlich aus.«

»Es ist das größte Ginglas auf dem Markt!«

Sie schüttelte den Kopf. »Nicht groß genug. Du brauchst, keine Ahnung... eine Bowleschüssel oder so. Einen Eiskübel. Oder eine Blumenvase.«

Wir lachten wieder. Als wir uns beruhigt hatten und ein Moment der Melancholie eintrat, erzählte ich ihr, wie Sam mir an jenem Abend ein Bad eingelassen und mich so zärtlich ausgezogen hatte.

Sie verzog ihr Gesicht in völliger Verwirrung. »Was? Und er hat nicht einmal, du weißt schon-?«

»Nichts. Er hat sich einfach um mich gekümmert. Ich bin in seinen Armen eingeschlafen, und er ist gegangen, bevor ich aufgewacht bin.«

Savvy hob kapitulierend die Hände. »Also, das hätte ich nie gedacht.«

»Ich bin in ihn verliebt«, platzte es aus mir heraus, auch nicht nach Plan. Ich nahm noch einen Schluck aus meinem winzigen Glas.

»Natürlich bist du das«, sagte sie. »Ich wäre es auch. Was gibt es da nicht zu lieben?«

»Abgesehen von der ganzen *nicht verfügbar*-Sache.«

Sie machte ein Klickgeräusch mit ihrer Wange. »Nun, das ist wahr.« Sie sah eine Weile nachdenklich aus. »Es sei denn...«

Ich bemerkte überrascht, dass mein Glas leer war, und stellte es ab. »Ich höre.«

»Es sei denn, du liebst ihn *weil* er nicht verfügbar ist.«

Ich schüttelte den Kopf. »Nein.«

»Hör mir einfach zu«, sagte sie.

»Ich sage dir, das stimmt nicht. Ich wünsche mir sehr, dass er verfügbar wäre. Ich will eine vollwertige Beziehung mit ihm.«

»Hör mir einfach zu«, wiederholte sie und deutete mit den Händen an, dass ich aufhören sollte zu reden. »Du hast Probleme, richtig?«

»Ja«, sagte ich. »Wie jeder.«

»Richtig. Aber deine besonderen Probleme drehen sich um Verlassenwerden.«

Ich schnappte mir ihr Getränk und kippte es runter. »Ich nehme an, schon.«

Sie hob eine perfekt gezupfte Augenbraue.

»Okay«, stimmte ich zu. »Ich habe ernsthafte Probleme in dieser Abteilung.«

»Natürlich hast du die!«, rief sie. »Du bist menschlich!«

Ich runzelte die Stirn und kratzte mich am übergroßen Nacken.

»Na ja, du bist im Moment ein Ork, aber du weißt, was ich meine.«

Ich nickte. Ja, ich wusste, dass ich Probleme hatte, aber ich war auch hundertprozentig sicher, dass ich Sam Armstrong nicht nur in meinem Leben, sondern auch in meinem Bett haben wollte. Aber Savvy kannte mich so gut, und ihr Einwand war scharfsinnig und berechtigt. Ich schenkte noch eine Runde ein, während ich darüber nachdachte.

»Ich gehe zu einem Therapeuten«, sagte ich. »Anscheinend habe ich PTBS.«

»Haben wir das nicht alle, Schätzchen«, antwortete Savvy. »Aber gut für dich.«

Ich schenkte frische Drinks ein. »Hast du jemals darüber nachgedacht, du weißt schon, zu jemandem zu gehen?«

»Ich *gehe* zu jemandem. Er behandelt mich in... nennen wir es *nicht-traditioneller* Therapie. Er ist äußerst talentiert in dieser speziellen Therapie. Und er ist so überaus gutaussehend.« Ihre Augen weiteten sich buchstäblich vor Verlangen, als sie nur an ihn dachte.

Ich räusperte mich. »Du weißt, was ich meine. Professionelle Hilfe. Um die Falten zu glätten.«

»Ich habe keine Falten«, antwortete Savvy. »Und wozu sollte ich einen Profi aufsuchen, wenn ich wöchentliche Gin Tonic-Abende mit dir habe?«

»Das ist ein starkes Argument«, sagte ich, und wir stießen erneut an.

»Also, wie lange hält diese Illusion von dir an?«

»Ich bin nicht sicher«, antwortete ich. »Ich teste sie zum ersten Mal.«

Savannah sah eine Weile wehmütig aus. »Du warst in der Schule immer so gut in Zaubertränken.«

»Das ist wahrscheinlich der einzige Grund, warum ich nicht von den gemeinen Hexen gemobbt wurde«, sagte ich. »Ich habe mir im

Laufe der Jahre ein ziemlich gutes Arsenal an Tränken aufgebaut und dafür gesorgt, dass jeder davon wusste.«

Als sie nicht antwortete, fragte ich sie etwas, worüber ich mich seit Jahren gewundert hatte. »Vermisst du es? Eine Hexe zu sein?«

Sie schüttelte den Kopf. »Nein. Zu viel Drama. Ich habe nie dazugehört.«

»Es war die Highschool. Niemand hat dazugehört.«

»Aber ich war nie so *drin* wie der Rest von euch – oder so talentiert.«

»Unsinn!«

»Ich habe nie Gefallen gefunden an den dunklen Umhängen und Mondkarten und der Fixierung auf Mitternacht und Blut und Federn und Knochen und all dem Zeug. Entweder bist du diese Art von Person oder eben nicht, weißt du? Ich meine, kannst du dir mich beim Gärtnern vorstellen, mit diesen Nägeln? Und Schwarz lässt mich so streng aussehen. Nein«, sagte sie nachdrücklich. »Nein, ich vermisse es nicht. Soleil hat mir eigentlich einen großen Gefallen getan, indem sie mich rausgeworfen hat.«

»Was passiert mit der Magie?«, fragte ich mich laut.

»Was?«

»Ich frage mich nur, was mit der Magie passiert, die du nicht benutzt.«

»Wahrscheinlich dasselbe, was mit deinem Liebesleben passiert«, sagte sie grinsend. »Benutz es oder verlier es.«

»Hades«, fluchte ich und spülte den Rest meines Getränks in meinen Mund.

Der Illusionszauber ließ schließlich nach. Es begann langsam – ich spürte, wie meine Organe sich zusammenzogen und mein Schädel millimeterweise schrumpfte –, dann wurde es schneller.

»Du schrumpfst«, bemerkte Savvy. »Es ist wie eine hässliche Version von *Alice im Wunderland*.«

»Danke auch«, antwortete ich. »Ich fand mich ziemlich attraktiv – für einen Ork.«

Savannah sah mich ungläubig an, und wir beide brachen in Gelächter aus.

Mit grimmigem Interesse beobachteten wir, wie meine Gliedmaßen wieder ihre normale Größe annahmen, und was von meiner Kleidung übrig war, hing in Fetzen an meinem Körper, der sich jetzt winzig und schwach anfühlte.

»Was wäre, wenn«, sagte Savvy, »was wäre, wenn etwas schiefgeht, wenn du dich wieder normalisierst, und irgendein Körperteil für immer riesig bleibt?«

»Geh da gar nicht erst hin«, antwortete ich.

Sie zuckte mit den Schultern. »Es könnte passieren.«

»Nicht«, wiederholte ich. Das Letzte, was ich brauchte, war etwas, um das ich mir noch mehr Sorgen machen musste. »Mit dem Trank wird nichts schiefgehen. Deshalb teste ich ihn vorher. Ich kann mir nicht leisten, dass etwas schiefgeht, wenn ich dort bin.«

»Wenn du wo bist?«, fragte Savvy. »Ich dachte, du arbeitest nur an den Tränken, die du an Mason & Sons verkaufst.«

Das erinnerte mich daran, dass ich der magischen Apotheke eine Nachlieferung schuldete. Ich hatte ihre Bestellung vor ein paar Tagen erhalten und wurde prompt von Dustys Dilemma abgelenkt. Das erinnerte mich wiederum daran, dass ich mich bei Staranwalt Jessie über den Fall Garrett informieren musste. Wenn nicht der Gin in meinem Blutkreislauf zirkulieren würde, hätte ich mich sicherlich überfordert gefühlt.

»Die Ork-Illusion ist für mich«, sagte ich. »Ich gehe undercover.«

»Ist das klug?«, fragte sie, womit sie implizierte, dass es offensichtlich das Gegenteil war.

»Es spielt keine Rolle, ob es klug ist oder nicht«, sagte ich. »Ich habe ein Versprechen gegeben.«

»Wem?«

»Es ist kompliziert«, antwortete ich. Selbst ich verstand nicht alles.

»Du hast dich von deiner letzten Fluchbrechermission noch nicht erholt.«

»Ich weiß. Aber ich muss das tun. Wenn ich sterbe, fütterst du dann bitte meine Katzen?«

»Mach keine solchen Witze. Das ist nicht lustig. Natürlich werde ich deine Katzen füttern.«

»Ich muss zum EverShade-Markt gehen.«

Savvy erstarrte. »Was?« Ihr Gesicht wurde blass, was ihre Augen noch schöner wirken ließ.

»Jax' Frettchen ist verschwunden«, begann ich.

»Na und?«, verlangte sie zu wissen. »Sag ihr, sie soll sich ein neues holen!«

»Es ist ein magisches Frettchen.«

»Es ist mir egal, ob das Frettchen dieser Zauberin das letzte lebende auf dem Planeten ist. Es ist mir egal, ob es die Antwort auf den Sinn des verdammten Multiversums kennt. Es ist nicht wert, dein Leben dafür zu riskieren!«

»Hör zu. Gizmo ist wichtig für Jax, und ich würde ihr wirklich gerne helfen. Aber das ist nicht der Grund, warum ich es tue.«

Savvy stand auf, ging zum Küchenschrank und holte eine Tüte Brezeln heraus. Ich reichte ihr eine Schüssel, die sie ignorierte und stattdessen direkt aus der Tüte aß. Ich schaute mich um, halb erwartend, dass Salty auftauchen und die Beherrschung verlieren würde, weil sie die übersalzenen Snacks nicht essen konnte.

»Nilve SaltySnap wurde ermordet, als sie Gizmos Verschwinden untersuchte.«

Savvys Augen quollen hervor. »Ah, schau mal an! Jemand ist GESTORBEN. Noch ein Grund mehr, *Gizmos Verschwinden nicht zu untersuchen.*«

»Nilve war diejenige, die mich aus dem Vergessen gerettet hat. Sie hat mich zurückgebracht. Ich wäre ohne sie nicht hier. Im Gegenzug habe ich zugestimmt, ihren Mörder zu finden, damit sie vollständig in die Welt der Lebenden zurückversetzt werden kann, wo ich sie brauche, um mir bei dem Fall der vermissten Mädchen zu helfen.« Ich seufzte. »Der Markt ist nur donnerstags geöffnet, also habe ich noch etwas Zeit, mich auf die Infiltration vorzubereiten. Außerdem muss ich ein paar Dinge abschließen, bevor ich —«

»Was?«, forderte sie ärgerlich. »Bevor du stirbst?«

»Nicht genau das, was ich dachte, aber bleiben wir vorerst dabei.«

»Heilige Hekate«, murmelte Savvy und strich ihr Haar zurück. »Du machst es dir nicht leicht.«

Das ärgerte mich ein wenig. »Ich habe nicht darum gebeten.«

»Aber jetzt siehst du, warum ich betont *nicht vermisse*, eine Hexe zu sein. Du taumelst von einer Katastrophe zur nächsten ohne Ruhe oder Pause.«

»Die Dinge müssen wieder ins Gleichgewicht gebracht werden«, antwortete ich. »Wenn ich es nicht tue, wer dann?«

Savvy seufzte. »Du bist eine bessere und mutigere Frau als ich«, sagte sie, ihre Schultern entspannten sich. »Ich weiß nicht, wie du das machst. Aber ich denke immer noch nicht, dass du nach EverShade gehen solltest. Es ist einfach zu gefährlich.«

»Ich glaube, von dort aus betreiben sie den Menschenhandel. Ich habe von den Dingen gehört, die dort vor sich gehen.« Ich schauderte. »Die Tiere, für die sie keinen anständigen Preis bekommen können, schicken sie ins SubRealm der Orks. Hetzen sie gegeneinander auf und nehmen Wetten an.«

»Okay«, Savvy hob ihre Hand. »Ich will die Details nicht hören. Also, du legst deinen Ork-Zauber an, besuchst EverShade, um zu untersuchen, wer hinter dem Menschenhandelsring steckt, kommst wieder raus und erzählst es den Skorpionen. Richtig?«

»Richtig«, sagte ich.

»Das heißt, wenn du nicht schon verhaftet wirst, weil du überhaupt hingegangen bist.«

»Ja.«

Wegen Besuchs des Schwarzmarkt-Marktes verurteilt zu werden, brachte eine lebenslange Haftstrafe im Schwarzen Turm auf den Ember-Inseln oder im Arbeitslager in der Storm Bay Boulderkeep vor der Küste Kapstadts mit sich; keiner dieser Orte würde auch nur einen einzigen Stern bei TripAdvisor bekommen.

»Kein Herumalbern da drinnen, richtig? Einfach rein und raus.«

»Ja, Ma'am«, antwortete ich. Ich hatte schreckliche Angst vor dem Vergessen, und ich wollte nicht, dass mir das Gleiche passiert wie SaltySnap. Ich würde keine Sekunde länger dort bleiben, als nötig.

KAPITEL 38

HEXENANWÄLTIN

ASHA

Ein Gin-Kater ist eine Sache. Ein Kater von Gin und Ork-Glamour-Trank ist eine völlig andere Geschichte. Als ich das erste Mal versuchte aufzustehen, drehte sich der Raum mit solcher Wucht, dass ich allein durch die Fliehkraft zurück auf mein Kissen gedrückt wurde. Ich wartete eine Weile und versuchte es erneut. Diesmal schaffte ich es gerade noch rechtzeitig ins Badezimmer, um das große weiße Telefon zu benutzen.

Natternzunge! dachte ich. So übel war mir nicht mehr gewesen, seit ich auf meiner mexikanisch-thematisierten Einundzwanzigsten eine Flasche Tequila getrunken hatte. Ich spülte meinen Mund mit Wasser aus. Beim nächsten Mal muss ich unbedingt daran denken, Elektrolyte zu nehmen. Und richtiges Essen, nicht nur die drei Brezeln, die noch in der Tüte waren. Liebe Göttin, ich fühlte mich bis ins Knochenmark hinein grün. Vielleicht könnte ich den Trank irgendwie optimieren, um die Leber zu schonen – etwas Mariendistel-Essenz hinzufügen, zum Beispiel. Oder einfach eine Warnung auf die Packung schreiben, ihn niemals mit hartem Alkohol zu mischen. Oder überhaupt mit Alkohol. Oder mit allem, was auch nur im Entferntesten wie Alkohol aussieht.

Ich spürte, wie es wieder hochkam, und stürzte mich auf die Toilette zu. *Ugh. Das Schlimmste.* Als ich mich erholt hatte, warf ich einen Blick in den Spiegel. Ich sah furchtbar aus. So schlimm, dass ich mich fragte, ob meine gesunde Ork-Persona tatsächlich attraktiver war als meine Version des verkaterten Menschen.

Savannah brachte das Beste und das Schlimmste in mir hervor, und ihre Fähigkeit, mich an einem Dienstagabend unter den Tisch zu trinken, war eine Selbstverständlichkeit. Mir war am Vorabend aufgefallen, dass sie nicht so viel trank wie sonst, und ich erinnere mich, dass ich dachte, dass ihr neuer Freund vielleicht etwas damit zu tun hatte. Ich hatte ihn noch nicht kennengelernt, aber ich vermutete, dass er gut für sie war. Sie hatte erwähnt, dass er wunderbar, warmherzig und großzügig zu ihr und ihrer Tochter Abigail sei. Savvy und mein Feenpatentkind verdienten es, glücklich zu sein.

Als ich an den Glamour-Trank dachte, erinnerte ich mich daran, dass ich Tränke und Zutaten an Mason & Sons liefern musste und sie außerdem etwas Wichtiges fragen wollte, also sollte ich mich besser beeilen. Ich hatte noch zwei Tage bis zum wöchentlichen EverShade-Nachtmarkt, und das war nicht viel Zeit für die Vorbereitung.

Mein Handy vibrierte mit einer Zwei-Wort-Nachricht.

Verkatert?

Du kennst mich so gut, antwortete ich Merlin. *Wo ist mein Kaffee?*

Sorry, Rookie, ich war den ganzen Morgen in Besprechungen, sonst wäre ich mit Pauken und Trompeten (und Koffein in der Hand) da.

Es war schade. Ja, Kaffee wäre wunderbar gewesen, aber was ich wirklich wollte, war, mit Merlin zu reden. Ich hatte so viele Bälle in der Luft, dass es großartig wäre, seine vernünftige Perspektive zu den Dingen zu hören. Er war so gut darin. Ich schätzte es wirklich sehr, ihn in meinem chaotischen Leben zu haben. Als das Telefon klingelte, war ich sicher, dass er es war, aber ich lag falsch. Die Anrufer-ID zeigte "Jessie Starfall" an.

Ich nahm ab. »Jessie? Hi.«

»Hey, Asha«, sagte die Anwaltshexe. »Hör zu, ich habe keine guten Neuigkeiten.«

»Es war bisher ein schrecklicher Morgen«, sagte ich. »Das kann also die Kirsche obendrauf sein.«

»Wir brauchen dich beim Familiengericht. Ich habe dir gerade den Standort-Pin geschickt.«

Die Benachrichtigung ließ mein Telefon in meiner Hand vibrieren. »Ich hasse Gerichte«, sagte ich.

»Dusty braucht dich«, erwiderte Jessie.

»Ich bin in einer halben Stunde da.«

~

»Was ist passiert?«, fragte ich, sobald ich ankam. Ich wappnete mich für die schlechten Nachrichten, die mir versprochen worden waren. In meiner Eile herzukommen hatte ich weder geduscht noch meine Haare gewaschen, also hoffte ich, dass ich nicht nach Ork vom Vorabend roch, als ich Dusty umarmte. Ich fühlte mich innerlich definitiv etwas ölig.

»Die Garretts«, sagte Jessie. Sie trug eine schwarzgerahmte Brille und dezentes Make-up und sah in jeder Hinsicht wie eine Anwaltshexe aus. Ich war so froh, dass wir sie auf unserer Seite hatten. »Sie bekämpfen unseren Antrag.«

»Aber wir wussten, dass sie kämpfen würden«, sagte ich. Deshalb waren wir hier.

»Ja«, antwortete Jessie. »Aber sie kämpfen mit schmutzigen Tricks.«

KAPITEL 39
KULT

ASHA

»Es ist Zeit reinzugehen«, sagte Jessica und schaute auf ihre Armbanduhr.

»Alles okay?«, fragte ich Dusty. Sie nickte, aber ihre Lippen waren blass und fest zusammengepresst. Sie sah plötzlich so jung aus – wie das verletzliche Kind, das sie tatsächlich war. Ich zog sie noch einmal zu mir für eine kurze Umarmung, dann ließ sie zu, dass ich sie in den Gerichtssaal führte, der groß und formell genug war, um jeden einzuschüchtern.

»Was meinst du damit, dass sie mit unfairen Mitteln kämpfen?«, flüsterte ich zu Jessie.

Es überraschte niemanden, dass sie es versuchen würden, aber dies war ein Gericht. Sicherlich würde das Gericht eine faire Entscheidung treffen?

Dustys Schultern fühlten sich knochig unter meinen Händen an, und ich wünschte mir, sie würde ein bisschen gesünder aussehen. Es stimmte, dass sie in Copperfield etwas von dem dringend benötigten Gewicht zugelegt hatte und etwas Farbe und Glanz zurückgewonnen hatte, aber sie sah in dem langärmeligen Kleid, das sie trug, immer noch wie ein Kleiderbügel aus.

Jessica verzog ihre Lippen zur Seite, als wollte sie sagen *Du wirst schon sehen.*

Wir setzten uns nahe an die vorderste Reihe des vollen Gerichts und warteten darauf, aufgerufen zu werden. Jessie studierte die Akten, die sie mitgebracht hatte, Dusty starrte mit leerem Blick auf den Richter, und ich spürte, wie meine Angst wuchs. Ich erinnerte mich an den gequälten Blick in ihren Augen, als ich sie auf der Straße fand – eine Panik, die nichts mit der Gefahr des Lebens als Obdachlose zu tun hatte und alles mit der Angst, gefangen und nach Hause zurückgeschickt zu werden. Wir konnten nicht zulassen, dass dies falsch endete. Dusty würde nicht zu diesen Leuten zurückgehen.

Wie auf Stichwort marschierten die Garretts in den Gerichtssaal. Ich spürte, wie Dusty erstarrte. Sie sahen völlig anders aus. Sie hatten sich kürzlich geduscht und ihre Haare gewaschen – was ich von mir nicht behaupten konnte – und sie trugen neue Kleidung. Mrs. Garrett trug ein zitronengelbes Kleid, das ihre unprofessionell tätowierte Haut bedeckte und sie so gesund aussehen ließ wie ein hausgemachter Apfelkuchen. Es hätte mich nicht überrascht, wenn noch das Preisschild daran gehangen hätte, bereit, zurückgegeben zu werden, sobald ihr Tag vor Gericht vorbei war. Oder, wenn ich gerade weniger großzügig gestimmt wäre – was ich war – vielleicht hatte sie das Kleid von Anfang an geklaut, sodass eine Rückgabe unnötig wäre. Sie sahen sauber, ordentlich und nüchtern aus. Das Gegenteil davon, wie sie waren, als Direktorin Copperfield und ich sie zum ersten Mal trafen. Es war ein Schauspiel, aber ein gutes Schauspiel. Sie sahen aus, als wären sie wunderbare Eltern. Wenn man nicht zu genau hinschaute, wenn man ihnen nicht zu lange in die Augen sah.

Sie nahmen ihre Plätze ein, und der Richter brachte den Raum zur Ordnung. Er senkte seine Brille und las die Akte, schaute ab und zu auf und runzelte die Stirn. Schließlich nahm er seine Brille ab, ließ sich Zeit, sie zusammenzufalten, und legte sie vor sich hin.

»Herr und Frau Garrett?«, fragte er.

Die Garretts standen auf. »Ja, Euer Ehren.«

»Sie sind hier, um Ihre Rechte geltend zu machen–«

»Unsere elterlichen Rechte, Euer Ehren«, unterbrach Herr Garrett.

»Sie möchten, dass Ihre Tochter wieder in das Familienhaus zurückkehrt?«

Sie nickten begeistert. Ja, das *Familienhaus.* Es klang so gesund, dass ich praktisch das frische Brot riechen konnte, das in ihrem altmodischen Ofen backte.

»Lisa Garrett?«, dröhnte der Richter.

Dusty und Jessica standen auf. Die Anwältin richtete ihre Jacke. »Hier, Euer Ehren.«

»Wie alt bist du?«, donnerte der Richter.

Ich sah Dusty schlucken. »Fast zwölf«, antwortete sie.

»Fast zwölf«, wiederholte er nickend. »Und wo wohnst du?«

»An einer angesehenen Schule«, antwortete Jessie. »Eine Schule, die Lisa Garretts angeborenes Potenzial erkannt hat und großzügigerweise angeboten hat, alle Unterrichts- und Internatsgebühren zu übernehmen, bis sie ihren Abschluss macht.«

Der Richter sah beeindruckt aus. »Potenzial?«

»Ja, Euer Ehren«, antwortete die Anwältin. Sie führte es nicht weiter aus.

»Und du, Lisa«, sagte er und schaute Dusty direkt an. »Wo würdest du lieber leben?«

»Ich bin sehr glücklich in Copperfield«, sagte sie. »Ich lerne so viel. Ich habe dort Freunde. Eine Bibliothek. Drei Mahlzeiten am Tag.«

»Sie haben ihr einer Gehirnwäsche unterzogen!«, rief Mrs. Garrett. »Dieser Ort... Die Menschen dort... Es ist wie ein Kult!«

Die Augenbrauen des Richters schossen nach oben. »Ein Kult?«

Jessica schüttelte den Kopf und lächelte nachsichtig. »Das Copperfield-Institut ist eine Schule, Euer Ehren.«

»Wirklich?«, erwiderte der Richter. »Was für eine Schule? Ich habe nie von diesem... Copperfield-Institut gehört.«

Oh, verflixt. Der Name tat uns keine Gefallen. Es klang definitiv, als könnte es der Sitz eines Kults sein.

»Es ist eine Privatschule, Euer Ehren. Eine Akademie für begabte Kinder.«

»Sie konditionieren diese Kinder!«, schrie Herr Garrett und wandte sich dann an Jessie und mich. »Was macht ihr mit ihnen, wenn sie ‚graduieren‘, hm?«

»Warum habe ich noch nie von dieser feinen Akademie für begabte Kinder gehört?«, fragte der Richter. Ich wusste da, dass wir den Antrag verloren hatten. Er war ein bodenständiger Typ mit konservativen Werten und so unberührt, wie man nur sein kann.

Bevor Jessie antworten konnte, piepste Mrs. Garrett wieder. »Wir vermissen dich, mein Schatz«, jammerte sie. »Bitte komm nach Hause.«

Dustys Stirn runzelte sich verwirrt. Ich vermutete, dass sie ihre Mutter sie nie so hatte nennen hören, denn sie sah fast alarmiert aus.

»Der Platz eines Kindes ist zu Hause, bei seinen Eltern«, sagte Herr Garrett. Der Richter gab ein fast unmerkliches Nicken.

Es war schrecklich grausam, was sie taten. Ich war sicher, dass Dusty von liebenden Eltern träumte. Es musste quälend sein, diese pervertierte Version dessen zu sehen, wonach sie sich immer gesehnt hatte.

Der Richter wandte sich wieder an Dusty.

»Was dein Vater gesagt hat, ist – normalerweise – richtig. Ein Kind gehört nach Hause zu seinen Eltern.«

Herr Garrett grinste und rutschte auf seinem Sitz hin und her.

»Aber«, fuhr der Richter fort, »in meinen Jahren, in denen ich in diesem Gericht den Vorsitz führe, habe ich leider Hunderte von Fällen gesehen, in denen dies nicht wahr ist, und in diesen Fällen ist das Kind besser dran, wenn es getrennt von seinen biologischen Eltern lebt.«

Die Garretts schienen plötzlich weniger selbstsicher.

»Also frage ich dich, Lisa Garrett. Gibt es irgendeinen Grund, warum ich dich nicht mit deinen Eltern nach Hause schicken sollte?«

Als Dusty ihre Sprache verloren zu haben schien, begann Jessie, in ihrem Namen zu sprechen, aber der Richter gestikulierte schnell, dass sie still sein sollte und das Kind antworten lassen sollte. Wir alle warteten in einer unangenehmen Stille darauf, dass das Mädchen sprach.

»Euer Ehren«, bekräftigte Jessica erneut. Diesmal ließ der Richter sie sprechen. »Können wir um ein privates Wort mit Ihnen in Ihrem Büro bitten?«

»Ich sehe nicht, warum das notwendig sein sollte«, sagte der Richter.

»Es ist tatsächlich notwendig«, erwiderte Jessica. »Lisa Garrett wurde von ihren Eltern traumatisiert–«

Die Garretts begannen beide zu schreien und drohten mit Verleumdungsklagen und Prozessen.

Der Richter klopfte mit seinem Hammer, um Ruhe zu schaffen, und beugte sich dann vor, um Jessie seine volle Aufmerksamkeit zu schenken. »Frau Riley. Behaupten Sie Missbrauch? Denn wenn Sie das tun–«

Die Garretts schauten mit donnernden Gesichtern herüber.

»Nein«, piepste Dusty. »Nein, kein Missbrauch«, sagte sie.

»In Ordnung. Das Mündel hat ihre Stimme gefunden und jeden Missbrauch verneint.«

»Sie ist ein Kind«, platzte es aus mir heraus.

Der Richter suchte im Saal nach demjenigen, der gesprochen hatte. Ich dachte, ich würde wegen Missachtung des Gerichts festgenommen werden, aber stattdessen wedelte er mit seiner Hand herum und forderte: »Wer war das? Sprechen Sie!«

Jessica verzog das Gesicht und ich warf ihr einen entschuldigenden Blick zu, als ich aufstand.

»Ich sagte nur... sie ist ein Kind. Sie hat Angst. Natürlich wird sie den Missbrauch leugnen, wenn sie im selben Raum wie ihre Missbraucher ist.«

»Sie behaupten also *doch* Missbrauch«, sagte der Richter. »Das ist eine strafrechtliche Anklage und muss als solche behandelt werden. Haben Sie Beweise? Haben Sie Anzeige erstattet? Das ist eine ganz andere Angelegenheit und wird heute nicht vor Gericht behandelt.«

Ich konnte die Wut, die von den Garretts ausging, spüren.

»Natürlich würden sie das behaupten«, sagte Frau Garrett. »Sie versuchen, sie uns wegzunehmen.«

Der Richter schaute auf seine Uhr und verlor die Geduld. »Das dreht sich im Kreis. Frau Riley, wenn es zu Hause tatsächlich eine missbräuchliche Situation gäbe, hätte ich erwartet, dass Sie Anzeige erstatten. Da Sie dies nicht getan haben und die Minderjährige jeden Missbrauch leugnet, bleibt mir keine andere Wahl, als zu entscheiden, dass Lisa Garrett unverzüglich in die Obhut ihrer biologischen Eltern, Herr und Frau Garrett, zurückgegeben werden sollte. Danke für Ihre Zeit. Verhandlung beendet.«

»Ha!«, brüllte Herr Garrett, als hätte er hundert Euro beim Pferderennen gewonnen. Dann besann er sich und dankte dem Richter.

»Bitte, Euer Ehren«, begann Jessie, aber der Richter drehte sich auf seinem Stuhl und verließ den Raum, der bereits laut war mit Geplauder und Bewegung.

Dustys Gesicht war so blass wie ein Pappteller. Sie zitterte. Als ich ihren Namen rief, sah sie mich nicht an.

KAPITEL 40

LISA GARRETT IST VERSCHWUNDEN

ASHA

»Ich werde nicht«, sagte Dusty und blieb auf ihrem Stuhl sitzen. »Ich werde nicht mit ihnen zurückgehen.«

Jessica ordnete die Kanten der Papiere in ihrer Akte und vermied den Blickkontakt mit dem Kind. »Es tut mir leid, Dusty. Du musst. Du kannst nicht nach Copperfield zurückkehren, jetzt, da-«

»Ich werde nicht«, wiederholte sie. »Ich werde nicht mit ihnen zurückgehen.«

»Es ist nur vorübergehend. Bis wir einen Fall zusammenhaben. Wir müssen Anklage gegen sie erheben«, sagte Jessie. »Dann beantragen wir erneut das Sorgerecht.«

»Nein«, sagte Dusty und schüttelte den Kopf. »Ich werde in großen Schwierigkeiten sein.«

Sie sprach die Worte nicht laut aus, aber wir hörten sie deutlich: *Sie werden mich umbringen.*

»Wir werden dich beschützen«, sagte sie.

Dustys Augen füllten sich mit Tränen. »Ihr könnt mich nicht beschützen.«

Ich hatte die Vernachlässigung und die blauen Flecken an dem Tag gesehen, als ich Dusty erwischt hatte, aber ich hatte das Ausmaß des Missbrauchs nicht gekannt. Jetzt, als ich sie ansah, erkannte ich die Schichten des Schmerzes unter ihrer Maske aus Angst.

»Ich wusste nicht, dass es so schlimm war«, sagte ich und spürte, wie meine eigenen Tränen in den Augen brannten. »Ich hatte keine Ahnung. Es tut mir leid.«

»Es tut dir leid?«, rief Dusty, ihre Stimme brach. »Du hast mich gerettet!«

»Nein«, antwortete ich kopfschüttelnd. »Du hast dich selbst gerettet.«

Das Mädchen hörte auf zu weinen, aber sie strahlte so viel Emotion aus, dass ich das Gefühl hatte, sie würde gleich explodieren.

»Was werden wir tun?«, fragte ich die Anwältin.

Jessica schüttelte den Kopf. »Wir sind vorerst handlungsunfähig. Wir können nichts tun, es sei denn, wir melden Missbrauch.«

»Du meinst, es gibt nichts, was wir *legal* tun können.«

Jessicas Mund klappte auf. »Ja, das meine ich.«

Ich weiß nicht, warum sie so überrascht war. Sie gehörte schließlich zu den Starfall-Hexen, einem Hexenzirkel, der sich als Yogagruppe tarnte und dessen Hohepriesterin regelmäßig Aufträge erteilte. Ich bezweifelte sehr, dass Jessica Riley noch nie das Gesetz gebrochen hatte.

Sie senkte ihre Stimme. »Wir müssen uns an das ordentliche Verfahren halten und im Rahmen des Gesetzes arbeiten. Ich kann das gewinnen, wenn du mir Zeit gibst. Ich bin durchaus dafür, Regeln für das Gemeinwohl zu beugen, aber ich kann meine Zulassung nicht verlieren. Es geht nicht um mich oder dich oder Dusty.

Wenn ich aus der Anwaltskammer ausgeschlossen werde, verliert der Hexenzirkel seinen Anwalt. Das werde ich nicht zulassen.«

»Ich verstehe«, antwortete ich. »Aber ich kann Dusty nicht mit ihren Misshandlern nach Hause gehen lassen.«

Jessica wirkte nachdenklich und klickte ein paar Mal mit ihrem Kugelschreiber. »Wir werden etwas ausarbeiten.«

»Danke«, sagte ich und drückte noch einmal Dustys Schulter, bevor wir aufstanden.

Die Garretts schlichen zu uns herüber, selbstgefällig wie Katzen mit Kanarienvogel im Bauch.

»Zeit zu gehen, Schätzchen«, gurrte Mrs. Garrett.

Dustys Körper versteifte sich wieder.

»Wir bringen sie in ein paar Stunden zu Ihnen«, log ich. »Wir holen nur ihre Sachen aus Copperfield ab.«

»Auf keinen Fall«, sagte Dustys Vater und schüttelte den Kopf. »Sie kommt mit uns.«

»I-Ich brauche meine Sachen«, stammelte Dusty und machte einen winzigen Schritt nach hinten.

Mr. Garretts Gesicht lief vor Wut rot an. »Sie können es dir nach Hause bringen. In dein *richtiges* Zuhause.«

Dusty schluckte und versuchte es erneut. »Ich muss mich verabschieden. Von der Direktorin. Und von Maple.«

Wer wird sich um Maple kümmern? Ich konnte mir vorstellen, dass sie das dachte.

»Wir besitzen ein Telefon«, sagte Mrs. Garrett. »Jetzt lass uns gehen, bevor du uns verspäten lässt.«

Sie *verspäten* lässt? Wen kümmerte es, ob man zu spät kam, an dem Tag, an dem man vor Gericht um sein einziges Kind kämpfte? Sicherlich war das ein Tag, an dem man alle anderen Verpflichtungen absagen sollte? Ich verstand sie nicht, und ich vertraute ihnen nicht. Und ich hatte das Gefühl, dass ich Dusty nie wiedersehen würde, wenn ich sie mit diesen Leuten nach Hause gehen ließe. Wofür wollten sie denn pünktlich sein?

Dusty drehte ruckartig den Kopf zu mir. »Du hast recht«, flüsterte sie.

»Komm jetzt«, knurrte ihr Vater.

Dusty rührte sich nicht. Mein ganzer Körper schrie nein. *Nein, nein, nein. Lass sie nicht mit ihnen gehen.*

»Lisa«, zischte Mrs. Garrett. »Jetzt.«

Ich warf Jessica einen schnellen Blick zu, die mit einem unsichtbaren Schulterzucken antwortete, als wolle sie sagen: *Was können wir tun?*

Meine Gedanken rasten, aber nichts Hilfreiches kam mir in den Sinn. Dies war ein unberührtes Gericht, und wir waren umgeben von nicht-magischen Menschen, vor denen wir absolut keine Magie einsetzen durften, sonst riskierten wir, den Schleier zu zerreißen. Selbst wenn ich Magie hätte einsetzen wollen, wäre es schwierig gewesen, da die einzige Pflanze im Umkreis von hundert Metern ein vernachlässigter, traurig aussehender Ficus war, der praktisch aus seinem staubigen Topf geklettert war, auf der Suche nach Wasser. Er hing kaum noch am Leben und hatte gerade genug Energie, um zu überleben, geschweige denn, um meinen Zauberstab mit Kraft zu versorgen.

»Sicherheitsdienst«, rief Mrs. Garrett und winkte mit ihrem Arm in der Luft. »Sicherheitsdienst!«

Zwei Männer in Uniform kamen herüber. Sie reichte dem größeren Mann das Dokument, das der Richter unterschrieben hatte und das eindeutig besagte, dass Dusty mit den Garretts nach Hause gehen sollte.

»Gibt es hier ein Problem?«, fragte der kleinere Wachmann.

»Nein«, antwortete ich, aber Mr. Garrett brüllte gleichzeitig »Ja!«.

Nach einem kurzen Gespräch, um zu verstehen, was vor sich ging, bedeuteten die Wachmänner Dusty, mit ihren Eltern zu gehen. Als sie sich weigerte, nahmen sie sie am Arm – bestimmt, aber nicht grob – und führten sie hinaus. Jessie und ich folgten direkt hinter ihr und versuchten, mit den Wachmännern zu reden, aber die Entscheidung des Richters war endgültig, und sie machten deutlich, dass nichts, was ich sagte, das Ergebnis ändern würde. Dustys Gesicht wurde mit jedem Schritt blasser, so dass ihre Haut, als wir den Parkplatz erreichten, mattiertem Glas ähnelte.

Es standen nicht viele Autos dort. Ich entdeckte sofort die alte Karre der Garretts mit ihrer zerkratzten Lackierung und den abgenutzten Reifen. Der kaputte Seitenspiegel blinkte in der Sonne. Ich konnte die wachsende Schadenfreude der Garretts spüren, jetzt, da sie ihre Tochter fast zurückhatten, bereit, sie sicher im Auto anzuschnallen. Würde sie zu Hause auch irgendwie festgebunden werden, um sie daran zu hindern, wieder wegzulaufen? Das schien möglich, sogar wahrscheinlich, und es ließ mich erschaudern.

Die Wachmänner marschierten weiter mit Dusty und den Garretts, während Jessica und ich leise durchdrehten. Wir wussten, dass wir etwas tun mussten.

»Ich muss auf die Toilette«, sagte Dusty, als sie das Auto erblickte. Der Wachmann, der ihren Arm hielt, wirkte unwohl, wissend, dass er sie nicht in die Damentoilette begleiten konnte, aber besorgt, dass sie fliehen würde.

»Ich nehme sie mit«, sagte ich, wohl wissend, dass niemand darauf hereinfallen würde.

»Nein, das wirst du verdammt nochmal nicht tun«, sagte Mrs. Garrett, eilte herbei und packte das Handgelenk ihrer Tochter. Aus der Nähe betrachtet hatte Dustys Mutter fadenartige Adern auf ihren Wangen und Augenlidern, rot und violett, und trockene Lippen. »Komm. Ich nehme dich mit.«

»Nein«, sagte Dusty nachdrücklich und riss ihr Handgelenk aus dem Griff ihrer Mutter.

»Gut«, erwiderte Mrs. Garrett durch zusammengebissene Zähne. »Dann halt es an, bis wir zu Hause sind.«

»Ich kann nicht«, sagte Dusty. »Ich werde es nicht schaffen.«

Das Mädchen würde nicht so leicht aufgeben. Wärme breitete sich in meiner Brust aus, und ich erkannte, dass ich stolz auf sie war.

»Sie war schon immer ein sturrköpfiges Kind«, sagte Mr. Garrett zu den Wachmännern. Er wartete einen Moment, damit sie lächeln und mitfühlen konnten, aber sie taten es nicht. Vielleicht schrillten ihre Alarmglocken genauso wie meine, und sie steckten zwischen ihrer Pflicht und ihrem Instinkt fest.

»Sie wurde als Problemkind geboren«, fuhr Mr. Garrett fort, immer noch versuchend, die Wachmänner für sich zu gewinnen.

»Woher wollen Sie das wissen?«, fragte Dusty leise.

»Was?«, forderte Mr. Garrett. »Was hast du gesagt?« Sein Ton und seine Körpersprache waren so aggressiv, dass meine Angst wieder anstieg. Mein Körper war nicht dafür gebaut, mit Menschen wie ihm zusammen zu sein. Ich fühlte, wie meine Magie begann, sich ungebeten aufzubauen. Es fühlte sich instabil an, wie ein wackelnder Turm aus Klötzen.

Dusty hatte aufgehört zu gehen. Ihre Stimme war kaum mehr als ein Flüstern. »Ich sagte, woher wollen Sie das wissen?«

»Woher ich das *weiß?*«, höhnte er. »Weil ich dein verdammter Vater bin!«

»Sind Sie das wirklich?«, fragte sie und neigte den Kopf zur Seite. »Wir sind uns nicht sehr ähnlich. Haben Sie sich jemals gefragt, warum?«

Eine Reihe von Gedanken schoss durch meinen Kopf.

Vor allem, dass das Mädchen ein Genie war. Die Fähigkeit, die Gedanken anderer zu lesen, ist äußerst nützlich, wenn man die Schwachstellen bestimmter Personen ausnutzen muss. Zum Beispiel das Misstrauen eines Mannes gegenüber seiner Frau.

Mr. Garrett drehte sich zu Mrs. Garrett um, die ebenfalls beträchtlich erblasst war. Er bewegte seine Finger, als würde er sich auf einen körperlichen Kampf vorbereiten. »Sandra.«

Vielleicht steckte mehr hinter der Geschichte als nur Mr. Garretts Eifersucht. Vielleicht hatte Dusty nicht Mr. Garretts Verdächtigungen gelesen, sondern Mrs. Garretts Erinnerungen daran, wie ihre Tochter gezeugt worden war.

Mrs. Garrett fasste sich schnell wieder und lächelte schwach. »Liebling. Sie versucht, dich auszutricksen, siehst du das nicht? Sie ist so manipulativ. Sie würde alles sagen, um uns gegeneinander aufzubringen.«

Mr. Garrett dachte eine Weile darüber nach. Er war kaum überzeugt, aber er schien zu begreifen, dass sie zusammenarbeiten mussten, wenn sie Dusty nach Hause bringen wollten.

»Lisa«, begann ihre Mutter.

»Lisa Garrett ist verschwunden«, sagte das Mädchen. »Sie ist weggelaufen. Mein Name ist Dusty.«

»Lächerlich! Steig ins Auto«, knurrte ihr Vater.

Es gab kein Drama von dem Kind, kein Verschränken der Arme oder Stampfen mit den Füßen. Nur eine gleichmäßige Stimme der Weigerung, als Dusty dem Mann in die Augen sah und sagte: »Nein.«

Mr. Garrett reagierte, als hätte er auf ein Stromkabel getreten. Er sprang auf und stürzte sich auf seine Tochter, riss sie von den Wachmännern weg und zerrte sie zum Auto.

»Nein!«, schrie ich und eilte hinterher. »Wir werden Ihnen Geld geben«, sagte ich zu Mrs. Garrett, als ich mich an die Vorstellung der Direktorin erinnerte, dass es ihnen nur um eine große Auszahlung ging. »Lassen Sie uns einen Betrag vereinbaren, und ich werde es möglich machen.«

Ich hatte keine großen Ersparnisse, aber ich könnte immer einen Plan machen. Mrs. Garretts Augen funkelten. Bargeld war definitiv ihre Liebessprache.

»Nennen Sie mir eine Zahl«, drängte ich sie. Dann senkte ich meine Stimme nur für ihre Ohren. »Es wird auf *Ihr* Bankkonto gehen, nicht auf das Ihres Mannes.«

»Schatz«, sagte Mrs. Garrett, »vielleicht können wir irgendwo reden.«

Mr. Garrett ignorierte seine Frau. Er wurde aggressiver, zerrte Dusty am Handgelenk, was sie aufschreien ließ.

»Mr. Garrett«, protestierte der größere Wachmann, bereit einzugreifen, seine Intuition übertraf endlich sein Mandat. »Lassen Sie uns das besprechen. Zwingen Sie das Mädchen nicht-«

Ich nickte wild. »Sie können sie nicht zwingen!«, schrie ich.

Mr. Garrett grinste mich hämisch an. »Wirklich? Sehen Sie her.«

Seine Frau kramte schnell nach den Autoschlüsseln in ihrer Tasche, schloss das Auto auf und öffnete die Hintertür, zu der ihr Mann ihre widerstrebende Tochter zerrte.

»Nein«, schrie Dusty. »Nein, nein, nein.«

Ich fühlte, wie meine Magie stärker wurde. Meine Adern pulsierten damit, meine Arme und Finger kribbelten, bereit, einen Zauber zu schleudern.

Nicht hier, sagte ich zu mir selbst. *Nicht jetzt. Es wird später Zeit geben, die Dinge richtigzustellen.*

Aber ich wusste, dass das nicht stimmte. Ich hatte auf die harte Tour gelernt, dass es manchmal kein Morgen gab.

Meine Magie zurückzuhalten, während ich zusah, wie Mr. Garrett seine widerstrebende Tochter zum Auto zerrte, war unglaublich schwierig. Ich hatte Angst, dass ich, wenn ich physisch eingreifen würde, versehentlich einen Blitz in sein hartes Herz schicken würde. Die Wachmänner sprachen jetzt beide, versuchten, mit dem wütenden Mann zu argumentieren.

»Lassen Sie uns das besprechen«, sagte der größere. »Ich bin sicher, wir können zu einer Einigung kommen.«

Obwohl der Parkplatz relativ leer war, blieben die wenigen Leute, die da waren, stehen und starrten auf den Tumult, was Mr. Garrett noch wütender machte.

»Garrett!«, brüllte ich. »Nehmen Sie Ihre Hände von ihr!«

»Halte dich da raus!«, schrie Mrs. Garrett und zeigte mit dem Finger auf mich.

Wie sehr ich mir wünschte, ich könnte ihre Geste spiegeln und einen Einfrier-Zauber auf sie werfen. Meine Finger kribbelten so stark, dass es fast schmerzhaft war.

Atme, sagte ich zu mir selbst. *Atme.*

Ich musste meine Magie kontrollieren, die jetzt praktisch aus mir herausquoll. Ich hätte irgendwohin gehen sollen, um mich zu beruhigen, denn ich wusste, dass es keine Option war, das Zerreißen des Schleiers zu riskieren. Der unberührten Öffentlichkeit irgendeine Art von Magie zu zeigen, war in vielerlei Hinsicht gefährlich und trug eine schrecklich harte Strafe vom Rat mit sich. Ich drängte die Elektrizität zurück, die von meinem Herzen durch meine Arme strömte.

Dusty war jetzt ein paar Meter vom Auto entfernt. Sie setzte ihre ganze Kraft ein, um ihrem Vater zu entkommen, aber sie war weniger als halb so groß wie er und hatte nie eine Chance.

»Mein Herr«, sagte der Wachmann. »Ich bin sicher, wir können-«

Mr. Garrett fluchte den Mann an und sagte ihm in unmissverständlichen Worten, was er mit seinem Polizeiknüppel machen könne.

Ich drückte meine Magie runter, drückte sie runter, drückte sie runter, aber sie schien ein Eigenleben zu haben. Als ob meine Kraft den Ernst der Situation erkannte und wusste, dass sie eingreifen musste.

»Alles in Ordnung?«, fragte Jessica. Sie schien beunruhigt.

»Ich kämpfe«, sagte ich und schloss meine Augen. »Kämpfe, um meine Zauber zurückzuhalten.«

Ihre Augen wurden größer. »Da sind Leute, die zuschauen. Wage es ja nicht, etwas zu tun!«

»Ich versuche es«, murmelte ich.

»Du wirst aus Starfall ausgeschlossen«, sagte sie. »Und der Rat wird dich zum Frühstück verspeisen!«

»Ich weiß«, antwortete ich mit einer Grimasse, aber das machte es nicht leichter.

Dusty stieß noch einen Protest aus, und ihr Vater schlug sie mit solcher Kraft, dass alle, die zusahen, vor Schock erstarrten. Ihr ganzer Körper – der zierliche Körper einer Elfjährigen – wurde durch die Wucht des Schlags zur Seite gerissen.

In schockierter Stille sahen alle zu, wie Dusty ihre Hand an die Wange legte und sich wieder aufrichtete, um sich gegen ihren Vater zu stellen. Ihr Gesicht verzog sich, als sie anfing zu knurren. Es war ein tiefes, gurgelndes Geräusch, eines, das man sich bei einem Kind nicht vorstellen konnte.

Es fühlte sich an, als würden alle den Atem anhalten. Mr. Garrett, unsicher, was passierte, machte einen kleinen Schritt auf Dusty zu, und da geschah es.

Ein unheiliger Laut durchschnitt die Luft, so laut, dass wir alle unsere Hände über die Ohren legten. Mein Mund klappte auf, als ich erkannte, dass er von Dusty kam. Es war gleichzeitig klagend, verzweifelt und voller weißglühender Wut. Als ob all der Schmerz, den das Mädchen in ihrem kurzen Leben durchgemacht hatte, jetzt aus ihren Lungen und Lippen floss. Es war schmerzhaft zu hören, und es beugte mich vornüber. Verwirrt schaute ich auf den grauen geteerten Kies des Parkplatzes, bis ich Jessica keuchen hörte. Ich schoss hoch, gerade rechtzeitig, um zu sehen, wie das Auto der Garretts durch die Luft geschleudert wurde, sich überschlug und mit einem gewaltigen Krach auf der anderen Seite des Geländes landete.

Oh, verdammt.

Jessie sah mich fragend an.

»Ich war es nicht«, sagte ich und legte meine Hand auf mein rasendes Herz. »Ich schwöre.«

Sie verengte ihre Augen. Wir beide verstanden gleichzeitig und schauten zu Dusty hinüber, die genauso erstaunt aussah wie wir uns fühlten. Sie schüttelte ihre Hände, als wolle sie das verbleibende Kribbeln loswerden – eine Handlung, die ich sofort erkannte – und ich fragte mich, wie ich ihre Magie nicht vorher gesehen hatte.

KAPITEL 41
EIN UNGLÜCKLICHER KÄFER

ASHA

Jetzt war Jessica an der Reihe, wie ein Seemann zu fluchen. Mindestens zwei Dutzend Zuschauer hatten Dustys Auto-Umkipp-Show miterlebt. Es würde schwierig werden, das unter Kontrolle zu bringen. Sie rief die Wachleute herbei.

»Lassen Sie niemanden gehen«, sagte sie und zeigte ihren Gerichtsausweis. »Ich will, dass alle in die Halle kommen, damit wir sicherstellen können, dass niemand verletzt ist, und um Zeugenaussagen zu bekommen.«

»Jawohl, Ma'am«, antworteten sie und schwärmten aus, um die Menge mit den aufgerissenen Augen ins Gebäude zu dirigieren.

»Auch die Garretts«, sagte sie und deutete auf Dustys Eltern, die beide völlig verblüfft waren, jegliche Spur von Aggression vorübergehend verbannt.

»Jawohl, Ma'am.«

Jessica drehte sich zu mir. »Ich kümmere mich um die Zeugen. Du kümmerst dich um das Auto. Und um Dusty.«

»Okay«, stimmte ich zu und nickte, als ob ich wüsste, was mit einem rauchenden Auto zu tun ist, das wie ein unglücklicher Käfer auf dem Rücken schaukelte. Und was mit einem Mädchen anzufangen sei, das bis dahin ziemlich normal gewirkt hatte, abgesehen von ihrem Talent für Hellseherei.

Als ich näher kam, konnte ich sehen, dass sie zitterte. »Wusstest du das?«, fragte ich sie.

Sie schüttelte den Kopf, ihr Gesicht immer noch vom Schock gezeichnet. »Es tut mir... leid.«

Ich zog sie in eine Umarmung. Der Zauber muss ihr all ihre Energie geraubt haben, denn sie schmolz förmlich in mich hinein, die Knie weich werdend.

»Was soll ich nur mit dir machen?« Ich meinte das buchstäblich. Ich hatte keine Ahnung, was ich mit ihr anfangen sollte, also begann ich mit dem Auto. Nachdem ich mich vergewissert hatte, dass niemand mehr auf dem Parkplatz war, benutzte ich die Magie, die Minuten zuvor so begierig darauf war, freigesetzt zu werden, um das Auto wieder auf die Räder zu stellen und es in die Abschleppzone zu schieben. Dann nahm ich mein Handy heraus.

Detektiv Sam Armstrong nahm beim dritten Klingeln ab. »Frau Asha Rook«, sagte er gespielt förmlich. »Womit habe ich das Vergnügen verdient?«

»Detektiv Armstrong«, erwiderte ich, auf sein Spiel eingehend. »Ich rufe an, um ein Auto zu melden, das in einer Parkverbotszone steht.«

»Du meine Güte«, sagte er. »Das ist ein inakzeptables Verhalten. Sie sind eine außergewöhnlich gute Bürgerin, dass Sie einen solch schwerwiegenden Verstoß gegen die Parkvorschriften melden.«

»Ich frage mich«, sagte ich, »ob es abgeschleppt werden sollte.«

»Das scheint eine gerechte und passende Lösung zu sein«, sagte er. »Sagen Sie mir, ist es deutlich als Abschleppzone gekennzeichnet?«

»Oh ja«, antwortete ich und zauberte schnell mit meinem Zauberstab die Äste weg, die das Schild fast verdeckten. »Klar wie Kloßbrühe.«

»In diesem Fall schicke ich jemanden vorbei.«

»Das ist sehr freundlich von Ihnen. Ich schicke Ihnen ein Bild und den Standort.«

»Nochmals, außergewöhnliche Bürgerpflicht. Ich zolle Ihrem Einsatz für die Ordnung auf den Straßen meinen Respekt.«

»Und ich Ihrem«, antwortete ich.

»Erfordert der Ort eine weitere Inspektion?«

»Ich glaube nicht.«

»Vielleicht sollte ich trotzdem mal vorbeischauen, nur um auf der sicheren Seite zu sein.«

»Es ist immer besser, auf Nummer sicher zu gehen«, erwiderte ich. Es wäre schön, ihn zu sehen.

»Und vielleicht könnte ich Sie zu Ihrem nächsten Ziel begleiten. Als Belohnung für Ihre vorbildliche Haltung.«

»Ich bin ein wenig erschüttert, nachdem ich einen solchen Verstoß gesehen habe«, sagte ich. »Eine Polizeieskorte wäre sehr beruhigend.«

»Betrachten Sie es als erledigt«, sagte er. »Ich werde Sie in Kürze sehen.«

Der Abschleppwagen kam kurz vor Sam an und machte sich schnell daran, die Schrottkarre der Garretts anzuhängen. Es würde das Sorgerechtsdilemma nicht lösen, aber zumindest würde es sie verlangsamen. Ich dachte, wir würden unser Spiel als Polizist und Zivilistin weiterspielen, als Sam vorfuhr, aber stattdessen gab er mir eine feste Umarmung und sagte mir, dass er mich vermisst hatte.

»Gibt es eine Chance, dass ich dich zum Mittagessen ausführen kann, bevor ich dich absetze, wo du hin musst?«

»Ähm«, dachte ich laut nach.

Sam lachte. »Sei nicht so enthusiastisch.«

»Es ist nicht das. Natürlich würde ich gerne. Es gibt heute nur viel zu tun.«

»Und trotzdem muss jeder essen.«

»Stimmt«, erwiderte ich. »Ich würde gerne mit dir zu Mittag essen. Wenn es dir nichts ausmacht, dass ich ein Hexenkind mitbringe.«

»Ich liebe Hexenkinder«, sagte er.

Der Fahrer des Abschleppwagens gab uns ein fröhliches Hupen und ein Winken, als er losfuhr. Ich rief Dusty zu uns und wir stiegen in das Auto des Detektivs. Sie sah immer noch schwach aus, und ich dachte, es würde ihr gut tun, eine anständige Mahlzeit und ihren typischen schwarzen Kaffee zu bekommen.

»Könnten wir vielleicht zum Cog gehen?«, fragte ich.

Er warf mir einen verwirrten Blick zu. »Wo sollten wir sonst hingehen?«

KAPITEL 42

HEXLING

ASHA

Ich brachte Sam während der Fahrt auf den neuesten Stand über Dustys Geschichte. Er schien äußerst zufrieden damit zu sein, dass er deren Auto hatte beschlagnahmen lassen.

»Also, du bist ein Hexling?«, sagte er zu Dusty und schaute sie im Rückspiegel an.

»Ich weiß nicht, was ich bin«, antwortete sie leise. »Das ist alles neu für mich.«

Sam nickte. »Dann haben wir schon etwas gemeinsam.«

Dusty schenkte ihm ein angedeutetes Lächeln. Ihre Wange war rot und entzündet, wo ihr Vater sie geschlagen hatte. Ich schickte ihr etwas Heilenergie zu.

»Wir werden euch Mädels was zu essen besorgen, und dann wird alles besser aussehen«, versicherte er ihr, während er weiterhin ihren Blick im Spiegel suchte.

Ich war nicht überzeugt, aber ich hatte Hunger.

~

FERRA WARF ihre Arme um mich, sobald ich das Restaurant betrat. »Rookie!«, rief sie. Glücklicherweise war sie nur halb so groß wie ich, sonst hätte sie mir das Trommelfell gesprengt. »Och, Asha. Ich hab dauernd an dich gedacht! Woher wusstest du, dass ich dich sehen wollte?«

»Wusste ich nicht«, antwortete ich und deutete mit dem Daumen auf Sam. »Das war Armstrongs Idee, einen Happen essen zu gehen.«

»Sie sind ein guter Mann, Herr Detektiv«, strahlte sie. »Ihr Porter geht aufs Haus.«

»Und du, Ferra Fernak«, erwiderte er, »bist eine Frau von immenser Großzügigkeit und Charme.«

Sam war heute definitiv auf Zack. Ferra stieß mir ihren Ellbogen in die Rippen und flüsterte aus ihrem Mundwinkel: »Der ist ein Keeper, sag ich dir. Vermassle es bloß nicht.« Sie strahlte Sam an. »Zum Glück ist mein bester Tisch gerade frei geworden.«

Sie pfiff einem Kellner in der Nähe – einem ihrer Stinktiere – und befahl ihm, den Tisch direkt vor dem lodernden Kamin freizumachen, was für die Goblins, die dort noch ihre Waffeln aßen, bedauerlich war. Sie schauten unbeeindruckt drein, als sie an einen anderen Tisch umgesetzt wurden, wussten aber besser, als sich zu beschweren. Wie aus dem Nichts erschien eine frische weiße Tischdecke, und Ferra ließ sie wunderschön über den Tisch wehen, bevor sie sie glatt strich. Mit einem Schnipsen ihrer zierlichen Finger entzündete sie die schwebende Flamme, die als Mittelpunkt für jeden Tisch diente.

»Danke, Ferra«, sagte ich, und meine Brust schwoll an. Bei meiner Göttin, ich liebte diese Zwergin.

Ich wollte mich gerade setzen, als mir auffiel, dass Dusty noch immer am Eingang stand. Ich ging zu ihr, aber sie schien wie festgefroren.

»Was ist los?«, fragte ich. Nachträglicher Schock von vorhin? Verspätete Panikattacke? Und dann wurde mir klar, dass Dusty noch nie Goblins, Elfen oder Werwölfe gesehen hatte.

»Ich habe über sie gelesen«, flüsterte sie. »In der Copperfield-Bibliothek. Aber ich hätte nie gedacht, dass ich sie tatsächlich *sehen* würde.«

Ich sah mich mit frischen Augen im Gastro-Pub um. Da war ein Vampir, der an der Bar herumlungerte und Zeitung las, ein riesiger Tisch mit betrunkenen Orks, die Trollbier hinunterkippten und Lammhaxen wie Hähnchenkeulen verschlangen, und ein langer Tisch mit misstrauisch dreinblickenden Goblins in Businessanzügen, die über ein Dokument stritten, das sie einander ständig entrissen. In einer Ecke saß ein Werwolfpärchen, das sich sehnsüchtig anstarrte, und ein Paar mürrischer, alter Zauberer, die in unsere Richtung blickten.

»Ich weiß, das ist viel auf einmal«, sagte ich, »aber du wirst dich daran gewöhnen. Schau dir Sam an. Er wusste nicht einmal, dass Magie existiert, bis er zufällig in unsere Welt gestolpert ist. Jetzt findet er jede Ausrede, um herzukommen.«

Der Detektiv wirkte tatsächlich seltsam wohl in der Gegenwart magischer Wesen.

»Natürlich hilft es, dass das Bier so gut ist.«

Dusty lächelte mich an, und sie sah wieder ein bisschen mehr nach sich selbst aus. Eine Mahlzeit vor dem Feuer wäre genau das, was sie brauchte.

Eines von Ferras stämmigen, rothaarigen Kindern brachte uns eine Runde dunklen Porter, eine Flasche hausgemachtes Ingerbier mit einer sich darauf drehenden Muskatnuss und Brezel in Pentagrammform, und Ferra tauchte mit ihrem Notizbuch wieder auf. »Wir haben heute wunderschönes goldbraun gebratenes Hühnchen – tut mir leid, Rookie.« Sie warf mir einen entschuldigenden Blick zu. »Serviert mit Rosmarinbratkartoffeln, Karottenmünzen und Pastinaken-Gratin.«

Dustys Gesicht leuchtete auf. »Ich liebe Bratkartoffeln«, sagte sie.

Ferra schaute überrascht, als würde sie das Mädchen zum ersten Mal bemerken. »Willkommen, Mädel! Du siehst genau wie eines meiner Bairns aus!«

Ich runzelte die Stirn. Dusty sah überhaupt nicht zwergenhaft aus. Und dann erinnerte ich mich an Pepin und Eafaris Belore, die verwaisten Zwillinge, die sie während der Void-Fraktur adoptiert hatte, und nickte. Es schien tatsächlich eine auffallende Ähnlichkeit zu geben. Ich machte mir eine gedankliche Notiz, die magischen Kinder einander vorzustellen.

»Dann kommt gebratenes Hühnchen für dich, Mädel, mit extra Kartoffeln.«

Der Hexling lächelte Ferra schüchtern an, und ich konnte sehen, dass sie sich gut verstehen würden. Glücklicherweise hatte die großherzige Ferra ein Faible für schutzbedürftige Kinder, was für mich und Jax ein Segen war.

Ihr Bleistift schwebte über ihrem Notizbuch, während sie Dusty noch einen Moment länger betrachtete, und wandte sich dann uns zu, um unsere Bestellungen aufzunehmen.

»Der Koch hat dir das wunderbarste Essen zubereitet«, sagte sie zu mir. »Er arbeitet schon eine Weile daran, und sogar Mr. Fernak findet es köstlich! Es ist eine vegane Lasagne mit Aubergine und Pilzen. Jede Menge Knoblauch, italienische Kräuter und veganer Käse, gebacken im Pizzaofen.«

»Das klingt fantastisch«, antwortete ich. »Bitte danke dem Koch von mir.«

»Für mich das Gleiche«, sagte Sam. »Obwohl ich von diesen Bratkartoffeln auch versucht war.« Er lächelte Dusty an, und sie erwiderte es.

Als das Essen kam, brachte der Kellner einen ganzen Teller mit zusätzlichen Bratkartoffeln zum Teilen mit, dampfend, duftend und mit Meersalz bestreut. Sogar ich nahm eine, trotz ihres goldenen Glanzes, der ziemlich sicher von Butter stammte, und ich bereute es nicht. Außen waren sie knusprig, und innen zerflossen sie auf der Zunge. Wir nahmen uns alle einen Moment der Stille, um ihre Perfektion zu würdigen.

»Ich könnte jetzt sterben und hätte keine Reue«, sagte Sam.

»Ich auch«, sagte ich.

»Ich auch«, sagte Dusty.

Die Lasagne war ebenfalls köstlich, geschichtet mit komplexen Aromen, und wir langten zu. Es war das erste Mal, dass ich in Armstrongs Gesellschaft tatsächlich Appetit hatte, und ich war mir nicht sicher, ob das ein gutes oder ein schlechtes Zeichen war. Nachdem wir unsere Teller gesäubert hatten – einschließlich jeder einzelnen der magischen Kartoffeln – kam Ferra mit dem Nachtisch.

»Oh nein«, sagte ich und winkte ab. »Das schaffe ich unmöglich.«

»Warte, bis du es probiert hast«, sagte sie zwinkernd und stellte drei Kokos-Sorbets in Waffelschalen vor uns, jeweils garniert mit einem Schokoladen-Haselnuss-Splitter und einer riesigen frischen Kirsche.

Dustys Augen leuchteten wieder auf, und ich fühlte mich ihr sehr nahe, ein fast mütterliches Gefühl, als ich zusah, wie sie den Inhalt ihrer Schale verschlang. Langsam machte ich mir weniger Sorgen um ihre Situation. Ich verstand ihre Kraft noch nicht – sie auch nicht –, aber wir würden es gemeinsam herausfinden und die richtige Person finden, um sie zu trainieren.

»Wir brauchen einen Plan«, sagte ich zu Dusty.

Sie hörte auf zu essen und schaute zu mir auf, erinnerte sich daran, dass ihre Eltern nach ihr suchen würden.

»Du kannst nicht länger in Copperfield bleiben«, sagte ich.

Sie schluckte schwer und ließ ihren Löffel fallen. »Was? Warum?«

»Das ist der erste Ort, an dem sie suchen werden.«

Sie schloss die Augen und legte die Faust an die Stirn, vielleicht um ihre Tränen zurückzuhalten.

»Ich gehöre nach Copperfield«, sagte sie. »Es ist der erste und einzige Ort, an den ich gehöre.«

»Ich weiß«, sagte ich.

»Ich lerne dort so viel!«

»Ach, Dusty«, erwiderte ich, und auch in meiner Kehle bildete sich ein Kloß. »Ich weiß. Aber wir können nicht so tun, als wäre heute nichts passiert. Deine Eltern haben das Sorgerecht für dich. Es ist nur eine Frage der Zeit, bevor sie zur Polizei gehen und uns der Entführung beschuldigen.«

»Ich werde mich dort verstecken!«, protestierte sie. »Ich werde in der Bibliothek essen und schlafen. Niemand wird es je erfahren!«

»Wir können Copperfield nicht ins Visier der normalen Polizei bringen«, erwiderte ich. »Sie werden es endgültig schließen.«

Dustys Augen begannen zu tränen. Sie schluchzte nicht, aber Tränen flossen still über ihr Gesicht.

»Was ist mit Maple?«, fragte sie. »Ich bin die Einzige, die sie verstehen kann. Sie wird ohne mich durchdrehen.«

»Ich bin sicher, dass die Direktorin sich um sie kümmern wird«, sagte ich, obwohl ich keine Ahnung hatte, was mit Maple geschehen würde. »Du hast ihr schon geholfen. Jetzt musst du auf dich selbst aufpassen. Wir können nicht riskieren, dass deine Eltern dich finden. Ich würde dir mein Zuhause anbieten, aber das wäre zu offensichtlich.«

»Ich gehe zurück auf die Straße«, sagte sie und setzte eine tapfere Miene auf. »Das habe ich schon einmal gemacht.«

Ich schüttelte traurig den Kopf. »Tut mir leid, Dust. Es ist zu gefähr-lich. Wer auch immer die Teenager-Mädchen entführt, wird von Tag zu Tag dreister.«

»Also, was machen wir?«, fragte der Detektiv.

Ich schaute zu ihm hinüber. »Wir trinken Kaffee und schmieden einen Plan.«

KAPITEL 43

KINDER-TARNUNG

ASHA

Ferra brachte Kaffee: Americanos für Sam und Dusty und einen Mandel-Cappuccino für mich. Sie erinnerte mich daran, dass wir reden mussten, also entschuldigte ich mich, nahm meinen Kaffee mit und folgte ihr in ihr Labor. Wir kamen durch die niedrige Küche, wo eine Armee von Zwergenkindern geschäftig am Schneiden, Schmoren und Garnieren von Speisen war. Ferra begutachtete ihre Arbeit im Vorbeigehen und lobte sie dabei.

»Ferdinand! Diese Schweinekoteletts sehen hervorragend aus. Vergiss das Salz nicht. Fred, dieses Messer muss geschärft werden. Bring es sofort zu deinem Vater. Francesca! Diese Soufflés sind fast größer als du! Tolle Arbeit, ihr Stinker!«

Die rothaarigen Zwergenkinder strahlten ihre Mutter an. Sie erinnerten mich an fröhliche Weihnachtselfen in Santas Werkstatt. Als ich an die perfekten Kartoffeln dachte, lächelte ich und zeigte ihnen einen Daumen nach oben.

Ferras Labor war wie immer sauber und weiß. Irgendwie schaffte sie es, ihre chaotischen und ordentlichen Eigenschaften zu trennen, sodass das Chaos, die Notizbücher und die Krümel auf der einen

Seite der Hochsicherheitstür blieben und auf der anderen Seite absolut nichts zu finden war. Ich konnte nicht einmal einen verirrten Stift auf den glänzenden schneeweißen Oberflächen entdecken. Sie hatte komplett auf Schubladengriffe verzichtet. Es war, als stünde man in einem Unendlichkeits-Raum, aber mit dem Wissen, dass hinter den glänzenden Türen technologische Wunder lagen, die sich die meisten Menschen nicht einmal vorstellen konnten, geschweige denn konstruieren. Ferra schloss die schwere Tür hinter uns und schirmte den Lärm und die Aromen ab. Dort standen wir nun in unserer sauberen weißen Blase.

»Es ist wie Meditation«, sagte ich.

»Was meinst du, Rookie?«

»Ach, nichts«, sagte ich und schüttelte den Kopf. »Es ist nur die Art, wie du alles ausblenden kannst, wenn du in diesem Raum bist. Das ist sehr beruhigend.«

»Es ist der einzige Weg, bei Verstand zu bleiben«, antwortete Ferra. »Das und Gewürzkekse.«

»Oh, das erinnert mich«, sagte ich. »Ich muss welche für Dusty kaufen. Sie steckt in Schwierigkeiten, und ich erinnere mich, wie gut sie mir als Kind geholfen haben.«

»Dusty ... das Hexenmädchen?«

»Ja. Falls sie das ist. Wir versuchen es herauszufinden. Sie steckt in Schwierigkeiten.«

»Sag nichts mehr, Rookie. Es wird mir eine Ehre sein.«

Ich war verwirrt. »Entschuldige?«

»Sie kann hier bleiben, bis sie außer Gefahr ist. Und länger, wenn sie möchte.«

»Oh«, antwortete ich und suchte nach Worten. »Deshalb sind wir nicht hergekommen. Ich habe nicht einmal daran gedacht-«

»Och, Rookie«, sagte sie und winkte meine Verlegenheit weg. »Dies ist der perfekte Ort für sie. Sie ist ein gutes Mädchen, das kann ich erkennen. Und mit all den anderen Stinkern ist das hier das perfekte Versteck für sie. Kinder-Tarnung.«

»Was ist mit Fig?«, fragte ich. Sicher würde ihr Ehemann nicht einverstanden sein?

»Was soll mit ihm sein?«, fragte Ferra grinsend. »Wir haben so viele Kinder, er kann sie nicht einmal auseinanderhalten.«

Wenigstens war ich nicht die Einzige.

Sie zwinkerte mir großzügig zu. »Ich wette einen Krug Stout, dass er es nicht einmal bemerken wird!«

Meine Schultern entspannten sich. »Danke, Ferra. Du verdienst einen Heiligenschein, weißt du. Wirklich.«

»Ich habe etwas für dich«, sagte die Zwergin mit vor Aufregung funkelnden Augen.

»Du hast schon genug getan!«, protestierte ich. »Ich bin diejenige, die dir etwas geben sollte.«

Ich machte mir eine mentale Notiz, Ferra so bald wie möglich zu verwöhnen. Ich müsste Fig fragen, ob es etwas Bestimmtes gab, das sie sich wünschte.

»Unsinn«, erwiderte Ferra. »Du weißt, dass ich es liebe, Dinge für dich zu bauen.«

Sie berührte eine der kaum sichtbaren Schubladen, und diese glitt lautlos auf. Darin lag eine Box, die wie ein kleines Zauberstab-Etui aussah. Sie war schwarz und mit Wildleder überzogen. Als sie sie öffnete, lag ein silberner Schlüssel auf einem blauen Satinkissen gebettet.

»Ein Schlüssel«, sagte ich. »Er ist wunderschön.«

»Er ist mehr als das«, sagte Ferra. »Er ist aus dem Zauberstab gemacht, den du mir gegeben hast. Voller Magie, war er. Es machte ihm nichts aus, eingeschmolzen zu werden. Ich nehme an, er war glücklich, wieder gebraucht zu werden.«

»Wofür ist er?«, fragte ich.

»Für alles, was du aufschließen musst«, antwortete Ferra. »Es ist ein Generalschlüssel. Ich habe vor einiger Zeit einen ähnlichen für Jinxie gemacht, und der erwies sich als ziemlich nützlich. Er nimmt die Form an, die das Schloss braucht, um es zu öffnen. Sobald der Schlüssel im Schloss steckt, ist der Zauber, den du anwenden musst, *Ianua sit.*«

»Aber das ist Portalmagie«, sagte ich stirnrunzelnd. »Ich benutze keine Portalmagie.«

Ferra klopfte mir so hart auf den Rücken, dass ein Schulterblatt hätte brechen können. »Na! Jetzt tust du es.«

Auf unserem Weg nach draußen bemerkte ich, dass der brütende Vampir an der Bar immer noch da war. Ich konnte sein Gesicht nicht erkennen, also schaute ich stattdessen über seine Schulter auf die Zeitung und konnte die größten Schlagzeilen scannen.

Werwolf-Gewerkschaft in Gesprächen mit dem Rat

Platelet erweitert Geschäft auf Export ihrer Qualitätsware

Tiermagier vermisst!

Orks verdächtigt, Tierschmuggelring zu betreiben, da weitere Tiere und Betreuer entführt wurden

Vermisste Mädchen: Was Sie wissen müssen, um Ihre Tochter zu schützen

Promi-Paare in den Nachrichten: Chalices heuern zusätzliche Augen an;

Der Scoop über Sugar Shagar und ihren Schatz; Die Sybil-Zwillinge planen Start des SubRealm 'AQUABULLET'

Die Sybil-Elfen, Gregory und Alyndra, waren in letzter Zeit häufig in den Nachrichten. Sie waren ein Geschwisterpaar, nicht Ehemann und Ehefrau wie die Chalices. Sie sahen sich so ähnlich und trugen beide androgyne Hochmode und Frisuren, dass es schwer war, sie zu unterscheiden. Beide schlank, platinblond, wunderschön und sehr, sehr reich, erschienen sie oft mit Diamanten behängt auf Werbetafeln und in Zeitschriftenberichten, seltsam ausgeruht nach der Führung mehrerer erfolgreicher Unternehmen und dem hungrigen Erwerb weiterer. Ihr neuestes Geschäftsangebot war eine Superfood-Nahrungsergänzungsmittellinie, und ich sah bizarre Memes von ihnen, wie sie ihre »Vitalitätsshakes« tranken und vor Gesundheit nur so strotzten.

Es war nicht das erste Mal, dass ich von dem Unterwasser-Hochgeschwindigkeitszug gehört hatte, der in Rekordzeit fast jeden Kontinent der Welt erreichen konnte. Ich fragte mich, wie viele Hände sie hatten schmieren müssen, um die erforderlichen Genehmigungen zu erhalten. Es konnte keine leichte Aufgabe sein, einen Unterwassertunnel für einen Hochgeschwindigkeitszug in einer Stadt ohne Meereszugang zu bauen, aber sie ließen alles mühelos aussehen, ohne dass ein silbernes Haar aus der Reihe tanzte – oder so ließ uns die Presse glauben.

Die Gerüchte im Reich zeichneten jedoch ein anderes Bild. Es gab Geflüster, dass die Elfenzwillinge in Wirklichkeit die Köpfe einer geheimen Elfenmafia waren. Aber Elfen sind eine notorisch geldgierige und neidische Gruppe, und der Klatsch war höchstwahrscheinlich das Ergebnis des Tall-Poppy-Syndroms – das Niedermachen derer, die „zu" erfolgreich sind, also schenkte ich dem nie viel Beachtung. Aber die Tatsache, dass sie den Hochgeschwindigkeitszug so schnell zum Laufen bringen konnten, ließ mich tatsächlich die Augenbrauen hochziehen.

Ich ging schnell weiter, um den Vampir nicht zu stören, und fragte mich, wie die Einstellung eines eigenen Detektivteams durch die Chalices meine Ermittlungen unterstützen oder behindern würde. Ich vermutete Letzteres, aber nach solch gutem Essen, guter Gesellschaft und Kaffee – und dem Geschenk eines magischen Generalschlüssels – konnte ich nicht anders, als optimistisch gestimmt zu sein.

»Wir haben einen Plan«, verkündete Dusty, als ich zu ihnen zurückkehrte.

»Oh?«, antwortete ich überrascht. »Ich wette, er ist nicht so gut wie mein Plan.«

Beide Augenbrauenpaare schossen nach oben. »Woran denkst du?«, fragte Sam.

»Ferra hat dich eingeladen, so lange hier zu bleiben, wie du möchtest.«

»Hier?«, fragte das Mädchen mit einem hoffnungsvollen Funkeln in den Augen.

»Du wirst dich – mehr oder weniger – unter den anderen Kindern einfügen.«

»Wir können ihre Haare rot färben«, fügte Sam wenig hilfreich hinzu, dann betrachtete er Dustys Größe. »Und du solltest wahrscheinlich bis auf Weiteres aufhören zu wachsen.«

Ich warf Sam einen amüsierten Blick zu. »Ferra weiß, wie sie ihre Familie verteidigen kann, falls jemand nach dir sucht. Außerdem wirst du wahrscheinlich kochen lernen, während du hier bist. Und Feuer machen. Und magische Waffen designen.«

Ihr Mund klappte auf. »Im Ernst?«

»Todernst«, sagte ich. »Und ich werde dich so oft wie möglich besuchen, und wir können deine magischen Fähigkeiten verfeinern, bis wir dich zurück nach Copperfield bringen können. Wo wir gerade davon sprechen, ich werde dafür sorgen, dass deine Sachen hierher geschickt werden.«

»Nicht nötig«, sagte Ferra, die plötzlich neben dem Tisch erschien. »Ich habe bereits mit Madame C gequatscht, und sie schickt alles rüber, inklusive einiger Bücher, die du mögen könntest.«

Dusty sah aus, als könnte sie wieder weinen, und ich konnte nicht anders, als sie zu umarmen. »Es wird alles gut«, flüsterte ich ihr zu. »Jessica wird für uns vor Gericht kämpfen, und das wird alles geregelt. Wir müssen dich nur in Sicherheit halten, bis dahin. Ich vertraue Ferra mit meinem Leben. Hier wirst du gut versorgt sein.«

Dusty nickte und blinzelte ihre Tränen weg. Eine Träne entkam und rollte in Zeitlupe ihre Wange hinunter. Sie schniefte und wischte sie mit ihrem Ärmel weg.

Ferra hatte in der Zwischenzeit mit Sam die feineren Punkte des Bierbrauens diskutiert und wie bitter ein Ale im Vergleich zu einem Lagerbier auf der IBU-Skala sein sollte. Ich ging mit Dusty einen Schritt weiter von ihnen weg und sprach leise mit ihr.

»Ich wollte dich etwas fragen«, sagte ich.

Sie nickte. »Alles.«

»Hast du das ernst gemeint, mit deinem Vater? Dass er vielleicht nicht ... dein biologischer Vater ist? Oder hast du nur versucht, sie abzulenken?«

Sie zuckte mit den Schultern. »Ich weiß nicht. Ich habe nur manchmal gehört, wie meine Mutter sich an Dinge erinnerte.«

»An was zum Beispiel?«

»Wie der andere Mann früher nett zu ihr war. Und dass er nicht einmal von mir wusste.«

»Das könnte uns helfen«, sagte ich. »Wenn dieser nette Mann dein wirklicher Vater ist, hätten wir mehr Einfluss vor Gericht. Vielleicht können wir ihn kontaktieren und-«

»Nein«, sagte sie und schaute nach unten. »Können wir nicht.«

Ich nahm sie sanft bei den Schultern. »Warum?«

Sie schaute zu mir auf. »Weil er tot ist.«

KAPITEL 44

PHANTOMTRÄNEN

ASHA

Mir schwirrte der Kopf, als ich das Copper Cog & Ale verließ. Detective Sam Armstrong hatte angeboten, mich zu fahren, aber ich brauchte etwas Zeit für mich, um die Situation zu verarbeiten. Um ehrlich zu sein, fiel es mir schwerer, mich zu konzentrieren, wenn ich in seiner Nähe war. Meine Anziehung zu ihm zehrte an meiner Energie und Konzentration. Es half auch nicht, dass er mit seinen eigenen Geheimnissen daherkam.

Ich rief einen Uber und setzte mich auf die Rückbank, während ich mental durchging, was zu tun war. Das Problem war, wie so oft, dass meine Prioritäten durcheinander gerieten, weil einige dringender waren als andere. Zum Beispiel mussten die vermissten Mädchen von Anfang an meine Hauptpriorität sein, aber ich war so damit beschäftigt, Brände zu löschen, dass ich selbst nach mehr als drei Wochen noch keine Fortschritte gemacht hatte. Es verursachte mir so verdammte Schuldgefühle, wenn ich daran dachte, wo diese Kinder waren und was ihnen widerfuhr. In gewisser Weise war ich erleichtert, dass die Kelche ihr eigenes Ermittlerteam angeheuert hatten, denn je mehr Leute an dem Fall arbeiteten, desto schneller würde er gelöst, oder? Meine Erfahrung hatte mich in manchen Fällen eines Besseren belehrt, aber vielleicht würde dies eine Ausnahme sein.

Ja, die Mädchen waren die Hauptpriorität. Die Töchter Evarons. Aber was war mit Dustys prekärer Lage? Ich konnte sie ja nicht sich selbst überlassen. Unsere Schicksale waren miteinander verflochten; ich hatte es gewusst, seit dem Moment, als ich mit ihr bei diesem schrecklichen Kaffee im Steakrestaurant saß. Ganz zu schweigen von den entführten magischen Tieren! Und der armen, verhungernden Salty.

»Ja«, sagte der Geistergoblin, der jetzt mit mir auf der Rückbank saß. »Wird auch Zeit, dass du dich an mich erinnerst.«

»Oh, Salty«, sagte ich, erleichtert – und ein bisschen nervös – sie zu sehen. Sie schien wütend auf mich zu sein. Ich konnte spüren, wie sie vor sich hin köchelte. Der Taxifahrer runzelte die Stirn bei meinem Spiegelbild. Ich hielt mir mein Handy ans Ohr, damit er nicht dachte, ich sei verrückt. Ich wollte, dass er mich nach Hause bringt, nicht in die nächste Irrenanstalt. Davon hatte ich genug gehabt.

»Ich habe dich nie vergessen«, sagte ich ins Telefon. »Ich bin nur–«

»Wirklich«, sagte sie und bleckte ihre schmutzigen Nadelzähne. »Ich bin dir also immer im Kopf, ja? Sogar wenn du ein langes, besoffenes Mittagessen mit deinem umwerfenden Mister Polizisten-Freund hast.«

»Er ist nicht mein Freund.«

»Lügnerin! Lügnerin!«

»Und er ist nicht *so* umwerfend.«

»Hose brennt lichterloh!«

Ich hob meine freie Hand zur Kapitulation. »Schau–«

Der grüne, fettige Geist zischte mich an. »Hexe! Du verstehst nicht, wie HUNGRIG ich bin. Es ist Folter. Was würde ich nicht tun für nur eine dieser kleinen Pasteten aus dem Cog. Du weißt schon, diese mit Hühnchen und Pilzen? Schwarzer Pfeffer und Sahne. Der Teig auf diesen kleinen Köstlichkeitsbeuteln! Die warme, sämige Füllung! Das Püree, die Soße!«

Der geisterhafte Kobold begann zu schluchzen. Ich hatte an diesem Tag viele Tränen gesehen, aber Saltys waren mit Abstand die dramatischsten. Geisternasenschleim strömte aus ihrer Nase, und das Auto füllte sich mit Phantomtränen.

»Oh, Salty«, sagte ich wieder. »Ich habe dich nicht vergessen. Der EverShade-Markt ist nur donnerstags abends geöffnet, also gehe ich dann hin. Ich muss noch andere Dinge erledigen, bevor ich gehe.«

Dinge wie meine Angelegenheiten in Ordnung bringen, ein Testament aufsetzen und sicherstellen, dass meine Tiere in gute Hände kommen würden.

»Wann ist Donnerstag?« brüllte der Kobold mit hilflos fuchtelnden Armen. Das Tränenmeer stand jetzt auf Kniehöhe.

»Das ist morgen«, sagte ich. Ich versuchte, ihr grünes knubbeliges Knie zu tätscheln, um sie zu beruhigen. »Es ist morgen.«

Ich hatte irrationale Angst, mein Handy in den imaginären Teich fallen zu lassen, der mir jetzt bis zur Taille ging.

Nilve stellte plötzlich ihre Wasserwerke ab. »Morgen?«

»Ja.«

Sie blinzelte mich mit ihren spärlichen, langen, nassen Wimpern an. »Und du gehst definitiv hin?«

»Ja«, nickte ich. »Nichts wird mich davon abhalten. Ich werde herausfinden, wer dich getötet hat.«

Der Fahrer sah wieder besorgt aus. Ich ignorierte ihn.

»Und du wirst meinen Mord rächen«, sagte sie.

»Ja.«

»Das ist der einzige Weg, mich zurückzubringen.«

»Ja«, sagte ich. »Ich weiß.«

»Sag es.«

»Ich werde deinen Mord rächen.« Ich sprach mit leiser Stimme, damit der Fahrer mich nicht hörte.

Der Kobold sah nicht überzeugt aus. »Du siehst nicht wie der rächende Typ aus.«

»Da würdest du dich wundern«, murmelte ich. Ich hatte wahrscheinlich mehr Menschen getötet, als Salty Donuts gegessen hatte, aber es war kein Wettbewerb.

»Du züchtest Pflanzen«, sagte sie misstrauisch. »Du hast Haustiere.«

»Und? Das schließt mich davon aus, ein Messer zu benutzen?«

»Du bist Vegetarierin!« sagte sie.

»Das war Hitler auch«, erwiderte ich. »Keine Sorge. Ich kann das durchziehen. Ich muss nur die verantwortliche Person finden.« Als sie nicht antwortete, fügte ich hinzu: »Jeder Hinweis wäre sehr willkommen.«

»Personen«, flüsterte sie.

»Wie bitte?«

»Die *Personen*, die verantwortlich sind.«

»Moment mal«, sagte ich. »Wie viele reden wir hier von?«

Ich meine, ich hatte nie mehr als eine Person auf einmal umgebracht. Ich könnte vielleicht zwei oder drei schaffen. Aber wie viele

Leute genau müsste ich töten, um Salty ordentlich ins Land der Lebenden zurückzubringen?

»Salty!« rief ich. Der Fahrer starrte mich an, hätte fast eine rote Ampel übersehen. Mir wurde klar, dass ich vergessen hatte, mein Handy während des letzten Teils des Gesprächs hochzuhalten. Ich schenkte ihm ein falsches Lächeln und blickte zurück zum Kobold, aber sie war verschwunden.

KAPITEL 45
ENTSTAUBT UND ENTGEISTERT

ASHA

Es war eine Erleichterung, nach Hause zu kommen. Ich ging in einer Art gehendem Meditationszustand herum, räumte auf und fütterte die Hühner und Katzen, die von meiner Abwesenheit wenig beeindruckt schienen. Hühner nahmen einem nie etwas übel. Du könntest ihretwegen ein Serienmörder sein, aber solange du mit Futter ankamst, hatten sie kein Problem auf der Welt. Du wirst ihre Allerliebste Person. Während ich mehr Futter in ihren Schwerkrafteimer kippte und ein paar Spinatblätter für sie abbrach, dachte ich darüber nach, dass ich eine Art Serienmörder war und in der kommenden Nacht definitiv einer sein musste, wenn ich Nilve SaltySnap zurückbringen wollte. Ich saß eine Weile bei den Dinosaurier-Vögeln und beobachtete, wie sie hastig von ihrem Getreide zu ihrem Grünzeug und zurück liefen, ständig auf der Suche nach etwas Schmackhaftem. Es war gut für meinen Blutdruck, Zeit mit ihnen zu verbringen. Egal was im Leben los war, Hühner-TV zu schauen hatte immer eine beruhigende Wirkung.

Jessica schrieb mir eine Nachricht, dass sie Berufung gegen die Sorgerechts-Entscheidung eingelegt hatte und dass Dusty und ich zur Polizei gehen müssten, wenn wir Anzeige gegen Mr. Garrett erstatten wollten. Das würde den Erfolg der Berufung fast garantieren, aber ich wusste, dass Dusty zu verängstigt war, um das zu tun.

Ich werde mein Bestes geben, schrieb ich zurück. Ich könnte mit Sam darüber sprechen und von dort weitersehen. Es stellte sich heraus, dass ein Polizist als Fast-Freund ziemlich praktisch war. Besonders wenn er, wie letzte Woche, einen Krankenwagen ruft, um mein Leben zu retten. Meine Finger wanderten zu meinen Rippen, wo sie von dem Monster in Oblivion auseinandergerissen worden waren. Sie waren vollständig geheilt, aber manchmal kribbelten sie noch. Ich wusste nicht, ob es körperlich oder psychologisch bedingt war. Wenn ich den Nachtmarkt überlebte, würde ich wieder zu Doktor Gilbert für eine weitere Therapiesitzung gehen. Ich würde es bis dahin wahrscheinlich brauchen.

Nachdem ich Zeit damit verbracht hatte, die Hühner zu beobachten, ein paar Eier zu sammeln und – mit mäßigem Erfolg – die Katzen mit extra Streicheleinheiten für mich zu gewinnen, begann ich, mein Leben zu ordnen. Ich hatte über das Testament gescherzt, irgendwie, aber ich musste mich in den nächsten sechsunddreißig Stunden wirklich organisieren. Ich schaute auf die Uhr. Es war drei Uhr nachmittags. Es war noch Zeit, eine Lieferung zur magischen Apotheke zu bringen und hoffentlich ein paar weise Ratschläge zu bekommen, die mir helfen würden, EverShade zu überleben. Die Leere weiß, dass ich das brauchen würde.

Ich ging in meinen Tränkeraum und begann, die Tinkturen und anderen Zutaten zu verpacken, die Mason & Sons bei mir bestellt hatten. Es gab eine riesige Nachfrage nach biologisch angebauten Kräutern – die, die man in den Geschäften findet, sind meist mit Pestiziden und chemischen Düngemitteln verseucht, die bei Zaubersprüchen Chaos anrichten. Ich verglich meine Waren mit der Liste, die sie mir geschickt hatten, hakte ab, was sie brauchten, und fügte die zwölf Eier, die ich im Hühnerstall gefunden hatte, als Geschenk für Mason Senior hinzu. Oder Mason Senior Senior, oder dreifach Senior? Ich war verwirrt, weil ihre Ahnenreihe ewig zurückreichte und sie alle noch am Leben zu sein schienen. Die Tatsache, dass die gesamte Familienlinie noch atmete, war der langjährige Witz des Reichs und gleichzeitig der Beweis dafür, dass ihre Produkte funktionierten.

Ich fügte die Papiere hinzu, ein paar Holunderblüten für Glück, verklebte die Kisten und klebte meinen Aufkleber oben drauf. Ich hatte verschiedene Versionen, da ich mich nie auf einen Namen für mein Geschäft festlegen konnte. Stattdessen druckte ich so viele hexische Wortspiele, wie mir einfielen, und benutzte diese.

Verzauber mich

Hexen und Texten

Hexe rechts, Hexe links

Tränke in Bewegung

Zauberstab-Verlangen

Besen Besen

Eines Tages würde mir der perfekte Name einfallen, aber heute war nicht dieser Tag. Ich lud die Sachen ins Uber-Auto und bat den Fahrer, mich zur Möbiusstreifen-„Kunstgalerie" im heruntergekommenen Teil der Stadt zu bringen. Es war ein unverfänglicher menschlicher Code für eine normale Adresse, die gegenüber von dem Ort lag, an den ich meine Waren liefern musste.

Als wir ankamen, sprang ich heraus und winkte dem Zwerg zu, der immer draußen Wache stand. Er sprang von seinem Hocker und blies in seine Pfeife, um dem angeheuerten Helfer zu signalisieren, dass es eine Aufgabe zu erledigen gab. Ehe ich mich versah, wurden die Waren nach drinnen gewirbelt. Ich dankte dem Fahrer und trug die letzte Kiste hinein.

Ich wurde des Inneren von Mason & Sons Magische Apotheke nie müde. Egal wie oft ich zu Besuch kam, es schien immer eine neue Ecke zu entdecken oder ein Regal zu durchstöbern zu geben. Heute, als ich unter dem ausgestopften Riesenalligator durchlief, der von den staubigen Dachbalken hing und die Käufer unten angrinste, entdeckte ich eine neue Ecke mit Duftkerzen. Sie rochen köstlich und hatten wunderschön gestaltete Etiketten.

Feuer und Schwefel, hieß die erste. Zimt, Ingwer und Pfeffer, um schlechte Gedanken zu vertreiben. Es gab eine tiefrote Kerze namens Neue Flamme. Ich atmete tief ein und dachte an Sam. Wenn sie nur eine Kerze hätten, die magisch Eheringe und dazugehörige Ehepartner auflöst. Da war Der Exorzist – Salbei und Sonnenblumen-Smudge –, um böse Geister und Erinnerungen an Ex-Freunde zu vertreiben.

»Wo warst du, als ich dich brauchte?«, murmelte ich der Kerze zu und dachte an das Delport-Haus.

Das Delport-Haus, hallte meine eigene Stimme wider.

Was? dachte ich.

Das Delport-Haus.

Was ist damit? War das die PTBS, die da sprach? Vielleicht sollte ich Doktor Gilbert früher besuchen als geplant. Außerdem war das Delport-Haus jetzt definitiv unheimlich. Gereinigt. Entstaubt und entgeistert.

Das Delport-Haus.

Oh, um Persephones willen. Ich werde hingehen und es besuchen, sagte ich mir. *Ich werde an die Tür des leeren Hauses klopfen, wenn das dein Nörgeln beendet. Oder mein Nörgeln. Was auch immer. Nun, zurück zum Auflösen von Ehefrauen –*

»Frau Rook!«, kam ein heiseres Flüstern, das mich aufspringen ließ und meine Gedanken unterbrach. Ich wirbelte herum.

»Herr Mason«, lächelte ich und begrüßte ihn herzlich, vielleicht weil ich mich schuldig fühlte, unschuldige Menschen wegschmelzen zu wollen. »Sie sehen gut aus.«

Er stieß einen langen, rasselnden Atemzug aus, der seinen weißen Bart flattern ließ. »Danke, liebes Mädchen. Ich fühle mich heute besonders vital.« *Keuchen.*

»Nenn sie nicht *Mädchen*!«, rief eine andere, alt klingende Stimme aus einigen Gängen Entfernung.

Der alte Zauberer hätte sich fast seinen brüchigen Nacken gebrochen, indem er zur Decke aufblickte. »Was?«

»Ich sagte, nenn sie nicht *Mädchen*! Sie ist eine Frau!«

»Was?«, brüllte Alter Mann Mason wieder und schüttelte seinen knarzenden Kopf, als ob er die Jugend von heute wirklich nicht verstehen würde.

»Oh, das ist schon in Ordnung«, antwortete ich, laut genug, damit es der politisch korrekte Zauberer hören konnte. »Es stört mich nicht!«

»Unsinn!«, kam die krächzende Antwort. »Es ist herablassend und gönnerhaft.«

Mason sah entschuldigend aus.

Ich hasste es, ihn unwohl zu sehen. »Ehrlich, ich –«

»Außerdem!«, rief sein Sohn. »Sie ist kein Kind! Sie ist mindestens vierzig Jahre alt!«

»Oh, ich bin eigentlich zweiunddreißig«, rief ich.

»Natürlich sind Sie das!«, kam die Antwort. »Wenn Sie es sagen.«

Bevor ich beleidigt sein konnte, machte der gebeugte Zauberer einen weiteren Schritt auf mich zu und dankte mir für die Lieferungen.

»Sie sehen ausgezeichnet aus«, sagte er lächelnd. »Nicht, dass ich etwas anderes erwartet hätte! Die Kunden lieben Ihre Produkte und –« Er wurde von einem heftigen und langwierigen Hustenanfall unterbrochen, und ich überlegte schon, nach Sauerstoff zu suchen, als er sich erholte.

Ich reichte ihm die letzte Schachtel, die nicht schwer war. »Da sind ein paar frische Eier für Sie drin«, sagte ich. »Also lassen Sie sie nicht fallen.«

»Sie verwöhnen mich«, sagte Alter Mann Mason, seine Augen wässrig.

Dann gab es ein seltsames Geräusch, ein Klopfen von irgendwoher, und ich erinnerte mich daran, dass ich bei meinem letzten Besuch ein ähnliches Geräusch gehört hatte. Masons Gesicht zuckte, aber er hielt seine Augen auf mich gerichtet.

»Was war das?«, fragte ich.

»Was?« Er konnte mich nicht täuschen. Ich konnte sehen, dass er es auch gehört hatte.

»Dieses Geräusch. Als hättest du ein ziemlich großes... Haustier... das versucht, herauszukommen.«

»So etwas gibt es hier nicht«, versicherte er mir, die Augen kräuselten sich mit einem gezwungenen Lächeln.

»Nichts dergleichen hier!«, echote sein Sohn, der herbeieilte, um sich uns anzuschließen. Sie waren fast Kopien voneinander. Gleiche Haare, gleicher Bart, gleiche schicke Uniform aus Zaubererumhang und Hut. Sie sahen aus wie ein Porträt derselben Person, gemalt im Abstand von dreißig Jahren.

»Okay«, antwortete ich und fragte mich, was sie verbargen. Wie das teetrinkende Kermit-der-Frosch-Meme sagen würde: Das geht mich nichts an.

KAPITEL 46
SCARLET SYNTH

»Ich habe ein paar neue Proben mitgebracht«, sagte ich zu Mason Senior und seinem Sohn.

Mason Senior zog seine Augenbrauen hoch, rückte seine Bifokalbrille zurecht und lehnte sich nach vorne, um mich besser zu sehen. »Tatsächlich?«

»Ein neuer Glamour-Trank«, erklärte ich. »Schnell wirksam. Die Tests sind gut verlaufen.«

»Was war denn mit den alten Glamour-Tränken nicht in Ordnung?«, fragte er.

»Nichts«, sagte sein Sohn. »Sie waren wunderbar. Alle haben sie geliebt.«

»Der Geschmack«, antwortete ich.

»Oh. Ja«, stimmte Junior zu. »Furchtbarer Geschmack. Man konnte davon heulen.«

Ich nickte. »Sie waren schrecklich zu trinken«, erwiderte ich. »Echt schwer runterzubekommen.«

»Und dieser hier?«, fragte Mason Senior. »Schmeckt der wie Limonade?«

Ich schüttelte den Kopf. »Es ist eine Dampfflüssigkeit.«

»Eine was?«

»Eine Dampfflüssigkeit, Papa«, sagte der jüngere Zauberer. »Man raucht sie.«

Die Augen des alten Mannes weiteten sich. »*Flüssigkeiten* rauchen? *Glamour-Tränke* rauchen! Was werden sie sich als Nächstes einfallen lassen?«

»Ich liebe die Idee«, keuchte Mason Junior. »Ich werde erstmal fünfzig bestellen. Die Millennials, die hier reinkommen, werden das lieben. Ich kann es mir jetzt schon vorstellen«, sagte er, während er sich auf seinen Gehstock stützte und mit der Hand durch die Luft über ihm wischte, als würde er sich ein Jahrmarktsbanner vorstellen. »Glamour-Partys! Verrückte Kostüme. Verkleiden hat noch nie so viel Spaß gemacht.«

»Glaubst du, dass sie sich verkaufen werden?«, fragte der ältere Mann.

»Sie werden uns aus den Händen gerissen«, antwortete sein Sohn, während er das Ende seines langen Bartes zwirbelte, der, wie ich überzeugt war, selbst etwa zwanzig Jahre alt war. »Lassen Sie mich wissen, wann Sie liefern können, und ich starte die Social-Media-Werbekampagne. Vorher-Nachher-Videos. TikTok wird es lieben. Oh!« Er hielt inne, um zu husten. »Und können Sie sich vorstellen, wie sehr die Filmindustrie das lieben wird? Sie werden ein Vermögen bei Spezialeffekten und Make-up sparen.«

Der alte Mason sah verwirrt aus, schien aber mitzumachen. Es war kein Geheimnis, dass die magische Apotheke immer noch die Schulden abzahlte, die sich angehäuft hatten, nachdem das Geschäft von den Hammerskins niedergebrannt worden war. Ihre Versicherung konnte ihren riesigen Schatz an Waren nicht ersetzen, also hatten sie einen Kredit bei der Bank aufgenommen. Unglücklicherweise gehörte das gesamte Bankensystem im Reich den Elfen, die eher für ihren effizienten Schuldeneinzug als für ihre Rückzahlungsflexibilität bekannt waren. Allerdings waren sie eine beliebte Institution, und die magischen Wesen hatten sich zusammengetan, um sie zu unterstützen, indem sie mehr kauften als nötig, damit die Kassen wieder klingelten.

Die Zauberer standen Seite an Seite, fast Spiegelbilder voneinander, und sahen mich an, vermutlich darauf wartend, dass ich ging, damit ich nicht wieder die seltsamen Geräusche erwähnte, die ich durch die Wände gehört hatte, aber ich war noch nicht fertig mit ihnen.

»Ich habe mich gefragt«, sagte ich, »ob es irgendwelche Entwicklungen gibt, die Sie kennen, was den EverShade-Nachtmarkt betrifft.«

Beide wirkten bei dieser Frage alarmiert. Ihre Schultern spannten sich an und ihre Münder wurden zu grimmigen Linien.

»Entwicklungen?«, sagte der alte Mann Mason. »Es gibt nur eine Entwicklung, wenn man dorthin geht. Man stirbt, oder man wird verhaftet und in die Kolonien geschickt. Persönlich würde ich die erste Option vorziehen.«

Sein Sohn nickte. »Ich auch. Ich würde es nie bis Boulderkeep schaffen. Das Alter hat mich weich gemacht. Ich kann nicht einmal einschlafen ohne meinen Kamillentee und eine Wärmflasche.«

»Und deine speziellen Hautcremes«, fügte Mason Senior nickend hinzu. »Und-«

»Ich habe mich nur gefragt«, unterbrach ich. »Wenn jemand EverShade zum ersten Mal besuchen müsste – wenn er absolut keine Wahl in der Angelegenheit hätte – was würde er tun, um sich zu schützen? Was müsste er wissen?«

»Abgesehen davon, niemals dorthin zu gehen?«

»Ja«, antwortete ich.

»Hmm«, überlegte Mason Junior laut. »Nun, ich denke, das Erste wäre, eine überzeugende Verkleidung zu tragen, damit er nicht erkannt wird. Sie könnten ihm einen Ihrer Dampfer dafür geben.«

»Er sollte keinen Schmuck tragen, nicht wohlhabend aussehen und nicht zu viel Koin mitnehmen.«

»Er sollte niemandem direkt in die Augen schauen.«

»Oder jemandem helfen. Es ist fast immer ein Trick.«

»Erwarten Sie, betrogen oder von Taschendieben ins Visier genommen oder ausgeraubt und/oder gleich ermordet zu werden.«

»Wehren Sie sich nicht«, sagte der alte Mann zur gleichen Zeit, als sein Sohn sagte: »Seien Sie bereit, um Ihr Leben zu kämpfen.«

»Sonst noch etwas?«, fragte ich.

»Was auch immer er tut«, flüsterte Mason Junior, »er darf auf keinen Fall das Taschenreich im Ork-Viertel betreten.«

Es gab ein Taschenreich im Ork-Viertel?

»Bei Jupiter! Erzählen Sie ihm nicht, dass es ein Taschenreich im Ork-Viertel gibt!«, keuchte Senior. »Nicht, wenn Sie wollen, dass er lebend zurückkommt.«

»Danke«, antwortete ich. »Ich werde versuchen, ihm die Sache auszureden.«

»Braves Mädchen«, sagte Mason Senior, was ihm einen tadelnden Blick von seinem Sohn einbrachte.

»Eine letzte Sache«, fuhr ich fort und fragte mich, ob sie sich hinsetzen müssten, nachdem sie so lange mit mir gestanden hatten. Ich stellte mir ihre krummen Rücken und knackenden Knie vor und fühlte mich in ihrem Namen schmerzgeplagt. Empathie ist ein zweischneidiges Schwert.

Trotz ihres fortgeschrittenen Alters schien ihre Geduld unendlich.

»Natürlich«, krächzte der alte Mason. »Womit können wir Ihnen helfen?«

Ich kramte in meiner Umhangtasche und holte das Fläschchen mit der eisblauen Flüssigkeit hervor, das ich von Taranaths Krankenhausnachttisch genommen hatte. »Könnten Sie das bitte für mich untersuchen?«

Mit zitternden Fingern nahm der uralte Zauberer die kleine Flasche von mir entgegen. Ich hatte Sorge, dass er sie fallen lassen und das Glas auf dem Steinboden zerschmettern könnte. Er hielt sie gegen das Licht, inspizierte den Inhalt und murmelte dabei.

»Eine Idee?«, fragte sein Sohn.

»Null«, antwortete er. »Ich habe nicht den blassesten Schimmer. Aber ich liebe es, mein Labor oben zu benutzen. Ich werde mit der Arbeit daran beginnen, sobald ich meine Vormittagsstärkung hatte.«

»Papa, es ist vier Uhr nachmittags.«

»Ist es das? In dem Fall fange ich sofort an.«

»Darf ich Ihnen einen Kaffee spendieren?«, fragte ich.

»Wir trinken keinen Kaffee mehr«, sagte Junior.

Ich muss geschockt ausgesehen haben. Zauberer und Kaffee gehörten zusammen wie Hexen und schwarze Katzen. Ein Zauberer, der keinen Kaffee trank, schien eine tragische Anomalie.

»Aber Mason & Sons wurde doch immer von Kaffee angetrieben«, sagte ich. »Ich erinnere mich, dass Sie diese alte Flasche überall mit sich herumtrugen, falls Sie eine Notfalltasse brauchen!«

»Die Zeiten ändern sich«, seufzte der alte Mann und begann, mit der zitternden Phiole in der Hand davonzuhumpeln.

»Wir vertrauen dem Kaffee nicht mehr«, erklärte sein Sohn.

»Sie vertrauen *Kaffee* nicht?«, fragte ich mit der Hand am Herzen. Es war fast eine persönliche Beleidigung.

»Es sind die Konzerne, denen wir nicht vertrauen«, flüsterte er. »Es gibt keine kleinen, familienbetriebenen Kaffeehäuser mehr, wissen Sie. Nirgendwo im Reich, nicht einmal in der unberührten Stadt. Nicht einmal in der Octavia Butler Lane! Nur diese schnellen und wilden Läden mit ihren verdammten Logos auf jeder verfügbaren Oberfläche.«

Es stimmte. Ich konnte nicht einmal ein kleines, unabhängiges Kaffeehaus in der Gegend nennen. Es wurde völlig von der schicken Marke Platelet dominiert. Die Kaffeebohnen für jede Tasse, die ich getrunken hatte, sogar die, die ich zu Hause gebrüht hatte, waren von ihnen. Die Zauberer hatten einen Punkt – es fühlte sich nicht richtig an.

In der unberührten Welt war das multinationale, preisgekrönte Unternehmen für seinen Kaffee berühmt. Die Platelet-Corporation hatte buchstäblich jeden einzelnen Kaffeepreis gewonnen, der existierte. Sie nahm irgendwie die magischen Bohnen und machte sie noch magischer. Während ich mir sicher war, dass unberührte Menschen seine Kraft spürten, waren sie dennoch blind für die Tatsache, dass das, was sie tranken, ein ziemlich kraftvolles Gebräu war.

Wenn Platelets Produkt ausgezeichnet war, war ihr Marketing noch besser. Ihre Signaturfarbe war rot, und ihr weißes Logo zeigte clever einen Teller, eine menschliche Zelle oder eine Kaffeebohne – je nachdem, wie man es betrachtete. Das wahre Genie hatte jedoch sehr wenig mit Kaffee zu tun. Wenn man die Fassade ihres vielschichtigen Geschäfts abzog, würde man sehen, dass es überhaupt kein trendiges Kaffeehaus war. Denn während es Cappuccinos und Gebäck an die unberührten Menschen verkaufte, verkaufte es viel mehr aus seiner Geheimkarte an die magischen Bürger des Reiches. Menschen schienen zu denken, dass der Name »Platelet« französisch ist, einige sprechen es *plate au lait* aus, oder wenn nicht, vielleicht Euro-Chic, oder einfach niedlich für »Kleiner Teller«.

Sie hätten jedoch mehr Verständnis, wenn sie sich an ihr altes Biologiebuch wenden würden, anstatt an die *Vogue*, denn der Name beschrieb, was ihr eigentliches Geschäft war: Der Verkauf von Scarlet Synth, oder künstlichem Blut, dessen Geheimkarte wie eine leckere Farbmusterkarte klingt. Crimson Soy; Flaming Frappé; Rose Rooibos.

Und während ich nie ein Problem mit dem Unternehmen hatte – sie machten es schließlich den Vampiren leichter, darauf zu verzichten, Menschen anzugreifen, um sich zu ernähren – störte es mich jetzt, dass sie überall zu sein schienen. Ich war nicht im Begriff, auf Kaffee zu verzichten – *auf keinen Fall* –, aber ich machte mir eine gedankliche Notiz, zu sehen, ob ich Kaffeebohnen von einer nicht-milliardenschweren Firma für Mason Senior und mich kaufen könnte.

Ich dankte den alten Zauberern und ging meines Weges, wobei ich absichtlich die Stöße und Schläge ignorierte, die ich auf meinem Weg nach draußen aus den Wänden hörte. Ich hoffte, dass das, was auch immer sie in ihrem Lagerraum versteckten, rechtzeitig aufhörte zu wachsen, um zu vermeiden, dass es den Ort in Stücke schlug. Ich mochte den alten Ort und die alten Besitzer wirklich. Ich mochte sogar den ausgestopften Alligator, der mich jedes Mal, wenn ich hereinkam, mit seinen dunklen, glänzenden Marmoraugen hungrig ansah, als wäre ich die Antwort auf seine jahrzehntelangen Hunger.

KAPITEL 47
KLEINE TRAURIGE SKELETTE

ASHA

Ich musste noch einen letzten Halt machen, bevor ich nach Hause gehen und ins Bett fallen konnte. Ich holte tief Luft und streckte meine Hand zur Türklingel aus, erinnerte mich aber gerade noch rechtzeitig daran, sie nicht mit meinem blanken Finger zu berühren. Ich wusste nicht, ob der Strom, der mich vor Tagen elektrisiert hatte, noch immer floss, also benutzte ich stattdessen meinen Stiefel und gab der Klingel einen schnellen hohen Tritt. Ich hörte die Glocke im Inneren läuten, aber das Delport-Haus blieb so tot und dunkel wie der alte Taranath.

Hier zu sein erinnerte mich an Steiger, den scharlatanischen Geister-jäger und Betrüger, der in Oblivion Erlösung gefunden hatte, und ich sprach einen kleinen Glückszauber, der hoffentlich seine Seele erreichen würde, wo auch immer sie sein mochte.

»Ich bin am Haus der Delports«, sagte ich zu der nervigen Intuition, die mich zuvor bedrängt hatte, als ich in der magischen Apotheke die Kerzen bewunderte. »Es ist niemand zu Hause.«

Jeder, der an mir vorbeigelaufen wäre, hätte zugestimmt, aber er hätte sich dabei auf meinen geistigen Gesundheitszustand bezogen.

Die Intuition antwortete nicht. Ich wusste, dass die Delports zurück nach Durban gezogen waren und dass niemand das Haus kaufen wollte, nachdem wir die Kinder im Keller gefunden hatten. Ich vermutete, dass es verwahrlosen würde, bis irgendein reicher Bauunternehmer es plattmachen und umgestalten würde.

Soll ich einbrechen?, fragte ich mich. *Mich umschauen wie einer dieser makabren Touristen, die gerne Tatorte besichtigen? Sollte ich etwas finden?*

Ich drehte mich fast um und ging, weil es das Vernünftigste schien, als ich glaubte, durch das Fenster die kleinste Bewegung im Inneren zu sehen. Mein Herz schlug schneller. Es war so dunkel, dass es unmöglich war zu erkennen, was es war. Es konnte doch unmöglich noch eines dieser Kinder sein, oder? Wir hatten alle gefunden. Wir hatten das Grundstück durchsucht. Wir hatten sogar den gesamten Rasen und Garten umgegraben, um die restlichen kleinen, traurigen Skelette zu finden.

Nein, da war kein Kind. Aber etwas hatte sich bewegt. Schnell. Eine riesige Ratte? Ich atmete tief ein, um mich zu beruhigen, wissend, dass ich keine Ruhe haben würde, bis ich der Sache nachgegangen bin, und während ich den Skelettschlüssel aus meiner Tasche zog und flüsterte: »*Ianua sit*«, verfluchte ich meine Neugier.

Der Zauber zog kaum Energie von mir ab. Der Schlüssel, obwohl zu groß für das Schloss, glitt leicht hinein, und als ich ihn drehte, klickte die Tür auf. Das Haus war dunkel und still, und ich begann wirklich, meinen Verstand zu hinterfragen, weil ich in ein früher verfluchtes Haus einbrach.

Der Strom war abgestellt worden. Ich drängte mich vorwärts, während meine Augen sich an die Dunkelheit anpassten. Ich überprüfte die Kinderzimmer. Nichts war übrig geblieben, was bewies, dass hier einmal Kinder gelebt hatten. Die Falltür zum versteckten Keller war offen gelassen worden, und als ich sie sah, durchfuhr mich ein heftiger Schauer, mein ganzer Körper zitterte vor Vorahnung.

Sag mir nicht, dass ich da runter gehen muss, flehte ich innerlich. *Da unten ist nichts. Nichts zu sehen. Nicht mehr.*

Trotzdem bewegte ich mich auf das klaffende Loch zu.

»Lass dich jetzt bloß nicht umbringen«, murmelte ich. »Salty wäre absolut wütend.«

Ich stieg hinab in den Keller, der immer noch nach den Kindern roch, die dort festgehalten worden waren.

Ich zog meinen Zauberstab heraus. »*Ignem exquiris illumino.*«

Die Spitze des Stabes flammte auf, als wäre er ein riesiges Streichholz, das ich gerade an den Steinwänden entzündet hatte. Ich hielt die Stabfackel weiter weg, um zu verhindern, dass meine Haare versengt wurden. Ich sah mich in diesem trostlosen Ort um. Die Behörden hatten alle Gerätschaften mitgenommen, die hier unten waren. Krankenhausliegen, medizinische Ausrüstung, Wasserflaschen, schmutzige Dosen. Jetzt war es nur noch eine leere Höhle, hohl bis auf das gewaltige Trauma, das sie miterlebt hatte. Ich dachte an Henrys Schwester, die hier gefangen gehalten wurde, dachte daran, wie sie sich gefühlt haben musste, als Henry starb. Fragte mich, wie jemand boshaft genug sein konnte, diesen Albtraum nicht nur zu erträumen, sondern ihn zu planen, auszuführen und dann zuzusehen, wie die entführten Kinder mit der Zeit dahinsiechten, wie abgeschnittene Blumen in einer Vase.

Ich schauderte erneut.

Wir hatten die Kinder davor gerettet, hier unten zu verhungern; wir hatten sie befreit. Sie bekamen die Hilfe, die sie brauchten. Der alte Taranath war tot – dafür hatte ich gesorgt – und ich hatte das Fläschchen zum Testen abgegeben. Warum war ich also hier unten? Was konnte ich davon haben, diese stinkende Luft einzuatmen? Und wenn jemand oder etwas im Haus war, könnte es leicht die Falltür zuschlagen, und niemand würde wissen, dass ich hier war. Mein Herz begann zu rasen, und mein Verstand schrumpfte auf nichts als Angst zusammen. Eine Panikattacke näherte sich. Schnell kletterte ich wieder aus dem Keller heraus, dankbar, dass ich das konnte, und verbrachte einen Moment damit zu atmen und zu versuchen, meinen Herzschlag zu verlangsamen.

Also, der böse alte Zauberer war tot, aber wer hatte ihm geholfen? Die Kellerkinder sagten, es sei eine Frau gewesen, die sie „adoptiert" und dann hierher gebracht hatte. Eine wunderschöne Frau mit langen schwarzen Haaren und schneeweißer Haut und sehr weichen Händen. Alle Kinder hatten erwähnt, wie weich ihre Hände waren. Die Leute bei den verschiedenen Adoptionsagenturen sagten, sie erinnerten sich kaum an die Gespräche mit ihr, nur dass sie äußerst überzeugend war. Für mich klang das nach einer Hypnotiseurin, und jeder wusste, dass die besten Hypnotiseure Vampire waren. Ich wusste, dass ich sie finden musste. Ich würde Taranaths Bank- und Handyaufzeichnungen und alles andere, was ich bekommen konnte, brauchen, was mich zu Schneewittchen führen könnte.

Ich schlich leise in den Flur und sah mich um, während mein Zauberstab loderte. Immer noch nichts. Zufrieden, dass ich die Botschaft des Hauses empfangen hatte, machte ich mich auf den Weg zur Haustür und löschte meine Fackel. Als ich mich der Tür näherte, bereit, sie zu öffnen, sah ich wieder diesen schnellen Schatten, und direkt unter mir ertönte ein schrecklicher Schrei, der mich einen Meter in die Luft springen ließ.

KAPITEL 48

WARMER ZAUBERSTAB

ASHA

Mein Herz übersprang Hürden. Der Schrei hallte in meinen Ohren wider und machte mich taub für alles andere. Mit dem warmen Zauberstab noch in der Hand, suchte ich nach dem Geisterbanshee, der mich betäubt hatte. Durch das dämmerige Licht trafen sich unsere Blicke – ihre Augen waren eindeutig katzenartig und eindeutig vertraut – und meine Angst löste sich auf. Ich beobachtete, wie sich ihr kaum wahrnehmbar schwarzer Katzenkörper in die mir bekannte Grimalkin verwandelte.

»Chione«, atmete ich auf und lehnte mich an die Eingangswand. »Du hast mir einen solchen Schrecken eingejagt. Ernsthaft, ich glaube, ich bin um zehn Jahre gealtert, seit ich vor weniger als zehn Minuten hier reingekommen bin.«

»Was machst du hier?«, fragte sie. Sie war noch nie für Smalltalk zu haben gewesen.

»Ich weiß es nicht«, antwortete ich kopfschüttelnd.

Sie blinzelte mich an. »Du bist mir auf den Schwanz getreten.«

234

»Oh! Es tut mir wirklich leid.« Ich fühlte mich schrecklich; mit den Stiefeln, die ich trug, musste es höllisch wehgetan haben.

»Das ist der Grund, warum ich so gekreischt habe. Ich wollte dich nicht erschrecken.«

»Ich war schon auf der Hut«, sagte ich ihr. »Ich bin in den Keller gegangen und hätte fast eine Panikattacke bekommen.«

»Du bist eine seltsame alte Hexe«, sagte die Grimalkin.

»Das werde ich nicht leugnen«, erwiderte ich. »Also... du wohnst hier?«

Chione nickte. »Es ist viel gemütlicher als das SubRealm.«

»Da bin ich mir sicher.«

»Ich gehe nie wieder dorthin zurück«, sagte sie, und in diesem Moment wurde mir klar, warum ich zum Delport-Haus gekommen war.

»Darüber«, wagte ich zu sagen.

Sie zischte mich an. »Hexe! Ich habe gerade gesagt, dass ich nie wieder dorthin zurückgehe.«

»Ich bin es nicht, die deine Hilfe braucht«, sagte ich und versuchte einen anderen Ansatz.

Sie verschränkte die Arme und wartete darauf, dass ich fortfuhr.

»Magische Tiere werden vermisst.«

Sie neigte den Kopf zur Seite. »Vermisst?«

»Entführt, genauer gesagt. Es sieht so aus, als ob vom SubRealm aus ein Schmuggelring für magische Tiere operiert.«

»Das ist keine Neuigkeit«, sagte sie. »Sie haben schon immer diese Käfigkämpfe in der Bierhalle veranstaltet. Orks sind eine verabscheuungswürdige Spezies.«

»Nicht alle Orks«, wies ich darauf hin. Gnrok zum Beispiel war ein guter Kerl. Obwohl er nicht mehr derselbe war, seit sein Bruder verschwunden war.

»Glaub mir«, sagte sie, »ich habe unter ihnen gelebt. Sie sind nichts als Wilde.«

»Gnrok hat mir das Leben gerettet«, sagte ich. »Sie sind nicht alle schlecht.«

Ich sah einen weißen Blitz, als Chione ihre Augen zur Decke rollte.

»Es wird ein bezahlter Job sein«, sagte ich. »Natürlich. Wir können hier den Strom wieder anstellen—«

»Ich brauche keinen Strom«, sagte sie. Sie konnte im Dunkeln sehen.

»Du könntest einfach in mein Haus kommen und dort leben, weißt du. Ich habe... Sachen. Tee. Gewürzkekse. Biologisches Katzenfutter. Du bist herzlich willkommen.«

Chione wischte die Einladung beiseite, als wäre sie ein lauwarmes und unnötiges Kompliment. »Es gab schon immer illegalen Tierhandel im SubRealm. Was macht diesen Fall anders?«

»Ich weiß es nicht. Es scheint, als hätte es wirklich an Fahrt aufgenommen. Die Skorpione werden mit Meldungen über vermisste Tiere überschwemmt. Und die Anzahl der gestohlenen Tiere ergibt keinen Sinn. Die Operation hat eine ganze Arche voller Tiere mitgenommen, viel zu viele, um sie in der Bierhalle zu halten, ohne einen Aufruhr zu verursachen. Ich habe das Gefühl, dass die Käfigkämpfe nur mit den Tieren stattfinden, die krank oder verletzt sind, oder aus anderen Gründen nicht gewollt werden.«

»Und du bearbeitest diesen Fall aus reiner Herzensgüte?«

»Nein«, antwortete ich. »Ich sollte überhaupt nicht daran arbeiten. Ich sollte eigentlich an dem Fall der vermissten Töchter arbeiten.«

Chiones Arme waren noch immer verschränkt. »Aber?«

»Aber ich tue es für Jax.«

»Jax?«, sagte sie und verzog ein wenig das Gesicht. »Diese Zauberer-Göre?«

»Die Zauberer-Göre, die das gesamte Reich gerettet hat? Ja«, erwiderte ich. »Und für Salty, die mir nie einen Korb gegeben hat, wenn ich Hilfe brauchte.«

Allein bei dem Gedanken an sie bekam ich Phantomhunger.

»Okay«, stimmte die Grimalkin zu. »Aber ich tue es nicht für dich oder deinen schmierigen Goblin-Freund. Oder diese Zauberin. Ich tue es für die Tiere.«

»Danke«, antwortete ich, ungeheuer erleichtert, jemanden auf meiner Seite zu haben. Besonders jemanden, der in der Lage sein würde, die Tiere aufzuspüren, nach denen wir suchen würden. »Wir brechen morgen um zehn Uhr abends nach EverShade auf.«

Wir sahen uns noch einmal in die Augen und erkannten die Gefahr, die vor uns lag. Dann verwandelte sich Chione, ohne sich zu verabschieden, wieder in ihre Katzengestalt und ging davon, ihren Schwanz hin und her schwingend, während sie in die Dunkelheit tappte. Sie war noch nie für Smalltalk zu haben gewesen.

KAPITEL 49

GRAUSAME KÜSTENTROLLE

ASHA

Meine letzte Nacht zu Hause vor der Reise nach EverShade war nicht gerade die beste Nacht, die ich je erlebt hatte. Trotz eines langen Bades in der Wanne und eines doppelten Glases Zimtwhisky vor dem Schlafengehen wälzte ich mich hin und her. In meinem Kopf blitzten Bilder und Filmschnipsel von jeder einzelnen meiner Sorgen auf. Von den vermissten Mädchen bis hin zu Dusty und Maple, den Kellerkindern, der Werwolfpanik, den traumatisierten Tieren, der armen hungernden Nilve SaltySnap... und Detective Sam Armstrong, mit seinem fest am Finger sitzenden Ehering.

Am Morgen saß ich in meinem Garten zwischen Kräutern und wilden Gräsern und machte mir selbst ein Versprechen. Ich würde in dieser Nacht nicht sterben, ohne endlich herauszufinden, was es mit Sam und mir auf sich hatte. Das Geheimnisvolle an diesem Polizisten war lustig gewesen, die Beinahe-Romanze, das Hin und Her. Aber jetzt schien das Leben viel unsicherer als zuvor und wahrscheinlich viel kürzer, als ich mir vorgestellt hatte. Es war an der Zeit, alle Karten auf den Tisch zu legen. Ich würde ihm sagen, was ich fühlte, und er würde mir von seinem Ehering erzählen. Ich war nervös, aber entschlossen. Es war Zeit.

Ich schickte ihm eine Nachricht. *Kann ich dich heute Abend sehen?*

Seine Antwort kam bald darauf. *Du nimmst mir die Worte aus dem Mund.*

Toll. Bei mir? Ich habe bis 21:30 Uhr Zeit.

Und dann? Verwandelst du dich in einen Kürbis? Nein. Etwas Dunkleres als das. Ein Rabe.

Ich lächelte. *So in etwa. Wir sehen uns gegen sieben?*

Freue mich darauf.

Bevor ich mein Handy einsteckte, begann es zu vibrieren. Mason & Sons. Ich nahm an, sie wollten über die Bestellung der neuen Glamour-Vapes sprechen.

»Hallo«, sagte ich freundlich. »Hier ist Asha.«

»Frau Rook«, kam die seltsam knappe Antwort. Ich konnte nicht unterscheiden, ob es Mason Senior oder Mason Senior Senior war. Es folgte eine Pause, in der er keuchte und sich die Kehle freimachte.

»Ja?« Gab es ein Problem mit der Lieferung, die ich gebracht hatte?

»Ich muss Sie leider bitten, so bald wie möglich vorbeizukommen.«

Uh-oh.

»Und damit«, fuhr er fort, »meine ich sofort.«

Ein Gefühl des Grauens legte sich auf mich – wie graue Asche, die auf eine kleine glühende Kohle rieselt.

»Ich kann kommen«, antwortete ich. »Aber bitte sagen Sie mir, worum es geht.«

»Es geht um die fliegenden Affen«, erwiderte er. *Die fliegenden Affen von Oz* war ein altmodischer Code des Reichs für *es gibt überall Augen und Ohren.*

»Verstanden«, antwortete ich. »Ich bin so schnell wie möglich da.«

Ich schwang mich auf meine marineblaue Vespa und quetschte meinen Helm auf den Kopf. Zur magischen Apotheke zu fahren, war nicht gerade das, was ich mir für meinen möglicherweise letzten Tag auf Erden vorgestellt hatte, aber ich genoss es trotzdem. Der bevorstehende Tod lässt definitiv die Freude und Farben in sonst alltäglichen Lebenserfahrungen hervorstechen. *Memento Mori.* Ich sauste an den Staus vorbei, ignorierte die Werbetafeln und Plakate an den Straßenlaternen und betrachtete stattdessen die flatternden Blätter, noch weich und neu. Die Morgenluft war leicht kühl, und der Himmel so klar und strahlend wie nur etwas, was mich daran erinnerte, dass ich wahrscheinlich im besten Klima des Planeten lebte. *Falls ich die nächsten vierundzwanzig Stunden überlebe, muss ich mich beeilen, das Sommergemüse einzupflanzen,* dachte ich. *Die Sommerwachstumssaison wartet auf niemanden, weder Mann, Frau noch Hexe.*

Als ich in dem zwielichtigen Stadtteil ankam, in dem Mason & Sons lag, sah nichts ungewöhnlich aus. Die goldenen Buchstaben waren genauso schön, der Wachmann genauso ordentlich in seiner Uniform gekleidet. Er tippte an seinen Hut und öffnete die große Tür. »Guten Morgen, Frau Rook.«

Das süße kleine Glöckchen klingelte, als ich eintrat, ein Geräusch, dessen ich nie überdrüssig wurde. Ich schlängelte mich weiter in den Laden, auf der Suche nach einem der Masons. Ich konnte es kaum erwarten zu erfahren, worum es bei dieser Vorladung ging. Ich wurde noch nie so herbeizitiert und hatte das Gefühl, dass es daran lag, dass ich etwas falsch gemacht hatte. Ich schluckte schwer und schaute mich um, aber das einzige andere Gesicht, das ich sehen konnte, war das auf einem alten Blechplakat für Coca-Cola – ein gesund aussehendes, rotwangiges blondes Mädchen mit eiszahnweißen Zähnen –, das mir sagte, ich solle es »für Energie und Schwung!« trinken. Das Mädchen zwinkerte mir zu, was mich überraschte, bis mir klar wurde, dass das Plakat verzaubert worden war, um das zu tun.

»Frau Rook«, schnaufte ein Zauberer hinter mir. Ich drehte mich um und sah Mason Senior Senior. Ich lächelte und versuchte, Blickkontakt herzustellen, aber er mied meinen Blick. »Danke, dass Sie gekommen sind. Bitte, hier entlang.« Der alte Mann war ohne seinen Stock unterwegs, sodass sein Hinken deutlicher zu hören war, als er über die Holzdielen polterte. Ihm zu folgen war eine wahre Lektion in Geduld. Es fühlte sich an, als würde es Stunden dauern, bis wir die andere Seite des Ladens erreichten, wo er mir verschwörerisch zuzwinkerte und eine versteckte Tür öffnete.

Das geheime Labor, das wir betraten, war ganz anders als Ferras. Es sah eher aus wie die exzentrische Chemieteststation eines wildhaarigen verrückten Wissenschaftlers. Papiere und Akten lagen auf jeder Oberfläche, festgehalten von gefährlich aussehenden Bechern mit Quecksilber und anderen giftig wirkenden Kolben, die als Briefbeschwerer dienten. Verschiedene Reagenzgläser und Gefäße waren an Bunsenbrenner angeschlossen, und ich konnte das langsame Tropf-Tropf-Tropf von etwas hören, das destilliert wurde. Bevor ich etwas sagen konnte, gab es einen lauten Stoß gegen die Wand, der die Glasbehälter in ihren Metallklammern vibrieren ließ.

»Um dieser speziellen Unterhaltung willen«, keuchte der alte Mann, »ignorieren Sie bitte alle ungewöhnlichen Geräusche, die möglicherweise von der anderen Seite der Wand kommen.«

Ich runzelte die Stirn. »In Ordnung«, antwortete ich.

Sein Gesichtsausdruck entspannte sich, und er bot mir einen Stuhl an, den ich von fleckigen Papieren befreite. Während ich den Platz aufräumte, damit ich sitzen konnte, begann der alte Mann, sich hinzusetzen. Es war ein langer und mühsamer Prozess, und es dauerte etwa fünf Minuten, bis sein altersschwacher Hintern endlich auf dem Ledersitz landete. Er schien sich noch mehr zu entspannen. Es gab einen weiteren Stoß gegen die Wand, und die Reagenzgläser wackelten erneut in ihren Ständern. Wir ignorierten es höflich, wie es sich für magische Fachleute gehörte.

»Oh!«, rief er aus. »Ich habe vergessen, Ihnen Tee anzubieten!« Er begann den Prozess des Aufstehens erneut.

»Nein!«, sagte ich, ein wenig zu laut. Er erstarrte, ohne zu wissen, ob er seinen steifen Körper nach oben oder unten bewegte. Er wartete in dieser unbequemen Position. »Ich brauche keinen Tee. Danke. Es geht mir gut.«

Der alte Mann nickte erleichtert und sank mit einem langen, rasselnden Seufzer wieder zurück.

Schließlich stellte er richtigen Blickkontakt her. »Ich schätze es sehr, dass Sie gekommen sind«, sagte er. »Sie sind ein wertvoller Lieferant für unser Geschäft und ein vorbildlicher Bürger des Reichs.«

Es kam definitiv ein »aber« auf mich zu.

»Aber«, fuhr er fort und bewegte unbewusst seine drahtig-grauen Augenbrauen, »Sie waren im Besitz einer vom Rat verbotenen Substanz, und es ist unsere Pflicht, Sie gemäß Abschnitt 29, Klausel 12 des Gesetzes über verbotene Substanzen unverzüglich den Behörden zu melden.«

»Was?« Meine Finger kribbelten; mein Mund war trocken. Vielleicht hätte ich den Tee doch nicht ablehnen sollen.

»Nun«, fuhr er fort. »Ich muss Ihnen nicht sagen, was die Konsequenzen sein werden. Falls Sie für schuldig befunden werden, werden Sie nach—«

»Entschuldigung«, unterbrach ich ihn, atemlos klingend. »Können Sie bitte langsamer machen?« Normalerweise hätte ich über die Ironie dieser Bitte gelächelt, angesichts seines generell gletscherhaften Tempos, aber ich war zu schockiert, um den Humor zu erkennen. »Von welcher Substanz reden wir?« Hatte ich unwissentlich einen Trank hergestellt, der auf der Verbotsliste stand? Und dann wurde mir klar, worum es ging. Es war so offensichtlich. Ich seufzte selbst lang und rasselnd. Mir wurde leicht übel. »Oh. Es war das Fläschchen, das ich Ihnen zum Testen gegeben habe.«

Er nickte, seine Wirbel klickten wie fallende Dominosteine, als er das tat. »Wenn wir Sie nicht melden und der Rat es herausfindet, werden sie das Geschäft schließen und uns alle nach BoulderKeep schicken. Nun, ich könnte mit schwerer Arbeit fertig werden, aber mein Großvater ist zweihundertvierundzwanzig Jahre alt und würde in einer Strafkolonie, die von diesen grausamen Küstentrallen betrieben wird, nicht gut zurechtkommen. Wie Sie sich vorstellen können, bringt uns das in eine ziemlich... schwierige Lage.«

Heilige Hekate.

»Meine Familie und ich haben dies ausführlich besprochen, und wir haben beschlossen, diesen Vorfall *nicht* zu melden.«

Ich atmete so heftig aus, dass mir schwindelig wurde.

»Erstens vertrauen wir Ihnen und schätzen Sie als einen unserer hervorragendsten Lieferanten. Zweitens sind Sie eine wunderbar treue Kundin – und, wage ich zu sagen, Freundin? – und drittens glauben wir nicht, dass Sie wussten, was in dem Fläschchen war, bevor Sie es zu uns brachten. Wenn Sie es gewusst hätten, hätten Sie es nicht zum Testen bringen müssen und hätten uns auch nicht mit hineinziehen wollen.«

»Ja«, sagte ich und nickte wie verrückt. »Ich hatte keine Ahnung.« Nun, vielleicht hatte ich eine vage Vorstellung gehabt, aber ich wusste nicht, dass es auf der Geh-direkt-ins-Gefängnis-und-kassiere-keine-100-$-Liste stand. Ugh. Schuld schlängelte sich in mir wie ein öliger Aal und machte mich krank. Mein Mund fühlte sich wie ein Wattebausch an.

»Wir haben auch überlegt, dass es zwar unsere Pflicht ist, die Regeln des Rates ohne Ausnahme zu respektieren, aber manchmal passieren Dinge, die außerhalb unserer Kontrolle liegen«, er blickte auf die Wand, gegen die vorhin geklopft worden war, »und diese

Dinge müssen mit einem ausgeglichenen Verstand behandelt werden, anstatt mit einer reflexartigen Reaktion gemäß dem Gesetz. Also, Frau Rook, werden wir dem Geist des Gesetzes gehorchen, statt dem Buchstaben zu unterliegen. Wir werden dies nicht melden, aber bitte seien Sie in Zukunft vorsichtiger.«

»Danke«, sagte ich. »Seien Sie versichert, dass ich das Fläschchen nicht hereingebracht hätte, wenn ich gewusst hätte, dass der Inhalt verboten ist.«

»Natürlich«, sagte er und gewährte mir großzügig den Vertrauensvorschuss.

Wir saßen eine Weile in peinlichem Schweigen da. Ich hätte jetzt wirklich eine Tasse Tee gebrauchen können.

Er zwinkerte mir noch einmal funkelnd zu. »Ich nehme an, Sie würden gerne wissen, was darin war?«

KAPITEL 50
DIE BUTTERSEITE OBEN

ASHA

Mason Senior brauchte ein paar Minuten, um sich aus seinem alten Ledersessel zu hieven. Während ich auf ihn wartete, schweiften meine Augen durch das Labor, auf der Suche nach Hinweisen. Er schlurfte mit seinem schwankenden langen Bart zu einem alten Schreibtisch, der dringend poliert werden musste, und schob die oberste Schublade auf. Er holte das kleine Glasfläschchen mit dem eisblau schimmernden Trank heraus, der so viel Ärger verursachte. Er platzierte es mitten auf dem Tisch zwischen dem Nest aus Papieren, Federn, alten Münzen und Tinte, und wir beide starrten es an.

»Es ist ein Langlebigkeitselixier«, sagte der alte Zauberer.

»Das dachte ich mir schon«, erwiderte ich. »Aber Elixiere sind vom Rat nicht verboten.«

»Dieses schon«, sagte er. »Es wird aus gespaltenen Stammzellen von Kindern hergestellt.«

Ich schloss die Augen und nickte. »Okay. Das ergibt Sinn.«

»Das Gesetz über verbotene Substanzen, Abschnitt 29, Klausel 12, Punkt 4, besagt, dass kein Trank, dessen Herstellung einen Menschen schädigt, im Reich erlaubt ist. Herstellung, Beschaffung, Verkauf und/oder Besitz werden mit dem dauerhaften Entzug der magischen Kräfte und einer lebenslangen Haftstrafe bestraft.«

Ich nickte. »Es ist ein gutes Gesetz.« Was hätte ich sonst sagen sollen? Dieses Elixier hatte Taranath all die Jahre am Leben erhalten, in denen er diese Kinder im Keller gefangen hielt und ihr Blut abzapfte und aufbereitete, wenn er es brauchte.

»Es ist relativ fortgeschrittene Magie«, erklärte der Zauberer. »Ich habe so etwas noch nie gesehen. Und glauben Sie mir, ich habe schon einiges gesehen. Langlebigkeitselixiere waren schon immer äußerst begehrt, wie Sie sich vorstellen können, aber die Nachfrage war noch nie so groß wie jetzt. Es vergeht kein Tag, an dem wir nicht danach gefragt werden. Nach dem Void-Bruch hat der Rat die Verfassung geändert, um sie für illegal zu erklären.«

Meine Stirn runzelte sich. »Der Void-Bruch?« Ich verstand den Zusammenhang nicht.

»Der Grund, warum Acheron Baldassare so viel Macht ansammeln konnte, war, dass er Magus verwendete, eine Essenz, die aus dem Blut magischer Wesen extrahiert wurde. Als der Rat erkannte, wie gefährlich das sein könnte, mussten sie es auslöschen, oder riskieren, in Zukunft ein ähnliches Schicksal zu erleiden.«

Ich dachte eine Weile darüber nach. »Also gibt es verschiedene Elixiere und verschiedene Rezepte«, sagte ich, mehr zu mir selbst als zu dem alten Mann.

»Richtig. Und Hunderte von Möglichkeiten, sie herzustellen. Und jetzt, mit der neuen verfügbaren Technologie und der enormen Marktnachfrage, bin ich sicher, dass es sich exponentiell vermehren wird.«

»Ich habe ein ungutes Gefühl dabei«, sagte ich.

Der alte Mann nahm seine Brille ab und rieb sich die Augen. »Das sollten Sie auch. Es ist in der Tat ein beunruhigender Trend. Sobald die dunkleren Mächte unter uns beginnen, diese magische Technologie zu verstehen, werden sie sie mit Sicherheit nutzen, um ihre Schatten über den Rest von uns zu ziehen. Es muss ausgemerzt werden, bevor das Böse extrapolieren kann. Wir alle wissen, was für eine Abwärtsspirale das ist. Wir haben es bei Acheron gesehen.«

Ich nickte. Das alles klang weitaus ernster, als ich es mir vorgestellt hatte. Es war nur ein Fläschchen, das ich einem toten Mann gestohlen hatte, bis es eben nicht mehr nur das war. Jetzt schienen die Auswirkungen das Reich ernsthaft gefährden zu können.

»Wenn Sie mehr wissen möchten«, keuchte Mason, »gibt es ein äußerst umfassendes Buch über die verschiedenen Formeln und Techniken. Der Autor ist Matahandi. Es ist natürlich verboten.« Er lächelte und entblößte dabei seine alten, abgenutzten Zähne aus Elfenbein. »Aber Sie scheinen ein Händchen dafür zu haben, solche Dinge zu finden. Vielleicht können Sie eine Sondergenehmigung beantragen, um das Buch zu Ihrer Weiterbildung zu studieren, um besser in der Lage zu sein, die Plage zu bekämpfen und all das. Ihnen wird schon etwas einfallen. Seien Sie nur sehr, sehr vorsichtig.«

»Das werde ich«, versprach ich ihm. Als wir aufstanden, um das Labor zu verlassen, klopfte mir der alte Mann auf die Schulter, und es war das Nächste, was ich je daran kam, einen eigenen Großvater zu haben, was mich gleichzeitig getröstet und beraubt fühlte.

Welches Wesen auch immer im Nebenraum war, gab als Abschied einen letzten, endgültigen Krach gegen die Wand von sich.

Was für eine Zeit, um am Leben zu sein, dachte ich und schüttelte den Kopf.

Ich sprang auf meine Wespe und brauste von der magischen Apotheke davon, wobei ich dem Sicherheitszwerg zum Abschied zuwinkte und ihm einen Segen erteilte.

Mögest du glücklich sein, dachte ich. *Möge dein Brot mit der Butterseite nach oben fallen, und möge dein Leben lang und frei von Leid sein.*

Ich machte mich auf den Weg nach Hause, um mich endlich auf meine Suche zum EverShade-Nachtmarkt vorzubereiten.

KAPITEL 51

SCHATTEN VONEINANDER

ASHA

Savvy, schrieb ich meiner BFF. *Es ist Donnerstag.*

Ich finde es immer noch keine gute Idee, antwortete sie. *Ich wünschte, du würdest nicht gehen.*

Ich auch, tippte ich. *Aber ich muss.*

Falls du mir schreibst, um zu fragen, ob ich deinen Zoo füttern werde, die Antwort ist JA.

Danke. Fühl dich frei, den ganzen Gin zu trinken, den du finden kannst.

Macht keinen Spaß, ihn ohne dich zu trinken. Besonders, wenn du in deinem Ork-Aufzug steckst. Ich muss immer noch LOLen

Ich schickte ein lachendes Emoji zurück. Dann, *Pass auf dich und meinen Gott-Knirps auf. Ich liebe dich.*

Ich liebe dich auch, sagte sie. *P.S. Wenn du nicht überlebst, werd ich deine Seele jagen und selbst zurückschleppen.*

Ich dachte, du wärst mit dem Hexendasein fertig? neckte ich sie.

Sie antwortete nicht mehr.

Ich holte tief Luft und schaute auf Circe und Odysseus, die elegant vor mir saßen wie hübsche schwarzfellige Zwillinge – Schatten voneinander.

»Keine Sorge«, sagte ich zu ihnen. »Savvy wird sich um euch kümmern.«

Sie starrten mich weiterhin an, als wüssten sie etwas, was ich nicht wusste.

Ich legte meine Kleidung und Ausrüstung für die Quest bereit, alles ordentlich auf meinem Bett für später. Magischer Tarnumhang von Ferra, frisch von roter Farbe gereinigt, Skelettschlüssel, silberner Zauberstab, Ritualmesser, Halskette mit Zyanidkapsel, Schutzring. Glamour-Vape. Zufrieden ging ich in den Hintergarten und übte einige Kampfkunsttechniken, um sicherzustellen, dass meine Muskeln warm und beweglich waren. Ich war nicht so fit wie vor meiner Kopfverletzung, aber sobald dieser Job vorbei war, würde ich wieder richtig trainieren. Nachdem ich mir einen Appetit antrainiert hatte, suchte ich mir mein Mittagessen zusammen. Ich erntete Babyspinat, Purpurkohl, Kirschtomaten, Basilikum, Kristallapfel-Gurke und Chia-Samen. Da ich zusätzliches Protein brauchte, sammelte ich Eier und dankte den Hühnern dafür mit einer Handvoll Maulbeeren für jedes, was meine Hände einfärbte. Nach dem Mittagessen vertiefte ich mich in Bücher aus meiner Bibliothek, die nützlich sein könnten, und übte einige neue Zauberkombinationen. Theorie war eine Sache, aber wenn man sich in der Hitze des Gefechts befindet, kann man sich nur auf Magie verlassen, die man tatsächlich geübt hat.

Es war gut, Zeit zur Vorbereitung zu haben. Normalerweise hetzte ich von einer Mission zur nächsten, kaum mit Zeit zum Nachdenken, aber jetzt konnte ich mich ganz darauf konzentrieren, was getan werden musste.

Als ich dachte, dass es nichts mehr gab, was ich zur Vorbereitung auf das SubRealm tun könnte, trank ich eine Tasse Tee und nahm ein langes Bad als Vorbereitung für mein Date mit Armstrong. Ich rasierte, zupfte, peelte und pflegte meine Haut. Ich wusch und spülte mein Haar – föhnte es sogar, was ich sonst nur für Hochzeiten und ausgewählte Attentate tat. Ich trug Parfüm, Make-up, meine Lieblingsunterwäsche und ein sexy Kleid auf, das ich seit Jahren nicht mehr getragen hatte. Es schien übertrieben, aber ich wollte, dass Sam ohne jeden Zweifel wusste, was meine Absichten für den Abend waren.

Um sieben Uhr dachte ich, *Er kommt nicht mehr. All das, und er kommt nicht.*

Um eine Minute nach sieben klingelte es an der Tür.

KAPITEL 52

RABENSTUNDE

ASHA

Ich war nervös, bevor ich die Tür öffnete. Ich wusste nicht genau, warum. Der Mann hatte mich in meinem schlimmsten, verletzlichsten Zustand gesehen. Er hatte mich in mehr als nur einer Hinsicht nackt gesehen. Aber die Schmetterlinge in meinem Bauch tobten, als ich nach dem Türknauf griff.

Er wird es nicht sein, dachte ich irrationalerweise. Es würde Soleil sein, oder Savvy, oder Merlin. Oder Mordecai, wenn ich besonders viel Pech hätte. Aber das hatte ich nicht.

Als ich die Tür öffnete, stand Detective Sam Armstrong in all seiner rauen Herrlichkeit vor mir. Seine Augen funkelten, als er mich musterte, und seine Nasenflügel bebten leicht.

»Wow«, sagte er.

»Wow, du auch«, erwiderte ich. Auch er hatte sich besondere Mühe gegeben und trug einen eleganten dunklen Anzug mit offenem Kragen, umso besser, um –

»Ich habe Wein mitgebracht«, verkündete er und hielt eine Flasche Rotwein hoch. »Und Abendessen. Und...« Er hob einen kleinen Topf

252

mit einem Baum auf, den ich nicht bemerkt hatte. »Einen kleinen Baum.«

Ich lachte.

»Ich dachte, du magst keine Schnittblumen«, erklärte er.

»Da hast du Recht«, antwortete ich. »Kleine Bäume hingegen...«

Wir lächelten einander an, und ich trat zur Seite, damit er hereinkommen konnte. Als er an mir vorbeiging, nahm ich den leichtesten Duft seiner Haut wahr. Es war so typisch für ihn, und so gut, dass ich mich wirklich auf das freute, was vor uns lag.

Ich stellte den Topf in die Küchenspüle und gab ihm etwas Wasser. Es war eine Erle, Symbol für Ausdauer, Stärke und Leidenschaft.

Ich nahm die Weinflasche und den Korkenzieher. Als ich mich umdrehte, um Sam anzusehen, stand er direkt hinter mir. Unsere Blicke trafen sich, und es fühlte sich elektrisierend an. Meine Atmung wurde tiefer, mein Herz lauter. Ich hatte noch nie so für einen Mann empfunden. Er machte einen Schritt näher, sodass sich unsere Körper fast berührten. Sanft nahm er mir die Flasche ab.

»Ich mach das«, sagte er. Als seine Finger die meinen streiften, fühlten sich die Funken unter meiner Haut sowohl vertraut als auch neu an. Ich kannte diesen Mann, ich kannte seinen Geist, aber ich kannte seinen Körper noch nicht. Ich schluckte und versuchte, meine Nerven – oder war es Aufregung? – zu beruhigen, und freute mich auf das Glas Pinot, das er bereits einschenkte. Wir nahmen unsere Gläser und die Flasche mit ins Wohnzimmer und setzten uns nebeneinander auf die Dreisitzercouch, wobei wir genug Abstand zwischen uns ließen, um uns auf unser Gespräch zu konzentrieren, statt auf die Anziehungskraft des anderen Körpers.

Ich schaute zum Kamin, den ich vergessen hatte anzuzünden.

»*Ignem exquiris*«, sagte ich, und die Lust, die sich in meinem Körper aufbaute, verwandelte sich mühelos in eine Handvoll Feuer, die ich sanft auf das Anmachholz und die trockenen Scheite warf, die darauf warteten. Sie fingen sofort Feuer, und die eifrigen neuen Flammen tanzten vor uns und malten unsere Gesichter an. Vielleicht würde ich jetzt für kurze Zeit klar denken können – zumindest für eine Weile.

»Ich muss dir etwas sagen«, sagte ich. »Und etwas fragen.«

Armstrong setzte sich etwas gerader hin. »Ich bin ganz Ohr.«

»Ich gehe heute Nacht auf eine Mission.«

»Ah«, sagte er. »Deine Kürbiszeit. Rabenstunde.«

»Ja.«

»Großartig«, sagte er. »Ich komme mit dir.«

»Diesmal nicht«, sagte ich. »Unberührte haben keinen Zugang zu dem Taschenreich, in das ich gehe.«

»Musst du gehen?«, fragte er.

Ich nickte. Ich hatte einen leichten Kloß im Hals, als ich antwortete. »Ja.«

Es dauerte eine Weile, bis er antwortete, dann rieb er sich das Kinn und zuckte mit den Schultern. »Okay. Bei dir wäre es sowieso sinnlos, zu versuchen, dir das auszureden.«

Ich schenkte ihm ein wehmütiges Lächeln. »Bevor ich losziehe, wollte ich dir nur mitteilen, dass ich ... nun, ich wirklich –«

Er verengte die Augen auf komische Weise und machte eine Show daraus, darauf zu warten, dass ich meinen Satz beendete.

»Ja?«, sagte er.

Göttin! Warum ist das so schwierig? Ich konnte meine eigenen Gedanken nicht einmal über das unerbittliche Hämmern meines Herzens hören.

»Ich wollte sagen ... wir kennen uns noch nicht so lange, aber ich habe anscheinend tiefe Gefühle für dich entwickelt.«

Um meine Worte nicht in der Luft hängen zu lassen und die Pein-
lichkeit zu vermeiden, die das mit sich bringen würde, wartete Sam
nicht lange mit seiner Antwort. Er nickte sofort und sagte: »Ich
fühle genauso.«

Wir atmeten beide gleichzeitig aus. Ein Ansturm von Erleichterung
und vielleicht der Beginn von Glück. Die Couch wurde plötzlich
bequemer. Der Wein schmeckte besser. Es würde doch ein guter
Abend werden.

Sam griff nach unten und nahm meine Füße in seine Hände, dann
schwang er sie auf seinen Schoß, wo er begann, sie zu massieren. Es
fühlte sich zunächst seltsam an, aber ich entspannte mich und gab
mich dem hin, und ich konnte spüren, wie mein körperliches
Verlangen in meinen Körper zurückströmte.

»Also«, brummte er, seine Stimme klang besonders samtig. War er
so erregt wie ich? »Was war deine Frage?«

»Oh«, sagte ich, die Empfindung seiner Hände auf mir löschte jeden
Gedanken an schwierige Gespräche aus. Plötzlich stellte ich fest,
dass mir sein Ehering nicht mehr so wichtig war. »Schon gut«,
seufzte ich, während das Vergnügen meine Beine hinaufstrahlte.
»Ein andermal.«

Stattdessen tranken wir den Wein und führten lockere, entspannte
Gespräche, genossen das Reden, waren uns aber auch beide der
Tatsache bewusst, dass wir um die sehr offensichtliche Tatsache
herumtanzten, dass wir beide bereit waren, endlich unsere Beziehung zu vollziehen.

KAPITEL 53
NICHT MEHR EINSAM

ASHA

»Das Essen!«, rief Armstrong, der auf seine Uhr schaute und uns beide aus unserer lustvollen, trägen Trance riss.

»Das Essen ist mir egal«, antwortete ich. Alles, was ich wollte, war Detektiv Sam Armstrong.

»Du musst essen«, sagte er. »Du brauchst Energie für heute Abend.«

Wir sahen uns an und brachen in Gelächter aus.

»Ich meine für deine Mission«, fügte er hinzu, mit einer leichten Röte auf seinen Wangen, die vielleicht von der Hitze des Feuers kam – oder auch nicht.

»Okay«, sagte ich, obwohl ich mich nur ungern von meinem Platz vor dem Kamin wegbewegte, aber die Flammen waren erloschen und nur noch ein paar Gluthaufen übrig. Er hatte recht, ich musste essen, auch wenn mein Appetit auf Nahrung fast bei null lag. Ich hatte nicht mehr viel Zeit, bevor ich losmusste. Wir holten das Essen aus der Küche.

»Ich habe eine Idee«, sagte ich. »Folge mir.« Ich nahm die weiche Decke von der Couch, schnappte mir die Weingläser und was von der Flasche übrig war und forderte ihn mit einer Geste auf mitzukommen. Ich führte ihn durch das Observatorium, das bei Nacht wunderschön aussah, und in meinen Tränkeraum. Ich begann, die schmiedeeiserne Wendeltreppe hinaufzusteigen, die sich bis zum Dach emporschlängelte.

»Alles in Ordnung?«, fragte ich und blieb auf halbem Weg stehen, um nach ihm zu sehen. Es war ein schmales Treppenhaus, und er war kein schmaler Mann.

»Ja, alles bestens«, murmelte er. »Und ich genieße die Aussicht.«

Zuerst dachte ich: *Es gibt noch gar keine Aussicht*, aber dann wurde mir klar, dass er anzüglich war, was ich nicht gewohnt war. Es ließ mein Becken pochen, und wieder musste ich meine Atmung verlangsamen.

Als wir oben ankamen, waren Sams Augen weit aufgerissen. »Wow«, sagte er zum zweiten Mal. Der Dachgarten sah durch unsere weingetönten Gläser besonders gut aus. Lichterketten funkelten, Papierlaternen leuchteten, aber die beste Lichtshow war am Himmel über uns. Ich warf die Decke auf die Campingmatten aus Gummi, auf denen ich manchmal Yoga bei Sonnenaufgang machte, und setzte mich hin, wobei ich neben mir auf den Boden klopfte. Es war nicht ganz ein Zufall, dass mein Gewand aufging und teilweise meinen Lieblings-BH enthüllte. Sams Kiefer entspannte sich und seine Augen nahmen mich hungrig auf. Er sah mich an, als wäre ich das schönste Wesen, das er je gesehen hatte.

Er fiel neben mir auf die Knie. Das Verlangen in seinen Augen ließ mich ihn nur noch mehr wollen. Die Stadtlichter verblassten und die Sterne glitzerten am Nachthimmel.

»Asha«, sagte er mit einem emotionalen Gesichtsausdruck, als wolle er etwas Wichtiges sagen.

Ich kniete mich hin, sodass unsere Gesichter nah beieinander waren, und legte meine Finger auf seinen Mund. Ich wollte es nicht hören. Ich wollte nichts hören, was diesen Moment, auf den ich gewartet hatte, schmälern würde. Nichts über seinen Ehering oder seine Vorbehalte oder wie er keine verletzliche Hexe ausnutzen wollte. Nichts darüber, dass er ein Detektiv war und ich eine Assassinin, und dass ich das Gesetz wie ein Hochseil behandelte. Oder dass er nicht in meine Welt gehörte oder ich in seine. All das schien theoretisch und unwichtig. Alle Gründe, warum wir nicht zusammen sein sollten, verloren ihren Fokus und ihre Farbe. Das einzig Dringliche, Lebendige, Körperliche waren unsere warmen Körper, unsere hungrige Haut. Meine Finger auf seinen Lippen. Er hörte auf zu reden, nahm meine Hand von seinem Mund und küsste meine Handfläche. Es war so sanft, so unaufdringlich, aber so erotisch, dass meine Magie tief in meinem Körper zu pulsieren begann. Unsere Augen verbanden sich wie nie zuvor, er sah meine körperliche Reaktion auf seine zärtliche Geste, und ich wollte mehr, mehr, mehr, mehr. Ich wollte alles, was er mir zu geben hatte. Er spannte seinen Kiefer an, und ich hörte den leisesten Hauch eines Knurrens, als ob er versuchte, sich zurückzuhalten.

Nein, sagte ich ihm mit meinem Körper, mit meinen Augen. *Halt nichts zurück. Ich will, dass wir alles haben. Hier. Jetzt.*

Sam verstand. Ich spürte die Übereinstimmung zwischen uns, als wären unsere Körper durch eine Art warme, unsichtbare Aura verbunden. Seine starken Hände packten mich und ließen meinen Atem in meinem Hals stocken. Seine sonst so sanfte Berührung wurde von seinem Bedürfnis verdrängt. Mühelos zog er meine Beine unter mir hervor und drückte mich zurück, legte mich auf die Decke aus, die noch immer nach dem Holzrauch des Kamins duftete. Die Sterne waren brillant, funkelten hell aus ihrer wirbelnden Tinte, als würden sie unsere Vereinigung gutheißen. Ich suchte in Sams Gesicht und sah nur Leidenschaft. Er bewegte eine Hand hinter meinen Nacken und die andere zu meiner Schulter. Ich konnte seine Masse und seine Stärke spüren; es ließ mich zierlich, geschmeidig, feminin fühlen. Langsam neigte er sein Gesicht zu mir. So erregt ich auch war, ich konnte nicht anders als zu lächeln. Ich fühlte mich lächerlich glücklich. Er schenkte mir einen Blick auf sein eigenes Lächeln, und dann schlossen wir unsere Augen, als sein Mund sich auf meinen presste.

Es war kein zögerlicher Kuss, wie ich es von unserem ersten Kuss erwartet hätte. Er war fest, dringend, heiß. Sein Mund fühlte sich so gut an, die Lust pulsierte durch den Rest meines Körpers und setzte mein Inneres in Brand. Ich fühlte mich, als würde ich in seinen Armen zerfließen, als er sich gegen mich drückte, und ich genoss das Gewicht seines Körpers auf meinem. Es war so gut. So viel Vergnügen! Ich hatte das noch nie mit jemandem gespürt, und das war nicht nur mein Verlangen, das da sprach ... es war mehr als das. Er lehnte sich noch weiter zu mir, sodass sich die meisten unserer Körperteile berührten und Funken durch mich schickten. Ich hatte mich noch nie so tief mit jemandem verbunden gefühlt, so geliebt und verliebt, so begehrt, so nicht-einsam. Ich wünschte, es würde für immer anhalten.

KAPITEL 54
SOGAR MEINE UNTERWÄSCHE WAR ENTTÄUSCHT

ASHA

»Wirst du das noch essen?«, fragte eine schmierige Stimme, die uns erschreckte.

Sam ließ mich nicht los. Als er merkte, dass wir nicht in Gefahr waren, lockerte er seinen Griff und wartete darauf, dass ich mich aus unserer Umarmung löste, was ich auch tat, während ich meinen Morgenmantel abwehrend schloss und ihn fester zuschnürte als nötig. Sogar meine Unterwäsche war enttäuscht.

Der Geisterkobold stand da auf meinem Dach, ohne eine Spur von Verlegenheit oder Entschuldigung. Die Lichterketten verliehen ihrer durchscheinenden Haut einen seltsamen türkisfarbenen Schimmer. Ich spürte, wie mein Verlangen verflog und mein schwerelos gewordener Körper seine Festigkeit zurückgewann. Die Funken, die ich unter meiner Haut und durch meinen Körper rasen gefühlt hatte, waren verschwunden.

»Salty«, brachte ich in missbilligendem Ton hervor und warf ihr den finstersten Blick zu, den ich aufbringen konnte. »Du bist früh dran.«

»Du weißt ja, was man über den frühen Vogel sagt«, erwiderte der Kobold, die Augen auf das Abendessen gerichtet, das wir kalt werden ließen.

»Du hättest warten können«, sagte ich, höllisch genervt. »Du hättest uns verdammte fünf Minuten geben können.«

»Nee«, sagte Sam und schüttelte den Kopf.

Wir schauten ihn beide überrascht an.

Er stemmte die Hände in die Hüften, als wolle er seine Männlichkeit demonstrieren. »Ich hätte mindestens eine Stunde gebraucht.«

Salty sah verwirrt aus, aber ich schenkte ihm ein schiefes Grinsen. Es sagte einiges über seinen Charakter aus, dass er in einem Moment wie diesem einen Witz reißen konnte.

»Darauf komme ich zurück«, sagte ich zu ihm. Kein Scherz.

»Ich freue mich schon darauf«, antwortete er, seine Stimme noch etwas rau.

Wir tauschten einen letzten Blick aus, und ich erschauerte. Jetzt, wo mein Herz nicht mehr auf Hochtouren lief, spürte ich eine leichte Kühle in der Luft. Sam zog seine Jacke aus und legte sie mir über die Schultern, wobei er sie kurz drückte.

»Hallo, Nilve«, begrüßte er den Kobold.

»Hallo, Herr Polizist«, erwiderte sie und zeigte uns ihre Seeigel-Stachel-Zähne.

Es blieb mir nichts anderes übrig, als mich zusammenzureißen. Ich musste voll bei der Sache sein, wenn ich lebend aus EverShade herauskommen wollte.

»Gut«, sagte ich, mit mehr Selbstvertrauen, als ich fühlte. »Ich schätze, es ist Zeit aufzubrechen.«

»Endlich!«, stöhnte Nilve. »Es fühlt sich an, als würde mein Magen sich selbst aufessen!«

Ich sah auf meine Uhr. Es war kurz nach neun, und der Markt öffnete um zehn.

»Chione wird um halb hier sein«, sagte ich und warf Salty einen vernichtenden Blick zu. »Die Zeit, auf die wir uns geeinigt haben.«

Salty jammerte. Ich konnte ihre Hungerschmerzen fast spüren, nur indem ich ihr angespanntes Gesicht betrachtete, und ich hätte ihr ihre unpassende Unterbrechung fast verziehen. Fast.

»Bist du sicher, dass ich nicht mitkommen kann?«, fragte Armstrong.

»Ich wünschte, du könntest«, sagte ich.

»Geht nicht, Herr Polizist«, sagte der Kobold. »Nicht, dass wir dich nicht dabeihaben wollen. Aber EverShade hat ein sehr ausgeklügeltes Schutzfeld, das unberührte Menschen nicht reinlässt.«

»In Ordnung«, erwiderte er. »Dann bleibe ich wohl hier und halte die Stellung.«

»Danke«, antwortete ich. Das Letzte, was ich tun wollte, war mit einem Kobold abzuhauen, wenn ich doch mit Sam die Sterne betrachten könnte.

Wieder sagte ich mir, dass ich mich zusammenreißen sollte. Es gab Tiere zu retten und einen Mord zu rächen. Ich küsste Sam langsam auf die Lippen, in der Hoffnung, dass ich lange genug leben würde, um ihn wiederzusehen, und stieg die schmale Wendeltreppe hinunter.

KAPITEL 55
DIE FLIEGENDEN AFFEN

Ich behielt meine Unterwäsche an. Der Rest war meine übliche Uniform für Jobs wie diesen: alles schwarz, plus meinen Tarnmantel mit Zwergen-Tech-Magie. Ich überprüfte mein Messer und ließ die Klinge im Licht meines Schlafzimmers aufblitzen, wobei die vertraute Inschrift sichtbar wurde: *RUPTOR MALEDICTUM*. Zufrieden steckte ich es in die Scheide und meinen Zauberstab in die Tasche.

»Lass uns draußen auf Chione warten«, sagte ich zu Nilve und nahm meinen Vape.

Wir mussten nicht lange warten. Die Grimalkin erschien in ihrer menschlichen Form, obwohl ihre Körpersprache so katzenartig wie immer war.

»Danke, dass du gekommen bist«, sagte ich.

»Ich tue es nicht für dich«, erwiderte sie, bissig wie immer.

Ich stellte die beiden einander vor, und sie musterten sich kühl. Als Team waren wir definitiv nicht in Gefahr, »Kumbaya« zu singen. In unserer unmittelbaren Zukunft gab es weder geheime Handschläge noch Lagerfeuer-Trommelkreise.

»Du gehst so?«, fragte Chione. Ich runzelte die Stirn, blickte an meinem Outfit herunter und fragte mich, ob ich vergessen hatte, meine Knöpfe zu schließen oder so, sodass meine Unterwäsche zu sehen war. Als ich wieder aufschaute, hatte sie die Augenbrauen hochgezogen. »Ich hätte irgendeine Art Verkleidung erwartet, angesichts der Konsequenzen, wenn man dich dort erwischt. Sie führen heutzutage regelmäßig Razzien auf dem Markt durch. Wahrscheinlich suchen sie nach Hinweisen auf die verschwundenen Mädchen.«

»Oh, ja«, ich hielt meinen Vape-Stift hoch. »Ich habe einen neuen Glamour-Trank.«

Chione sah nicht beeindruckt aus. »Hast du ihn getestet?«

»Ja. Zweimal. Beim zweiten Durchgang habe ich ihn angepasst, damit auch meine Kleidung mit verwandelt wird und ich meine Sachen nicht ruiniere.« Das ließ mich an die Großbestellung von Glamour-Tränken von Mason & Sons denken und an mein letztes Treffen dort. Angst packte meinen Magen, als mir bewusst wurde, wie knapp ich einer Meldung an den Rat entgangen war. Und heute Nacht würde es noch riskanter werden.

Chione nickte anerkennend, Salty schimmerte in ihre durchscheinende Haut – mehr Geist als Kobold – während ich einen Uber bestellte.

Nachdem wir uns auf dem Rücksitz niedergelassen und die getönte Trennscheibe zwischen uns und dem Fahrer hochgefahren hatten, fragte Chione, ob wir einen Plan hätten.

»Nicht wirklich«, flüsterte ich. »Ich war noch nie in EverShade, also weiß ich nicht, was mich erwartet. Aber anscheinend ist die Taschendimension im Ork-Viertel der Ort, wo die echten Geschäfte abgewickelt werden.«

Ich erzählte Chione, was Salty dort passiert war, während sie Gizmos Verschwinden untersuchte.

»Aber sie kann uns nicht sagen, wer es getan hat«, beschwerte ich mich. »Was ich immer noch nicht verstehe. Es ist ja nicht so, als würde es jemand erfahren.«

Die Worte von Mason Senior hallten wieder in meinen Ohren: *Die fliegenden Affen.*

»Du würdest mein Leben riskieren?«, fragte der Kobold hitzig. »Du würdest mich zurück ins Vergessen schicken?«

Ich erschauderte. »Nein!«

»Dann gibt es nichts mehr zu verstehen.«

Ich seufzte. »Ich dachte nur, der ganze Sinn dahinter, dass ein Mordopfer als Gespenst ins Reich der Lebenden zurückkehrt, wäre, auf seinen Mörder zu zeigen.«

»Nicht in diesem Fall«, antwortete sie. »Kein solches Glück. Du hast zu viele B-Movie-Horrorfilme gesehen.« Ihre kaum sichtbaren Nadelzähne glühten. »Du wirst diesmal tatsächlich Detektivarbeit leisten müssen.«

»Kein Grund, so rotzig zu sein«, sagte ich, aber mir wurde klar, dass das so war, als würde man einem Schaf sagen, es solle aufhören, wollig zu sein.

»Ich verstehe die Regeln des Vergessens nicht«, sagte Chione.

»Das tut niemand«, erwiderte Salty. »Aber das bedeutet nicht, dass sie nicht existieren.«

Ich zuckte mit den Schultern. In meiner Zeit dort – die sich wie eine qualvolle Ewigkeit angefühlt hatte, aber auch wie ein Wimpernschlag – schien alles von innen nach außen und von oben nach unten gekehrt. Alles hatte einen Preis; eine Seele für eine Seele.

»Es ist schwer zu erklären«, sagte ich, »und es ist jetzt sowieso nicht relevant. Wir müssen uns auf unsere Mission konzentrieren.«

»Was *kannst* du uns dann sagen?«, fragte die Grimalkin und machte keinen Hehl aus ihrem Ärger über den verschlossenen Kobold.

»Es hat keinen Zweck, mich zu fragen«, spuckte Salty. »Ich kann euch nichts sagen, was ihr nicht schon wisst.«

Die Grimalkin verengte ihre katzenartigen Augen, Unmut wirbelte zwischen uns. Ich erwartete, dass sie mich anfauchen würde, aber stattdessen verschränkte sie die Arme und schaute aus dem Fenster. Sie war eine Planerin; eine Strategin. Katzen stolpern nicht einfach in gefährliche Situationen. Sie schnuppern daran, sie versuchen es mit einer vorsichtigen Pfote. Bevor Chione eine gefährliche Situation betrat, brauchte sie eine Art Aktionsplan.

»Wir fahren zur Jorissen Straße«, sagte ich. »Salty wird uns helfen, ein Portal zum Markt zu öffnen. Dann beginnen wir, nach Gizmo zu suchen. Salty versuchte Gizmo zu finden, als sie getötet wurde, also werden wir wahrscheinlich Saltys Mörder finden, wenn wir herausfinden, wer das magische Frettchen entführt hat.«

»Äh-*ha*-hem«, sagte Salty und räusperte sich laut.

»Mörder«, verbesserte ich mich.

Die Grimalkin schaute aus dem Fenster und runzelte die Stirn. »Jorissen Straße?«

»Ja«, antwortete ich. »In der Stadt. Das ist das nächstgelegene Portal, das ich kenne.«

Chiones Gesicht verhärtete sich. Sie blickte auf die Silhouette des Fahrers und senkte ihre Stimme. »Das ist nicht der Weg in die Stadt.«

KAPITEL 56

EINE EINSTWEILIGE VERFÜGUNG GEGEN EINEN VAMPIR

ASHA

Was? Ich war so abgelenkt von unserem Gespräch über Oblivion, dass ich nicht einmal bemerkt hatte, dass wir nicht in die richtige Richtung fuhren. Ich warf Chione einen vielsagenden Blick zu.

»Vielleicht kennt er eine Abkürzung«, flüsterte ich.

Ihre Lippen formten eine dünne, gerade Linie, und ihre Augen waren vor Argwohn zu Schlitzen verengt. »Eine, die in die entgegengesetzte Richtung führt?«

Ich schaute auf die Uber-App, die eingefroren war.

Hex.

Ich klopfte an die Glasscheibe. »Hallo?«

Das getönte Glas senkte sich mit einem gemächlichen mechanischen Summen, und ich sah dem Fahrer zum ersten Mal ins Gesicht.

Hex! Mutter aller Wicca-Dinge!

Mein Abend war äußerst gut verlaufen, bis ich die sternenklare Szenerie meines Dachgartens – und den heißesten Detektiv der Geschichte – verlassen musste, und jetzt ging alles rasend schnell bergab. Ich presste automatisch meine Kiefer aufeinander. »Was machst du hier?«, forderte ich durch zusammengebissene Zähne zu wissen. Saltys Blick huschte zwischen mir und dem Fahrer hin und her. Sie sabberte vor Vorfreude oder Nervosität oder beidem. Ich hoffte, sie würde nicht wieder den gesamten Innenraum des Autos mit Körperflüssigkeiten füllen. Beim letzten Mal waren es Geister- tränen gewesen, und ich hatte keine Lust, in Geisterspeichel zu schwimmen.

»Brauche ich eine einstweilige Verfügung?«, fragte ich.

Er lachte, und das Licht fing sich in seinen Fangzähnen. »Eine einst- weilige Verfügung gegen einen Vampir? Viel Glück damit.«

Wut kochte in mir hoch. »Ich habe dir schon mal gesagt: Ich brauche dich nicht, um mich zu beschützen.«

»Und ich habe dir schon mal gesagt«, erwiderte er giftig. »Wenn du aufhören würdest, dumme Sachen zu machen, müsste ich nicht eingreifen.«

Magie knisterte und funkelte in meinen Händen. Ich hatte Lust, ihn mit meiner Fingerspitze zu tasern. »Dumme Sachen?«

»In eine psychiatrische Anstalt einzubrechen, zum Beispiel, die von einem gefährlichen schwarzen Magier geführt wird –«

»Um einer Frau zu helfen, die reingelegt wurde«, sagte ich.

»Freundschaft mit *Werwölfen* zu schließen«, höhnte er, als hätte er etwas Bitteres geschmeckt. »Und ins Oblivion zu portalen, das Leichtsinnigste, was ich je gesehen habe –«

» – um Kinder zu retten«, beeilte ich mich hinzuzufügen. »Kinder, die jetzt am Leben und in Sicherheit sind.«

Er musste die nächsten Worte nicht laut aussprechen. Ich wusste, was sie waren.

Und jetzt willst du zum EverShade-Markt, wo du festgenommen und in den Turm geschickt oder von grauen Kobolden entführt und gehäutet werden könntest, um Lampenschirme herzustellen. Alles, um ein Flohsack-Frettchen zu retten.

»Gizmo ist kein Flohsack!«, schrie ich, und alle sahen angemessen verwirrt aus.

Ein lautes Katzenfauchen brachte uns beide zum Schweigen. Wir schauten zu dem Grimalkin, der sich freute, unsere Aufmerksamkeit zu haben. »Ich will ja euren Ausflug in die Vergangenheit nicht verderben«, zischte Chione, »aber wir müssen weiterkommen. Fährst du uns jetzt in die Stadt oder müssen wir einen alternativen Plan machen?«

Mit einem Gesicht voller Bosheit verengte der Vampir seine Augen.

»Und um das klarzustellen«, sagte ich und straffte meine Schultern. »Mit ‚alternativem Plan' meinen wir, dass wir dein Auto nehmen.«

Vor Wut kochend wendete Mordecai das Auto und fuhr endlich in die richtige Richtung. Es war wahrscheinlich unangebracht, aber ich konnte nicht anders, als daran zu denken, dass die zwölf Minuten, die er uns gekostet hatte, viel angenehmer hätten genutzt werden können, wenn ich einfach bei Sam auf dem Dach geblieben wäre.

Trotz des schummrigen Lichts bemerkte Chione meine geröteten Wangen. »Miau«, sagte sie. War das ein Versuch, die Stimmung aufzulockern? Ich wusste es nicht. Ich war nicht daran gewöhnt, dass der Grimalkin Humor hatte. Ich lächelte ihr für alle Fälle zu, aber der Moment wurde von Nilve SaltySnaps rumpelndem Magen unterbrochen. Es klang wie ein frisch geschlüpfter Drache, der nach Fleisch fiept. Sie saß da, als würde sie schlafen, den Kopf zurückgelehnt, die Augen geschlossen, die Handflächen nach oben gedreht.

»So hungrig«, flüsterte sie.

»Seit wann müssen Geister essen?«, fragte Chione.

»Sie ist kein gewöhnlicher Geist«, antwortete ich, und der Grimalkin verzog die Lippen zur Seite und sagte nichts mehr über den grummelnden Kobold.

»Also. Wir kommen zur Jorissen-Straße und portalen nach EverShade. Wir werden verkleidet sein, und Nilve wird unsichtbar sein. Wir suchen nach Gizmo, wir suchen nach Saltys Mördern –«

Chione stieß ein humorloses Lachen aus. »Hexe. Glaubst du, es wird so einfach sein? *Einfach die Mörder finden*, ja?«

Was war mit allen los? Sie waren alle so schnell dabei, mich zu kritisieren, weil ich »leichtsinnig« war und keine handfesten Pläne hatte, aber wo waren *ihre* Strategien?

»Ich hoffe, dass Salty uns zumindest in eine Richtung lenken wird«, sagte ich. »Ich weiß, sie kann uns nicht direkt sagen, wer sie getötet hat, aber sie wird uns führen.« Ich wandte mich dem halbbewussten Geist zu. »Du *wirst* uns führen, richtig?«

Sie schlürfte etwas Speichel ein, der ihren gummiartigen Lippen entkommen war. »So … huuun … griiiiig…«.

Ich verdrehte die Augen. *Heilige Hekate. Kobolde können solche Drama-Queens sein.*

KAPITEL 57

PORTAL-GRIPPE

Der steifnackige Vampir behandelte uns für den Rest der Fahrt mit Schweigen und ließ uns dann an einer verfallenen Bushaltestelle mitten in Jo'burg, einen Block vom Portal entfernt, raus. Er raste mit quietschenden Reifen davon. Wir beobachteten, wie er die breite, belebte Straße hinunterbrauste, langsamere Autos überholte, nur um bei einer roten Ampel scharf zu bremsen. Fahrer lehnten sich auf ihre Hupen, Autoradios dröhnten, Bettler humpelten mit ausgestreckten Händen zwischen den Autos umher, und Straßenhändler drängten Passanten, ihre letzten verbilligten Waren zu kaufen. Matschige Bananen, Lion-Streichhölzer, billiger Mais-Snack, der mehr aus künstlichen Farbstoffen als aus echtem Essen bestand. In der Luft hing der Geruch von chemisch riechendem Rauch – brennender Kunststoff oder Gummi –, aber es war zu dunkel, um ihn zu sehen. Die Obdachlosen würden sich bald um die verrosteten Fässer versammeln, die als Feuerstellen dienten, ihre Handflächen aneinander reiben, während sie darauf warteten, dass die Flammen wuchsen, und ihren Mitstreunern und Wanderern zunicken.

Ein gebeugter Mann in Lumpen ging den Bürgersteig entlang, ohne anzuhalten, um nach Kleingeld zu fragen. Ich kramte schnell in meiner Umhangtasche nach Bargeld und gab ihm fünfzig Bucks in

Menschenwährung. Es war nicht viel, aber es würde für ein KFC Streetwise 2 und ein Getränk reichen. Als ich ihm den rosafarbenen Schein reichte, berührte ich versehentlich seine ledrige Handfläche, und ein Schauer durchfuhr meinen ganzen Körper. Ich blinzelte in sein wettergegerbtes Gesicht während der langen Sekunde, in der wir Augenkontakt hielten, und dann war er verschwunden, seine dunkle Haut vom chaotischen Dunkel verschluckt. Ich zitterte noch mehr und umarmte mich selbst, um meinen Körper zu beruhigen.

»Was ist los?«, fragte Salty, die endlich aus ihrem hungerinduzierten Drama-Koma erwachte.

»Nichts«, antwortete ich. Als ich wieder nach dem Fremden suchte, war er verschwunden.

Ich hätte er sein können, dachte ich.

Nur durch die Gnade der Göttin bin ich verschont geblieben.

Wenn Direktorin Copperfield mich als Kind nicht im Institut aufgenommen hätte, wer weiß, wo ich gelandet wäre. Ich war eine der Glücklichen.

Die Ampel sprang endlich auf Grün, und Mordecai raste wieder los, was mich aus meinen Gedanken riss. Ich konnte den Vampir förmlich fluchen hören. Es war eine Erleichterung, als das Auto verschwand.

»Wow«, sagte Chione mit der Hand an der Hüfte. »Weiß dein Detektivfreund von ihm?«

»Ja«, antwortete ich, nicht sicher, worauf sie hinauswollte. »Was gibt's da zu wissen?«

Sie grinste auf eine wirklich nervige Art. »Ihr beide habt Chemie, das ist alles.«

Ich verschluckte mich fast. »Chemie? Du machst wohl Witze. Ich kann ihn nicht ausstehen.«

»Klar doch«, sagte sie, ihre Lippen kräuselten sich zu einem nachsichtigen Lächeln.

»Ernsthaft«, sagte ich. »Er ist ein Idiot.«

»Mhmm«, sagte die Grimalkin. Ihr wissendes Lächeln war fast so irritierend geworden wie der Vampir selbst.

Mir gefiel die Vorstellung wirklich nicht, dass sie dachte, da wäre etwas zwischen mir und dem Blutsauger, wenn da definitiv nichts war. »Was auch immer für eine Spannung du zu spüren glaubst, war nicht romantischer Natur«, beharrte ich. »Wir können uns nicht ausstehen.«

»Und trotzdem hängt er um dich herum und versucht, dich zu beschützen?«

»Das ist sein Job«, antwortete ich. »Jemand bezahlt ihn dafür, mir auf die Nerven zu gehen. Wir beide verabscheuen diese Vereinbarung.«

»Natürlich tut ihr das«, sagte sie wieder, hob ihre dunklen Augenbrauen und sah vielsagend auf besagten Hintern.

Ich seufzte frustriert. Warum versuchte ich, mitten in der Stadt mit einer Grimalkin zu diskutieren? Saltys Erscheinung war vor imaginärem Hunger praktisch tot auf den Beinen, und ich wollte nur den EverShade-Albtraum hinter mich bringen.

»Lass es uns tun«, sagte ich, und Chiones Lächeln verschwand. Angst flackerte in ihren katzenartigen Augen auf, aber nur für einen Moment, dann nickte sie.

Als wir am Portal ankamen – einem Müllcontainer mit falschem Boden – holte ich meinen Glamour-Vape-Stift heraus und inhalierte tief. Ein Zug reichte aus, und bald begann mein Körper zu kribbeln, dann zu zittern. Tiefe Reue folgte – dieses Gefühl, das du bekommst, wenn du weißt, dass du für eine Achterbahnfahrt festgeschnallt bist und es kein Zurück gibt. Ein Seufzen bebte aus meinem Körper.

»Zurücktreten«, hörte ich Chione aus der Ferne sagen. »Ich habe das Gefühl, das wird nicht schön werden.«

Ich beobachtete, wie meine Arme anschwollen, dann meine Brust. Ich hielt den Atem an und hoffte, dass meine Kleidung sich zusammen mit meinem Körper ausdehnen würde, wie ich es im Trank-Rezept angepasst hatte. Ich spürte, wie meine Wirbelsäule nach oben schoss, mein Bauch sich verkrampfte und der Rest meines Körpers in die Gestalt eines Orks explodierte. Ich kniff die Augen zusammen, konzentrierte mich darauf, nicht gegen die Verwandlung anzukämpfen, loszulassen. Ich schrie auf, als meine Wangenknochen fast die Haut darüber zerrissen, mein Kiefer sich verdoppelte und meine Trommelfelle platzten. Meine Haut nahm die Farbe einer Dillgurke an, die zu lange in Essig eingelegt wurde.

Ich versuchte, tief durchzuatmen, aber meine Lungen wollten nicht mitmachen. Sie waren zu beschäftigt mit dem Wachsen, und kein Atemzug war tief genug, um sie zu füllen. Meine Zunge füllte meinen Mund, ließ mich würgen, bis mein Mund proportional aufholte. Meine Zähne rissen durch empfindliches Zahnfleisch und krachten aufeinander. Drahtige Augenbrauen wanderten wie haarige Raupen über mein Gesicht. Gelenke knackten und knallten, Knorpel knackte an seinen Platz, und meine wuchernde Wirbelsäule schob mich nach vorne, sodass ich fast über meine eigenen kanugroßen Füße stolperte.

Als ich es für sicher genug hielt, mich zu bewegen, fuhr ich mit meinen salamigroßen Fingern über meine Kleidung, um zu sehen, ob sie auseinandergegangen war, und seufzte erleichtert. Der Trank hatte perfekt gewirkt. Sogar mein spezieller, von Ferra entworfener Umhang war gewachsen, um meine Felsbrocken-Schultern aufzunehmen. Ich schaute zu meiner Crew und lächelte mit meinen von Teichschleim überzogenen Zähnen. Keiner von beiden bemühte sich, ihren Abscheu vor meinem neuen Ork-Körper zu verbergen.

»Wie sehe ich aus?«, lispelte ich und schlug zur Wirkung mit meinen kurzen, geraden Wimpern.

»Mir ist regelrecht übel«, antwortete Salty.

»Das nehme ich als Kompliment«, sagte ich.

Chione war nicht so begeistert. »Atme mich einfach nicht an«, sagte sie.

Die Grimalkin kollabierte in ihren Schatten, und der Schatten wurde zu einer Katze. Sie sprang elegant auf die Kante des Müllcontainers und starrte uns mit ihren gelben Augen an. Ich hob Nilve auf, die nicht mehr als ein Heliumballon wog, und kletterte in den Container, stöhnend über die Anstrengung, die mein schwerfälliger Körper und meine zusammengeballten Muskeln erforderten. Ich brauchte eine Massage, um die Verspannungen zu lösen, aber ich bezweifelte, dass mein örtliches, von Menschen betriebenes Spa etwas mit mir zu tun haben wollte. Als wir alle drinnen waren und versuchten, nicht den Gestank von verfaultem Essen – und, seien wir ehrlich, meinem Ork-Atem – einzuatmen, nickte Salty uns zu, dass wir uns bereit machen sollten, dann sprach sie ihren Portalzauber. Mein Magen schmolz, und ich fiel durch den Boden.

Nilve SaltySnap ließ uns durch Zeit und Raum fliegen, nur Sekunden nachdem unsere Füße den Boden des Containers berührt hatten. Sie war wirklich die beste Portalerstellerin im Reich, selbst in ihrer Phantomform. Die Fahrt war sanft und angenehm, und wir schienen die schwierigen Teile der Reise zu überspringen – die eiskalten Sturmböen, den intensiven Druck, der sich anfühlt, als würden deine Augäpfel aus ihren Höhlen platzen, den silbernen kosmischen Staub, der in deine Nebenhöhlen eindringt und noch tagelang nach der Reise dort bleibt – liebevoll *Portal-Grippe* genannt von der älteren Generation der Zwerge, während sie Feuerwhiskey trinken und am Kamin in Erinnerungen schwelgen.

Ich hielt meine Augen geschlossen und meine Arme um meinen Körper geschlungen, um die Einwirkung der statischen Atmosphäre zu begrenzen. Mein riesiger Ork-Körper, bereits durch den Glamour-zauber traumatisiert, war dankbar, eine so begabte Begleiterin zu haben.

Wir landeten sanft. Es war dunkel. Da war ein summendes Geräusch, und die Luft roch nach verbranntem Zucker. Als unsere Augen sich anpassten, bemerkte ich, dass wir in einem Leinwandzelt waren und das Dröhnen vom Markt direkt auf der anderen Seite des Stoffes kam. Wir hatten es geschafft.

Wir nickten einander zu und holten gemeinsam Luft. Chiones schwarzes Fell verschwand praktisch in der Dunkelheit, und Salty verblasste in ihre unsichtbare Form.

Es war Zeit, Saltys Mörder zu finden – und ein vermisstes magisches Frettchen.

KAPITEL 58

GLÄNZENDE SILBERKUGELN

ASHA

Ich holte noch einmal tief Luft – durch die kosmischen schwarzen Löcher, die meine neuen riesigen Nasenlöcher waren – und zog dann den Stoff beiseite. Mein Herz pumpte heftig, als müsste es ein riesiges Netzwerk aus Blutgefäßen und übergroßen Organen versorgen.

Du musst keine Angst haben, sagte ich zu mir selbst. *Du bist ein Ork.* Es war, als würde ich eine Rüstung aus Muskeln und Fleisch tragen.

Niemand schien zweimal hinzuschauen, als ich das Zelt verließ, in dem wir angekommen waren, was ich als gutes Zeichen wertete. Jeder schien sich auf seine eigenen Angelegenheiten zu konzentrieren – schnelle Geschäfte zu machen, bevor der Nachtmarkt schloss. Ich tauchte rasch in die Menge der Kunden ein, die sich durch den Markt schlängelte. Wir bewegten uns an verschiedenen Ständen vorbei, verloren einige Leute und gewannen andere, während wir liefen. Mir war klar, dass ich nicht zur Unterhaltung hier war, aber es war trotzdem ein fesselndes Erlebnis. Trotz der inhärenten Gefahr – oder vielleicht gerade deswegen – war die Atmosphäre in EverShade von einem magischen Nervenkitzel

277

erfüllt. Die angebotenen Waren waren faszinierend: Seidenschals, die garantiert dafür sorgten, dass der Träger die Wahrheit sagte; Liebestränke in Form von Tiefkühlgerichten – Huhn, Rind oder vegetarisch; Hundeleinen mit drei Halsbändern für Cerberus-Haustiere; Tarotkarten, die immer nur Unheil voraussagten; Immunbooster und Verjüngungselixiere, die mich an mein kürzliches Gespräch mit den Masons erinnerten; und glänzende Silberkugeln, Messer, Schlagringe und Schmuck für Werwolf-Hasser. Ich erschauderte. Es war nur eine Frage der Zeit, bis die Werwolf-Panik in den Mainstream übergehen würde und ich solche Dinge überall sehen würde, nicht nur auf dem Schwarzmarkt.

Die Menschen in EverShade waren genauso interessant wie die Waren an den Ständen. Es gab zerklüftete, misstrauisch dreinblickende Zauberer, altmodische Hexen – denk an warzige Nasen und schwarze Samtkappen – sowie Vampire, Magier, verschiedene Chimären und einen schreienden Troll, der auf einem Baumstumpf stand und Bier und Zigaretten verkaufte. Das Kuriose war, dass ich eigentlich niemanden etwas kaufen sah, abgesehen von ein paar Schmuckstücken und ein paar Tüten gerösteter Maronen.

Ich ging an einem Tisch mit Snacks vorbei und vermied es, hinzuschauen, um kein Interesse zu zeigen und nicht angesprochen zu werden. Die Luft war mit Kardamom, Bockshornklee und Salbei parfümiert. In einer riesigen schwarzen Pfanne, die aussah, als hätte sie die großen Kriege miterlebt, bräunte sich Butter. Teig spritzte ins Fett, zischte und brodelte, als er zu kochen begann. Ich hörte wieder dieses maunzende Geräusch eines Babydrachen und erinnerte mich, dass Salty neben mir war, also ging ich schnell weiter.

Ehrlich gesagt hätte ich Stunden damit verbringen können, mich durch den Markt zu schlängeln. Ich verstand nicht, warum das Unternehmen vom Rat verboten wurde – nein, nicht verboten, sondern komplett illegal und mit lebenslanger Strafe in der Kolonie oder im Turm strafbar – aus denen niemand jemals zurückkehrte. Es ergab keinen Sinn. Ich spürte ein leichtes Streichen an meinem Schienbein und sah hinunter zu Katze Chione. Sie drängte mich weiterzugehen, aber wohin? Ich hatte keine Tiere auf dem Markt gesehen, abgesehen von ein paar Schauaffen in Baretten und Westen mit Goldknöpfen und einer riesigen Boa, die sich um den tätowierten Hals von etwas wand, das wie ein pensionierter zweiköpfiger Seemann aussah.

Sie blinzelte mich an. Mir entging etwas.

Mir wurde klar, dass ich mich unter diesen Leuten relativ wohl fühlte, während sie mir subtil auswichen. Sie waren größtenteils Menschen. Wo waren die Orks? Wo war der illegale Handel? Er war sicherlich nicht hier. Dies war die Front, die Fassade. Die leicht zusammenklappbaren Tische und Stühle, die Lichterketten, die wachsamen Gesichtsausdrücke der Leute. Sie waren bereit, bei jedem Anzeichen von Ärger zu verschwinden. Sie machten ein paar kleine Geschäfte, aber ihr Hauptzweck, vermutete ich, war, dem echten Schwarzmarkt Zeit zu geben, um im Notfall zu verschwinden.

»Verlaufen?«, fragte ein Mann mit gepunkteter Fliege. Er stand vor einem Stand, der gefälschte Edelsteine verkaufte, was ich ziemlich dreist fand, denn jeder mit einem Hauch von Magie würde erkennen können, dass es sich nur um bemalte Steine ohne jegliche Energieschwingungen handelte. Von wegen Fassade.

»Nein«, antwortete ich und wandte mich ab.

»Siehst du hier irgendwelche anderen Orks?«, fragte er. »Was stimmt nicht mit dir?«

Als ich mich umdrehte, um ihn anzusehen, zitterte sein Zahnbürstenschnurrbart.

Ich blickte demonstrativ auf seine imitierten Kristalle. »Was stimmt nicht mit *dir*?«

Ich konnte meinen Blick nicht von seiner tragischen Gesichtsbehaarung abwenden. Seine Augen waren genauso gemein wie sein Schnurrbart.

»Du wirst in Schwierigkeiten geraten, wenn du hier bleibst«, sagte er.

Ich hatte es so satt, dass Leute mir das sagten. Als würde ich immer aktiv nach Ärger *suchen*, ohne jeden Grund. Ich wollte gehen, aber der Tyrann packte meinen Arm. Zum Glück hatte ich die eingefetteten Bizepse eines Profi-Wrestlers und konnte seine blasse, schweißige Pfote abschütteln, bevor er mich zu sich ziehen konnte.

»Fass mich nicht an«, zischte ich und hauchte ihm meinen fauligen Orkatem ins Gesicht. Wir standen uns Zehe an Zehe gegenüber. Ich war viel größer und stärker als er und hin- und hergerissen zwischen dem Wunsch, keinen Aufruhr zu verursachen, und dem Drang, dem Fliegenträger eine Lektion zu erteilen, wie man seine Hände bei sich behält.

Er grinste mich mit einem falschen Lächeln an. »Orks sind hier nicht willkommen«, sagte er, als würde das Wort »Orks« in seinem geizigen kleinen Mund schrecklich schmecken. »Du solltest bei deinesgleichen bleiben.«

Ich wollte ihn gerade dafür verfluchen, so ein engstirniger Verschwender von Platz und Sauerstoff zu sein, als ich bemerkte, wie seine wieselhaften Augen zum Süden des Marktes huschten, als er mich beleidigte. Ich schaute in diese Richtung und konnte einen Rummelplatz mit lautem Gelächter und lauter Musik erkennen. Funken und Rauch stiegen aus der Mitte auf.

Der Betrüger wartete auf meine Antwort, sein Gesicht zuckte vor dem, was ich als gleiche Teile Zufriedenheit und Unbehagen vermutete. Er wusste, dass ich ihn mit einem schnellen Schlag auf den Kopf hätte ausknocken können, aber ich wollte keine Szene machen. Ich drehte mich um und begann in Richtung der Musik zu gehen, aber nicht bevor ich *»Ignem Exquiris«* unter meinem Atem flüsterte und den Schnurrbart des Wiesels in Brand setzte.

KAPITEL 59

ORK-INTUITION

ASHA

Ich beschleunigte mein Tempo, um den kreischenden Betrüger mit den Kristallen abzuschütteln, und sah einen Schatten zu meinen Füßen – Chione war bei mir. Ich hoffte, dass Salty auch mitgehalten hatte und nicht von den Pfannkuchen- und Sosatie-Ständen hypnotisiert worden war. Als der Ork-Bereich des Marktes in Sicht kam, wusste ich, dass ich auf dem richtigen Weg war. Die Orks hier wirkten anders als die, die ich kürzlich gesehen hatte. Seit dem Void-Bruch waren Orks verteufelt und ausgegrenzt worden. Die Hammerskins waren schließlich die Spezies, die Baldassare dabei geholfen hatte, das Reich fast zu erobern. Ihre revolutionären Kräfte, eine grausame Bande von Neo-Nazi-Skinheads, hatten unschuldige Menschen getötet, Institutionen wie Copperfield besetzt und geliebte Gebäude, einschließlich Ferras Kneipe, zerstört.

Nur ein Bruchteil der Ork-Bevölkerung war dafür verantwortlich, aber natürlich sahen die Realmers das nicht so. Es war einfacher, allen Orks die Schuld zu geben, genauso wie sie die gesamte Werwolf-Population für einen Mord verurteilten, der möglicherweise von einem Einzelnen begangen wurde.

Seit der Schlacht wurden Orks im ganzen Reich verabscheut. Sie hatten ihre Jobs und die Möglichkeit verloren, ihre großen Familien zu ernähren. Ihre Niedergeschlagenheit zeigte sich in ihren Gesichtern und ihrer Körpersprache... aber nicht hier. Die Orks hier wirkten entspannt, glücklich und – wage ich es zu sagen? – wohlgenährt, was zu ihren riesigen Körpern passte. Es war irgendwie beunruhigend, einen dünnen Ork zu sehen.

Es war, als hätten die Orks in EverShade nie vom Chaos des versuchten Putsches gehört.

Ich näherte mich vorsichtig. Ja, ich sah aus und roch wie ein Ork, aber würden sie dem Glamour glauben? Oder würden sie nur durch einen Blick wissen, dass etwas nicht stimmte? Würden sie erkennen können, dass sich ein aufgeblähter Betrüger in ihren Reihen befand?

Ach was, seufzte ich, während ich vorwärts drängte. Es gab nur einen Weg, es herauszufinden.

Ich ging zuerst zum Bierzelt und bestellte ein Trollbier, das ich nicht die Absicht hatte zu trinken. Trollbier ist berüchtigt stark und schmeckt leicht sauer: Stell dir leicht sprudelnde Pferdepisse vor, die mit Pferdeberuhigungsmitteln versetzt ist. Ich wollte das Zeug nicht nur nicht schmecken, sondern ich wollte auf keinen Fall völlig betrunken werden, wenn ich meinen Verstand beisammen haben musste. Ich bezahlte in Koin und nickte der Barkeeperin dankend zu, die möglicherweise die attraktivste weibliche Orkin war, die ich je gesehen hatte – oder besser gesagt, die am wenigsten abstoßende. Ihre Haut war kaum grün, ihre Lippen waren voll, ohne in Gefahr zu sein, mit Bratwürsten verwechselt zu werden, und ihr dünnes Haar war blond und gestylt, statt des dunklen, fettigen Durcheinanders, an das ich gewöhnt war – und das ich tatsächlich auf meiner eigenen Ork-Kopfhaut trug. Ich warf etwas Kleingeld in das Trinkgeldglas, und sie zwinkerte mir zu.

Ich näherte mich schüchtern dem Lagerfeuer in der Mitte des Ork-Bezirks und hielt mich zurück. Ich versuchte, locker für Gespräche offen zu wirken, aber nicht verzweifelt – du weißt schon, dieser

Gesichtsausdruck, den du in deinen frühen Zwanzigern in Nachtclubs übst, wenn Resting Witch Face nicht angemessen ist. Ich dachte, es könnte Stunden dauern, bis ich aufgenommen würde, aber keine fünf Minuten waren vergangen, als eine freundliche Gruppe mich aufnahm und begann, Smalltalk-Fragen zu stellen. Wie ich heiße, wo ich arbeite, wo ich zur Schule gegangen sei? Ich erfand schnell passende Antworten. Mein Name war Ashleigh, ich arbeitete im Ork-Viertel als hydroponische Landwirtin, und ich und meine zahlreichen Geschwister wurden von unseren konservativen Eltern zu Hause unterrichtet. Wenn jemand von ihnen misstrauisch war, versteckte er es jedenfalls gut. Es gelang mir, mein Bier allmählich auszukippen, wenn niemand hinsah, und als die Musik lauter gedreht wurde, wurde ich in einen Tanz mit den anderen gestoßen, wobei unser kollektiver Schweiß unsere Bewegungen schmierte. Ich konnte praktisch hören, wie Salty mich fragte, was zur Hölle ich da tat, aber ich hatte einen Plan. Irgendwie. Es war mehr ein Gefühl als ein Plan. Nenn es Ork-Intuition, wenn so etwas existiert.

Ich verließ die tanzende Menge mit einem Lächeln, deutete mit meinem leeren Becher an, dass ich eine Pause brauchte, und setzte mich auf einen kleinen Hügel abseits der strahlenden Hitze des Lagerfeuers und der sich windenden Körper. Ich tat so, als wäre ich schön entspannt und würde die Party genießen, während ich in Wirklichkeit nach irgendeinem Hinweis suchte, der mich in Richtung des wahren Schwarzmarkts führen würde. Ich spürte ein Knacken in meinem Rückgrat und dann in meinem Handgelenk. Mit einem scharfen Atemzug wurde mir klar, dass der Glamour nachzulassen begann. Ich kramte hastig nach meinem Vape-Pen und nahm schnell einen Zug, atmete mit einem Seufzer der Erleichterung aus, als mein riesiger Körper kribbelte und beide Gelenke wieder an ihren Platz schnappten.

»Hat dir das Pint nicht geschmeckt?«, fragte eine melodische Stimme hinter mir.

Ich wollte nicht nach Luft schnappen, aber ich war offensichtlich nervöser, als mir bewusst war. Ich schaffte es, am letzten Ausatmen zu ersticken und gleichzeitig den Stift fallen zu lassen. Die hübsche Barkeeperin lachte und bewegte sich, um ihn für mich aufzuheben, also beeilte ich mich, als Erste dort zu sein, und schaffte es, stattdessen ihre Hand zu greifen. Oh Göttin, ich benahm mich wie ein nervöser Teenager. Sie kicherte und reichte mir den Stift.

»Ich wollte ihn nicht stehlen«, sagte sie mit einem Lächeln auf ihren Nicht-Bratwurst-Lippen. Sie hatte einen Akzent. Sie war ausgerechnet Irin.

Ich lachte hustend und ließ den Stift in meine Innentasche gleiten.

»Nicht alle Orks sind Verbrecher«, sagte sie.

Mein Mund öffnete sich, aber ich wusste nicht, wie ich antworten sollte.

»Aber die meisten sind es«, fügte sie hinzu und lächelte wieder, ihre Augen funkelten.

Ich lachte wieder, diesmal war es echt. »Du bist Irin?«

»Woran hast du das gemerkt?«, fragte sie. »Ist es, weil ich in vollständigen Sätzen spreche?« Sie blickte zu der Versammlung von Orks am Feuer und verdrehte die Augen. Es stimmte – die meisten von ihnen stöhnten und grunzten sich durch Gespräche.

»Ja«, nickte ich. »Es hat überhaupt nichts mit deinem bezaubernden Akzent zu tun.«

Sie lächelte wieder. »Du bist ein Flirtmonster, das bist du.«

Ich wollte protestieren. Das Letzte auf meiner To-Do-Liste für die illegale Schwarzmarkt-Mission war, unbeholfen eine irische Orkin zu verführen.

»Ich hab gesehen, wie du dein Bier weggekippt hast«, sagte sie.

Ich setzte mich aufrecht hin. Sie hatte mich beobachtet.

»Ich war nicht überrascht. Ehrlich, es schmeckt verdammt schrecklich. Aber dann dachte ich bei mir, wenn sie von hier ist, was sie ja angeblich ist, warum würde sie ein Pint bestellen, von dem sie weiß, dass es wie schimmeliges Pissewasser schmeckt?«

»Ähm«, murmelte ich. Das lief eindeutig nicht nach Plan.

»Und dann dachte ich, das ist großartig, weil sie offensichtlich nicht hier ist, um sich mit diesen Trotteln und Idioten zu besaufen.« Sie schaute wieder zu den tanzenden Orks. »Nein, sie ist aus einem ganz anderen Grund hier.«

Sie hielt ihren Blick auf mich gerichtet, suchend. Ich schaute nach unten, vermied ihren Blick und wollte nicht, dass sie mich sah.

»Aber das geht mich nichts an, oder?«

Ich hob meinen Blick, und sie lächelte wieder. Sie war wirklich sehr attraktiv für eine Orkin. Sie stand auf und wischte ihre Hände an ihrer Jeans ab, um Schmutz abzuklopfen, dann bot sie mir ihre Hand an. »Kommst du mit?«

Die liebliche irische Barkeeperin mit den funkelnden Augen nahm meine Hand und führte mich durch den Ork-Bezirk, vorbei am Bierzelt und den Essensständen und den Karnevalswimpeln, die in der kühlen Nachtbrise flatterten. Mein Magen verkrampfte sich und mein Kopf arbeitete auf Hochtouren, während ich über verschiedene Wege nachdachte, wie ich sie höflich abweisen könnte.

Ich bin Ärger.

Ich bin Ärger. Und ich bin hetero.

Ich stehe nicht auf Mädchen. Oder Orks.

Ich habe eigentlich jemanden, der kein Ork ist.

Ich stehe eigentlich mehr auf Menschen als auf Orks. Sorry.

Ich bin eigentlich kein Ork und ich date nicht außerhalb meiner Spezies. Aber du bist wundervoll.

Du bist wirklich bezaubernd, aber ich bin derzeit in einer Beziehung mit dem Polizisten, der versucht hat, mich zu verhaften-

Die nächsten Dinge passierten zu schnell, als dass ich verstehen konnte, was vor sich ging. Die liebliche irische Orkin mit den funkelnden Augen führte mich um den allerletzten Wohnwagen und drückte mich gegen die Tür. Bevor ich irgendwelche der wirbelnden Worte in meinem Kopf herausbringen konnte, schob sie ihre nach Bier riechende Hand über meinen Mund und flüsterte in mein Ohr.

Ich weiß nicht, ob es an ihrem Akzent oder an meinem Schock lag, aber ich konnte nicht verstehen, was sie zu mir sagte. Dann drückte sie stärker, und ich fühlte, wie die dünne Wohnwagentür hinter mir nachgab. Gerade als ich dachte, ich würde fallen, drehte sich die Tür horizontal um ihre Achse und nahm mich mit. Mit dem Rücken an der Tür klebend, drehte ich mich um 180 Grad, um dem gegenüberzustehen, was ich für das Innere des Wohnwagens hielt.

Natürlich landete ich nicht im Wohnwagen, der anscheinend eine praktische Sofortverbindung zum echten Schwarzmarkt darstellte. Zumindest vermutete ich das, nach der melasseartigen Energie zu urteilen, die mich umhüllte, sobald ich aufhörte, mich zu drehen. Ich blieb wie angewurzelt stehen und wartete darauf, dass alles einen Sinn ergab. *Man könnte lange im Leben feststecken*, dachte ich, *wenn man stillstehen würde, während man versucht, Dinge zu begreifen.* Also zog ich etwas von der dicken, dunklen Luft in meine Lungen und trat in den unheimlichen Raum. Es war offensichtlich ein üblicher Weg, den Markt zu betreten, denn niemand schaute zweimal hin.

Woher wusste die Barkeeperin, dass ich hier sein musste? Und warum half sie mir? Ich würde es später herausfinden. Ich hatte jetzt keine Zeit dafür. Ich musste nach Gizmo suchen und dann verschwinden, bevor mein Glück aufgebraucht war.

KAPITEL 60
SPRINGENDE ELEKTRISCHE FLÖHE

ASHA

Ich hatte ein drängendes Gefühl der Vorahnung, als ich auf den geschäftigen Markt blickte.

Nichts Gutes wird dabei herauskommen, dachte ich und verspürte den Drang, das Ganze abzubrechen, wozu ich natürlich keinerlei Befugnis hatte. Zu meinem Gefühl der Machtlosigkeit kam noch hinzu, dass mein plötzlicher Aufbruch aus dem Ork-Viertel Chione und Salty zurückgelassen hatte, also war ich auf mich allein gestellt. Ich schaute auf meine Hände und Beine hinab, um sicherzustellen, dass ich immer noch ein Ork war, und schritt dann in die dichte Atmosphäre hinein, bereit, das Frettchen zu finden, das Jax so viel bedeutete, und hoffentlich auf dem Weg auch ein oder zwei Goblin-Killer.

Dieser Markt war eine Schattenversion des Marktes, von dem ich gerade kam. Statt lächelnder, zahnlückiger Verkäufer in Seidenschals gab es hier giftig aussehende Männer und Frauen in dunklen Roben, ihre Gesichter durch Kapuzen verborgen. Statt Feenlichtern gab es gerade genug Licht, um sich vorwärtszubewegen, ohne mit jemandem zusammenzustoßen. Und statt des Dufts von gebranntem Zucker und Maronen erfüllte der Gestank von rohem Fleisch und Blut die Luft – und etwas anderes, das ich nicht benennen konnte und auch nicht wollte. Ich schauderte, versuchte aber, es zu verbergen. Das ist nicht einfach, wenn dein Rückgrat so groß wie das eines Ochsen ist.

Finde das Frettchen, sagte ich mir selbst mit zusammengebissenen Zähnen. *Finde das Frettchen und dann verschwinde.*

Dies war kein Ort für eine gute Hexe. Ich hatte das Gefühl, dass ich mit jedem Moment, den ich hier verbrachte, das inhärente Böse in der Luft absorbierte. Ich machte mir Sorgen, dass es meine Magie beflecken könnte. Normalerweise stand die Gesellschaft von Orks nicht ganz oben auf meiner Wunschliste, aber in diesem Moment hätte ich mich liebend gern wieder am Lagerfeuer befunden, Troll-Bier trinkend und mit meinen Fett-Kumpels rumalbern.

Asha, sagte ich streng zu mir selbst. *Reiß dich zusammen. Du wolltest rein, jetzt bist du drin. Konzentrier dich auf das Ziel.*

Die Aufmunterung half nicht gegen mein Gefühl, aber ich ging trotzdem weiter. Ich konnte spüren, wie mein Gesicht vor Ekel zusammenschrumpfte, als ich an Tischen mit Tierkadavern vorbeiging. Was hatten die Leute nur dabei, wenn sie dachten, sie könnten Körperteile von Tieren nehmen und für Magie verwenden? Das Ritual sickerte sogar durch den Schleier und leckte in die nicht-magische Welt hinein. Tierköpfe, die an Wänden montiert waren, Hasenpfoten, die von Schlüsselanhängern baumelten. Ich unterdrückte ein weiteres Schaudern und ging weiter. Im Gegensatz zum normalen Markt auf der anderen Seite der Karawanentür streckten keine Händler ihre Hände nach mir aus, und ich war dankbar dafür. Ich drängte mich durch die dichte Atmosphäre der Bösartigkeit und hielt Ausschau nach Gizmo, in der Hoffnung, seinen Kadaver nicht auf einem dieser Schlächtertische zu finden. Ich ging an einer Hexe vorbei, die verschiedene Gifte verkaufte – »langsam oder schnell wirkend, schmerzhaft oder nicht, du entscheidest über die Art des Ablebens deines Ziels.« Eine Chimäre mit dem hechelnden Kopf eines Schäferhundes und dem Körper eines Rehkitzes, die Glamour-Tränke verkaufte, ein Ork in einer billigen Perücke, der stachelige Dessous verkaufte, und ein Zauberer, der seine Zaubertricks vorführte. Als ich einen Mann sah, der etwas abhäutete, das wie ein weißes Eichhörnchen aussah, schloss ich sofort meine Augen vor dem Grauen und wäre fast mit der Person vor mir zusammengestoßen. Aber ich hatte schon zu viel gesehen. Ich würgte, konnte es kaum zurückhalten. Ich schluckte die Säure in meinem Hals hinunter und ging weiter, aber ich konnte nicht aufhören, mir den blutigen Anblick vorzustellen, und Bilder von Jax' möglicherweise verletztem Frettchen wollten meinen Kopf nicht verlassen. Das Durchstöbern dieses Nachtmarkts war eine besondere Art der Folter.

Das war nicht Gizmo, sagte ich mir. *Es war ein Eichhörnchen. Nicht, dass das eine gute Nachricht für das Eichhörnchen wäre.*

Mein Hals zog sich zusammen, in etwas wie einem Schluchzen oder Würgen. *Bitte, Göttin, lass das nicht Gizmo sein.* Aber wie würde ich es je erfahren? Ich konnte das arme Ding nicht untersuchen. Nicht ohne Aufmerksamkeit auf mich zu ziehen; nicht ohne den Marktboden mit meinem Erbrochenen zu verzieren.

Ich holte tief Luft, um meine Gedanken zu beruhigen, die wie springende elektrische Flöhe in meinem Kopf waren. Aber die giftige, nach Blut riechende Luft in meine übergroßen Lungen zu ziehen, ließ mich nur noch schlechter fühlen, als ob das Böse überall wäre und ich es absorbierte – oder schlimmer, von ihm absorbiert wurde. Als ich zum dritten Mal würgte, wurde mir klar, dass ich raus musste. Ich hatte mich selbst getäuscht, wenn ich dachte, ich könnte EverShade zu meinen Bedingungen besuchen. Jeder im Reich weiß, dass man nicht mit schwarzer Magie spielen sollte.

Ich würde rausgehen und frische Luft schnappen. Wenn ich wieder klar denken könnte, würde ich einen neuen Plan formulieren. Ich musste es nur nach draußen schaffen. Der Schock des blutigen Bildes kehrte immer wieder zurück – das weiße Fell, das abgerissen wurde, das rosa Fleisch, das freigelegt wurde, die Eingeweide, die in einen schwarzen Beutel rutschten, als der Schlächter mit seinem Dolch eine schnelle Linie über den Bauch zog. Ich blinzelte es weg und versuchte, mich stattdessen auf den Weg zum Ausgang zu konzentrieren.

Du musst es nur bis nach draußen schaffen, dann wird alles gut, sagte ich mir. Aber mein Magen drehte sich langsam wie die Trommel einer klapprigen Waschmaschine, und ich konnte buchstäblich spüren, wie die Farbe aus meinem Gesicht wich.

Nicht ohnmächtig werden. Nicht ohnmächtig werden!

Meine Knie verloren ihre Kraft. Ich taumelte vorwärts, entschlossen, aus diesem unheimlichen Taschenreich zu entkommen.

Das weiße Eichhörnchen, das rosa wird.

Das weiße Frettchen – nein! Es war ein Eichhörnchen.

Armes Eichhörnchen. Weiß, dann mit einem Handgriff rosa.

Frettchen.

Eichhörnchen.

Lebendig.

Tot.

Ich stolperte, und eine Frau in einem schwarzen Umhang drehte sich um und griff nach mir. Und dann wurde alles dunkel.

KAPITEL 61
KLEINE ROSA KADAVER

ASHA

Ich weiß nicht, ob ich nur gestolpert bin oder ob ich ohnmächtig wurde, aber die verhüllte Frau zog mich an meinem Arm hoch – dem, den sie gegriffen hatte, als ich fiel – und sah mir eindringlich in die Augen. Ihr Gesicht wirkte so blass, wie sich meines anfühlte, aber während ich schwach war, besaß sie echte Kraft – genug, um einen fallenden Ork aufzufangen. Als wir uns berührten, floss ein seltsamer Strom zwischen uns, und ihre Augen verengten sich.

Sie musterte mich rasch und traf eine Entscheidung. »Sie gehören nicht hierher.«

Ihr Ton war nicht unfreundlich; es war lediglich eine Feststellung. Und sie hatte schließlich recht. Ihre Hand war unmöglich weich – ein weißer Marshmallow gegen meine lederne Orkhand. Bevor ich den Mund öffnen konnte, um zu antworten oder mich zu bedanken, schnippte sie mit ihrem Umhang und drehte sich um, verschwand in der wogenden Menge aus Schwarz.

Es ist nicht alltäglich, dass ein Vampir einen davor bewahrt, in einem Taschenreich auf die Fresse zu fallen.

Aus meiner üblen Benommenheit aufgeschreckt und mir bewusst, dass nun misstrauische Augen auf mich gerichtet waren, rannte ich zum Ausgang. Ich schätzte, dass ich nur etwa ein Dutzend Schritte von der Portaltür entfernt war. Ich würde es schaffen! Ich würde aus diesem albtraumhaften, stinkenden, seelenverschlingenden Ort mit seinen Giften und Tränken und kleinen rosa Kadavern entkommen. Ich fühlte mich auch nicht schuldig, weil ich ging, denn es war klar, dass es hier keine lebenden Tiere gab. Ich hatte die Sache erledigt – zumindest hatte ich versucht, die Sache zu erledigen. Es war Zeit zu gehen.

Ich erreichte die Stelle, an der ich von dem irischen Ork-Barkeeper unsanft durch den Wohnwagen gestoßen worden war, und legte meine Hand auf die Leinwand, um nach der verschwindenden Türöffnung zu tasten, aber alles, was ich spürte, war normale Leinwand.

Sie war hier, sagte ich mir. *Sie war definitiv hier.* Ich hatte mir einen Punkt gemacht, mir den Ausgang zu merken: direkt hinter dem Stand, der vergiftete Schwerter und Schnappnadel-Schlagduster verkaufte. Die Leute begannen mich zu beobachten; ich spürte ihre stechenden Blicke auf meiner Haut. Ich fühlte ihre Bedrohung, als wäre sie eine riesige Tarantel auf meinem Rücken. Mein gewaltiges Herz begann schneller zu pumpen und trieb adrenalingeschwängertes Blut durch jede Ader und jedes Gefäß. Meine Muskeln zuckten vor Energie. Meine Haut erwachte zum Leben. Keine Ohnmacht mehr – jetzt hieß es kämpfen oder fliehen. Mit beiden Händen tastete ich dringend nach dem Portal. Ich wusste, dass es da war, warum funktionierte es also nicht? Die Tarantel wurde schwerer; sie grub ihre Krallen in meinen Rücken und ließ meine Panik hochkochen.

Es gab keinen Durchgang mehr.

»Sie gehört nicht hierher«, sagte eine vertraute Stimme. Ich musste mich nicht umdrehen, um zu sehen, wer es war – der Vampir, der mich vor dem Sturz bewahrt hatte. Irgendetwas an unserer Berührung hatte ihre Neugier geweckt, genug, um mich zu beobachten.

»Sie gehört nicht hierher«, sagte eine andere Stimme, diesmal männlich.

Trotz meines Schreckens – oder vielleicht gerade deswegen – musste ich mich umdrehen, um ihnen entgegenzublicken.

»Sie gehört nicht hierher«, sagte eine weitere Stimme. Und dann begannen sie, es im Chor zu skandieren.

Sie gehört nicht hierher.

Sie gehört nicht hierher.

Sie gehört nicht hierher.

Ein Meer aus hypnotisierten Masken in schwarzen Kapuzenroben. Ein Kult der Bedrohung. Und in der Mitte stand dieser Vampir in ihrem schicken schwarzen Umhang. Von Angst beherrscht, trat ich einen Schritt zurück, obwohl es nirgendwo hinzugehen gab. Die Masken skandierten weiter.

Was wollte sie von mir? Wusste sie, wer ich unter meiner Illusion war? Oder hatte dieser stiernackige Orkkörper einfach sehr viel Pech, in ihr Fadenkreuz geraten zu sein?

Nicht dass es eine Rolle spielte.

Tot war tot.

KAPITEL 62
HUNGRIGE TARANTEL

ASHA

Ich trat einen weiteren Schritt zurück, und dann noch einen. Mein Rückzug verriet meine Angst, und die Vampirin grinste höhnisch, ihre Augen brannten mit einem überirdischen elektrischen Licht. Ich sah ihre scharfen Eckzähne. Sie war die hungrige Tarantel, bereit zuzuschlagen. Ich bewegte meinen stämmigen Körper rückwärts direkt in die Leinwand hinter mir, und sie hielt mich dort wie eine Fliege in ihrem klebrigen Netz gefangen. Meine Knie wurden wieder zu Wackelpudding. *Verdammt!* Was brachte es, einen massigen Körperbau zu haben, wenn er bei jedem Anzeichen von Gefahr zu Gallert wurde? Die Vampirin zischte, und ich glaubte, einen grünen Schimmer an der Innenseite ihres Umhangs zu sehen. *Viridian?* Ich drückte meinen Rücken gegen die Leinwand, und als ich das tat, öffnete sich endlich das Portal und ich wurde zurück zum Ork-Bezirk mit dem Wohnwagendorf auf dem Nachtmarkt geschleudert.

Es war dunkel und still. Ich brauchte einen Moment, um mich zu orientieren, meine Nerven vibrierten noch immer.

Dunkel.

Still.

Die Sterne waren draußen, selbst in diesem dunklen Taschenreich.

Ich holte tief Luft, und obwohl die Luft vom Lagerfeuer rauchig war, fühlte sie sich erfrischend an. Sie fühlte sich wie parfümierter Sauerstoff an statt wie schwüle Luft. Ich wusste, dass ich keine Zeit hatte, bevor die Vampirin ihre hypnotisierten Idioten losschicken würde, um mich zu jagen. Ich musste so schnell wie meine Baumstamm-Beine mich tragen konnten von dort verschwinden.

Natürlich war es nicht so einfach. Als ich beschloss loszurennen, stand niemand anderes als das irische Mädchen mir im Weg, die Arme in die Hüften gestemmt.

»Ich muss rennen«, murmelte ich, warf einen Blick über meine Schulter und stellte mir vor, wie die verhüllten Gestalten wie schreiende Dämonen, die der Hölle entkommen, aus dem Wohnwagen kletterten. Würde sie mich durchlassen? Ich warf ihr einen entschuldigenden Blick zu und drängte an ihr vorbei.

»Hey!«, rief sie. »Hey!«

Ich drehte mich schnell um, um zu sehen, was sie wollte. Sie hielt einen schwarzen Schatten in den Händen. Ich kniff die Augen im schwachen Licht zusammen. Sie hob das Bündel hoch, damit ich es sehen konnte.

»Du hast deine Katze vergessen!«

Chione gab der Orkin einen liebevollen Kopfstoß und sprang dann aus ihren Armen, um zu mir aufzuschließen. Wir rannten am Lagerfeuer vorbei, wo immer noch Partygäste Bier schluckten und im Licht der Flammen tanzten, dann an den Imbisswagen und dem Bierzelt vorbei.

»Du riechst seltsam«, hörte ich Chione murmeln.

»Ich bin eine Orkin«, antwortete ich. »Natürlich rieche ich seltsam.«

»Das meine ich nicht«, sagte sie.

Vielleicht konnte sie das Böse an mir riechen, die bösartige Melasse. Ich träumte davon, in ein warmes, tiefes Bad zu steigen und einfach wie eine orkgroße Badebombe zu schmelzen, bis nichts mehr von mir übrig wäre außer meinem ursprünglichen, weniger stinkenden menschlichen Körper.

»Ist Salty noch bei uns?«, fragte ich. Ich spürte eine kalte Hand in meinem Nacken, was ich als ein »Ja« deutete.

Als wir den Ork-Bezirk verließen, drehte ich mich ein letztes Mal um, um dem irischen Mädel zum Abschied zu winken. Aber als ich einen Blick auf den entfernten Wohnwagen warf, sah ich, wie sie von dem Mob, der hinter mir her war, niedergemäht wurde.

Flüche explodierten in meinem Kopf. Sie wurde nur verletzt, weil sie mir geholfen hatte. Ich musste zurück, um sie zu retten.

»Sei nicht verrückt«, zischte Chione. »Wir haben keine Chance.«

Ich wusste, dass die Grimkatze recht hatte, aber ich kribbelte vor Scham und Schuld. Die Orkin hatte versucht, mir zu helfen. Glaube ich.

Wir bogen um die Imbissstände – Tempura Fish and Chips, Sushi, faustgroße Knoblauchschnecken mit knusprigem Brot – und ich hörte Salty wimmern.

»Beweg dich!«, forderte ich. Ich konnte praktisch spüren, wie der Feind nach meinem Rücken griff.

»Halt«, sagte Chione.

Ich wurde langsamer. »Was? Du hast gerade –«

»Halt einfach an«, sagte sie.

Ich brachte meine klobigen Gliedmaßen zum Stillstand, sah über meine Schulter und schüttelte den Kopf. Jede Sekunde, die wir warteten, gab ihnen Zeit, aufzuholen. Wir huschten hinter einen

Stand, der würzigen *Glühwein* verkaufte. Chione wickelte ihren geschmeidigen Katzenkörper um mein Bein und schnüffelte daran.

»Dieser Geruch«, sagte sie.

»Hatten wir das nicht schon?«, fragte ich fordernd. Wenn ich schrill klang, dann nur, weil ich fand, dass ihr Versuch, uns vom Weglaufen abzuhalten, nichts weniger als selbstmörderisch war.

»Da«, sagte sie. »An deinem Hintern.«

Jetzt wurde sie einfach nur unverschämt. War der Grimkatze etwas passiert, während ich in den Fängen der Tarantel war? Etwas, das sie wahnsinnig gemacht hatte? Nein. Als ich herumlangte, spürte ich tatsächlich etwas, das an der Rückseite meines Umhangs klebte. Ich zog es mit zitternden Fingern ab und untersuchte es. Eine weiße Feder. Ich musste sie versehentlich aufgenommen haben, als ich ohnmächtig wurde.

»Das ist der Geruch«, sagte Chione.

Ich roch daran. Nichts. Ich hielt sie ihr zum Schnuppern hin.

Die Katze schüttelte angewidert den Kopf. »Diesen Gestank würde ich überall erkennen«, fauchte sie.

Ich fand, das war eine ziemlich harte Aussage über ein anderes Lebewesen. Wie stinkend konnte ein weißer Vogel schon sein?

»Es stinkt nach dem SubRealm«, sagte die Grimkatze, und ich spürte, wie der geisterhafte Kobold zustimmte. Entweder das, oder ich hatte eine große kalte Nacktschnecke im Nacken – vielleicht ein Flüchtling vom Stand mit den Knoblauchschnecken.

Ich wusste nicht, wie Chione das aus einem einzigen Schnüffeln an einer ziemlich unscheinbaren weißen Feder herausfand, aber ich würde nicht mit ihr streiten. Es gab keine Zeit für Fragen. Erleichtert darüber, dass wir uns wieder bewegen konnten und ein Ziel im Sinn hatten, war ich ganz dafür, in das SubRealm zu gehen. Verdammt, ich war sogar perfekt für die Gelegenheit gekleidet, da es Ork-Territorium war.

»Salty?«, sagte ich. »Kannst du diese Feder benutzen, um uns –«

Aber bevor ich meinen Satz beendet hatte, begannen wir, uns von EverShade wegzudrehen und von den sich schnell nähernden schwarzen Kapuzengewändern, die uns schaden wollten. Normalerweise freute ich mich nicht über die Aussicht, das SubRealm zu besuchen, aber diesesmal war ich praktisch schwindelig vor Erleichterung, als wir aus ihrer Reichweite verschwanden und dank der überlegenen Portalfähigkeiten meines Lieblingskobolds durch das Wurmloch gingen. Ich dankte der Leere, dass wir immer noch zusammen und noch in einem Stück waren. Ich hoffte, dass unser Glück für den Rest des Abends anhalten würde... und dass die irische Orkin noch am Leben war.

KAPITEL 63
KLEINE KELLER-SKELETTE

ASHA

Wir krachten auf den harten grauen Boden. Es war die ruppigste Landung, die ich je durch Nilve SaltySnaps Hände erlebt hatte, aber ich beschwerte mich nicht. Ich war einfach nur erleichtert, dass wir den Fängen der Tarantel entkommen waren.

Es war dunkel. Wir befanden uns in einem goldgefleckten Tunnel. Chione begann wegzutippeln, aber ich brauchte eine Ruhepause, bevor wir uns in weitere gefährliche Situationen begaben.

»Warte«, sagte ich zu ihr. »Ich muss mich erst sammeln.«

Die Grimalkin verengte ihre Augen – was in der Katzensprache offenbar Zuneigung und nicht Misstrauen bedeutet – und setzte sich ordentlich hin, die Vorderpfoten beieinander, ihr sich langsam bewegender Schwanz eine aufsteigende Rauchfahne.

»Wir haben keine Zeit, darüber zu reden«, sagte ich, »aber das war verdammt gruselig. Da war ein weiblicher Vampir, und –«

Chiones Schwanz erstarrte. »Was?«

»Ein Vampir«, wiederholte ich. »Und aus irgendeinem Grund wollte sie... ich glaube, sie wollte mich töten.«

»Und die Feder?«, fragte die Grimalkin, ihre Schnurrhaare zuckten.

Ich schüttelte den Kopf. »Ich weiß es nicht. Da waren keine Tiere. Jedenfalls keine lebenden.« Ich versuchte, nicht an das weiße Eichhörnchen zu denken, aber es war für immer in meinem Gedächtnis eingebrannt.

»Und trotzdem war diese Feder dort«, sagte die Katze, die laut nachdachte. »Eine Feder, die nach *diesem Ort* stinkt.«

Natürlich würde Chione den Geruch des SubRealms gut kennen. Sie war vor kurzem als Rattenfängerin angestellt gewesen, nach ihrem Fall in Ungnade. Es beinhaltete Unterkunft und Nahrung, also war sie vollständig in diese unterirdische Welt eingetaucht.

Chione dachte eine Weile nach und wiederholte dann meinen Satz. »Keine *lebenden* Tiere?«

Ich nickte und schluckte den Kloß in meinem abflussrohrgroßen Hals hinunter. »Denkst du... denkst du, sie wurden alle getötet? All die vermissten Tiere?«

»Es waren alles magische Tiere«, sagte sie leise, als wäre ihr Schicksal besiegelt. »Sie extrahieren gerne die Magie aus uns.«

Ich erschauderte, mein Rückgrat ein dumpfes Xylophon. »Bitte sag nicht, was ich denke, dass du sagen wirst.«

Die Spannung war so dick, dass ich sie an meiner klammen Haut spüren konnte.

»Ich kann nicht glauben, dass ihr Hexen mir nicht mal einen Donut gekauft habt!«, jammerte der Kobold, wobei ihre durchsichtigen Hände ihren Bauch umklammerten.

»Was hätte das denn für einen Sinn?«, fragte ich, dankbar, dass sie die Spannung durchbrochen hatte. »Es ist ja nicht so, als könntest du ihn essen.«

»Aber ich könnte daran riechen!«, antwortete sie. »Ich könnte stundenlang daran riechen.«

Ich runzelte die Stirn. »Würde das es nicht noch schlimmer machen?«

Salty warf mir einen tödlichen Blick zu, und ich konnte praktisch die Flüche sehen, die sich in ihrem Kopf drängten.

»Wie sah der Vampir aus?«, fragte die Grimalkin. »Der, der versucht hat, dich zu töten?«

Mein Mund war so trocken. Ich ertappte mich dabei, wie ich mich nach dem Trollbier sehnte, das ich ausgekippt hatte. »Wie alle anderen Vampire«, antwortete ich. »Rote Lippen, blasse Haut, dunkles Haar. Jung, aber wahrscheinlich Jahrhunderte alt. Weiche Hände.«

Chiones Kopf ruckte in meine Richtung.

»Was?«, fragte ich. »Was habe ich gesagt?«

»Weiche Hände«, wiederholte sie, blinzelte mich an.

Ich zuckte mit den Schultern. »Haben nicht die meisten Frauen weiche Hände? Haben Vampire aus irgendeinem Grund weichere Hände? Ich kenne nicht genug von ihnen.«

Ich hatte Mordecais Handflächen schon einmal gefühlt, als er mir aufgeholfen hatte. Sie waren nicht weich gewesen. Wahrscheinlich, weil er stundenlang gegraben hatte, um mich aus dem Sarg zu befreien, in dem ich begraben war.

»Die meisten Frauen mögen weiche Hände haben«, erwiderte sie, »aber wie oft hast du das kommentiert? In deinem ganzen Leben, wie oft hast du jemanden so beschrieben?«

Dieser Abend war voller Premieren. Ein charmanter Ork, die Beschreibung der seidigen Haut eines Vampirs und das Wort »also« aus dem Mund einer Katze – oder aus irgendjemandes Mund.

»Nicht... oft«, antwortete ich vorsichtig.

»Ihre Augen waren grau«, sagte die Grimalkin.

Ich nickte, wartete darauf, ihre Theorie zu hören. »Grau« war eine Möglichkeit, es auszudrücken, aber ich hätte sie als silberne Löcher beschrieben, magnetische Spiralen, bereit, dich in ihre Umlaufbahn zu saugen.

»Erinnerst du dich, wie die Kellerkinder die Frau beschrieben haben, die sie entführt hat?«

Meine Gedanken wirbelten. Letzte Woche schien ein Leben her zu sein.

Sie hatten gesagt, sie sei nett und freundlich gewesen. Und blass. Und dass, als sie ihre Hände hielt, ihre unglaublich weich gewesen waren. »Das ist doch ziemlich weit hergeholt, findest du nicht?«

Chione peitschte mit ihrem Schwanz hinter sich. Möglicherweise aus Ärger. »Warum sonst würde sie dich tot sehen wollen?«

Ich war verwirrt.

Chione schwang ihren Schwanz erneut. Sie war definitiv verärgert. »Wer sonst wird die Person finden, die diese armen kleinen Keller-skelette entführt hat?«

Ich blinzelte und schüttelte den Kopf. »Können wir uns einfach auf die aktuelle Aufgabe konzentrieren? Ich habe das Gefühl, wir lassen uns ablenken.«

Die Grimalkin schüttelte den Kopf. »Menschen«, murmelte sie.

»Menschen?«, forderte ich. »Was soll das heißen?« Ich schaute auf meinen Ork-Körper herab. »Ich bin im Moment nicht einmal ein Mensch.«

»Menschen«, sagte sie noch einmal, diesmal starrte sie mir direkt in die Augen mit ihren goldenen Katzeniriden, »scheinen immer das große Ganze zu verpassen.«

»Was soll das heißen?«, verlangte ich zu wissen. Wenn die Grimalkin etwas zu sagen hatte, sollte sie es besser einfach ausspucken. Wir hatten keine Zeit, Katz und Maus zu spielen. Natürlich war ich in diesem Szenario eindeutig die Maus.

Wieder blitzte sie mit feurigen Katzeniriden, dann schloss sie ihre Augen, als hätte sie sich damit abgefunden, dass ich ein dummer Mensch in Ork-Kleidung war, ohne Ahnung davon, wie das Reich funktionierte.

»Wir werden später darüber reden«, sagte ich, aber ich war mir nicht sicher, ob die Grimalkin mich gehört hatte. Sie schlich bereits in Richtung der Partystimmung am Ende des Tunnels.

KAPITEL 64

HIMMEL UND HÖLLE AUS KNOCHEN

ASHA

Ich würde nicht sagen, dass ich die Katze verfluchte, während wir durch den goldgesprenkelten Tunnel liefen, aber ich murmelte schon ein paar ausgewählte Worte vor mich hin. Manche Leute verstehen einfach nicht, was es bedeutet, im Team zu arbeiten – kommunikativ, optimistisch und hilfsbereit zu sein. Nein, der Grimalkin beharrte nur auf ihrer katzenhaften Königswürde und schlich davon, ihre Verachtung erinnerte mich an unser erstes Treffen in diesem schicken Herrenclub, der sich in ein magisches Anwesen verwandelt hatte. Damals war sie der Feind gewesen. Sie war die intrigierende Herrin und ich die Hexe. Wir hatten uns über einen Katzenminz-Cocktail gestritten.

»Die guten alten Zeiten«, murmelte ich und spürte einen kalten, klammen Klaps auf der Schulter. War die Riesennacktschnecke mit uns durch das Portal gekommen?

»Konzentrier dich gefälligst!«, zischte mir der hungrige Kobold ins Ohr, wobei imaginärer Speichel auf mein Ohr landete und mich erschauern ließ.

Sie hatte Recht. Ich schüttelte die oberflächlichen Gedanken aus meinem Kopf und befahl mir, mich zu konzentrieren.

Gizmo.

Koboldkiller.

So betrachtet klang es einfach. Nur zwei Dinge auf der Liste zum Abhaken. Kein Problem. Wie Brot und Milch im Supermarkt holen, oder?

Menschen scheinen immer das große Ganze zu verpassen, hatte der Grimalkin beklagt.

Ich versuchte, einen Schritt zurückzutreten, versuchte, Perspektive zu erzwingen. Wenn der Vampir, der mich hasste, wirklich derselbe war, der die Kinder für den alten Taranath entführt hatte, was bedeutete das?

Wir drangen weiter vor, obwohl mir der Kopf schwirrte. Die metallischen Sprenkel in den Wänden flackerten auf, während wir vorbeirannten. Ich hoffte, die Katze würde mir mein mangelndes Verständnis verzeihen, es mir vielleicht sogar buchstabieren.

Ich schnaubte. Die Katze buchstabiert es der Hexe vor. Kein Wortspiel beabsichtigt.

Gerade als ich meine Verärgerung mit dem Grimalkin überwand, blieb sie stehen.

»Was ist los?«, fragte ich, außer Atem vom Schleppen meines riesigen orkförmigen Fleischanzugs über diese Strecke.

Salty muss von hinten gegen mich gestoßen sein, denn ich spürte, wie ihre kalte Gelhaut gegen meine wabbelte.

»Uff!«, murmelte sie.

Pass doch auf, wo du hinläufst, wollte ich fauchen, biss aber stattdessen auf meine weihnachtsschinkendimensionale Zunge. Ich war offensichtlich müde, denn normalerweise bin ich nicht so reizbar mit dem Kobold. Sie hatte mir schließlich das Leben gerettet. Ohne sie würde ich immer noch im schrecklichen Vergessen feststecken, wahrscheinlich als psychotische Leiche oder ein Himmel-und-Hölle-Spiel aus Knochen.

»Tut mir leid«, seufzte der Schleimball. »Der Hunger macht mich benommen.«

Ich wollte gerade antworten, als die Katze sich umdrehte und ihre kupferfarbenen Augen zu Schlitzen verengte. »Bereit?«

»Bereit«, sagte ich und unterdrückte den Drang zu schlucken. »Das wird nicht so gruselig wie EverShade, oder?« Ich war schon einmal im Ork-SubRealm gewesen. Obwohl es auf seine eigene Weise schrecklich war, hatte es nicht dieses zähflüssige Böse verströmt wie der Markt.

Chione ignorierte meine Frage, wie es Katzen nun mal tun.

Wir eilten zum Eingang. Der Grimalkin bewegte sich so leicht auf ihren Pfoten, als würde sie auf Luft gehen. Ich hingegen versuchte, leise aufzutreten, aber meine riesigen Fleischklumpen-Füße wollten nicht kooperieren. Sie stampften und stießen Steine weg, egal wie leicht ich zu gehen versuchte.

Nur die Dummen stürzen sich hinein, dachte ich, als wir uns dem Eingang näherten.

Der Orkgeruch war teuflisch. Der Gestank ihres Körpergeruchs, kombiniert mit den Materialien, mit denen sie in diesem SubRealm arbeiteten – bei nahezu keiner Luftabsaugung oder Filterung –, war so dick, dass ich den Nebel davon fast sehen konnte, als das Licht stärker wurde. Es überraschte mich, dass sie nicht davon ohnmächtig wurden. Wir begannen, das Summen ihres Grunzens und Knurrens zu hören. Mein Magen war im Schleudergang. Normalerweise würde ich tiefer atmen, um meine Nerven zu beruhigen, aber ich wollte die Kotzfee nicht in Versuchung führen. Stattdessen straffte ich meine Ork-Wirbelsäule so sehr ich konnte, richtete meine Felsbrocken-Schultern auf und täuschte Selbstvertrauen vor.

Gizmo.

Koboldkiller.

Los geht's.

KAPITEL 65

DIE DAME DER VIELEN GESICHTER

ASHA

Wir standen am Eingang des SubReichs – einem von Dutzenden – und blickten über die riesige Halle des Gold-Riff-Viertels, die mit schmierigen, stinkenden Orks vollgestopft war. Niemand beachtete mich zweimal, und ich schickte schnell ein Dankgebet an die Göttin Facet, die Dame der vielen Gesichter, deren Macht ich beim Brauen des Glamour-Tranks angerufen hatte. Der Trank übertraf meine Erwartungen in jeder Hinsicht, einschließlich meiner ziemlich streng riechenden Achselhöhlen. Abgesehen von dem seidenhäutigen Vampir in EverShade schien mein Glamour die meisten zu täuschen. Als hätte sie meine Gedanken gehört, drehte sich Katze Chione zu mir um, während ihre Nase zuckte. Wenn es für mich schon stank, konnte ich mir nicht vorstellen, wie furchtbar es für sie mit ihrem fortgeschrittenen Geruchssinn sein musste.

Ich nickte ihr zu, und wir bewegten uns in den Hauptbereich, einen gigantischen bierhallenartigen Raum, der von hungrigen Orks wimmelte. Die Nachtschicht war zu Ende, und der Essbereich war überfüllt mit schmutzbeschürzten, gabelschwingenden Lümmeln, die nach ihrem zweiten Abendessen brüllten. Die Minenarbeiter hatten von Kohle gerötete Wangen, die Hände der Näherinnen waren grün und lila gefärbt, und die Metzger waren blutverschmiert. Ein Horn ertönte und ließ mich zusammenzucken. Es dröhnte erneut, und mir stockte der Atem. Hatten wir versehentlich eine Art unsichtbaren Stolperdraht ausgelöst, der uns als Eindringlinge entlarvte? Aber dann begann über dem dampfenden Küchenbereich eine riesige Stahlrutsche zu summen und dann zu klopfen. Die Öffnung der Rutsche öffnete sich, und eine Lastwagenladung Kartoffeln prasselte in die Ecke der Essenszubereitung. Begleitet wurde das von einem willkommenen Schwall kühler Luft und dem Geruch nach Erde. Das schien die mürrischen Kreaturen aufzuheitern, und ich hörte Salty mit geisterhafter Stimme wimmern. Als ich zu Chione hinuntersah, war sie verschwunden. Meine Augen rissen auf.

Keine Panik, sagte ich zu mir selbst. *Eine kleine schwarze Katze ist an einem Ort wie diesem leicht aus den Augen zu verlieren. Sie ist wahrscheinlich direkt unter deiner Nase. Schau einfach genau hin, dann wirst du sie finden.*

Ich schaute und schaute, aber sie war nicht da.

Ich zuckte zusammen, als ich spürte, wie sich ein eisiger Ellbogen in meine Rippen bohrte, begleitet von einem schrecklichen feuchten Zischen an meinem Ohr.

»Da ist sie!«, sagte Salty.

»Wo?«, fragte ich verzweifelt und suchte hektisch nach dem Grimalkin zwischen den schweißnassen, nach Blauschimmelkäse duftenden Körpern.

»Dort! Weste! Tattoos!«

Ich hob meinen Blick vom Boden und sah einen Ork in einer fleckigen Weste, der sich von uns entfernte. Sein Nacken und seine Arme waren mit Tinte gestreift, sein Rücken leicht gebeugt, während er seine Beute trug.

Ich biss mir auf die Zunge und wollte ihn anschreien, wusste aber, dass es unsere Mission gefährden würde. Stattdessen nahm ich die Verfolgung des verabscheuungswürdigen Diebes auf. Ich würde ihn mit meinem Zauberstab tasern, wenn niemand hinsah, und Chione zurückholen. Ich drängte mich durch die heiße, stinkende Menge und ließ die gefängnisartigen Tattoos an seinem Nacken nicht aus den Augen. Wenn ich ihn nur im Blick behielte, würde alles gut werden. Die Orks, die ich zur Seite schob, knurrten mich an und präsentierten ihre grabsteinartigen Zähne. Sollen sie nur die Fäuste gegen mich ballen, mir war das egal.

Ich trat jemandem versehentlich auf den Fuß. »Entschuldigung«, murmelte ich.

»Hey!«, fauchte er. Ich schaute nicht zurück, weil ich den Katzendieb nicht aus den Augen verlieren wollte. Er muss es als Beleidigung empfunden haben, ignoriert zu werden, denn im nächsten Moment wurde ich an meinem linken Arm nach hinten gezogen. Sein Griff war wie ein Schraubstock. Instinktiv schaute ich ihn an und entschuldigte mich noch einmal, aber der Schaden an seinem Ego war bereits angerichtet.

Ich fluchte innerlich. Ich hätte wissen müssen, dass man einen hungrigen männlichen Ork nicht beleidigen sollte. Seine hässlichen Augen quollen hervor, ein wütender grauer Fisch. Seine Zähne waren stumpfe Bleistifte, und sein Atem nach schmutzigen Socken und Teichschlick hätte mich fast geohrfeigt. Ich musste unbedingt sehen, wohin der Grimalkin-Dieb ging, aber ich wusste, dass es eine Einladung zu sicherer Gewalt wäre, wenn ich den Blick von diesem Barbaren abwenden würde. Seine blutbefleckte Schürze fesselte meine Augen zusätzlich an ihn. Wahrscheinlich hatte er ein Hackbeil in der Tasche.

»Es tut mir wirklich leid«, sagte ich, diesmal mit erhobener Stimme über dem Summen der Menge. Sein Griff um meinen Arm wurde fester und ließ mich zusammenzucken.

»Du hübsch«, knurrte er. »Iss mit mir.«

»Ähm«, sagte ich und suchte nach Worten, die ihn nicht noch mehr beleidigen würden. Mein Verstand raste, denn ich wusste, dass die Chancen, Chione zu finden, mit jeder Sekunde geringer wurden.

»Ich habe schon gegessen«, antwortete ich und tätschelte meinen großen Bauch, um die Lüge zu unterstreichen. »Viel zu viel.«

»Bier dann«, sagte er und begann, mich in Richtung der Bierhalle zu zerren.

»Nein«, antwortete ich und versuchte erfolglos, meinen Arm zurückzuerobern. »Ich bin spät dran. Muss los. Vielleicht morgen?«

Ich wusste, dass ich nicht lächeln durfte. Es war eine ausgesprochen menschliche Angewohnheit, die von anderen Spezies im Reich – abgesehen von Zwergen – nicht geschätzt wurde und oft auf verdächtige Aktivitäten oder geistige Instabilität hindeutete.

Er verengte seine trüben Augen und war sich nicht sicher, ob ich ehrlich war oder nicht. Ich erwiderte seinen Blick und versuchte, so arglos und neutral wie möglich auszusehen. Schließlich spürte ich, wie sich seine Finger lockerten, und er ließ meinen Arm los. Es würde der einzige blaue Fleck sein, den er mir hinterließ. Ich drehte mich um, um nach dem Ork zu suchen, der den Grimalkin genommen hatte, aber er war nirgends zu sehen.

KAPITEL 66

KÖNIG DER SELBSTGEFÄLLIGKEIT

ASHA

Ich bewegte mich trotzdem vorwärts, weg von dem Schlächter-Ork und seinem üblen Atem, weg von seiner blutigen Schürze und seiner möglichen Attacke. Ich konnte sehen, dass ein Ork wie er sich einfach nehmen würde, was er wollte. Er würde sich von einem kleinen Wort wie »nein« nicht aufhalten lassen. Ich schauderte und eilte weiter, versuchte die Vision seiner schrecklichen Augen abzuschütteln, deren Blick einen ekligen Film über meinem ganzen Körper hinterlassen hatte. Ich ging in die Richtung, in die der ölige Dieb meiner Vermutung nach gegangen war, in der Hoffnung, ihn noch zu Gesicht zu bekommen. Das war nicht einfach. Es gab so viele Orks in fleckigen Westen, dass ich Panik-Seeigel in meinen Adern spürte – ich dachte, ich würde den Kater nie finden, dass ich Chione nie wiedersehen würde.

»Der Farmbereich«, flüsterte mir der Goblin ins Ohr. Ich registrierte es zunächst nicht. *Farm was?* Die Worte ergaben keinen Sinn, nicht hier unten in diesem Höllenloch. Aber dann begann mein Gehirn wieder zu arbeiten, und ich erinnerte mich an den Teil des riesigen Kaninchenbaus aus Tunneln, wo die Orks alles von Karotten bis zu Erdbeeren anbauten. Ich suchte nach dem verräterischen violetten

Schein der Wachstumslampen und sah den schwächsten Hauch davon am anderen Ende der Halle. Mit neuer Energie erfüllt, bahnte ich mir den Weg durch die Reihen von schwitzenden Stilton-Körpern, dieses Mal vorsichtig, um niemandem auf die Zehen zu treten – besonders nicht den Schlächtern mit überblähten Egos und Hackmessern in den Schürzentaschen. Mit jeder Sekunde, die ich brauchte, um durch diese stinkende Fleischgrube zu navigieren, verringerten sich die Chancen, Chione zu finden. Endlich, nach Schieben und Geschobenwerden, erreichte ich das Ende des Küchen- und Speisebereichs und schritt durch den Tunnel mit dem violetten Schimmer. Die Farbe wurde intensiver, als ich mich der Farm näherte, die viel beeindruckender war, als ich sie in Erinnerung hatte. Schicht um Schicht von Pflanzen waren hoch aufgestapelt und in jedem verfügbaren Raum untergebracht. Es war vertikale Landwirtschaft trifft Tetris in psychedelischem Lila. Ein Teil von mir wollte anhalten und den Ort inspizieren – der Teil von mir, der in meinem essbaren Dschungel zu Hause glücklich ist – aber natürlich trieb mich die Dringlichkeit, den Katzenentführer zu finden, weiter, und ich durchsuchte den Ort. Gerade als ich aufgeben wollte, sah ich einen Blitz gefängnistätowierter Haut, der durch den Eingang eines anderen, dunkleren Tunnels verschwand, und ich flog ihm nach. Ich ließ die leuchtenden Pflanzen hinter mir und tauchte in den schattigen Tunnel ein, wo die Luft anders roch.

Warum hatte er die Katze entführt? Der einzige Grund, der mir einfiel, ließ mich erschaudern. Aber wir bewegten uns nicht in Richtung des Fleischverpackungsviertels, und der Schlachthof war für die Nacht geschlossen.

Ich schauderte erneut, als die kühle, dumpfe Luft über meine Haut wusch. Ich verspürte plötzlich eine Abscheu, hier unten zu sein, unter der Erde, fern von frischer Luft und Sonnenlicht, eingepackt in dieses schwere, plumpe, stinkende Fleisch und diese Haut. Ich unterdrückte den irrationalen Drang, das Ding abzureißen, obwohl es unmöglich war. Man kann seinen eigenen Körper nicht auseinanderreißen, selbst wenn man es will.

Hör auf zu denken, sagte ich mir. *Finde den Grimalkin.*

Mein Überlebensinstinkt verlangsamte mein Tempo. So dringend die Situation auch war, die Tunnelluft war fast schwarz, und ich wollte nicht mit voller Geschwindigkeit gegen ein festes Objekt rennen – war schon da gewesen, hab's getan, hab die kleine rautenförmige weiße Narbe auf meiner Stirn als Beweis dafür bekommen.

Ich war gerade dabei, meinen Zauberstab zu entzünden, als ich in der Ferne die stampfenden Füße des Orks hörte. Er hatte auch sein Tempo verlangsamt. Ich wusste nicht warum, bis ein lautes Fauchen durch die Luft zwischen uns schoss, gefolgt von einem markerschütternden Katzen-Schrei und wütendem Spucken. Ich stürmte auf das schreckliche Geräusch zu und ließ meine vorherigen Gedanken an Selbsterhaltung hinter mir. Ich hatte sowieso schon so viele Narben, kreuz und quer über meinen ganzen Körper, silberne Kratzer-Karten früherer Aufträge. Was war da schon eine weitere Narbe unter Freunden?

Graues Licht schimmerte voraus, das Versprechen eines weiteren Abschnitts des SubReichs. Meine stumpfen Ork-Augen sehnten sich nach dem Licht.

Der Geruch änderte sich von Ork-Schweißgeruch und Grillsoße zu Fütterungszeit in einem vernachlässigten Zoo. Man könnte denken, ich wäre erleichtert, irgendetwas anderes als Orks zu riechen, aber die Angst, die in mir aufstieg, als ich in die Geruchswand von Tieren in Not eintrat, traf mich direkt in den Magen. Zusammen mit dem beunruhigenden Geruch kamen die Schreie, kreischenden Laute und das Stöhnen von Kreaturen, die gegen ihren Willen gehalten wurden, meckernd und bellend, während sie sich gegen die Gitterstäbe pressten, die ihr Gefängnis waren. Die Geräusche wurden lauter, als ich mich näherte, und ich spürte die Panik und Dringlichkeit in ihren verzweifelten Rufen. Das Einzige, was meine Gedanken mehr in Beschlag nahm als die Geräusche der Tiere, war meine Verwirrung. Ich konnte nicht verstehen, wie oder warum sie hier unten gehalten wurden, unter der Erde, im

Ork-SubReich. Menschen mögen auf ihre fehlgeleitete Weise aufgrund der Liebe und Faszination für Tiere Zoos bauen und betreiben, aber Orks sahen Tiere nie als etwas an, das man bewundern oder um das man sich kümmern sollte. Orks waren in der Tat für ihre Misshandlung anderer Kreaturen berüchtigt. In einem Ork-Haushalt zu leben, lehrte einen, dass kleine Tiere zum Erschlagen und Zerquetschen da waren und größere zum Essen, mit nicht viel dazwischen. Einer der Gründe, warum ich die Gold Reef-Ader des SubReichs mied, war, dass mich die Anblicke der verschiedenen geschlachteten Tiere traumatisierten. Ja, ich war eine Attentäterin und hatte kein Problem damit, einen Todeszauber an einen verdienten Empfänger zu schicken. Aber Tiere leben auf einer anderen Ebene – einer verspielten, unschuldigen, ethischen Ebene, die wir Subspezies nie verstehen würden. Und das ist, was ich sah, wenn ich an den Marktständen im Fleischverpackungsviertel vorbeiging, die gebratene Enten und Gänse verkauften, die kopfüber an Haken hingen, oder die Ströme von frisch gespülten Därmen, bereit für den Topf. Oder die frisch aus den Tanks gefischten Fische, die auf Hackbrettern herumzappelten und nach Luft schnappten, wartend auf das Messer, das sie endlich aus ihrem Elend erlösen würde. Ich würde den Schlachthofbereich nicht erwähnen, wo die Gummistiefel der Arbeiter mit verschiedenen Blutschattierungen bedeckt waren. Ich biss die Zähne zusammen und weigerte mich, die Galle in meiner Kehle aufsteigen zu lassen.

Orks waren Fans von Tieren – solange sie auf ihrem Teller lagen. Die bloße Idee von Haustieren verwirrte sie. Warum in Leeres Namen sollte es hier also eine regelrechte Menagerie geben?

Ich erreichte das Ende des Tunnels und konnte endlich die Kreaturen erblicken, die ich vorher nur wahrnehmen konnte. Ich fühlte mich blass vor Panik. Es war viel schlimmer, als ich erwartet hatte. Ich nahm einen langen, tiefen Zug vom Glamour-Vape – wahrscheinlich mehr, als ich sollte – und machte weiter.

Die Tiere sahen mich entweder oder spürten mich, aber sobald ich ankam, machten sie einen fürchterlichen Lärm direkt aus dem Hades.

Verdammt, dachte ich. Ich hätte die Tarnfunktion meines Mantels benutzen sollen. Ich dachte, ich wäre in meinem Glamour sicher, aber natürlich ließen sich die Tiere von etwas so Einfachem nicht täuschen. Sie sahen direkt durch die Schichten der Magie, die mich bedeckten, weil ich immer noch Asha, die grüne Hexe, in dem widerlichen Fleischanzug war.

Ich beobachtete mit wachsendem Entsetzen, wie sie die Lautstärke ihrer Rufe und ihr Stampfen verstärkten und versuchten, mich dazu zu bringen, ihnen zu helfen.

Verdammt noch mal.

Plötzlich gab es einen schwarzen Streifen auf der anderen Seite des höhlenartigen Raums und eine fauchende Katze.

Chione.

Die stöhnenden Tiere gerieten noch mehr in Not. Ich rannte in die Richtung des wendigen Schattens, den ich gesehen hatte. In die Richtung des Knurrens. Federn und Fell bedeckten den harten Boden, der mit Urin und Blut befleckt war. Ich sprintete so schnell ich konnte, und als ich dort ankam, sah ich den Grimalkin. Es wäre ein glückliches Wiedersehen gewesen, wenn sie nicht im Griff des gefängnistätowierten, fleckenwesten-tragenden Orks gewesen wäre, der still im Schatten der Käfige stand, König der Selbstgefälligkeit, grinsend, als ob er mich erwartet hätte.

Chione blitzte warnend mit ihren Augen, aber bevor ich verstehen oder reagieren konnte, wurde ich von hinten platt gemacht. Ein riesiges Gewicht riss mich um, so dass ich mit Geschwindigkeit nach vorne fiel und buchstäblich Schmutz fraß. Ich hatte Sand und Blut im Mund, als ich meinen Kopf hob, um zu verstehen, was passiert war. Ich spürte, wie mein Messer aus seiner Scheide genommen wurde. Sterne raubten mir die Sicht; meine Lungen waren Zwillingsvakuen. Mein Körper und Geist waren taub vor Schock. Ich wusste, ich war nicht tot, aber ich fühlte mich auch nicht hundertprozentig lebendig. Ein Stein in meinem Mund beunruhigte meine Zunge. Ich spuckte ihn aus, nur um zu sehen, dass es ein mit Karmesinrot überzogener Zahn war. *Schon wieder? Im Ernst?*

Als meine ungläubige Zunge über meine Vorderzähne fuhr, erfuhr sie, was ich bereits wusste – dass mein linker Schneidezahn das Gebäude verlassen hatte ... schon wieder. Ich legte meine Hand über den verlorenen Zahn, als ob ich ihn retten wollte. Ich versuchte, etwas Sauerstoff in meine Lungen zu ziehen, aber es war zwecklos. Das nashorngroße Wesen, das in mich hineingerast war, lag immer noch auf mir, sein Atem verpestete meinen Hals und meine Ohren mit seinem Gestank. Warmes Blut sammelte sich in meinem Mund. Meine Lungen waren so flach zwischen der harten Erde und dem Gewicht seines Körpers gequetscht, dass ich dachte, ich würde sterben.

Das also war es, wovor Chiones blitzende Augen mich gewarnt hatten. Zu schade, dass ich kein Felinisch sprach. Langsam erstickend, war der einzige Geruch in der Luft jetzt Erde und Blut. Ich versuchte, mich unter ihm hervor zu bewegen. Da entdeckte ich einen möglicherweise gebrochenen Rippen oder zwei. Die Schmerzsignale, die durch meinen Brustkorb rasten, lähmten mich weiter. *Nein*, sagten meine Rippen. *Nein, das können wir nicht tun.*

Meine Augen begannen sich zu schließen, und ich fühlte mich übermäßig schläfrig. Ich versuchte, sie offen zu halten, aber es war ein verlorener Kampf. Meine Angst verflog, was immer ein schlechtes Zeichen ist – ein Zeichen, dass der Tod so nahe ist, dass man genauso gut mit dem Sensenmann und seiner glitzernden Sense mitgehen kann. Ich konnte nicht anders. Meine Augen schlossen sich.

Bekämpf es, dachte ich benommen. *Es ist noch nicht vorbei.*

Du hast nicht eine schreckliche Kindheit und eine traumatische Hirnverletzung und eine Albtraum-Reise ins Vergessen überlebt, nur um unter einem übergewichtigen Ork im stinkenden SubReich zu ersticken, hörte ich meine innere Stimme rufen. Dennoch konnte ich mich nicht bewegen.

Mein schlauer Unterbewusstsein versuchte eine andere Taktik. *Wer wird den Tieren helfen, wenn du stirbst?*

Ich war die Einzige, die wusste, dass sie hier waren. In meinem sauerstoffarmen Zustand wurde mir klar, dass es nicht nur mein Leben war, für das ich kämpfen musste. Also, mein Körper war gelähmt, aber meine Magie nicht.

Ich wusste, dass mir nur noch Sekunden des Bewusstseins blieben. Mein Zauberstab war außer Reichweite, tief in meiner Tasche verstaut. Es gab keine grünen Pflanzen in Sicht, also hatte ich keine Leere-Pflanzenenergie, aus der ich schöpfen konnte. Ich steckte in so großen Schwierigkeiten. Der Stein auf meinem Ring leuchtete. Ich legte meine Finger über den kostbaren Edelstein.

»*Eurgh*«, murmelte ich. Meine Zunge, die immer noch das neue Loch in meinem Zahnfleisch beunruhigte, funktionierte nicht. Die Sterne in meiner Sicht häuften sich, und ein dunkler Nebel legte sich über mein Gehirn. Ich spuckte die Blutpfütze aus und würgte fast, als ich es tat. Es war zwecklos.

Plötzlich begann der Felsbrocken, der mich niederdrückte, sich zu heben, und für einen Moment dachte ich, ich wäre gestorben, weil ein intensives Gefühl der Erleichterung durch meinen Körper strahlte, der sich jetzt so leicht anfühlte, als würde ich schweben. Ich saugte tief Luft in meine wütenden Lungen, versuchte, nicht an meinem eigenen Blut zu ersticken. Es lief mir übers Kinn, als ich einen weiteren Atemzug nahm. Als der neue Sauerstoff meine Zellen erreichte, fühlte ich mich schwerelos. Anstatt dass der Himmel nach mir griff, tat es der heranrasende Ork. Er war King Kong, und ich war Ann Darrow, hilflos in seinem Griff. So sehr ich meinen Ork-Fleischanzug auch nicht mochte, er hatte definitiv mein Leben gerettet. Wahrscheinlich hätte meine menschliche Gestalt solche Schäden nicht überlebt. Er sagte nichts. Das musste er auch nicht – sein

Gesichtsausdruck war eine Maske der Bösartigkeit, seine kleinen Äuglein strahlten Bosheit aus.

Chione kreischte und wand sich, aber der fleckenwesten-tragende Ork drückte sie nur fester, bis sie aufhörte. Ich dachte, er würde sie töten, sie zu Tode quetschen wie ein grausames Kind mit einem Kätzchen. Bevor ich überlegen konnte, was zu tun war, grunzte mein Entführer seinem Freund zu, der immer noch wie eine besonders hässliche Cheshire-Katze grinste. Ich wurde direkt vom Boden hoch-gehoben und über seine Schulter geworfen. Ich spürte, wie meine gebrochenen Rippen unter meiner Haut knirschten und kratzten. Ich schrie vor Schmerz auf, aber kein Laut kam aus meinem blutigen Mund. Ich konnte nichts sehen, aber mein Gehörsinn kehrte zurück, und während die panischen Geräusche der gefangenen Tiere tragisch und schrecklich waren, waren die Gerüche noch schlimmer.

Es war das Nächste an Hölle, was ich je erlebt hatte.

KAPITEL 67
HUNGRIGE FÜCHSE

ASHA

Der Ork musste mich nicht weit tragen. Einige rippenquetschende Schritte später wurde ich in einen Käfig geworfen, wobei ich mir den Kopf an den Gitterstäben anschlug, weil meine Arme noch nicht wach genug waren, um meinen Fall abzufangen. Mehr Sterne. Wahrscheinlich mehr Blut, obwohl ich es vor Schmerzen nicht spürte. Der Ork knallte die Käfigtür zu und verschloss sie mit einem silbernen Vorhängeschloss, bevor er davonschlenderte.

Ich blieb einen Moment in dieser Lumpenpuppenposition liegen und gab dem Pochen und Schmerz nach, doch dann erinnerte ich mich an Chione und richtete mich auf. Ich erhaschte gerade noch einen Blick auf sie, als ich – trotz des Lärms um mich herum – ein weiteres ihrer trommelfellzerfetzenden Knurren hörte. Der barbarische Ork zuckte zusammen, und der Grimalkin sprang davon. Er schüttelte seinen verletzten Arm und fluchte laut auf Orkisch. Sie musste ihn gebissen haben. Brave Katze.

Ich hoffte, sie könnte aus dem SubRealm entkommen; fliehen und jemandem mitteilen, wo ich war. Eine meiner schlimmsten Ängste war es, für Tage, Wochen – für immer? – in diesem Käfig unter der Erde gefangen zu sein, ohne dass jemand wüsste, wo ich war. Dort begraben zusammen mit der Arche verzweifelter Tiere, zu der ich nun gehörte.

Die Wilden warfen einen letzten Blick auf mich, bevor sie die Höhle verließen. Ein einsamer Wachmann bewachte den Ausgang mit einer Betäubungspistole in der Hand. Nachdem sie weg waren, atmete ich aus und legte mich flach auf den Rücken, wobei der Boden des Stahlkäfigs in meine schmerzenden Rippen schnitt. Ich schloss die Augen und brauchte nur ein paar Minuten, um mich zu sammeln und einen Plan zu entwickeln.

ALS ICH MEINE Augen wieder öffnete, konnte ich nicht sagen, wie viel Zeit vergangen war. Die Höhle war so dunkel wie zuvor. Meine Verletzungen hatten dafür gesorgt, dass mein ohnehin übergroßer Körper noch mehr angeschwollen war. Es war harte Arbeit, mich aufzusetzen, und ich dachte, wenn es schon schwierig war, mich nur aufzusetzen, wie zum Leeren Nichts sollte ich dann kämpfend hier rauskommen, um die gefangenen Tiere zu retten? Ich fühlte Verzweiflung und absolute Hoffnungslosigkeit. Ich würde hier unten sterben.

Nein, sagte ich zu mir selbst. Das *wirst du nicht.*

Ich versuchte, meine Gedanken von der Dunkelheit abzulenken. Ich brauchte Gründe zum Leben, Gründe, nicht aufzugeben.

Ich dachte an Sam, den köstlichen Detektiv Sam, mit seinen scharfsinnigen Augen, seinem warmen Körper und seiner rauen Stimme.

Meine beste Freundin und Partnerin bei Schabernack und Späßen, Savvy, und ihre wunderschöne, messerscharfe Tochter.

Meine wunderbare Zwergen-Feenpatin Ferra und ihre zimtfarbenen Stinktiere.

Meine eleganten, gleichgültigen, aber kostbaren Katzen, die magischen eierproduzierenden Dinosauriervögel, die Sommersetzlinge, die ausgepflanzt werden mussten, der Kompost, der umgedreht werden musste.

Direktorin Copperfield. Die vermissten Mädchen. Dusty, der mich jetzt mehr denn je brauchte.

Unschuldige Werwölfe, die von Verschwörungstheoretikern gejagt wurden.

Der Hexenzirkel und die Hohepriesterin. Wer würde meine tödlichen Pflichten übernehmen, wenn ich nicht überleben würde? Meine Hexenschwestern waren auf vielfältige Weise stark, aber sie waren keine Assassinen.

Nilve SaltySnap würde für immer ein kalter hungriger Geistergoblin bleiben, wenn ich ihren Mord nicht rächen würde.

Ganz zu schweigen von dem, was meine Entführer mit mir vorhatten, was mein Blut zu Schneematsch gefrieren ließ.

In Ordnung, sagte ich zu mir selbst, *in Ordnung.* Ich redete viel mit mir selbst. Ich brauchte die Ermutigung. Ich würde versuchen, den Schmerz in den Hintergrund zu drängen, um mich auf einen Plan zu konzentrieren.

»Geht es dir gut?«, fragte eine sanfte Stimme mit leichtem europäischen Akzent. Ich drehte meinen Kopf, um zu sehen, wer gesprochen hatte, und dachte zunächst, es sei ein Tier. Ein belgischer Bär, vielleicht. Ein alter Mann starrte zurück, sein Gesicht blass trotz der Schmutzflecken auf seiner Haut. Sein Käfig war in Reichweite von meinem. Die Gitterstäbe standen enger beieinander, angesichts seiner normalen menschlichen Größe im Vergleich zu meiner Masse, aber abgesehen davon waren unsere Gefängnisse identisch.

Ich blinzelte ein paar Mal, nicht sicher, ob er echt war. Vielleicht schlief ich noch und träumte.

»Du bist verletzt.« Es war eine Feststellung, keine Frage. Er sah sich nach etwas um und reichte mir dann eine fast leere Wasserflasche.

Ich zögerte, weil ich nicht wusste, wer er war, ihm nicht vertraute und auch nicht seinen letzten Schluck Wasser nehmen wollte.

»Nimm schon«, drängte er, die Flasche zitterte in seiner ausgestreckten Hand.

Wer war dieser Mann? Warum war er ein Gefangener hier unten, und warum war er so freundlich zu jemandem, der augenscheinlich ein Ork war – die Art von Kreatur, die ihn überhaupt erst eingesperrt hatte?

Ich streckte mich und nahm die Flasche. Ich schluckte den kostbaren kleinen Schluck, der in meinen Mund schwappte. Ich hatte nicht bemerkt, wie durstig ich war, und das Wasser spülte den metallischen Geschmack aus meinem Mund. Ich wischte mir mit dem Handrücken über die Lippen und blickte tief in die Augen des Fremden. Sie waren gütig.

»Danke«, sagte ich.

Ich dachte, er würde vielleicht lächeln – seine freundlichen Augen lächelten –, aber er tat es nicht.

»Wie lange bist du schon hier unten?«, fragte ich.

Der Mann zuckte mit den Schultern. »Wie alt ist der Mond?«

Als ich mit seiner Antwort nicht zufrieden schien, versuchte er es erneut. »Ich habe keine Ahnung, es ist hier immer dunkel. Alles, was ich dir sagen kann, ist, dass ich eine schöne Bräune hatte, als ich ankam, und jetzt... nicht mehr so sehr.«

Endlich ein Lächeln auf seinen Lippen, das zu seinen Augen passte.

»Du bist Schweizer?«

»Das war ich mal.«

Ich betrachtete den alten Mann und versuchte, ihn zu verstehen. »Was macht ein ehemals sonnengebräunter, ehemals schweizerischer Mensch hier unten, eingesperrt in einem Käfig?«

Sein großer, aber drahtige Körper hob sich mit einem weiteren Schulterzucken. »Ich dachte, du könntest mir das vielleicht sagen.«

»Ich?«, fragte ich. »Weil ich ein Ork bin?«

»Ja«, antwortete er. »Weil du ein Ork bist.«

Ich hätte fast gelacht, wurde aber durch den noch immer stechenden Schmerz meiner beschädigten Rippen daran gehindert.

»Das ist nicht lustig«, sagte ich, mehr zu mir selbst als zu dem germanischen Fremden.

»Nicht?«, fragte er. Ich schaute hinüber, um zu sehen, ob er verärgert war, aber das war er nicht.

»Es ist nicht lustig«, wiederholte ich und schüttelte meinen schweren Kopf. »Ich weiß nicht, warum du hier bist. Ich weiß kaum, warum ich hier bin. Es ist kompliziert. Es ist eine lange Geschichte.«

»Ah, gut«, sagte er und machte es sich gemütlich. »Ich mag lange Geschichten.«

»Diese wird dir nicht gefallen.«

»Versuch's«, sagte er. »Ich bin schon ewig hier unten, und so sehr ich meine Tiere auch liebe, ich habe mich nach Gesprächen gesehnt, und keines von ihnen spricht besonders gut Englisch.«

Etwas klickte. Ich runzelte die Stirn. »Was?«

»Nur ein Scherz«, erwiderte er. »Sie sprechen überhaupt kein Englisch.«

»Nein, ich meine... es sind *deine* Tiere?«

»Nun«, verbesserte er sich, »ich *besitze* sie nicht. Es ist eigentlich eine offene Tür-Politik. Sie bleiben bei mir, solange sie wollen. Frei zu kommen und zu gehen... bis jetzt.« Sein Gesicht verschloss sich ein wenig. »Es sind auch einige hier, die ich noch nie getroffen habe. Sie sind nicht alle von meinem Ort.«

Nun fiel der Groschen.

»Du bist Harvey«, sagte ich. »Thomas Harvey. Dir gehört der Naturschutzort für magische Tiere.«

»Und du bist ein gedankenlesender Ork?«, fragte er. »Ich wusste nicht, dass Orks magische Kräfte haben.«

»Die haben sie nicht«, antwortete ich.

Wir betrachteten einander eine Weile.

»Du hast die Skorpione wegen einiger vermisster Tiere angerufen«, sagte ich, als mir die Erinnerung kam, während die Worte aus meinem Mund sprudelten.

»Zuerst wurde mein goldenes Faultier entführt«, sagte er. »Das war schwer für mich. Blondie und ich hatten eine enge Beziehung.«

»Das tut mir leid«, antwortete ich.

»Und dann kamen sie zurück, um mehr zu holen. Jede Nacht, wie hungrige Füchse, die einen Hühnerhof gefunden haben. Ich beschloss, zu kämpfen... Ich dachte, ich würde gewinnen! Aber dann wachte ich in diesem Käfig auf.«

»Schrecklich«, sagte ich. »Es tut mir so leid.«

»Es könnte schlimmer sein«, sagte er.

»Wie das?«

»Nun, zumindest bin ich wieder bei meinen Tieren.« Er blickte sich um auf die verschiedenen Käfige, das gedämpfte Licht verbarg das Schlimmste der brutalen Szene. Ich bewunderte seinen Stoizismus. »Ich bin lieber hier bei ihnen als zu Hause und weiß nicht, ob sie leben oder tot sind.«

»Und die Skorpione?«, fragte ich.

»Sie konnten mir nicht helfen«, antwortete er. »Sie hatten menschliche Fälle zu lösen.«

»Kapitän Morgan hat mich angerufen und gebeten zu sehen, ob ich ermitteln könnte. Ich wollte das auch! Es stand auf meiner Liste. Aber dann tauchten andere Notfälle auf und... nun, wie ich schon sagte, es ist eine lange Geschichte.«

»Nun, dann ist es gut, dass wir beide Zeit haben«, sagte er. »Erzähl mir die Extra-Lang-Version und lass nichts aus.«

Ich erzählte Harvey die Geschichte, wie ich in dem Käfig neben ihm gelandet war. Ich erzählte ihm vom Schwarzmagischen Markt, dem Grimalkin und dem Glamour-Fleischanzug des Orks. Davon, wie Salty mich heimsuchte, bis ich ihre Mörder finden würde, und wie ich versuchte, Gizmo zu finden.

»Gizmo?«, fragte er.

»Ein magisches Albino-Frettchen«, sagte ich, nicht mit viel Hoffnung nach dem, was ich auf dem EverShade-Markt gesehen hatte. »Es gehört einem Freund von mir.«

Er lehnte seinen Kopf gegen die Gitterstäbe und lächelte. »So heißt er also.«

Ich richtete mich ruckartig auf, ohne mich darum zu kümmern, dass meine gesplitterten Rippen sich in mein Fleisch bohrten, und bereute es sofort. »Du hast ihn gesehen?«

»Oh ja«, antwortete er. »Er ist ein kluger kleiner Kerl. Ich habe mich schon gefragt, woher er kam. Sie sind nicht sehr häufig – die magische Sorte, meine ich.«

Ich wollte meine Hoffnungen nicht zu hoch schrauben, aber das waren sehr vielversprechende Neuigkeiten. Ich seufzte. »Oh, du hast keine Ahnung, wie erleichtert ich bin, das zu hören.«

»Er ist hier, irgendwo...«, fuhr Harvey fort, seine Stimme verlor sich, während er den dunklen Raum absuchte.

Ich schluckte schwer. »Nach dem, was ich gesehen habe, dachte ich, er hätte es vielleicht nicht so weit geschafft.«

»Du brauchst dir keine Sorgen zu machen«, sagte er freundlich. »Die Orks wollen uns alle lebendig. Zu welchem Zweck, weiß ich noch nicht.«

So beunruhigend das auch war, ich konnte ein aufkeimendes Gefühl der Hoffnung nicht unterdrücken. Wenn Gizmo hier war, bedeutete das, dass ich ihn retten konnte. Und wenn Salty dieselbe Spur gefunden hatte und dafür getötet worden war, würde ich ihre Mörder früher treffen als erwartet.

KAPITEL 68

DAS SCHLOSS VERWEIGERTE DEM SCHLÜSSEL DEN ZUTRITT

ASHA

Der Ork-Wächter in der Ecke begann wie eine besessene Kettensäge zu schnarchen und gab uns damit das Zeichen, zu den wichtigen Angelegenheiten überzugehen. Wie würden wir die Tiere befreien? Es verstand sich von selbst, dass wir mit uns selbst anfangen mussten.

Eine kürzliche Erinnerung kam mir wieder in den Sinn.

»Ich habe etwas für dich«, sagte die Zwergin, ihre Augen funkelten vor Aufregung.

»Du hast schon genug getan!«, protestierte ich. »Ich sollte diejenige sein, die dir etwas gibt.«

»Unsinn«, erwiderte Ferra. »Du weißt, dass ich es liebe, Dinge für dich zu machen.«

Sie berührte eine der kaum sichtbaren Schubladen, die lautlos aufglitt und eine kleine Schatulle zum Vorschein brachte. Sie war schwarz und mit Wildleder überzogen, und als sie sie öffnete, lag ein silberner Schlüssel auf einem blauen Satinkissen.

328

»Ein Schlüssel«, sagte ich. »Er ist wunderschön.«

»Er ist mehr als das«, sagte Ferra. »Er wurde aus dem Zauberstab gemacht, den du mir gegeben hast. Voller Magie war er. Es machte ihm nichts aus, eingeschmolzen zu werden. Ich nehme an, er war glücklich, wieder gebraucht zu werden.«

»Wofür ist er?«, fragte ich.

»Für alles, was du aufschließen musst«, antwortete Ferra. »Es ist ein Dietrich. Ich habe vor einiger Zeit einen ähnlichen für Jinxie gemacht, und er hat sich als ziemlich nützlich erwiesen. Er nimmt jede Form an, die das Schloss benötigt, um geöffnet zu werden. Sobald der Schlüssel im Schloss steckt, ist der Zauberspruch, den du benutzen musst, Ianua sit.«

»Aber das ist Portalmagie«, sagte ich stirnrunzelnd. »Ich beherrsche keine Portalmagie.«

Ferra klopfte mir so hart auf den Rücken, dass es ein Schulterblatt hätte brechen können. »Na, jetzt tust du es.«

Ich kramte in meiner Umhangtasche nach dem Dietrich, den Ferra mir vor gefühlt Jahren gegeben hatte. Der Zauberstab stammte von einem dunklen Zauberer namens Adrather – einem Dämmerungsschnitter, den ich in seinem albtraumhaften Büro in der psychiatrischen Anstalt, wo er seine Schützlinge folterte, nur mit Mühe besiegen konnte. Ich kniete mich hin und rüttelte am Vorhängeschloss, versuchte den Schlüssel hineinzustecken. Das Vorhängeschloss war ein ungewöhnliches Ding, überhaupt nicht orkhaft. Stattdessen war es glatt in meiner Hand und kunstvoll graviert. Meine Stirn runzelte sich, als ich es untersuchte. Trotz seiner Magie verweigerte das Schloss dem Schlüssel den Zutritt.

»Verdammt«, fluchte ich leise und erkannte das Problem.

»Was ist los?«, fragte Harvey.

»Es ist ein Elfenschloss.«

Er schaute verwirrt drein.

»Ich hätte ein Ork-Vorhängeschloss öffnen können«, sagte ich. »Oder ein Zwergen- oder Menschenschloss. Ich habe einen magischen Schlüssel.«

»Hast du?«, fragte er hoffnungsvoll.

»Aber Elfentechnologie und -magie sind weitaus anspruchsvoller als das.«

»Natürlich ist sie das«, erwiderte er und sank zurück.

»Aber das ergibt keinen Sinn«, dachte ich laut. »Warum sollten sie Elfenschlösser haben?«

»Sie haben sie wahrscheinlich gestohlen, wie sie den Rest von uns gestohlen haben.«

»Es ist sehr schwierig, von einem Elfen zu stehlen«, sagte ich. »Ihre Sicherheitssysteme sind fortschrittlich – viel zu fortschrittlich, als dass ein Ork-Gehirn sie überlisten könnte. Sie haben Geld und Personal und innovative Ausrüstung. Ich bezweifle wirklich, dass sie sie stehlen konnten.«

Wir waren beide eine Weile still.

»Sie könnten sie gekauft haben?«, schlug er vor.

»Orks haben sehr wenig Geld, besonders nach dem Hammerskin-Putsch. Wenn ich mir diese Schlösser ansehe, vermute ich, jedes kostet ein Vermögen. Und es gibt viele Käfige hier. Und sie wären auch kein Geschenk gewesen. Orks werden von Elfen bekanntermaßen verachtet. Der einzige Grund, warum sie überhaupt Kontakt haben, ist, dass Orks billige Arbeitskräfte sind.«

Ich konnte es nicht herausfinden. Ich war verzweifelt darauf aus, einen Ausweg zu finden, aber ich war auch völlig am Ende, körperlich und seelisch. Vielleicht würde mir die Antwort einfallen, wenn ich für ein paar Minuten die Augen schloss. Harvey musste dieselbe Idee gehabt haben, denn auch seine Schultern waren gegen die Gitterstäbe gelehnt. Mein Ring leuchtete noch immer sanft und zeigte an, dass ich in Gefahr war. Ein Anflug von Angst – oder Wut? – hielt mich wach. *Was für ein Wesen tut so etwas einem anderen an?* Thomas Harvey, ohne einen bösen Knochen im Leib und mindestens achtzig Jahre alt, in einem Käfig unter der Erde eingesperrt. Ganz zu schweigen von den armen Tieren. Es war verabscheuungswürdig. Ich spürte, wie meine Feindseligkeit gegenüber Orks zunahm.

Ja, es gab Ausnahmen. Die irische Bardame im EverShade und Gnrok, der mir im Grackle-Pub den Hintern gerettet hatte. Meine Zunge fand erneut das Loch in meinem Zahnfleisch, wo früher der Schneidezahn gewesen war.

Ich war überrascht von einem kleinen Funken Magie in meinen Fingern. Ich hatte hier unter der Zivilisation keinen Zugang zur Leere, keine Pflanzen, von denen ich zehren konnte, aber meine Wut schien eine ganz eigene Energiequelle zu sein. Es war ein kleiner Funke, aber es war etwas.

KAPITEL 69

ROHES FLEISCHPASTE

ASHA

Wir wurden durch einen Adrenalinstoß geweckt, der durch unsere Venen jagte, als der Ork-Wächter mit einem Schlagstock auf die Oberseite unserer Käfige einschlug und mein Herz zum Rasen brachte. Mein Mund war trockener als ein Beutel mit Trockenmittel. Harvey und ich warfen uns fragende Blicke zu, um sicherzustellen, dass wir trotz des unsanften Weckrufs beide in Ordnung waren.

»Bitte«, krächzte er den Wächter an. »Etwas Wasser.«

»Du willst Wasser?«, antwortete der Ork.

»Bitte«, erwiderte Harvey. Er sah blasser aus als zuvor. Schwächer.

Der Wächter räusperte sich und spuckte auf den Boden, dann zog er sich zurück. Ich fantasierte gerade von einer ganzen Flasche Wasser für mich allein, als er ohne welches zurückkam. Ich versuchte, etwas Speichel in meinem Mund zu produzieren, aber es war zwecklos. Ich sah den Feuerwehrschlauch in der Hand des Orks. Er richtete ihn auf

Harvey und öffnete das Ventil. Der alte Mann begriff zu spät, was passierte, und die Wucht des Wassers warf ihn zur Seite.

»Nein!«, schrie ich, jetzt hellwach.

Der Ork ignorierte mich und peitschte den alten Mann mit dem strömenden Wasserstrahl, bis er gegen die gegenüberliegende Seite des Käfigs gepresst wurde. Ich musste das stoppen.

»Du Barbar!«, brüllte ich. »Du Stück von-«

Ich musste meinen Satz nicht einmal beenden. Der Wächter richtete den Feuerwehrschlauch auf mich und fügte meinem Körper neue Prellungen zu. Meine geschockten Glieder zitterten vor Kälte, während mein Brustkorb brannte. Gerade als ich dachte, ich könnte nicht mehr, schloss der Ork das Ventil und ging weg. Ich holte Luft und saugte das Wasser vom Rand meines T-Shirts.

Harvey bewegte sich nicht.

»Harvey!«, flüsterte ich. »Harvey!«

Der Mann hob langsam seinen Kopf, um mich anzusehen, Angst in seinen Augen.

»Es ist okay«, sagte ich. »Er ist weg.«

Ich war nicht sicher, ob er mir zunickte oder ob er zitterte. Ich wünschte, ich hätte ihm eine Decke geben können. Er senkte seinen Kopf wieder und vergrub ihn in seinen Armen, die auf seinen gebeugten Knien ruhten.

Ich biss vor Wut die Zähne zusammen, nur um mit einem stechenden Schmerz in meinem Kiefer belohnt zu werden. Stattdessen lenkte ich die Wut in meine Finger und hoffte auf einen weiteren, größeren Funken, aber da war nichts.

Das nächste Mal wurden wir für Essen geweckt, was nach Harveys Vermutung etwa täglich passierte. Ein Ork, den ich noch nicht gesehen hatte, einer mit einer Schürze wie die, die ich im Greasy

Spoon-artigen Restaurant gesehen hatte, ging von Käfig zu Käfig und verteilte etwas, das verdächtig roch.

»Das ist Liscious«, sagte Harvey mit leiser Stimme. »Das beste Tierfutter, das man bekommen kann. Hergestellt von Elfen, für Elfenhaustiere. Das sagen zumindest die Werbungen. Hast du die Tiere der Elfen gesehen? Sie sehen immer so gesund und gepflegt aus. Es ist definitiv Liscious. Ich kenne den Geruch.«

Ich runzelte die Stirn.

»Weißt du. Catlicious. Doglicious. Greenlicious. Seedlicious. Sehr kreative Produktnamen, wie du merkst.«

Ich lächelte ihn an, trotz unserer verzweifelten Lage.

»Ich bestelle es in großen Mengen«, fuhr er fort. »Oder ich... *bestellte* es in großen Mengen.«

Der Ork mit der Schürze schöpfte eine Portion für jedes Tier und klatschte sie oben auf die Käfige, ohne sich die Mühe zu machen, sie hineinzulegen. Die Tiere, aufgeregt gefüttert zu werden, winselten und kratzten an ihren Decken, um an das Futter zu gelangen. Als sie zu meinem Käfig kam, lächelte ich und sagte: »Nein, danke.«

Sie starrte mich tödlich an und löffelte dann etwas rosa Pampe auf mein Gefängnis. Rohes Fleischpaste. Ich unterdrückte die Galle, die in meinem ausgedörrten Hals aufstieg, und saugte noch mehr Wasser aus meinem Shirt.

»Wie schmeckt es?«, fragte ich Harvey und deutete mit meinen Augen auf die rosa Wurst, die auf seinem Käfig lag. Ich wollte es eigentlich nicht wirklich wissen. Ich wollte nur eine andere Stimme hören, die nicht die panische in meinem eigenen Kopf war.

»Ich weiß es nicht«, antwortete er. »Und ich habe nicht vor, es herauszufinden.«

»Du hast nichts gegessen, seit du hier bist?«

Er schüttelte den Kopf. »Würdest du?«

Ich verzog das Gesicht und schüttelte zur Antwort den Kopf.

»Ich habe drei Macadamianüsse in meiner Tasche, aber ich fürchte, ich kann sie dir nicht anbieten.«

Ich runzelte die Stirn. Er hatte seit Tagen gehungert und die Nüsse nicht gegessen?

»Die sind für Blondie«, sagte er mit einem kleinen Lächeln. »Ihr Lieblingsessen.«

Ich lächelte zurück.

»Also«, sagte er, »ich halte mich an die Theorie, dass ein Mensch einundzwanzig Tage ohne Essen auskommen kann. Ich hoffe, das stimmt.«

»Ich auch.« Mein Lächeln verbarg die Tatsache, dass ich mir Sorgen um ihn machte. Wie es aussah, schien er in der kurzen Zeit, in der ich hier war, bereits gealtert zu sein.

Als hätte er meine Gedanken gehört, stand er in seinem Käfig auf und musste sich nur ein wenig ducken, um nicht mit dem Kopf gegen die oberen Gitterstäbe zu stoßen. Er begann seinen Körper in einem verrückten Flickenteppich aus Yoga, Tai Chi und einigen anderen Tanzbewegungen zu bewegen, die ich nicht erkannte. Er war viel stärker und geschmeidiger, als er aussah.

Als er wieder mit mir sprach, stand er kopfüber in einem improvisierten Schulterstand. Trotz seines roten Gesichts sah er völlig entspannt aus.

»Du solltest es versuchen«, sagte er. »Gut für die Entwicklung eines starken Geistes und Körpers.«

Natürlich gehörte ich dem Starfall Yoga Studio an, aber wir machten nur ein bisschen halbherziges Dehnen, bevor die Hexentreffen begannen. Ich machte Sonnengrüße auf meinem Dach, wenn ich Energie vom Himmel ziehen musste, aber nichts wie Harveys Routine.

»Machst du das jeden Tag?«, fragte ich.

»Zweimal am Tag«, antwortete er, immer noch kopfüber. »Dann Meditation. Um den Geist zu zähmen, bevor der Geist mich entflammt.«

Meditation war mir nicht fremd. Oft bekam ich dadurch meine besten Trank-Ideen. »Ich schätze, hier gab es viel Zeit zum Meditieren, während du hier warst.«

»Ja«, antwortete Harvey und kam schließlich herunter, um in die Kindshaltung zu sinken. »Wer braucht schon einen teuren Yoga-Retreat, wenn man das hier hat?« Er beäugte die rosa Paste für extra Effekt.

Ich lachte. Es war entweder das oder hässliches Weinen. Beim nächsten Mal, als er sein Yoga-Potpourri machte, machte ich mit.

Als wir fertig waren, griff ich in meine Tasche nach dem Skelettschlüssel und fühlte etwas anderes. Ohne zu wissen, was es war, holte ich es heraus und schaute es mir an. Es war die weiße Feder, die auf dem EverShade-Markt an mir hängengeblieben war. Ich zeigte sie Harvey, und er bedeutete mir, sie ihm zu geben. Nachdem er sie eine Weile studiert hatte, pfiff er leise.

»Was ist es?«, fragte ich.

»Ich könnte mich irren«, sagte er auf eine Weise, die klang, als würde er sich definitiv nicht irren, »aber ich glaube, das ist eine Phönixfeder.«

Er gab sie mir zurück und wartete, bis das eingesickert war.

»Bedeutet das, was ich denke?«, fragte ich.

»Bekomm bloß keine Ideen«, antwortete er.

»Warum nicht?«, verlangte ich zu wissen. »Vergiss den magischen Schlüssel. Diese Feder ist unser Ausweg hier.«

Er schüttelte heftig den Kopf. »Nein, nein, nein, definitiv *nicht*. Es ist viel zu gefährlich.«

»Wie sollen wir sonst entkommen?«, fragte ich fordernd, jetzt leicht gereizt von dem alten Mann. Wollte er nicht weg? Wollte er nicht die Tiere retten? Ich umklammerte die Feder in meiner Hand, als wäre sie eine geladene Waffe. In Wahrheit war sie mächtiger als das.

»Hör mir zu, Asha. Bitte«, sagte Harvey. »Dieser Ort, dieses SubRealm, war früher ein Bergwerkschacht.«

»Das weiß ich«, fauchte ich.

»In jeder verlassenen Mine sind alte Sprengstoffe zurückgelassen worden. Die Chemikalien in Dynamit zerfallen mit dem Alter. Sie können bei der geringsten Berührung explodieren. Schon allein in diesem alten Schacht zu sein, ist gefährlich. Eine Phönixfeder in dieser Umgebung zu benutzen, ist wie eine Katastrophe großen Ausmaßes heraufzubeschwören.«

»Aber-«

»Wir können das Risiko nicht eingehen, Asha. Denk an die Tiere.«

»Ich denke an die Tiere!«, schrie ich frustriert. »Wir müssen sie hier rausholen. Glaubst du, sie werden in der Obhut der Orks überleben?« Ich senkte meine Stimme. »Unsere einzige Chance ist, zu versuchen zu entkommen.«

»Nicht mit dem Ding«, beharrte er und berührte seine Himalaya-Gebetsperlen, die um seinen Hals hingen.

»Argh!«, grunzte ich, trat frustriert gegen die Stahlstäbe und fühlte mich wie ein Kind. Ich wusste, dass er Recht hatte, aber ich wurde verzweifelt. Wir würden alle hier unten sterben, wenn wir nicht etwas Drastisches unternähmen. Hatte Chione es geschafft, aus dem SubRealm herauszukommen? Hatte sie jemanden alarmiert, der uns helfen konnte? Ich musste es hoffen, sonst würde mich meine Verzweiflung ganz verschlingen.

KAPITEL 70

DAS HAUS ENTSTÖREN

ASHA

»**W**ie lange glaubst du, bin ich schon hier?«, fragte ich, nachdem ich eine Weile am Schloss herumhantiert hatte, bevor ich aufgab und mich an die Stahlgitter lehnte.

»Nicht länger als einen Tag«, antwortete er. »Neun Stunden? Vielleicht zwölf?«

Es fühlte sich an wie zwölf Wochen. Aber meine Tarnung war noch nicht verblasst, also wusste ich, dass er recht hatte. Ich konnte es kaum erwarten, die Bratwurstfinger loszuwerden, aber gleichzeitig hielt mich meine Verkleidung in Sicherheit. Oder zumindest sicherer, als eine Hexe es wäre. Und die zusätzliche Polsterung und die stärkeren Knochen hatten die Prügel, die ich bekommen hatte, bevor ich eingesperrt wurde, definitiv abgemildert.

»Lass uns versuchen, in diesen Käfigen nicht durchzudrehen«, sagte Harvey.

»Was schlägst du vor?«

»Erzähl mir etwas Interessantes«, erwiderte er.

»Okay«, stimmte ich zu. »Über mich selbst?«

»Ja, oder über alles andere. Hauptsache, es ist interessant.«

Ich dachte eine Weile nach und entschied mich für den Delport-Fall aus Lacewood Bower. »Mein Fall vor diesem hier war ein Spukhaus.«

Harvey sah beeindruckt aus. »Und? Hast du den Geist ausgetrieben?«

»Nicht vollständig«, antwortete ich. »Aber ich habe das Haus entstört.«

»Das klingt tatsächlich interessant«, sagte er. »Erzähl weiter.«

Ich seufzte. Es war nervenaufreibend gewesen, das durchzumachen, und ich hatte noch keine Zeit gehabt, das Trauma zu verarbeiten, trotz meiner Sitzung mit Doktor Gilbert. Ich vermutete, es war so gut wie jeder andere Zeitpunkt.

»Also, eine junge Familie zog in dieses wunderschöne Haus, richtig?«

»So beginnen alle guten Spukhausgeschichten«, sagte er. »Dann fangen seltsame Dinge an zu passieren.«

»Ja«, antwortete ich. »Außer dass der Geist, am Ende – es war ein kleiner Junge – nicht versuchte, der Familie zu schaden. Er bat sie um Hilfe. Seine Schwester war im schalldichten Keller gefangen – sie lebte noch – und er versuchte, sie dorthin zu führen. Er ist dort unten gestorben. Die Tür war gut versteckt, und man brauchte einen Zauber, um hineinzukommen. Es war die Hölle, dort hineinzukommen, und ich brauchte die Hilfe eines Betrügers, der sich tatsächlich als anständiger Mensch herausstellte.«

Was ich nicht sagte, war, dass ich während eines albtraumhaften Besuchs im Vergessen gestorben und zurückgekommen war.

»Und als ich zurückkam und den Keller durchsuchte...« Ich schüttelte den Kopf. »Da waren so viele Kinder dort unten gefangen.« Ich hörte auf zu reden und rieb mir die Augenbrauen. »Sie waren von dem Zauberer entführt und ausgebeutet worden, dem das Haus früher gehörte.«

Ein Zauberer, den ich töten musste, um den Zauber zu brechen, der die Falltür sicherte, und mein Polizeidetektiv Beau hatte mich dabei beobachtet.

»Er erntete ihre Jugend durch ihr Blut und stellte eine Art Serum her, das ihn am Leben hielt. Danach sprach ich mit einem Apotheker, der mir sagte, dass diese lebensverlängernden Elixiere trotz der strengen Gesetze des Rates dagegen äußerst begehrt werden. Je mehr sie nachgefragt werden, desto mehr Menschen werden verletzt, denn man kann die Lebenskraft einer Person nicht abzapfen, ohne ihr Leben zu verkürzen. Ich bin froh, dass ich sie gefunden habe, aber die traurige Wahrheit ist, dass diese armen Kinder nicht älter als dreißig werden.«

Der alte Mann sah mich auf eine betrübte Weise an. »Du hast viel durchgemacht«, sagte er. »Ich hoffe, deine Last wird mit der Zeit leichter zu tragen.«

Ich schluckte den Kloß in meinem Hals herunter. Ich wollte kein Mitgefühl. Es brachte mich immer zum Weinen. »Du bist dran«, sagte ich.

Er überlegte eine Weile. »Nun«, sagte er, »du hast mir eine traurige Geschichte erzählt, also werde ich dir eine erzählen. Und dann können wir vielleicht danach an eine glückliche denken.«

Ich nickte. »Okay.«

»Ich hatte viele Jobs in meinem Leben, aber der wichtigste war, mich um meine Ehefrauen zu kümmern, als sie krank waren.«

»Ehefrauen?«, fragte ich. Umfasste sein exzentrischer Lebensstil mit Yoga und bedrohten Tierarten auch eine Mehrehe? Schwesterehfrauen? Nicht, dass ich urteilen würde. Ich hätte nichts gegen ein paar Ehefrauen im Haus, mit denen ich Gin trinken und Karten spielen könnte.

»Zuerst war da Sigrid. Sie war die wunderbarste Frau. Sie hatte das schönste Lächeln, das du je gesehen hast. Sie liebte es, Kleider zu tragen, in Restaurants zu essen und zu gärtnern. Sie war verrückt nach Rosen. Sie hat die Welt zu einem besseren Ort gemacht. Sie starb an Brustkrebs, als sie zweiundvierzig war.«

»Das tut mir leid«, sagte ich.

»Wir haben Eveline im Krankenhaus kennengelernt. Sie hatte wirklich ein goldenes Herz. Sie sagte, sie habe sich in mich verliebt, als sie mich mit Sigrid sah. Sigi und ich verbrachten über Jahre hinweg viel Zeit in der Chemoklinik, wo Eve Krankenschwester war, und wir liebten sie beide. Sigi wollte, dass ich sie heirate. Sie sagte, weil sie so lieb sei und eine Krankenschwester, würde sie sich gut um mich kümmern. Ich liebte Eve auf eine andere Weise. Ich heiratete sie. Aber das Universum hat eine seltsame Art, mit den Dingen umzugehen, denn tatsächlich wurde ich am Ende Eves Pfleger, genauso wie sie Sigis gewesen war. Wir waren elf Jahre glücklich verheiratet, bevor sie ebenfalls an Krebs starb. Manche Leute sagten zu mir: *mijn god*, Thomas! Du hast aber Pech! Du wirst für etwas bestraft. Aber ich sehe das anders. Ich hatte die Gelegenheit, zwei wundervolle Frauen zu lieben, und ich hatte ein sehr gutes Leben. Und natürlich habe ich die Tiere.« Sein Lächeln verblasste ein wenig.

»Es tut mir so leid«, sagte ich wieder. Ich suchte nach etwas Tiefgründigerem zu sagen, etwas Tröstlichem, aber mir fiel nichts ein.

»Ich habe Sigrid und Eveline aus einem bestimmten Grund getroffen«, sagte er. »Und ich habe das Gefühl, dass ich dich auch aus einem guten Grund getroffen habe, obwohl ich noch nicht weiß, welcher das ist. Vielleicht werden wir gemeinsam die Tiere retten.«

»Ja«, sagte ich. »Wir werden sie gemeinsam retten.«

KAPITEL 71
PERFEKT FÜR DEN SOUNDTRACK NEUER ALBTRÄUME

ASHA

Bevor wir fröhlichere Geschichten austauschen konnten, kam mein am wenigsten beliebter Ork zurück. Er hatte weder seine übelriechende Weste gewechselt noch seine blutverschmierten Fabrikstiefel gereinigt, trug jetzt aber eine neue Gummischürze. Er spähte in unsere Käfige, wahrscheinlich um zu prüfen, ob wir noch atmeten, und rief dann dem Wächter etwas zu. Meine Kenntnisse der orkischen Sprache waren praktisch nicht vorhanden, aber der Klang seiner Worte gefiel mir nicht. Etwas in seinem Tonfall fühlte sich an wie eine kalte, frisch geschärfte Klinge auf meiner Haut. Der Wächter schrie in den Ausgangstunnel hinter sich, und vier stämmige Orks erschienen, ihre Gesichter grimmig, ihre Augen ohne jede Art von Leben oder Licht. Die vier Orks packten meinen Käfig mit ihren fleischigen Pranken und begannen, ihn zum Ausgang zu schieben. Der Käfig stand auf Rollen, die quietschten, als sie sich drehten. Das Geräusch ging mir durch Mark und Bein, perfekt für den Soundtrack neuer Albträume.

Ich blickte zurück zu Harveys Käfig, überzeugt, dass er direkt hinter meinem sein würde – dass wir gemeinsam irgendwohin gebracht werden würden, aber das war nicht der Fall. Ich war schließlich eine verräterische Orkin ohne jeden Wert. Aber Harvey war ein Tiermagier, ein Tierflüsterer, und er würde beim Umgang mit den exotischen Tieren nützlich sein. Ich sah sein Gesicht, als er dasselbe erkannte. Blass und düster hoben wir unsere Hände zum stummen Abschied. Gerade als ich weggerollt wurde, sah ich Gizmo zum ersten Mal. Er steckte seinen Kopf im letzten Moment hoch, blinzelte mich an und verschwand dann wieder. Ich fühlte einen solchen Schwall gemischter Gefühle. So erleichtert zu sehen, dass der geliebte Frettchen tatsächlich am Leben war, traurig, die restlichen Tiere in Gefahr zurückzulassen, und untröstlich, Harvey zu verlassen.

Die vier Orks schoben meinen Wagen in den klaffenden Schlund des Tunnels und stürzten uns in die Dunkelheit. Meine Knochen rasselten zusammen mit den Gitterstäben des Käfigs. Die Orks redeten nicht und stellten keinen Blickkontakt her. Es hatte keinen Sinn. Wir alle wussten, dass ich zu meinem Tod befördert wurde. Mein Ring leuchtete auf, um meinen Verdacht zu bestätigen.

Ratter, ratter, ratter.

Todesrasseln.

Ich musste mir einen Zauberspruch überlegen. Etwas, das trotz der Abgeschnittenheit von der Leere funktionieren würde. Ich versuchte mich zu konzentrieren, aber die Angst blockierte meinen Verstand. Sie lähmte auch meinen Körper, und ich hätte mir fast in die Hose gemacht.

Denk nach, verdammt, sagte ich zu mir selbst. *Lass nicht zu, dass die Dunkelheit deinen Verstand vernebelt. Du hast dich schon aus schlimmeren Situationen befreit. Du kannst dich hier herausdenken. Du hast mehr Gehirnzellen als eine ganze Bierhalle voller Orks.*

Der Käfig rasselte weiter.

KAPITEL 72

TOTE HEXE AUF RÄDERN

ASHA

Furcht hatte die Eigenschaft, die Zeit wie ein langes Gummiband zu dehnen. Die Fahrt durch den rußigen Tunnel dauerte wahrscheinlich nur ein paar Minuten, aber es fühlte sich an wie eine Stunde. Tote Hexe auf Rädern. Ich dachte wieder an all die Gründe, warum ich leben sollte, zählte sie an meinen geschwollenen Orkfingern ab. Mein Verstand verengte sich zu einem kleinen, intensiven Fokus. Ich konnte jetzt nur noch ans Überleben denken. Kein ausladendes Denken, keine kreativen Ideen. Nur das Nötigste.

Skelett.

Todesrasseln.

Gründe zu leben.

Gizmo. Salty.

Bleib am Leben.

Ich war hin- und hergerissen zwischen dem Wunsch, die höllische Fahrt, bei der ich auf quietschenden Rollen zu meinem Tod gerollt wurde, zu beschleunigen, und der Folter zu verlangsamen. Ich wusste nicht, was schlimmer war. Mein Ring war das einzige Licht, das ich sehen konnte. Licht in der Dunkelheit. Segen und Fluch zugleich. Hoffnung und Gefahr.

Ich würde einfach gegen sie kämpfen, beschloss ich. Mit Zähnen und Klauen. Was konnte ich sonst tun? Keine Magie, keine Waffen, nur ein Skelettschlüssel, der nicht funktionierte, und eine Feder, die wahrscheinlich uns alle umbringen würde.

Tote Hexe auf Rädern. Wie eine Songzeile. Dann spielte der Text dieses albernen, düsteren Liedes von Zombie Apocalypse, das ich von Nathan Steiger – Betrüger, Opfergeist-Jäger, persönlicher Retter – auf dem Parkplatz des Copper Cog gelernt hatte, nur für meine Ohren.

Er war ein freier Mann

Er war ein freier Mann, brennend.

Er war ein toter Mann

Er war ein toter Mann, torkelnd.

Er kam, er sah, er zog 'ne Knarre

Die Kugel drehte sich und tat, was sie sollte.

Er war ein toter Mann

Er war ein toter Mann, torkelnd.

Er war ein verlorener Mann

Er war ein verlorener Mann, verschwindend.

Sein Schädel zertrümmert, Blut verspritzt

Sein Hirn war Futter für einen Haufen Abschaum

Er war ein toter Mann

Er war ein toter Mann, torkelnd.

Wie eine tote Hexe, rollend. Wo bist du jetzt, Nathan Steiger? Haben die Vergessensmonster dich erwischt? Ich hatte kaum Zweifel daran. Noch immer litt ich unter Überlebensschuld. Es war schwer abzuschütteln, wenn jemand sein Leben opferte, damit du leben konntest. Und was hat es mir gebracht? Ein paar zusätzliche Wochen, um nichts zu erreichen.

Nicht wahr, sagte eine Stimme in meinem Kopf. *Du hast diese hungernden Kellerkinder gefunden. Hast sie an die Oberfläche gebracht. Du hast Dusty geholfen, von ihren misshandelnden Eltern wegzukommen. Das ist viel, was du in ein paar Wochen erreicht hast.*

Aber die Tiere werden sterben. Thomas Harvey wird sterben. Die vermissten Töchter von Evaron werden sterben, stritt ich mit mir selbst.

... Nicht, wenn du es verhindern kannst.

Schließlich näherten wir uns dem Licht. Ich hatte einen schwach beleuchteten Raum erwartet, irgendwo, wo sie mich schnell und leise töten und meinen Körper heimlich entsorgen könnten. Stattdessen landeten wir in einer großen, hell erleuchteten Halle, wie ein Fabrikboden mit Höhlendecke, mit Maschinen, die geschäftig summten, und Orks, die schnell und effizient in ihren weißen Gummiuniformen und schmeichelhaften Haarnetzen arbeiteten. Ich erkannte den Geruch sofort. Es war derselbe, den ich beim Aufwachsen gehasst hatte, und derselbe, den ich bei meinem letzten Besuch im SubRealm gerochen hatte, als ich versehentlich in den Schlachthausbereich in der Nähe des Restaurantbereichs geraten war. Es war der beunruhigende Geruch von frisch geschlachtetem Fleisch.

Die summenden Maschinen waren Bandsägen und Fleischwölfe. Die Schürzen und Stiefel der Arbeiter waren die gleichen wie die des Orks, der mich ursprünglich gepackt hatte, ihre mit Blutspritzern verziert.

Mein Magen verkrampfte sich in voller Panik. Schnell spannte ich meine Beckenbodenmuskeln an und vermied es nur knapp, mich zu beschmutzen, und schluckte dann die neongrüne Säure hinunter, die in meiner Kehle aufstieg. Ich konnte hier nicht sterben, nicht so. Ich wurde in die Warteschlange der zu verarbeitenden Käfige geschoben. In jedem Käfig saß ein Ork, was meinen Verstand taumeln und schwirren ließ.

Orks?

Orks töten Orks.

Als mein Käfig näher kam, sah ich die Tragen, ebenfalls mit Orks gefüllt. Ich konnte keinen Sinn darin erkennen. Die Entführung der exotischen magischen Tiere konnte ich verstehen. Sie würden auf dem Schwarzmarkt für Magie einen hohen Preis erzielen. Aber ...

Fasziniert und entsetzt beobachtete ich, wie die Metzger ihrer Arbeit nachgingen, als bedeute sie ihnen nichts. Als ob sie Stoffe färbten und Kleidung nähten. Stattdessen schossen sie einen Pfeil in den Käfig und zogen die Beute heraus, bevor sie zu totem Gewicht wurde. Sie rangen ihn auf eine Bahre, bevor er das Bewusstsein verlor, und schnitten dann seine Kleidung mit großen Stahlscheren ab, als ob sie Krankenschwestern in einem Krankenhaus-Notfallraum wären. Die beschmutzte Kleidung ging einen Schacht hinunter – vermutlich, um verbrannt zu werden – und das nackte Opfer wurde in den nächsten Bereich gebracht, wo die Orks mit blitzenden Hackmessern zwischen dem Summen der Bandsägen warteten. Ich sah nicht zu genau hin; ich konnte nicht. Wieder spürte ich, wie Säure an meiner Kehle kratzte, mein Magen wollte sich übergeben.

Sie töteten Orks. Ich betrachtete meinen aufgedunsenen Körper. Ich war ein Ork.

Oder vielmehr, ich war eine Hexe, die dank meines eigenen Glamour-Tranks getötet werden würde.

KAPITEL 73
MEINEN KÄFIG ANSPRÜHEN

ASHA

Der Geruch von Blut und offenem Fleisch traf mich mit voller Wucht. Ich schluckte immer wieder meinen aufsteigenden Speichel hinunter und hoffte, dass mich das vom Erbrechen abhalten würde. Ich war nicht optimistisch. Meine Gedanken stolperten genauso wie mein Magen, während ich verzweifelt versuchte zu verstehen, was hier vor sich ging. Ich verstand diesen Albtraum wirklich nicht. Ich wusste – jeder wusste –, dass die Orknation schwere Zeiten durchmachte, aber das hier war wahnsinnig. Meine Gedanken wanderten sofort an den dunkelsten Ort, zu *Soylent Green* und Kannibalenwürstchen. Aber die Orks waren doch nicht so barbarisch, oder? Ich schluckte erneut und versuchte, durch den Mund zu atmen, um das Schlimmste nicht zu riechen, aber der Gedanke, dass diese verseuchte Luft das Innere meines Mundes berührte, brachte mich noch mehr zum Würgen. Schließlich gab es kein Halten mehr, und ich kotzte mit beeindruckender Wucht. Es fühlte sich an, als würde jemand meinen Magen mit beiden Händen auspressen, und ich hatte keine andere Wahl, als alles rauszulassen, wie wenn man auf eine offene Tube Ölfarbe tritt. Ein Wächter in der Nähe warf mir einen finsteren

Blick zu, zuckte aber nicht zusammen. Es war nicht das erste Mal, dass er solchen Terror miterlebte, und es schien ihn überhaupt nicht zu stören.

Mein Magen war schon vorher leer gewesen, und jetzt war er noch leerer. Ich hob meinen Blick zum Fegefeuer, das mich umgab, und erlaubte mir einen genaueren Blick, jetzt, wo die Gefahr, meinen Käfig mit Kotze anzusprühen, vorüber war. Betäubungsmittel. Bahre. Schwere Klingen. Hackfleisch.

Zwei Dinge fielen mir gleichzeitig auf.

Es gab einen Schritt, den ich zunächst übersehen hatte. In meinem Ekel hatte ich nicht bemerkt, dass die nackten Orks auf den Bahren nicht direkt zu den Hackmessern gebracht wurden. Es gab einen Grund, warum sie auf Bahren lagen. Eine weibliche Orkin am hinteren Ende der Halle, in der gleichen Uniform wie die Schlächter, hielt ein Skalpell statt eines Hackmessers, und es gab eine stetige Schlange von jüngeren Orks mit medizinischen Kühlboxen, die darauf warteten, dass sie ihnen Anweisungen bellte. Sie hatte auch ein paar Krankenpfleger in ihrem Team, große, kräftige Orks, die bereit waren, die Patienten festzuhalten, falls diese auf ihr in sie schneidendes Messer reagierten. Es fing an, mehr Sinn zu ergeben.

Einer der Pfleger prüfte auf ein eingebranntes Symbol auf der Haut des Orks, dann scannte er die Netzhaut des benommenen Orks, während der andere eine Blutprobe durch einen Nadelstich nahm. Wenn der Scan und die Probe zusammengeführt wurden, spuckte die Scanmaschine einen Barcode-Aufkleber aus. Während dies geschah, brauchte die Chirurgin nur wenige Minuten, um die über-großen Hornhäute, das Herz, die Leber und die Nieren zu entneh-men, die direkt in wartende Kühlboxen gelegt wurden, die wiederum sofort weggebracht wurden, sobald sie versiegelt und mit dem Barcode beklebt waren.

Es war ein super-geschmeidiger Ablauf. Erschreckend effizient und vermutlich lukrativ. Ich war sechs Käfige von diesem Schicksal entfernt.

Wer waren diese Orkopfer, und wer kaufte die geernteten Organe?

Ich erinnerte mich daran, was der alte Mason mir über das Langlebigkeitselixier erzählt hatte, das ich ihnen zum Testen gebracht hatte.

»Das Gesetz über verbotene Substanzen besagt, dass kein Trank, der davon abhängig ist, einem Menschen zu schaden, im Reich erlaubt wird. Herstellung, Beschaffung, Verkauf und/oder Besitz werden mit permanentem Entzug der magischen Kräfte und einer lebenslangen Gefängnisstrafe geahndet.

»Langlebigkeitselixiere waren schon immer äußerst begehrt, wie du dir vorstellen kannst, aber die Nachfrage war noch nie so groß wie jetzt. Wir erleben keinen Tag, an dem wir nicht danach gefragt werden.«

Natürlich war der Magus, den Baldassare benutzt hatte, um seine Macht zu vergrößern und das Reich fast zu zerstören, noch frisch in jedermanns Gedächtnis. Wenn also Langlebigkeitselixiere ausgemerzt wurden, mussten Berührte, die länger leben wollten, kreativ werden ... wie z.B. Organtransplantationen, wenn der eigene Körper versagte. Ich vermutete, dass jemand Kaltblütiges die Rechnung aufgemacht hatte.

Zu viele Orks, die meisten in Armut lebend, zu viele Mäuler zu stopfen: SCHLECHT.

Die Orkpopulation reduzieren: GUT.

Nicht genug Langlebigkeitsmagie für alte reiche Leute: SCHLECHT.

Organe liefern, um die Nachfrage zu decken: GUT.

Man könnte es sogar eine elegante Lösung nennen, wenn man völlig herzlos und ohne Empathie wäre. Mir wurde klar, dass die böse Macht hinter dieser Operation überhaupt nicht die Orks waren, sondern die Berührte Rasse, die glaubte, sie würde ihnen gehören. Die Elfen.

Es waren die Elfen, die hauptsächlich Orks als Sicherheitskräfte, Reinigungspersonal und Müllsammler beschäftigten – jede Arbeit, die unter ihrer Würde war. Und Elfen lebten länger als wir anderen, was ihren Körpern mehr Gelegenheit gab zu verschleißen. Wenn du denkst, dass ein Elf niemals im Leben ein Orkorgan akzeptieren würde, hättest du Recht. Aber ich nahm an, dass niemand wissen musste, woher das Organ kam. Wenn du an Leberzirrhose stirbst und die Warteliste für gespendete Organe Jahre lang ist, dann kommt eine lebensrettende Leber in einer ordentlichen kleinen Kühlbox an, und ich vermute, du wirst nicht zu viele Fragen stellen.

Dazu kam die widerliche rosa Fleischpaste, die aus der Soylent-Green-Maschine am Ende der Fabrikstraße kam. Harvey hatte gesagt, dass das Tierfutter von Elfen hergestellt wurde. *Liscious.* Mein Magen hob sich wieder. Elfen.

Der Schlüssel in meiner Tasche hätte genauso gut ein Stück Blei sein können. Ich knirschte frustriert mit den Zähnen und schmeckte dabei immer noch die Galle. Ich war so durstig, dass sich meine Zunge anfühlte, als gehöre sie nicht zu meinem Körper ... einem Körper, der nur noch Minuten davon entfernt war, zu Premium-Hundefutter vermahlen zu werden.

Sechs Käfige entfernt. Fünf. Vier. Ab und zu schob der grunzende Wächter meinen Käfig näher zu den Orks mit der Betäubungswaffe und der glitzernden Schere. Die Fließbandlinie bewegte sich mit beeindruckender Geschwindigkeit. Es war eine fein abgestimmte Mordmaschine. Bald war ich nur noch drei Käfige entfernt.

Der Drang zu kotzen war verschwunden. Alles, was geblieben war, war Stressschweiß und lähmende Angst, als mir klar wurde, dass es keine Rolle spielte, wer dahinter steckte oder warum, denn ich würde es niemals überleben, um es jemandem zu erzählen. Ich ging vom Zählen der Gründe zum Leben über zum Zählen anderer schrecklicher Arten, auf die ich lieber sterben würde. Unterkühlung und Erfrierungen auf einem Berggipfel; schwere Lebensmittelvergiftung; Autounfall. Einen Aufzugsschacht hinunterstürzen. Hexenjagd. Haiangriff. Überraschenderweise fühlte ich mich dadurch nicht besser.

Dann dachte ich über Karma nach und die Menschen, die ich für den Hexenzirkel, für die Hohepriesterin und das höhere Wohl getötet hatte. Ich hatte nie ein Leben genommen, das es laut Soleil nicht verdient hatte, genommen zu werden, aber es gab immer Restschuldgefühle, wenn man kein Psychopath war. Natürlich gab es die.

Bevor ich zu viel Zeit damit verbringen konnte, über meine fragwürdigen Lebensentscheidungen nachzudenken, wurde ich auf den dritten Platz in der Warteschlange geschoben.

Heilige Hekate, es wurde ernst. Ich versuchte, einen magischen Puls in meine Finger zu bekommen, nur für den Fall, dass es funktionieren würde, aber in der Abwesenheit von allem mit Chlorophyll tief unter der Erde, wo ich gefangen war, war es aussichtslos. Das Summen und Murmeln um mich herum wurde lauter – andere erschöpfte Gefangene, die darum bettelten, freigelassen zu werden, die um ihr Leben verhandelten. Ich würde darauf keine Atemluft verschwenden. Ich musste mir einen Ausweg überlegen. Es gab immer einen Ausweg.

KAPITEL 74

KEINE MAGIE, KEINE GNADE

ASHA

Ich war die Dritte in der Schlange der Todeskäfige, die die Mordmaschine fütterten, und die Zeit tickte laut in meinem Herzen. Hier unten gab es keine Magie und keine Gnade. Meine Zunge fühlte sich noch immer seltsam in meinem Mund an, und andere Körperteile begannen sich ebenfalls zu verändern. Die Lippen weniger geschwollen, der gesplitterte Brustkorb weniger rund. Meine Kleidung passte noch wie zuvor, aber mein ogergroßer Körper schrumpfte langsam zurück in seine menschliche Form. Zuerst zweifelte ich daran und dachte, es wäre nur die verzweifelte Lage, die meine Wahrnehmung färbte, aber bald war es unbestreitbar. Mein Haar wurde weicher und fülliger um meine verschmierten Wangen, und meine Zähne wurden gerade und schrumpften auf ihre normale, nicht-grabsteinartige Größe, obwohl sie sich immer noch moosig anfühlten, wenn ich mit der Zunge darüberfuhr. Mein Körpergeruch verbesserte sich nicht wesentlich, aber ich nahm an, dass das normal war, wenn man eine Nacht wie diese überlebt hatte.

Es fühlte sich an, als läge der Abend mit Sam auf meinem Dach schon ein Leben zurück. Ich hatte keine Ahnung, wie lange ich schon hier unten war, aber ich schätzte, es waren weniger als vierundzwanzig Stunden, weil der Dampf erst jetzt nachließ. Ein Tag, der sich wie ein Jahr anfühlte. Meine Hände verwandelten sich von Baseballhandschuhen in tatsächliche menschliche Finger und Gelenke, und es war eine Erleichterung, meine vertrauten Handflächen an meinem Gesicht und in meinem Haar zu spüren, während ich sicherstellte, dass der Glamour gleichmäßig verschwand. Es war schon immer eine meiner Paranoias gewesen, dass der Zauber ungleichmäßig nachlassen und das Opfer wie der Elefantenmensch im London des 19. Jahrhunderts aussehen lassen würde. Besonders, wenn ich das Opfer war. Aber abgesehen von der Eitelkeit wollte ich, dass der Zauber gleichmäßig verblasste, weil die Gitterstäbe des Käfigs weit genug auseinander standen, um einen Ork-Körper darin zu halten, und ich bald weniger als halb so groß sein würde. Es war eine optimistische Hoffnung, auf diese Weise *und* rechtzeitig zu entkommen, da ich die Dritte in der Schlange war und noch etwas schrumpfen musste. Ich ertappte mich dabei, wie ich mir Alice im Wunderlands „Trink mich"-Trank wünschte, um den Prozess zu beschleunigen.

Ich wusste, dass es selbst wenn ich es schaffen würde, durch die Gitterstäbe zu schlüpfen, wie ein Sprung vom Regen in die Traufe wäre. Die Ork-Wachen würden mich zerquetschen, mit einem Pfeil erlegen, in die Wurstfabrik werfen, und das wäre das Ende von Asha Viridian Rook. Oder besser gesagt, das wäre das Ende meines menschlichen Lebens – ich würde noch eine Weile in Form einer Tüte Liscious Katzenfutter weiterleben. Endlich würden Circe und Odysseus mich zu schätzen wissen.

Ich beobachtete meine Gliedmaßen mit weit aufgerissenen Augen und drängte sie stumm, sich verdammt noch mal zu beeilen, um zur normalen Größe zurückzukehren. Meine Hüften, Knie und Ellbogen schienen es überhaupt nicht eilig zu haben. Es schien ihnen nichts auszumachen, in rosa Fleischpaste verwandelt zu werden. Ich schaute weg, als der Wächter sich näherte, um mich an die zweite Stelle zu rollen, und versuchte – nicht unähnlich einem Kugelfisch –

größer auszusehen, als ich war, um meine Verwandlung zu verbergen.

Es reicht zu sagen, dass es nicht funktionierte. Orks mögen dumm sein, aber *so* dumm sind sie auch wieder nicht. Mein Umhang konnte nicht verbergen, dass ich buchstäblich nur noch halb so groß war wie zuvor.

»Hey«, knurrte er.

Ich ignorierte ihn, während mein Verstand auf Hochtouren lief.

»Hey«, sagte er noch einmal und schlug mit der Faust auf die Oberseite meines Käfigs, sodass mein Körper noch mehr zitterte. Ich weigerte mich, ihn anzusehen. Ich wusste, wenn er mein Gesicht sehen würde – das jetzt mehr pfirsichfarbene Haut als Gurke war – würde er Alarm schlagen. Aber ich wusste auch, dass er wütend wurde, und damit wollte ich mich auch nicht auseinandersetzen.

»Hey!«, brüllte er und hämmerte jetzt auf den Käfig ein, seine Faustschläge vibrierten in meinen Knochen. Ich spürte, wie sich etwas Knorpel in meinem Knie zurück an seinen Platz schob. War das das letzte Stück?

Einige der anderen Gefangenen wurden aufmerksam und fragten sich, worüber der Aufruhr war.

»Hey, du selbst«, schnurrte eine attraktive weibliche Stimme hinter dem Wächter. Hand am Holster wirbelte er herum, um zu sehen, wer gesprochen hatte. Chione, in ihrer menschlichen Gestalt, rammte ihm den Ellbogen ins Gesicht und überraschte ihn damit. Der Ellbogenstoß richtete keinen Schaden an, also griff sie nach dem Revolver, den er gerade gelöst hatte, und schoss ihm damit in den Fuß. Der Schuss hallte durch die höhlenartige Halle und diente als Startsignal für absolutes Chaos.

KAPITEL 75

KATZENFLÜCHE

ASHA

Die Höhle explodierte in Chaos. Der Wächter schrie vor Wut und Schmerz auf. Chione riss ihm den Revolver aus der Hand und schoss ihm in den anderen Fuß, wodurch er nach hinten fiel und auf den Boden knallte. Mit zwei Kugeln in seinen tellertauglichen Füßen würde er nirgendwo schnell hinkommen. Mit dem Revolver auf sein Herz gerichtet, nahm sie sich auch sein AK-47, dessen Griff sie sich wie eine geübte Revolutionärin über die Schulter warf, während sie die Pistole in den Bund ihrer schwarzen Jeans steckte. Die eingesperrten Orks mit ihren viehbrandig markierten Schultern schienen aus ihrer zur-Tierfutter-verurteilten Trance zu erwachen und begannen zu schreien und gegen die Gitterstäbe zu hämmern. Als ich dorthin blickte, wo die Organentnahme stattgefunden hatte, sah ich die Chirurgin. Wie auf Stichwort nahm sie ihr Skalpell – ich sah es unter dem OP-Licht aufblitzen – und mit einer klaren, entschlossenen Bewegung schnitt sie sich die Kehle durch und brach zusammen. Ihre Krankenschwestern, entsetzt, warfen sich zu Boden, um sich um sie zu kümmern. Der Schock, das mitzuerleben, trieb mich zum Handeln, und ich rannte los, um mich zwischen den Gitterstäben hindurchzuzwängen. Mein Körper ging ziemlich leicht durch, aber mein Kopf war gerade groß genug, um steckenzubleiben. Panik stieg in meiner Brust auf, als mein Kopf sich umso mehr zu verklemmen schien, je mehr ich versuchte, zu entkommen. Alles, was ich brauchte, waren ein oder zwei Millimeter, um meine Schläfe zu befreien, aber genau diese ein oder zwei Millimeter hatte ich nicht. Plötzlich atmete mir ein Ork ins Gesicht, und ich dachte, es wäre vorbei. Er verzog das Gesicht. Ich bereitete mich auf einen unangenehmen und sinnlosen Tod vor, aber dann bemerkte ich, dass er weder eine Wächteruniform noch OP-Kleidung trug. Der Käfig vor mir war leer. Die Wächter müssen gerade den Käfig dieses Orks aufgeschlossen haben, bevor Chione das Feuerwerk zündete. Ein Ausreißer. Bedeutete das, dass wir auf der gleichen Seite standen? Das war schwer zu sagen, bis er grunzte und seine Hände an die Gitterstäbe legte, die meinen Kopf gefangen hielten. Er knurrte vor Anstrengung, und ich spürte seine rohe Kraft, als er die Stäbe so weit wie möglich auseinanderzog. Seine Hulk-artigen Bemühungen gaben mir den winzigen Freiraum, den ich brauchte, um meinen Kopf zu befreien, und als er mir seine Hand anbot, um mich vom Käfig wegzuziehen, nahm ich sie an. Chione hatte in der Zwischenzeit die Wächter mit dem Betäubungsgewehr ausgeschaltet und es an sich genommen. Als ich sie ansah, warf sie mir den Revolver zu.

»Lass uns aus diesem höllischen Ort verschwinden«, sagte Chione und wischte sich mit dem Handrücken über den Mund. Er kam blutig zurück, und ihre Zähne waren rosa. Sie war verletzt, aber die Wächter waren schlimmer dran. Das medizinische Team kauerte am Boden neben der Chirurgin, die verblutete. Ich scannte die Höhle nach Gefahren, aber es sah so aus, als hätte Chione jeden Ork mit bösen Absichten ausgeschaltet.

»Oh«, sagte sie und reichte mir mein Ritualmesser. »Ich habe das bei einem von ihnen gefunden. Habe die Gravur erkannt.«

Mir klappte der Mund auf. Ich hatte ehrlich gedacht, ich würde es nie wiedersehen. »Danke!«

»Wir haben nicht viel Zeit«, sagte sie, als ich mich nicht bewegte. »Die anderen werden die Schüsse gehört haben. Sie werden bald hier reinströmen.«

Der Hulk grunzte.

»Was?«, fragte die Grimalkin. »Wer ist das? Ich lasse dich ein paar Stunden allein und du hast einen Ork-Freund?«

»Er hat mir geholfen«, antwortete ich. »Er kommt mit uns.«

Chione entblößte ihre Schneidezähne und fauchte mich an. »Sei nicht lächerlich. Er ist ein *Ork*.« Sie machte keine Mühe, ihre Abneigung zu verbergen. Ich hatte so viel Respekt vor Chione und der Art, wie sie sich dort wie ein Badass durchgesetzt und die Kontrolle übernommen hatte, aber in dieser Sache würde ich meinen Willen durchsetzen.

»Er kommt mit uns«, wiederholte ich.

Wir hörten Geräusche – Schritte? – aus der Nähe. Die Dringlichkeit unseres Ausgangs beendete unseren Streit. Ich hockte mich schnell hin und begann, den bewusstlosen Wächter in der Nähe auszuziehen. Zuerst nahm ich seinen großen Stahlschlüsselring und fand den Schlüssel, der am elfischsten aussah. Ich reichte ihn Chione und deutete auf den Rest der eingesperrten Orks.

Ihre Körpersprache seufzte, und sie warf mir einen deutlich katzenhaften Blick zu, aber sie tat, worum ich sie gebeten hatte, und schloss die Dutzend Käfige in der Schlange so schnell wie möglich auf. Als ich fertig war mit dem Ausziehen des Wächters am Boden, warf ich die Uniform dem Hulk zu, der bereits erraten hatte, was ich vorhatte, und sich bis auf die Unterhose ausgezogen hatte. Er zog schnell die geliehene Wächterkleidung an – geholfen durch die Tatsache, dass Ork-Kleidung nicht mit fummligen Verschlüssen wie Knöpfen versehen war, weil Bratwurstfinger nicht die geschicktesten waren – und wir sprinteten schließlich weg von dem Albtraum, wobei wir unterwegs noch einen weiteren Revolver aufhoben.

»Kennst du den Weg nach draußen?«, fragte der Hulk, während wir durch den dunklen Tunnel rannten.

»Nein«, antwortete ich, mit brennenden Lungen und Beinen wie Wackelpudding, nachdem ich so lange in einem Käfig eingepfercht gewesen war. »Aber wir gehen nicht weg.«

Chione hörte auf zu laufen. »*Was?*«

Ich gab ihre Frage an sie zurück. »Was? Wir sind hier, um Gizmo zu finden, erinnerst du dich? Und Saltys Mörder.«

Nilve SaltySnap, Geistgoblin, den ich nicht mehr fühlen oder hören konnte. Verblasste sie? Vielleicht war, trotz ihres Gespensterdaseins, ihr Hunger echt.

Die Grimalkin verengte ihre Augen zu Schlitzen. »Das kann nicht dein Ernst sein.«

»Chione. Wir sind hier auf einer Mission.«

»Du warst eingesperrt und wärst fast getötet worden«, entgegnete sie. »Weißt du, wie nah du daran warst, zu Hundefutter verarbeitet zu werden?«

»Ich weiß«, sagte ich. »Aber wenn wir jetzt gehen, wäre alles umsonst gewesen.«

»Du bist am Verhungern und dehydriert. Du denkst nicht klar.«

»Es geht nicht nur um Gizmo«, sagte ich. »Es ist eine ganze Arche von Tieren und ihr Wächter. Eingesperrt in Käfigen wie meiner. Wir müssen sie retten.«

Chione rieb sich die Augen und fluchte in einer Sprache, die ich nicht verstand. Katzenflüche.

»Sind irgendwelche Hunde in den Käfigen?«, fragte sie. Chione war tödlich allergisch gegen Hunde.

»Nein«, antwortete ich. »Keine gewöhnlichen Haustiere. Sie sind alle exotisch.«

Die Grimalkin holte tief Luft. »Du gehst mir wirklich auf die Nerven«, beschwerte sie sich.

»Danke, dass du uns gerettet hast«, erwiderte ich.

Sie reichte mir den Stahlschlüssel und presste verärgert die Lippen aufeinander. »Das hätte ich nicht getan, wenn ich gewusst hätte, dass du darauf bestehen würdest, uns wieder umbringen zu lassen.«

Ich sah den Hulk an. »Name?«, forderte ich.

»Rick«, antwortete er. Die Art, wie er es sagte, klang, als würde er sich den Hals freimachen, was typisch für einen Ork-Namen war.

»Rick«, sagte ich, nickte und reichte ihm das AK-47 und einen der Revolver. »Wenn wir auf jemanden treffen, tust du so, als wären wir deine Gefangenen.«

»Gefangene«, korrigierte Chione. Ich war verwirrt, bis sie die Augen schloss und in ihren Schatten zusammensackte. Chione würde die Tiere besser aufspüren können, wenn sie in ihrer Katzenform war. Es würde für sie auch viel einfacher sein, zu entkommen, wenn wir gefasst würden.

Ricks Mund klappte auf, als er die kleine schwarze Katze erblickte. Ich fragte mich, wie er reagieren würde, wenn er Salty um uns herum schweben sehen würde.

Ich steckte das Betäubungsgewehr in meinen Umhang. Hier unten gab es nicht viel Zugang zu Magie, aber der Umhang, den Ferra entworfen hatte, schaffte es dennoch, zwischen Tarnmodus und normal hin und her zu wechseln. Das könnte nützlich sein, aber ich konnte mich nicht darauf verlassen. Es erinnerte mich an diese wunderschönen tropischen Fische im Ozean, deren bunte Haut, einmal gefangen, zu grau verblasst. Während wir in diesem Käfig so tief unter der Erde feststeckten, waren mein Umhang und ich in unserer Magie verblasst.

Wir nickten einander zu und begannen wieder zu laufen. Der Tunnel war dunkel und roch nach Feuchtigkeit. Ich brauchte

Wasser. Essen. Ein langes, heißes Bad. Ich würde geduldig sein müssen.

Meine Knie schmerzten wie die Hölle, aber ich war so froh, aus dem höllischen Käfig befreit zu sein, dass mir der Schmerz nichts ausmachte. Er erinnerte mich daran, dass ich am Leben war und dass ich laufen konnte.

KAPITEL 76

DER EWIGE KRIEG

ASHA

Wir folgten der schlanken schwarzen Katze in die Dunkelheit, Schwarz auf Schwarz, was schwieriger war als einen Tiger im Schilf zu entdecken. Ich lief einfach nach Gefühl und hoffte, nicht zu stolpern.

Chione hatte definitiv die Duftspur der Tiere aufgenommen. Ich konnte es daran erkennen, wie sie vorausstürmte, statt anzuhalten und am Boden zu schnüffeln. Sie hatte die Spur und verschwendete keine Zeit. Ein Teil von mir wusste, dass wir auf weitere Gefahren zusteuerten, aber nach den Ängsten und Schmerzen des letzten Tages fühlte ich mich mutiger. Ich wusste aus Erfahrung, dass Trauma oft das Gegenteil bewirkt – es lässt buchstäblich die Angstregion deines Gehirns wachsen und schrumpft die Freude – aber aus irgendeinem Grund fühlte ich mich weniger ängstlich als zuvor. Vielleicht hatte Chione recht, vielleicht dachte ich nicht klar, aber nichts erschien mir wichtiger, als diese Tiere zu retten.

Ich war in Gedanken versunken, deshalb war ich völlig überrascht, als Rick mich packte und gegen die Wand drückte. Er hielt meine Handgelenke hinter meinem Rücken zusammen und drückte meinen Körper gegen die harte Felswand des Tunnels. Chione war weit vor uns. Mein menschlicher Körper fühlte sich winzig und zerbrechlich gegen seine brutale Masse an.

»Erg-«, begann ich, aber er drückte härter. Erst da hörte ich das Stampfen von Stiefeln in der Ferne. Die Orks waren in Eile und näherten sich schnell. Rick zog seine Mütze tiefer ins Gesicht, um mehr davon zu verbergen.

Ich begann zu weinen. Es war leicht, die Tränen hervorzurufen.

»Halt die Klappe«, knurrte Rick, schlug neben meinem Kopf gegen die Wand und brachte mich zum Zusammenzucken. Ich weinte noch stärker. Die Stiefel kamen an, wurden nur leicht langsamer, um zu gaffen.

»Was hast du da?«, brummte einer der Wächter.

»Geht dich nichts an«, erwiderte Rick und spuckte auf den Boden. Sein Körper bedeckte den größten Teil von mir, als er sich gegen mich drückte. »Ich sagte, halt die Klappe«, befahl er mir mit zusammengebissenen Zähnen, seine Stimme voller Gewalt. Ich wurde leiser.

»Okay«, sagte der Wächter. »Wir wollen die Party nicht stören. Aber wenn du fertig bist, musst du zur Erntehalle. Jemand hat den Panikknopf gedrückt.«

»Das wird nicht lange dauern«, knurrte Rick.

Als die Wächter weitergingen, lockerte der Ork seinen Griff und drehte mich herum. Ich hörte auf zu weinen.

»Geht's dir gut?«, flüsterte er.

Ich nickte und wischte mir die Krokodilstränen weg. Es war ein Schauspiel gewesen, aber ich zitterte trotzdem. »Du bist ziemlich überzeugend«, sagte ich. »Du solltest auf der Bühne stehen.«

Wir schüttelten uns ab und setzten unseren Weg durch den Gang fort. Ich dachte, Chione hätte uns zurückgelassen, aber jedes Mal, wenn es eine Weggabelung gab, waren ihre leuchtenden Augen dort und zeigten uns den Weg zu den Tieren. Wir passierten einige Hallen und Höhlen, aus denen Lärm drang, aber wir blieben nicht stehen.

Der Geruch in der Luft verwandelte sich langsam von Erde und Feuchtigkeit zu tierischem Moschus und Meeresbrise, was verwirrend war, wenn man bedenkt, dass Johannesburg eine Stadt im Binnenland ist und die nächste Küste mehr als sechshundert Kilometer entfernt liegt. Ich konnte es nicht verstehen. Ich sah zu Rick hinüber, aber er schien nicht beunruhigt zu sein. Mir wurde klar, dass der Geruchssinn der Orks wohl schlecht sein musste, sonst würden sie in der Gesellschaft der anderen ständig würgen.

Meeresbrise? Ich konnte praktisch das Salz schmecken. Es sei denn, ich war so dehydriert, dass ich halluzinierte. Es sind schon merkwürdigere Dinge passiert.

Ich hörte ein Zischen und trat nur knapp nicht auf den Schwanz der Katze.

»Entschuldigung«, flüsterte ich.

Sie blinzelte mich an. *Wir sind da,* schien sie zu sagen. *Ich hoffe, du bist bereit dafür.*

Das war ich nicht.

Wir schlichen in Richtung des elektrischen Lichts. Der Tunnel öffnete sich zu einem weitläufigen Bereich, der von Lampenmasten und Scheinwerfern beleuchtet wurde. Eine große Wasserfläche teilte den Raum in zwei Hälften, ihre Wellen schwappten an den sandigen Boden und die Felsen. Trotz des Salzgehalts in der Luft gab es keine Wellen. Ich vermutete, dass Meerwasser so weit im Landesinneren kalt und ruhig war, mit nur einem sanften Wellenkräuseln. Meerwasser in Joburg? Die einzige Erklärung konnte sein, dass es eine Art ausgeklügeltes Taschenreich war. Die Käfige mit den Tieren wurden in der Ferne entladen. Sie kamen aus einem Tunnel, der unserem nicht unähnlich war, und wurden zum Wasser geschoben, bis die Räder im sandigen Schlamm stecken blieben. Ich trat nach vorne, den Schlüssel in der Tasche und bereit, unsere Rettungsmission zu beginnen, als Rick mich zurück und nach unten zog. Ich kauerte mich neben ihn, mit weit aufgerissenen Augen. Er deutete stumm auf ein Paar Wächter, die das Gebiet patrouillierten.

Ich nickte ihm zu und setzte mich hin. Meine Beine brauchten die Ruhe, und wir waren gut versteckt in den Schatten hinter einigen günstig platzierten großen schwarzen Felsbrocken. Chione schlang ihren Schwanz um meine Wade. Es war das liebevollste, was sie je getan hatte, und ich streichelte sie vorsichtig, in der Hoffnung, dass sie nicht ihre Zähne in mich versenken würde.

»Ich verstehe nicht, was hier passiert«, flüsterte ich.

»Wir müssen warten«, antwortete Rick.

»Worauf warten? Wo sind wir?«

»Auf ihren nächsten Zug warten. Sehen, was sie mit den Tieren vorhaben.«

»Sie schicken sie irgendwohin«, dachte ich laut.

Wir hörten auf zu flüstern, als die Wächter in unsere Nähe kamen. Mit den Fingern am Abzug erwarteten wir das Schlimmste, aber es geschah nicht. Die Orks schlurften davon. Das sanft bewegte Wasser erzeugte weißes Rauschen, das unser Gemurmel für sie unhörbar machte.

»Was haben sie mit dir gemacht?«, fragte ich Rick sanft und erinnerte mich an die Verbrennung, die ich auf seiner Schulter gesehen hatte, jetzt verdeckt von der geliehenen Wächteruniform.

Er tat es mit einem Achselzucken ab. »Ich hatte Glück. Einige von uns haben es nicht mal in die Käfige geschafft.«

»Was meinst du mit ‚einige von uns'?«

»Die, die sich den Xarlug widersetzen.«

»Die Xarlug?«, fragte ich. »Sie sind es, die ihre eigenen Leute töten?«

Die Hammerskins waren praktisch verschwunden, nachdem Sugar Shagar sie im letzten Showdown der Void-Fraktur besiegt hatte. Die Revolutionäre, die überlebt hatten, wandten sich sehr schnell von der Neonazi-Ideologie ab, aber einige Hardliner existierten immer noch und entschieden sich, ihrem Bösen nicht abzuschwören, sondern es noch zu verstärken. Die neue Splitterfraktion nannte sich die Xarlug. Sie hatten immer noch die Hakenkreuze, die rasierten Köpfe, die Hammerskin-Tattoos an ihren Hälsen. Politische Journalisten im Reich verglichen sie mit den *bittereinders* – den weitgehend besiegten Buren-Soldaten im Burenkrieg im Jahr 1900, die beschlossen hatten, bis zum bitteren Ende zu kämpfen, obwohl sie wussten, dass es eine verlorene Sache war.

Rick schaute weg, als ob es ihm schmerzte, es zuzugeben. »Sie beschaffen Geld für den Krieg.«

»Was?«, fragte ich, ein wenig zu laut. Ich bedeckte automatisch meinen Mund.

Krieg? Wir hatten gerade einen Krieg hinter uns. Die Ork-Nation erholte sich noch. Niemand konnte sich einen weiteren Krieg leisten, am wenigsten die Orks.

»Noch ein Krieg?«, fragte ich.

Rick schüttelte den Kopf. »Der gleiche Krieg. Der ewige Krieg. Das ist es, was Kriegstreiber tun.«

Meine Kopfschmerzen verstärkten sich. »Aber ihre eigenen Leute töten?«

»Sie töten nur Penner und Pazifisten. Die, von denen sie wissen, dass sie den Krieg nicht unterstützen. Wir stehen nur im Weg. Oder schlimmer, wir stellen uns gegen sie.«

»Was bist du?«, fragte ich. »Ein Penner oder ein Pazifist?«

Er lächelte zum ersten Mal. Das Licht war schwach, aber ich sah es. »Beides«, antwortete er.

Ich holte tief Luft und versuchte, die neuen Informationen zu verarbeiten. Die Xarlugs, die Unbelehrbaren, planten heimlich einen Krieg, um die Orkstämme ein für alle Mal zu erhöhen.

»Die meisten Orks sind nicht kriegslüstern, weißt du, trotz dem, was das Reich von uns denkt. Die meisten von uns wollen einfach mit dem Leben weitermachen. Eine Familie gründen. Wir haben nichts dagegen, hart zu arbeiten. Aber die Xarlugs verbreiten gefährliche Ideen.«

»Wie welche?«

»Dass uns unser Land und unsere Würde genommen wurden und wir sie zurückbekommen müssen, egal um welchen Preis. Dass wir alles verdienen, was andere haben, weil wir stark genug sind, es uns zu nehmen.«

Wir wurden still, als die Wächter an den Felsen vorbeimarschierten, hinter denen wir uns versteckten. Chione kletterte auf meinen Schoß, was ich glaube, uns beide überraschte. Ich streichelte sie wieder; es war tröstlich.

»Die Orks sind im Moment verwundbar«, sagte Rick. »Niedergeschlagen. Arm, hungrig. Sie sind perfekte Ziele für die Propaganda, die die Xarlugs verbreiten.«

Ich nickte, um zu zeigen, dass ich zustimmte und verstand.

»Als ob das Leben besser wird, sobald sie die Kontrolle haben. Wir alle werden würdevolle Arbeit finden und unsere Familien ernähren können. Orks werden respektiert werden. Für den durchschnittlichen Ork ist es verlockend, ihnen zu glauben.«

»Aber du nicht«, sagte ich.

Er stieß ein leises, bitteres Lachen aus. »Nein«, antwortete er und rieb sich den Nacken. »Ich glaube ihnen nicht.«

KAPITEL 77
MEMENTO MORI

ASHA

Wir blieben eine Weile still, dachten über das Gesagte nach und warteten ab, was die Orks mit den Tieren in den Käfigen machen würden. Ich versuchte, Harvey zu entdecken, aber ohne Erfolg. Ich wusste, dass er dort war, weil sie ihn lebend haben wollten. Falls nicht, wäre er wie ich in die Wurstfabrik geschickt worden. Sein Wissen über exotische Tiere würde ihnen nützlich sein. Während wir im Dunkeln auf dem nassen Sand kauerten, standen die Tiere im Rampenlicht. Ich beobachtete sie und erinnerte mich daran, wie es sich anfühlte, im Käfig gefangen zu sein. Ich zählte die Wachen. Abgesehen von den beiden, die das Seeufer patrouillierten, bewachten vier Orks die Tiere. Ihrer Körpersprache nach zu urteilen, warteten sie offensichtlich auf Anweisungen. Sie wirkten entspannt, daher nahm ich an, dass sie noch nichts von den Vorfällen in der Organerntehalle gehört hatten. Ich sah mich nach Pflanzen um, fand aber keine. Ich versuchte, einige Funken in meiner Handfläche zu erzeugen, aber es kamen keine. Ich würde wieder ohne meine Magie kämpfen müssen, was mir Angst machte. Selbst für einen Menschen war ich zierlich, was mich etwa so groß wie ein Ork-Kind machte. Ich hatte keine großen Hoffnungen.

Die Wachen warteten weiter, unterhielten sich und rauchten Zigaretten. Die Tiere, die ich sehen konnte, wirkten ruhig, aber das lag vielleicht daran, dass sie in einem schlechten Zustand waren, dehydriert und deprimiert. Ich suchte nach Gizmo, ich suchte nach einem weißen Phönix, entdeckte aber keinen von beiden. Harvey blieb außer Sichtweite.

»Was ist dein Plan?«, fragte ich Rick.

»Meinst du, was ist *unser* Plan?«, erwiderte er.

»Ich erwarte nicht von dir, dass du mir hilfst, die Tiere zu befreien«, flüsterte ich. »Du hast mir geholfen, bis hierher zu kommen. Ich verstehe es, wenn du deinen eigenen Weg gehst.«

Er blinzelte mich an. »Du hast mein Leben gerettet.«

»Ja«, antwortete ich. »Dann hast du meins gerettet. Wir sind quitt.«

»Nein«, sagte er. »Nicht, bis wir hier raus sind. Nicht, bis wir in Sicherheit sind.«

»Ich habe dein Leben gerettet, damit du es leben kannst. Das ist nicht dein Kampf.«

»Doch«, erwiderte er und starrte die uniformierten Wachen an. »Das ist er.«

Sechs bewaffnete Wachen gegen einen pazifistischen Penner und eine grüne Hexe mit ihrem katzenhaften Vertrauten. Die Zahlen versprachen nichts Gutes. Als hätte sie meine Gedanken gehört, sprang Chione von meinem Schoß und verwandelte sich in ihre menschliche Gestalt. Sie setzte sich zu uns auf den nassen Sand, der langsam unangenehm wurde.

»Es ist wahrscheinlich sicherer, eine Katze zu bleiben«, sagte ich.

Sie fauchte mich an. »Wenn ihr beide auch nur ansatzweise in der Lage wärt, eine Strategie zu entwickeln, könnte ich in meiner Katzengestalt geblieben sein.«

»Wir warten ab, was passiert«, verteidigte ich mich. »Sammeln Informationen«, flüsterte ich. »Nur die Dummen stürzen sich kopfüber hinein, Vorwarnung ist Vorbereitung, und so weiter.«

Die Grimalkin verdrehte die Augen. »Ihr verschwendet Zeit. Inzwischen wurde die Sicherheit der SubRealm bestimmt über den Einbruch in der Halle informiert. Sie werden uns hier finden. Wir müssen uns bewegen.«

Ich deutete auf die Käfige und die Wachen, die uns an Muskelmasse und Waffen überlegen waren. »Und?«, zischte ich zurück. »Fragen wir sie einfach nett, ob wir die Tiere mit nach Hause nehmen dürfen?«

Bevor Chione antworten konnte, kam ein rauschendes Geräusch vom Wasser her, und wir drehten ruckartig unsere Köpfe, um zu sehen, was passierte. Ich konnte nicht anders, als zu denken, dass die Grimalkin recht gehabt hatte – wir hätten etwas tun sollen, bevor wir noch mehr Boden verloren.

Ein Gefährt, eine Art U-Boot, durchbrach die ruhige Oberfläche des dunklen Wassers. Als es auftauchte, wurden mir viele Dinge auf einmal klar. Die raffinierten Elfenschlösser an den Käfigen, die Ork-Söldner, der große Wasserkörper. Dies war kein gewöhnlicher unterirdischer See. Dies war der Charybdis-Hafen, die Taschenrealm des Aquabullets, finanziert von den Sybil-Zwillingen, die natürlich nirgends zu sehen waren, weil die Elfen-Illuminaten ihre sauberen, extrem blassen Hände nicht mit so etwas beschmutzen. Stattdessen gaben sie einfach Befehle und zahlten Löhne und Bestechungsgelder.

Ich fluchte im Flüsterton. Ferra hatte recht damit, die Elfen zu verabscheuen. Ich hatte bei ihren Kommentaren über die Elfenrasse immer zusammengezuckt, aber in diesem verzweifelten Moment unter der Erde fühlte ich, dass ihr Misstrauen ihnen gegenüber berechtigt war.

Sei nicht so elfisch, hatte sie ihre Legion von Kindern ermahnt, wenn sie gierig oder selbstsüchtig waren.

Das Geräusch des Wassers, das vom Unterwasser-Bulletzug ablief, war laut und dramatisch und ließ die Tiere kreischen, weinen und mit den Pfoten auf den Boden ihrer Käfige schlagen. Dann hörte ich eine freundliche menschliche Stimme mit einem Schweizer Akzent, den ich erkannte, als Harvey versuchte, sie zu beruhigen. Es war gerade laut genug, dass wir es über die ängstlichen Tiere und das krachende Wasser hören konnten. Ich war unglaublich erleichtert, dass Harvey noch am Leben war.

»Ist schon gut«, hörte ich ihn sie beruhigen. Da waren einige Äußerungen, die ich durch den Lärm nicht richtig hören oder einfach nicht verstehen konnte. Dann: »Ich bin hier. Ich werde mich um euch kümmern.«

Es schien einen Unterschied zu machen, aber als die Wachen begannen, die Käfige auf die Plattform und in den Rumpf zu laden, gerieten sie wieder in Panik. Die Geräusche waren schrecklich, und ich musste mich davon abhalten, mir die Ohren zuzuhalten.

Ich wappnete mich für den Kampf. Es war jetzt oder nie. Wenn sie es schafften, die Tiere auf den U-Bahn-Zug zu laden, wusste ich, dass wir sie nie wiedersehen würden. Ich nickte meiner kleinen, bunt zusammengewürfelten Truppe zu – die gleiche Art von Nicken, die man einem Mitgefangenen am Galgen gibt, wenn man die Schlinge nimmt. Der Galgen, das Schafott, der Gregorianische Baum; der Name machte keinen Unterschied. Wir wussten, dass unsere Minuten gezählt waren. In einer solchen Situation reichte es nicht aus, seinen Frieden mit dem Sterben zu machen. Man musste die Idee umarmen – *memento mori* – man musste darauf zulaufen. Ironischerweise würde alles andere zu einem schnellen und bedeutungslosen Tod führen.

KAPITEL 78

SCHIESSWÜTIG

ASHA

Ich war wie versteinert ohne jegliche Magie, auf die ich zurückgreifen konnte. Wir hatten nicht genug Leute, um gegen die Wachen zu kämpfen, und ein Feuergefecht jetzt zu beginnen, würde alle nur in größere Gefahr bringen. Ohne es zu besprechen, wussten wir alle, was zu tun war. Wir standen auf, blieben aber im Schatten, während wir uns seitwärts zu den Orks bewegten, die die kreischende Menagerie mit Schimpfwörtern anbrüllten. Sie hatten offensichtlich die Nase voll davon, Tiersitter zu spielen. Sie stöhnten vor Anstrengung, als sie die schweren Käfige durch den nassen Sand schoben. Die Räder blieben stecken oder wurden bei dem Prozess abgerissen, was dazu führte, dass die Orks die Beherrschung verloren, einfach härter schoben und grober mit den Kreaturen umgingen. Wir konnten um die abgelenkten Wachen herumschleichen, bewegten uns immer noch im Dunkeln zwischen den schwarzen Felsen und warteten auf eine Gelegenheit, an Bord zu gehen. Als es zu lange dauerte, schrumpfte Chione in ihren Schatten, und ich sah ihre Katzenaugen funkeln. Sie lief zum nächsten Wächter und zerkratzte seinen Wadenmuskel durch seine schwarze Hose. Sichtlich nervös zuckte der Ork zusammen und richtete seine

Sturmwaffe auf sie. Sein Kamerad hielt ihn vom Schießen ab und äußerte irgendeine Art von Warnung. Wahrscheinlich etwas in der Art, dass ihre Boni auf dem Spiel stehen würden, wenn sie nicht eine bestimmte Quote von lebenden Tieren lieferten. Der schießwütige Ork gab nach, stürzte sich aber auf die Grimalkin, um sie zurück in den Käfig zu stecken, aus dem sie seiner Meinung nach entkommen war. Natürlich wird eine kleine schwarze Katze immer einen Ork überlisten und ihm davonlaufen können, also war sie in wenig Gefahr. Ihre schlanke Gestalt verschwand innerhalb von Sekunden und ließ den zerkratzten Wächter wütend zurück. Während die Wachen abgelenkt waren, gelang es Rick und mir, uns unbemerkt der dunklen Seite des Zuges zu nähern und hineinzuschleichen. Grimalkins sind bekanntermaßen schwer im Umgang, aber Chione hatte einen besonderen Platz in meinem Herzen. Ich faltete mich in eine Ecke hinter einigen Käfigen zusammen, aber Rick war schwieriger zu verbergen. Ich wünschte, mein Tarnmantel würde richtig funktionieren, damit ich ihn damit bedecken könnte, aber es herrschte ein vollständiger Mangel an Magie hier unten in dieser kalten, wässrigen Hölle. Rick fand einen Platz zum Verstecken und kauerte sich nieder. Der Geruch der verängstigten Tiere war schlimmer als je zuvor.

Als die meisten Käfige verladen waren, hämmerten die Wärter laut auf den Stahlrahmen des Schnellzugs, um den Bediener zu informieren. Die wenigen Tiere, die am Strand zurückgelassen wurden, waren zu krank oder gestresst, um zu reisen. Zuerst dachte ich, dass die Wachen zumindest einen barmherzigen Knochen in sich haben müssten, um sie nicht in den Zug zu pferchen, aber ich erkannte, dass es nichts mit Barmherzigkeit zu tun hatte. Sie würden die Reise nicht überleben, und tote Tiere an den Käufer zu liefern, würde ein schlechtes Licht auf sie werfen. Stattdessen würden sie die sterbenden Tiere in der Fleischfabrik abladen, während die etwas gesünderen für Käfigkämpfe in der Bierhalle verwendet würden. Beide Szenarien ließen meinen Körper vor Übelkeit und Angst verkrampfen. Mir war schlecht, und der Gestank der Angst im Laderaum half nicht gerade.

Salty schien vollständig verschwunden zu sein. Ich hoffte, dass ihr Schweigen daran lag, dass sie mich nicht zu ihren Mördern führen durfte, und nicht daran, dass sie aufgrund ihres schrecklichen Hungers verdampft war. Ich warf einen Blick auf Rick, der in Ordnung zu sein schien. Ich dachte, wir beide hielten uns gut in dem begrenzten Raum, angesichts unserer früheren Gefängniszeit. Die Tiere hingegen nicht. Trotz Harveys ständigem beruhigendem Murmeln wurden die Kreaturen immer ängstlicher. Man konnte die Panik in der Luft praktisch schmecken, als die Motoren starteten und die Schiebetüren auf beiden Seiten des Wagens sich zu schließen begannen. Mein Atem wurde schneller; mein Herz sank. Ein Plan wäre jetzt praktisch gewesen, aber alles, was ich schaffte, war, meine Galle herunterzuschlucken und das Tier im Käfig vor mir anzustarren. Lethargisch und schmutzig, war er dennoch leicht zu erkennen.

Es war Gizmo.

KAPITEL 79
HELLES FEUER

ASHA

Die Türen schlossen sich mit einem Zischen und einem Klacken und dichteten gegen das Wasser ab. So wenig ich auch in einer Kapsel feststecken wollte, die gleich durch den Ozean geschossen werden sollte, immerhin befanden sich keine Wachen in der Kapsel. Wir würden etwas Zeit haben.

»Gizmo!«, rief ich, nicht ohne einen ordentlichen Kloß im Hals. »Ich habe nach dir gesucht.«

Das war wohl die Untertreibung des Jahrhunderts. Das Frettchen schaute mich an und begann, seine Schnurrhaare zu putzen.

»Ich werde dich hier sicher rausbringen und zurück zu deiner Zaubermama bringen«, versprach ich.

Die Motoren sprangen an, und wir begannen, uns durchs Wasser zu bewegen.

»Harvey?«, rief ich. »Harvey?« Ich glaubte nicht, dass er mich über den Lärm der Tiere und der Propeller hören würde, aber seine Antwort kam schnell und lauter als erwartet.

»Asha!«, antwortete er. »Du lebst!«

Ich folgte dem Klang seiner Stimme und fand seinen Käfig, der zufällig neben dem weißen Phönix stand. Ich konnte praktisch spüren, wie die weiße Feder aus EverShade in meiner Manteltasche vibrierte.

»Schau, wen ich gefunden habe«, schwärmte der alte Mann mit einem breiten Lächeln im Gesicht und zeigte auf den nächsten Käfig. Eine zerzauste Kreatur starrte betrübt auf den Boden ihres Käfigs. »Blondie! Mein goldenes Faultier!«

Das normalerweise glatte, seidige Fell des Tieres war verfilzt und schmutzig. Ihre Augen waren stumpf. Ich schluckte die brennende Enge in meinem Hals hinunter. Die Kombination aus Harvey, der so glücklich war, sein Lieblingstier gefunden zu haben, und dem schrecklichen Aussehen der Kreatur brachte mich fast zum Weinen. Harvey war der Tierexperte, aber mir war klar, dass sein geliebtes Faultier es nicht schaffen würde.

»Du hast ein bisschen abgenommen«, scherzte Harvey.

»Ja«, antwortete ich lachend. Ich hatte etwa hundert Kilogramm Orkfleisch verloren.

»Wo warst du? Wohin haben sie dich gebracht?«

Rick trat aus seinem Versteck, was dazu führte, dass Harvey zusammenzuckte und wie ein geschlagener Hund von ihm wegsah.

»Das ist Rick«, sagte ich. »Er ist ein Freund. Wir haben die Uniform gestohlen.«

»So etwas wie einen Freund gibt es nicht, wenn man es mit Orks zu tun hat«, flüsterte Harvey.

»Ich weiß«, antwortete ich. »Ich hatte die gleichen Bedenken. Aber Rick steht auf unserer Seite. Er hätte das SubRealm nach unserer Flucht leicht verlassen können, aber er hat sich entschieden zu bleiben und zu kämpfen.«

»Orks kümmern sich nicht um Tiere«, sagte Harvey.

»Das stimmt größtenteils«, knurrte der Ork. »Aber Orks begleichen ihre Schulden.«

Bevor wir weiter sprachen, holte ich den Elfenschlüssel heraus und schloss Harveys Käfig auf. Rick bewegte sich, um Harvey herauszuhelfen, aber der alte Mann zuckte erneut zusammen, sein Körper verriet seine neue, aber tief verwurzelte Angst vor Orks. Ich trat ein, um zu helfen. Er war leicht herauszuheben, nicht mehr als ein kleines Kind. Es überraschte und schmerzte mich, ihn so zerbrechlich zu sehen. Ich verfluchte die Xarlug und die bösen Elfen. Ein kleines, aber hell loderndes Feuer der Wut begann in meinem Magen zu schwelen. Wer in Hades glaubten sie zu sein, diese grausamen Söldner und ihr Meister? Die verängstigten Tiere um mich herum verstärkten meinen Zorn nur noch, bis mein Kiefer so fest zusammengepresst war, dass ich mir fast einen weiteren Zahn abbrach. Ich würde eine ordentliche Zahnbehandlung brauchen, wenn ich das überlebte.

»Danke«, flüsterte Harvey, endlich aus seinem Käfig befreit. Er versuchte, aufrecht zu stehen, aber sein Körper spielte nicht mit, nachdem er so lange gekrümmt gewesen war. »Es gab Zeiten, da dachte ich, ich würde dort drin sterben.«

Ich öffnete Blondies Käfig, und Harvey hob sie hoch und umarmte sie. Ich wandte mich von ihnen ab, als ich sah, wie emotional er war, um ihm etwas Zeit zu geben. Ich schloss Gizmos Käfig auf, und er sprang sofort auf mich und versuchte, in meine Manteltasche zu passen.

»Hey«, lachte ich. »Du wirst da nie reinpassen.« Er versuchte es noch ein paar Mal, gab auf und nahm stattdessen auf meinen Schultern Platz, wie ein schmutziggrauer Schal. Sein Körper war warm, und seine Schnurrhaare kitzelten meinen Hals. Ich gab meinem Instinkt nicht nach, die restlichen Käfige zu öffnen. Ich dachte, sie wären in ihren eigenen Räumen sicherer, bis wir uns in einer besseren Position befänden.

Der Aquabullet gewann an Geschwindigkeit, und bald rasten wir durch das dunkle Wasser. Wir wussten, dass die Fahrerkabine an uns angrenzte, weil der Wächter dort auf das Dach geklopft hatte, um das Signal zur Abfahrt zu geben. Die Tür, die uns vom Führerhaus trennte, war verschlossen.

Der Zug wurde immer schneller, und es begann sich anzufühlen, als wären wir auf einer Spielplatzfahrt, die darauf ausgelegt war, uns zu begeistern. Es hatte den gegenteiligen Effekt, und wir wurden alle etwas grün – oder in Ricks Fall, *grüner*. Während die Geschwindigkeit uns übel machte, war es für die Tiere noch schlimmer, die lauter waren als je zuvor. Sie waren nicht nur entführt und eingesperrt worden, sondern wurden jetzt auch noch durch das Wasser geschossen. Ihre Panik war greifbar. Sie mochten die Details nicht verstanden haben, aber instinktiv wussten sie, dass nichts Gutes dabei herauskommen würde.

Schneller, lauter, schneller, lauter. Ihre Angst verbreitete sich wie hungrige Flammen. Sie kreischten und stöhnten und stampften in ihren beengten Gefängnissen. Sie schrien, als wüssten sie, dass der Tod nur Minuten entfernt war. Harvey ging vom Versuch, sie zu trösten, dazu über, sich die Hände über die Ohren zu halten. Er konnte den Schmerz in ihrer kollektiven Stimme, die Dringlichkeit, die Panik, nicht ertragen. Blondie lag, ausdruckslos, einfach an seiner Brust, die Arme träge um seinen Hals geschlungen. Ihre Augen waren offen, aber glasig. Es war verzweifelt. Ich spürte ihr Elend, als wäre es mein eigenes. Ich streckte die Hand nach Gizmo aus, um ihn zu streicheln, mehr um mich selbst zu trösten als aus irgendeinem anderen Grund. Sein Fell war weich, und meine Handfläche wurde grau. Ich konnte meinen eigenen Gefühlen nicht nachgeben – hatte keine Zeit dafür –, denn als ich Harvey beobachtete, sah ich, wie er direkt vor mir zusammenbrach. Das Leid der Tiere war zu viel für ihn, besonders nach allem, was er durchgemacht hatte. Seine Knie gaben nach, und Rick fing ihn gerade noch rechtzeitig auf. Die Tiere beobachteten ihren geliebten Pfleger und wurden zu einem verzweifelten Murmeln ruhiger, als sie sahen, wie er schlaff wurde.

KAPITEL 80

BLASSE MARIONETTE

ASHA

»Harvey!«, rief ich und stolperte zu ihm hinüber. Er sah wie eine blasse Marionette in Ricks Armen aus.

»Es ist meine Schuld«, murmelte er. »Sie werden alle sterben und es ist meine Schuld.«

»Nein«, sagte ich und schüttelte den Kopf. »Wir werden sie retten.«

»Zu spät«, entgegnete er. »Gott weiß, wohin sie uns bringen.«

»Es ist nicht deine Schuld«, sagte ich.

»Doch«, sagte er nickend und wich meinem Blick aus. »Es ist Karma.«

»Was?«

»Meine früheren Untaten, die mich heimsuchen.«

Einen Moment lang war ich sprachlos, stieß nur einen nutzlosen Atemzug aus. Ich kniete mich vor ihn hin. »*Untaten?* Bist du verrückt? Du hast mehr für die magischen Tiere im Reich getan als jeder andere!« Ich nahm seine knochige Hand in meine. Meine Stimme wurde zu einem knappen Flüstern. »Du hast dich um deine Frauen gekümmert und ihr Leiden gelindert. Du bist ein guter Mensch.«

Er sah mir immer noch nicht in die Augen. »Ich bin kein guter Mensch«, sagte er. »Ich bin kein guter Mensch.«

»Natürlich bist du das.«

»Ich habe eine Vergangenheit«, sagte Harvey.

»Wer nicht?« Wenn er wüsste, wie viele Menschen ich getötet hatte...

Er packte meinen Arm, sodass ich zusammenzuckte, und drückte ihn, um zu betonen, was er sagen wollte. »Es gibt einen Teil meines Lebens, von dem ich dir nichts erzählt habe. Eine Zeit, an die ich nie denke... oder zumindest versuche, nicht daran zu denken.«

»Das ist nicht wichtig«, sagte ich. »Alles, was zählt, ist diesen Zug umzudrehen und die Tiere in Sicherheit zu bringen.«

»Es ist wichtig«, sagte er und sah mir endlich in die Augen.

Sein Gesichtsausdruck war so gequält, dass ich einen Stich im Herzen für ihn spürte. Hatte er nicht schon genug durchgemacht?

»Ich muss dir das sagen«, fuhr er fort. »Ich glaube nicht, dass ich hier lebend rauskommen werde, also muss ich es dir erzählen.«

Suchte er nach einer Art Absolution? Ich war eine Tränkemeisterin, kein katholischer Priester. Aber dennoch verstand ich sein Bedürfnis, sein Fehlverhalten einzugestehen. Ich würde mich vielleicht ähnlich fühlen, wenn ich durch die letzten Stunden meines Lebens schlittern würde.

Ich holte tief Luft. »Ich höre zu.«

Mit einem Anflug von Schuldgefühlen hoffte ich, dass er mir die Kurzversion erzählen würde. Ich wusste nicht, wohin wir fuhren oder wie schnell sich der Aquabullet bewegte, also hatte ich keine Ahnung, wie viel Zeit wir hatten. Rick brummte und ging weg, tat so, als würde er nach den Tieren sehen, um uns ein gewisses Maß an Privatsphäre zu geben.

»Ich war jung«, sagte Harvey und schüttelte den Kopf. »Dumm.«

Ich nickte, damit er fortfuhr. In seinen Augen glitzerten Tränen.

»Ich habe in den Sechzigern für eine Wilderer-Einheit gearbeitet. Ich war ein Mozambique-Agent.«

»Was?« Das hatte ich wirklich nicht erwartet. Mein Verstand kämpfte, um es zu begreifen. »Undercover?«

Er schüttelte den Kopf. »Ein paar Wochen als Tourist unterwegs sein und in Pemba tauchen verwandelte sich in ein Jahr des Tierfangs für *Escudos*. Alle Arten von Tieren. Je nachdem, welche Aufträge wir bekamen. Sie sahen, dass ich gut mit Tieren umgehen konnte, und sie bezahlten mich gut.«

Ich starrte ihn an.

»Ich gewann das Vertrauen der Tiere und dann-« Er brach ab, unfähig, den Satz zu beenden. Er wischte sich mit dem Arm die Augen.

»Das ist so lange her«, sagte ich zu ihm. »Praktisch ein anderes Leben.«

»Ja«, sagte er. »Ein anderes Leben.«

»Du warst ein anderer Mensch. Und du hast es seitdem wiedergutgemacht«, sagte ich und deutete auf die exotischen Kreaturen in der Kabine.

»Ich habe es versucht«, erwiderte er.

»Du hast mehr als nur versucht.« Gizmo wickelte seinen seidigen Körper um meinen Hals. Es war beruhigend, eine lebende Stola zu haben, wie ein warmer Teddybär für ein Kind.

Ich rief Rick herüber und deutete auf die geliehene Betäubungspistole. Er reichte sie mir. Ich drückte sie Harvey in die Hände, was ihn zu schmerzen schien.

»Du wirst nicht sterben«, sagte ich bestimmt. »Du wirst aufstehen und uns helfen, gegen den Feind zu kämpfen. Wir werden diese Tiere retten.«

Diesmal ließ er zu, dass Rick ihm aufhalf. Er sah nach seinem Geständnis nicht erleichtert aus. Wenn überhaupt, schien er noch mehr von Schuldgefühlen belastet als zuvor.

»Wir werden kämpfen«, wiederholte ich.

Er schloss die Augen und umklammerte die Betäubungspistole mit zitternden Händen, als ob sie ihm irgendeine Art von Kraft geben könnte.

»Wir müssen in das Fahrerabteil kommen«, sagte Rick.

Ich schaute ihn an und blickte dann wieder auf die verschlossene Tür. Kein Griff, kein Drehknopf oder Türknauf, kein Schlüsselloch, keine Möglichkeit, sie zu öffnen. Gizmo huschte meinen Körper hinunter zur Tür. Auch er konnte keinen Weg hinein finden. Der Ork knurrte und machte sich bereit, seine Schulter als Rammbock zu benutzen, doch bevor er das tun konnte, begann Harvey mit geschlossenen Augen, langsam und rhythmisch mit den Fingern gegen die Waffe zu klopfen, als ob er einem Lied in seinem Kopf folgen würde. Wir sahen ihn beide an, unsicher, was zu tun oder zu sagen war. Sein Körper begann sich auf die gleiche Weise zu bewegen, wiegte sich zu der Musik, die wir nicht hören konnten. Ich fragte mich kurz, ob er einen Zusammenbruch hatte – wer würde es ihm verübeln? –, aber dann, bevor ich etwas sagen konnte, öffnete er den Mund und heraus kam die Stimme eines Mannes, der halb so alt und doppelt so groß war wie er. Ich kenne mich mit Oper im Allgemeinen nicht besonders gut aus, aber wie er die Noten herausschmetterte, war schlichtweg verblüffend. Es war so unerwartet und so kraftvoll, dass mir buchstäblich die Kinnlade herunterfiel. Es war seltsam und surreal. Seine Stimme war pure Energie. Sie strahlte aus ihm heraus und um ihn herum. Ich konnte den goldenen Heiligenschein, der seinen ganzen Körper umgab – nein, der von ihm ausging –, praktisch sehen, als er immer lauter und lauter sang. Die Tiere waren wie verzaubert.

Gizmo huschte wieder an meinem Körper hoch, diesmal hielt er an meinem Zauberstab an. Abgelenkt runzelte ich die Stirn und sah zu ihm hinunter. Er tippte auf meinen Zauberstab. Ich ignorierte ihn, von Harvey hypnotisiert, aber er war hartnäckig. Den Anweisungen des Frettchens folgend nahm ich meinen Zauberstab heraus, ohne zu verstehen warum. Er wusste offensichtlich nicht, dass grüne Magie in einer Stahlröhre unter dem Meer nicht funktionieren würde. Er war an Jax' Zauberermagie gewöhnt, die jederzeit und überall aus der Leere gezogen werden konnte. Das ist einer der Gründe, warum Hexen und Zauberer eine Hassliebe pflegen. Gizmo starrte mich erwartungsvoll an.

Benutze den Zauberstab, konnte ich ihn fast denken hören. *Worauf wartest du?*

Aus irgendeinem Grund hatte er in meinem Kopf einen polnischen Akzent. Mein Gehirn war eindeutig geschwollen.

Harveys Stimme wurde stärker. Wie er es schaffte, die Noten zu bewältigen und seinen akustischen Schwung immer weiter zu steigern, konnte niemand sagen. Abgesehen von der schieren Lautstärke und Schönheit seiner Stimme waren die Emotionen, die sie weckte, tief und intensiv. Meine Brust schmerzte davon. Ich fühlte ein Stechen in meinen Nebenhöhlen und musste Tränen zurückblinzeln. Als seine Stimme weiter anschwoll und scheinbar den gesamten Raum in der Kabine einnahm, begannen die Tiere mitzumachen. Zuerst war es nur ein gelegentliches Zwitschern oder Krächzen von den Vögeln, die ans Singen gewöhnt waren, aber es breitete sich schnell aus. Der Chor aus Stöhnen, Zirpen, Zischen und Knurren wirbelte um uns herum, unterstützte und erhöhte Harveys großartige Stimme. Ich dachte nicht, dass es noch lauter werden könnte, aber das wurde es. Rick schaute mit offenem Mund zu. Als ich ihn sah, schloss ich meinen eigenen. Gizmo tippte auf meinen Arm – den, in dem ich meinen Zauberstab hielt – und ich dachte: *Na gut.*

Okay, polnisches Frettchen. Ich glaube nicht, dass mein Zauberstab hier funktionieren wird, aber ich kann es ja mal versuchen.

Ich nickte ihm zu und hob meinen Zauberstab.

KAPITEL 81

MUSIK UND MAGIE

ASHA

Wir waren zwar nicht von Bäumen und grünen Blättern umgeben, aber wir waren umringt von der Natur in all ihrer seltsamen und wunderbaren Schönheit, verkörpert durch diese exzentrischen Kreaturen. Und es gab genug Emotionen im Raum, um einen Wal zu ersticken. Vielleicht würde das reichen.

Ich hielt meinen Zauberstab fester und ließ die Musik durch mich fließen, die schlafende Magie in meinem Körper aufwühlend. Ich atmete langsam und tief ein, sog den starken Tiergeruch ein, die Verzweiflung, die Hoffnung. Ich ließ alles in mich hinein, bis Harveys und der Tiere Leid zu meinem eigenen wurde.

Die Magie war zunächst kaum spürbar, sanfte Funken in meinen Adern, bei denen ich mir nicht sicher war, ob ich sie mir nur einbildete, aber es dauerte nicht lange, bis sie deutlicher wurden. Die zusammengeflickte Melodie baute sich auf, und mit ihr wuchs meine Magie, als ob die beiden verschiedenen Energieformen – Musik und Magie – sich gegenseitig nähren würden. Mein Zauberstab wurde warm in meiner Hand. Ich verstand, was ich tun musste. Ich schloss die Augen, um mich auf den Zauber zu konzentrieren, und begann, meinen Zauberstab in einer kreisförmigen Bewegung zu wirbeln, wobei ich die opernhafte Kakophonie auf ohrenbetäubende Lautstärke peitschte. Der Zauber verursachte einen Wirbelwind aus moschusartiger Luft, Federn und Fellbüscheln, der um uns herumfegte. Rick verzog das Gesicht und hielt sich die Ohren zu, ebenso wie einige der empfindlicheren Tiere. Der Rest des Chors kreischte, brüllte und sang den letzten Vers, und als sie sich dem Crescendo näherten, ließ ich die Kombination aus Gesang und Magie meinen Körper übernehmen. Mein Zauberstab wurde zum Dirigentenstab, der Chor folgte seiner Führung, höher, höher, höher, bis ich dachte, mein Kopf würde explodieren.

Kurz bevor der akustische Tornado drohte, ein Loch in den Schiffsrumpf zu schlagen, flog die Tür zur Fahrerkabine auf. Wir hatten nicht gehört, wie sie aufgeschlossen wurde, also war es ein Schock, plötzlich einen benommen aussehenden Ork auf uns zutaumeln zu sehen, mit blutenden Ohren und vor Überraschung und Schmerz geöffnetem Mund. Als er meinen Zauberstab entdeckte, kam er direkt auf mich zu, bereit, ihn in zwei Hälften zu brechen – oder mich. Oder beides.

Mein Körper gehörte nicht mehr mir. Er war eine Marionette, die von den hohen Tönen gehalten wurde. Als er also auf mich zuraste, konnte ich mich weder schützen noch ihm ausweichen. Gerade als er mich erreichte, schloss ich die Augen, wissend, dass es wehtun würde. Ich war schließlich erst kürzlich von einer Kreatur derselben Größe umgerannt worden und hatte den abgebrochenen Zahn und die schmerzenden Rippen, um es zu beweisen. Aber der Schmerz kam nicht, und ich wurde auch nicht zu Boden geschleudert. Als ich ein Auge öffnete, um zu sehen, was passiert war, starrte ich direkt in das verblüffte Gesicht des Fahrers.

Ich erwiderte seinen schockierten Blick. Ich wusste auch nicht, was los war. Er stöhnte und schwankte, und ich wich gerade noch rechtzeitig aus seinem Weg, als er mit dem Gesicht voran auf den Boden fiel, wo ich gestanden hatte, und die ganze Kabine erschütterte. Ich sah die Pfeile in seinem Rücken – sechs Stück – und schaute zu Harvey hoch, der, noch immer das Blasrohr umklammernd, gerade die Arie beendet hatte und totenbleich, aber stolz auf sich selbst aussah. Er schenkte mir ein trauriges Lächeln, und ich erwiderte es. Bevor ich ihm danken konnte, brach er zusammen.

Ich eilte zu Harvey, während Rick sich zur Fahrerkabine begab. Innerhalb von Sekunden gab der Zug ein seltsames Geräusch von sich, als er zum Stehen kam. Harvey war bewusstlos. Ich riss einen Vorhang vom Fenster und benutzte ihn als behelfsmäßiges Kissen für seinen Kopf. Ich legte meine Finger an sein Handgelenk; sein Puls war schwach.

»Madagaskar!«, rief Rick von der Vorderseite des Zuges.

Ich verstand nicht. Er kam durch die Türöffnung und wedelte mit einem Papierstoß. »Sie wollten die Tiere nach Madagaskar bringen.«

Hat Madagaskar nicht schon genug seltene Tiere?, fragte ich mich.

»Hoher Preis«, fuhr er fort und sah sich die Notizen an. »Hunderttausende von Koin. Ich hätte nicht gedacht, dass Tierhandel so lukrativ ist.«

»Das sind keine gewöhnlichen Tiere«, erwiderte ich, während ich die verschiedenen Gefieder und Felle betrachtete und dann wieder auf Harveys weiße Haut blickte.

»Wir haben ein Problem«, knurrte Rick.

»Nur eins?«, antwortete ich, aber Rick lächelte nicht.

»Die Ausrüstung ist einfach zu bedienen«, sagte er. »Elfen-Technologie, aber vereinfacht und vergrößert für Ork-Fahrer. Es fährt praktisch von selbst. Das Problem ist, es gibt nur einen Korridor.«

»Entschuldige?«

»Nur eine Schiene. Eine gerade Linie vom Charybdis-Taschenreich nach Madagaskar und zurück. Es ist nicht so, als könnten wir Kapstadt als unser Ziel eingeben.«

»Gehe nicht über Los. Ziehe keine einhundert Koin ein«, murmelte ich. Rick warf mir einen verwirrten Blick zu. Ich schätze, Orks spielen kein Monopoly. Jetzt, wo ich darüber nachdachte, ist es eher ein Elfen-Spiel.

»Also, entweder geradeaus nach Madagaskar oder zurück in die Xarlug-Hölle«, sagte er und erklärte es mir.

Das Allerletzte, was ich tun wollte, war in den albtraumhaften Hafen zurückzukehren, den wir gerade verlassen hatten. Inzwischen würden sie bemerkt haben, was in der Organ-Ernte-Halle passiert war, und es würde schmutzige Zähne und Kugelhagel geben. Es wäre unmöglich, die Tiere aus dem SubRealm zu bekommen. Aber Madagaskar wäre schlimmer. Die Tierwilderer würden bereit sein, uns zu empfangen – und damit meine ich, uns zu töten – und die Kreaturen würden in Minuten zu ihren verschiedenen Schicksalen verschleppt werden.

»Bist du dir sicher?«, fragte ich Rick. »Gibt es nirgendwo anders, wohin wir gehen können?«

Der Ork schüttelte den Kopf. »Sieht aus, als wäre es noch in der Betaphase. Das ist jetzt alles, was wir haben.«

Ich schaute mich in dem Raum um. Die Tiere würden keine Minute durchhalten, wenn sie irgendwohin laufen müssten, um zu entkommen. Blondie, Harveys goldenes Faultier, sah besonders schlimm aus.

»Gibt es ein Boot?«, fragte ich. »Schwimmwesten?« Unwillkürlich stellte ich mir Gizmo in einer winzigen Schwimmweste vor.

»Ja«, sagte Rick. »Ein automatisch aufblasbares Rettungsfloß mit Zugleine und Platz für sechs Passagiere.«

»Sechs?«, ich schüttelte den Kopf. »Was haben die sich dabei gedacht?«

Sie hatten offensichtlich nicht an eine Hexe und einen Ork gedacht, die mit einer teuer bezahlten Menagerie und einem bewusstlosen Tierflüsterer zu fliehen versuchen. Noah und die Arche ... wenn die Arche eine Gummiente wäre.

Ich rieb mir das Gesicht. Die Pfeile waren aufgebraucht, und als ich meinen Revolver überprüfte, sah ich, dass die Trommel leer war. Ich war völlig erschöpft, durstig wie eine Feuerschlange, und ich wusste nicht, was ich tun sollte.

KAPITEL 82

CHARYBDIS

ASHA

»**K**annst du dieses Ding umkehren?«, fragte ich Rick.

Der Ork verzog das Gesicht. »Bist du sicher?«

Ich zuckte mit den Schultern. »Die madagassischen Schmuggler werden uns erwarten. Sie werden Waffen haben. Zumindest haben wir im SubRealm den Überraschungseffekt auf unserer Seite. Die Wachen haben sich wahrscheinlich längst die Hände gewaschen und sind zum Siegesessen gegangen. Vermutlich zählen sie gerade ihre Koins und trinken Trollpisse.«

Wir beide wussten, dass ich zu optimistisch war, aber was sollten wir sonst tun? Mir wurde schlecht bei dem Gedanken, zurückzugehen. Zum Glück hatte ich seit gefühlt einem Jahrhundert nichts gegessen. Mit einem Anflug von Schuldgefühlen dachte ich, dass Nilve SaltySnap uns hätte portieren können, wenn sie noch am Leben und bei uns wäre.

Rick grunzte zustimmend zu meinem weniger als perfekten Plan und verschwand wieder im Führerraum. Bald flackerten die Lichter und das Brummen der Motoren setzte wieder ein, aber diesmal ruckelten wir in die entgegengesetzte Richtung.

»Möge die Leere uns beistehen«, murmelte ich zu Gizmo und der glasäugigen Blondie.

Das Frettchen putzte seine Schnurrhaare und machte es sich auf meinem Schoß bequem, anscheinend zufrieden mit unserer Strategie. Während ich ihn streichelte und darin Trost fand, dachte ich, dass er, wenn wir extrem viel Glück hätten, seinen Weg zurück zu Jax und Darick finden würde, mit oder ohne uns.

Es vergingen etwa zehn lange Minuten, bis wir wieder den Hafen von Charybdis erreichten. Ich versuchte, Harvey zu wecken, aber als ich meine Handfläche auf seine Wange legte, fühlte sie sich grau und kalt an, und ich zuckte automatisch erschrocken zurück. Ich fand seinen Puls wieder, aber seine Stärke ließ nicht viel Hoffnung zu.

»Verdammt, Harvey«, sagte ich. »Wir brauchen dich.«

Das war wahrscheinlich eine egoistische Aussage gegenüber einem sterbenden Mann, der seinen Teil im Leben getan hatte, aber es war auch die Wahrheit.

»Zwei Minuten«, rief Rick.

Während ich wartete, musste ich an die Orks denken, die mir geholfen hatten, seit ich vor ein paar Wochen im Krankenhaus aufgewacht war. Morgans Leibwächter und Fahrer, Gnrok, hatte mich vor dem raubgierigen Besitzer des Grackle Plague Pubs gerettet. Die irische Barfrau im Orkviertel von EverShade hatte mich vor dem bösen seidenhäutigen Vampir gerettet, und jetzt war Rick meine einzige Hoffnung, während wir uns dem näherten, was höchstwahrscheinlich unser endgültiges ewiges Ziel sein würde.

Orks hatten so einen schlechten Ruf – die meisten verdienten ihn auch –, aber ich nahm mir vor, falls ich das hier überleben sollte, zu ihrer Anführerin, der Orkpatin Sugar Shagar, zu gehen und ihr von diesen dreien zu erzählen. Und ich würde auch mit einem Journalisten sprechen, und vielleicht würde es ein kleiner Beitrag dazu sein, dass die Menschen manchen Orks wieder vertrauen, wie es vor dem Bruch der Leere war. Wenn wir anfangen könnten, guten Orks zu vertrauen und sie zu respektieren, gäbe es weniger Motivation für Gewalt in dem Krieg, den die Xarlugs entschlossen waren zu führen.

Mein Tagtraum, Orks Medaillen zu verleihen, wurde unterbrochen, als der Aquabullet die Oberfläche des schwarzen Wassers durchbrach und sanft in seine Station glitt. Wir hatten keine Ahnung, wer oder was uns erwartete, als wir uns auf das Aussteigen vorbereiteten. Ich sprach ein kurzes Gebet zur Wassergöttin Amphitrite. Da mir Poseidon in der Vergangenheit geholfen hatte, hoffte ich, dass seine Geliebte uns jetzt beschützen würde. Das Gebet schien Harvey aus seinem kurzen Koma zu wecken, denn er hustete und zog sich in eine sitzende Position hoch.

Wo bin ich?, fragten seine weit aufgerissenen Augen. *Was ist passiert?*

»Wir haben die Kontrolle über den Zug übernommen«, erzählte ich ihm. »Dank deiner Singstimme. Jetzt sind wir wieder am Hafen.«

Seine blassen Lippen bewegten sich, aber es kamen keine Worte heraus.

»Es ist okay«, log ich. »Alles wird gut. Versuche nur, die Tiere ruhig zu halten. Versuche, sie aus ihren Käfigen zu locken, und wir werden alle so schnell wie möglich hier rauskommen.«

Das Problem mit Tieren ist, dass sie so sensibel sind und auf eine Weise intelligent, die Menschen nie verstehen werden. Genau wie die Elefanten in Thailand, die stundenlang vor dem tragischen Tsunami Berge erklommen hatten, wussten die exotischen Kreaturen im Zug, dass wir alle in Gefahr waren. Sie kratzten mit ihren Krallen und Hufen am Boden ihrer Käfige und weinten, stöhnten und zischten. Menschliche Plattitüden vermochten sie kaum zu trösten. Katzen zu hüten ist eine Sache, aber eine ganze Arche magischer Tiere dazu zu bringen, das zu tun, was man braucht, ist etwas schwieriger. Der arme Harvey klammerte sich an eine nahe Stange, um sich aufrecht zu halten; ich konnte sehen, dass seine Beine wie Pudding waren. Er begann, die Tiere mit leiser Stimme zu beruhigen, und sie schienen sich zu entspannen.

Sobald der Aquabullet sicher an seinem Platz festgemacht war, konnte Rick die Türen öffnen. Ich hielt den Atem an, unsicher, was uns erwartete. Aber Frau Fortuna oder Amphitrite war auf unserer Seite, denn als wir den Strand nach Wachen mit Waffen absuchten, konnten wir keine entdecken.

War das möglich? Die Leere weiß, dass wir alle genug durchgemacht hatten. Ich machte ein paar zögerliche Schritte auf die Plattform und suchte die Schatten nach Bewegungen ab, wobei mir mit jedem Schritt klar wurde, dass es zu einfach war. Natürlich würden sie wissen, wenn der Zug zurückgefahren war. Natürlich würden sie rund um die Uhr Wachen hier haben, um das Taschenreich zu überwachen. Aber darüber nachzudenken brachte nichts. Wir mussten rennen.

»Beweg dich!«, zischte ich Harvey und den Tieren zu. Es war Zeit, so schnell wie möglich zu rennen.

Er sah mich mit einem resignierten Ausdruck an. »Sie haben zu viel Angst, um sich zu bewegen.«

Zähneknirschend vor Frustration blickte ich zurück in den Zug und sah die Angst in den Gesichtern der Tiere. Ihre Käfige waren so lange ihre Gefängnisse gewesen, dass sie sich trotz der geöffneten Türen hinter ihren Gitterstäben zusammenkauerten, um sich sicher zu fühlen.

»Kommt!«, sagte ich zu ihnen und gestikulierte wild. »Es ist unsere einzige Chance. Kommt!«

Sie vertrauten mir nicht. Warum sollten sie auch? Also begann Harvey, sie einzeln hinauszuführen, aber es ging zu langsam. Wir würden es nicht schaffen, bevor die nächste Patrouille vorbeikam. Angst stieg in mir auf. »Komm schon!«, drängte ich mit zusammengebissenen Zähnen. Wir waren zu weit gekommen, um an der letzten Hürde zu scheitern.

Harvey wiegte Goldie im Arm, während er die Tiere mit sanften Worten aus dem Waggon lockte. Ich versammelte die zitternden Geschöpfe am Strand, während Rick die dunklen Höhlenwände nach einem Ausweg absuchte. Wir hatten gerade mal ein Dutzend Tiere herausgeholt, als der Ork zurückkam und den Kopf schüttelte.

»Es gibt keinen Ausweg«, sagte er. »Nur den Weg, den wir gekommen sind.«

»Nein«, sagte ich. »Das kann nicht sein.«

»Ich hab geschaut«, versicherte er mir. »Es gibt keinen Ausgang.«

Wir konnten nicht den Weg zurückgehen, den wir gekommen waren. Wir würden es nie an den Kerlen mit den übergroßen Fäusten und den automatischen Sturmgewehren vorbei schaffen.

»Es muss einen geben«, beharrte ich und machte mich den Strand hinauf.

Rick packte mein Handgelenk und sah mich eindringlich an. »Es gibt keinen. Wir brauchen einen anderen Plan.«

Frustriert riss ich meinen Arm frei und drehte mich um, um meinen Weg über den Sand fortzusetzen, aber ich blieb wie angewurzelt stehen, als ich zwei Gestalten sah, die auf uns zukamen.

KAPITEL 83

DER VERGIFTETE STERN

ASHA

Die Silhouetten waren menschengroß, was mich verwirrte. Dies war Ork-Territorium. Als sie näher kamen und ich ihre Gesichter sehen konnte, ergab alles einen Sinn. Ich hatte die Sybil-Zwillinge noch nie getroffen, aber ihre fast identischen Gesichter starrten mich schon lange von Magazinen und Werbetafeln an. Sie waren das androgyne Milliardärs-Geschwisterpaar, das mehrere erfolgreiche Unternehmen und die Aquabullet besaß. Und natürlich waren sie Elfen.

»Was haben wir denn hier?«, fragte Alyndra Sybil. Ihre Haut war im echten Leben genauso makellos wie in den Schmuck- und Parfümwerbungen, in denen sie zu sehen war. Ihr Make-up war perfekt, aber es verbarg nicht den unverhohlenen Hass in ihren Augen. Sie lächelte herablassend, während ihr männlicher Doppelgänger sich nicht mit oberflächlichen Nettigkeiten abgab. Beide hatten kantige Gesichter, spitze Ohren und ordentlich geschnittenes blondes Haar. Ihre großen, geschmeidigen Supermodel-Körper wirkten wie lebende Schaufensterpuppen in raffinierter Space-Chic-Kleidung.

396

Während ich dort am dunklen Strand stand, kalt, erschöpft, fast wahnsinnig vor Durst und Anspannung, mit der Handvoll zitternder Tiere hinter mir, die wir aus dem Unterwasserzug gerettet hatten, hasste ich diese beiden Elfen mit glühender Wut.

Mit ihren perfekten Gesichtern und Körpern und Designerklamotten, ihren teuren Haarschnitten und selbstgefälligen Mienen hasste ich sie mit jeder Faser meines Seins.

Blinder Hass wird in der Hexerei aus offensichtlichen Gründen nicht empfohlen, unter anderem weil die Energie, die man in die Welt hinausschickt, dreifach zu einem zurückkommt. Deshalb sind in Kindermärchen die guten Hexen hübsch und die bösen Hexen ... weniger hübsch. Madame Ponesse, unsere Ethiklehrerin in Copperfield, erzählte uns einmal, dass sie gesehen hatte, wie einer Schülerin innerhalb von Minuten eine Warze am Kinn wuchs, nur weil sie vorhatte, einen fiesen Zauber auf eine Mitschülerin zu wirken. Sie konnten die Warze mit einem schmerzhaften verdampfenden *Nebulum*-Zauber entfernen, aber die Narbe blieb, und die Lektion war gelernt.

Madame Ponesse würde sicherlich zustimmen, dass mein Hass berechtigt war, aber das würde nichts daran ändern, dass schlechtes Juju noch Schlimmeres hervorbringt, also versuchte ich, mich zu beherrschen und rational zu bleiben.

»*Ihr* steckt dahinter?«, fragte ich, obwohl ich es wusste, seit ich den Zug zum ersten Mal gesehen hatte. »Warum?«

Ich war wirklich verwirrt. Sie waren so wohlhabend und gepflegt und glamourös. Tierhandel war grausam und stank. Ja, sie bezahlten die Orks für ihre Drecksarbeit, aber es klebte trotzdem Blut an ihren perfekt manikürten Händen.

Sie hatten bereits mehr Geld, als sie weit über ihre verlängerte Lebenszeit hinaus ausgeben konnten. Warum riskierten sie, das Gesetz zu brechen und unschuldigen Tieren zu schaden, für einen Zahltag in madagassischen Ariary? Verdienten sie nicht jeden Tag

Tausende von Koin durch ihre verschiedenen Geschäftsinteressen und Lizenzgebühren? Wollte ich das überhaupt verstehen?

Bevor einer der Zwillinge mir antworten konnte, spürte ich das unverwechselbare kalte Schmatzen einer riesigen nassen Schnecke. Salty! Erleichterung. Sie war noch nicht ganz verschwunden. Vielleicht könnte sie die ganze Menagerie von hier wegportalen. Sie verschleimte mich noch einmal. Es war schwer, ein ernstes Gesicht zu bewahren.

Ich hab's kapiert, wollte ich ihr sagen. *Ich bin froh, dass du hier bist.*

Mehr Geschmatze. Sie musste mich wirklich vermisst haben.

Dann wurde mir klar, was für eine Idiotin ich war. Der Geistergoblin versuchte, mir etwas mitzuteilen, ohne direkt mit dem Finger zu zeigen.

Nein, dachte ich. *Wirklich?*

Dann erinnerte ich mich, wie sie mich ständig daran erinnert hatte, dass es mehr als einen Mörder gab. Zwillingsmörder.

Waren diese oberflächlichen, eiskalten Elfen die Leute, die Salty ermordet haben?

Sofortiges Schmatzen.

Der Goblin dachte augenscheinlich so.

Diese Erkenntnis brachte mich in die wenig beneidenswerte Lage, die Elfen töten zu müssen, um Saltys Tod zu rächen und ihr so zu ermöglichen, wieder zum Leben zu erwachen, um übersalzenes Popcorn zu essen und Limetten-Milchshakes zu trinken. Und uns an sichere Orte zu portalen.

Ich fluchte leise.

Normalerweise wähle ich meine Aufträge nie selbst aus. Sie werden immer sehr sorgfältig von der Hohen Priesterin geprüft, bevor ich das Briefing erhalte. Jetzt war ich es, die entschied, dass sie sterben mussten. Das fühlte sich weniger nach »Attentat« und mehr nach »Mord« an. Und normalerweise hatte ich Zeit, mich auf meine Attentats-Projekte vorzubereiten. Ich konnte sie beschatten und nur zuschlagen, wenn die Zeit reif war.

Hatten diese beiden es wirklich verdient zu sterben? Ich wusste nichts über sie.

Du weißt, dass sie deinen Lieblingsgoblin ermordet haben, stellte ich mir vor, wie Salty sagte. *Welche anderen Details brauchst du noch?*

Die Tiere zitterten hinter mir. Ich musste mich zusammenreißen. Ich drehte mich zu Harvey um, der immer noch auf der Aquabullet-Plattform stand. »Bring sie raus«, sagte ich. Vielleicht könnten wir die Tiere rausbringen und dann könnte ich mich um die elfischen Zwillinge kümmern. Harvey nickte und versuchte weiter, die verängstigten Tiere aus ihren Käfigen zu locken. Rick ging ihm zur Hand. Ich drehte mich zurück zu den Elfen, und beide schenkten mir ihre unglaublich falschen strahlenden Lächeln und klimperten mit ihren langen Wimpern.

»Aufhören«, befahl Gregory Sybil. Harvey und Rick hielten inne und sahen ihn an. »Die Tiere gehen zurück in ihre Käfige, zurück in den Zug.«

»Nein«, erwiderte ich. »Das werde ich nicht zulassen.«

Eines seiner Augen zuckte. »Und Sie sind?«

»Es spielt keine Rolle, wer ich bin«, sagte ich. »Ich bringe die Tiere nach Hause.«

Alyndra lachte, dann verblasste ihr Lächeln. »Sie werden diese Tiere nirgendwohin bringen. Sie sind bereits verkauft, die Anzahlung ist geleistet, und die Betreuer warten auf ihre Ankunft.«

Gregory machte einen bedrohlichen Schritt nach vorn. »Je schneller Sie uns aus dem Weg gehen, desto besser wird es für alle sein.«

Jetzt war ich an der Reihe zu lächeln. »Das wird nicht passieren. Ich wurde beauftragt, die Tiere nach Hause zu bringen, und genau das werde ich tun.«

»Der Mensch nimmt uns nicht sehr ernst«, sagte Alyndra mit flacher Stimme und gestikulierte vage in meine Richtung. »Können wir das ändern?«

»Ja, Liebling«, sagte ihr Bruder. Er griff in seine Manteltasche. Ich nahm an, er würde eine Pistole herausholen, aber stattdessen sah ich einen kleinen silbernen Blitz in seiner Handfläche. Bevor ich herausfinden konnte, was es war, flog der *Kurumaken*-Rasierstern auf mich zu und landete in meiner Brust, direkt unter meiner Schulter. Ein scharfer, intensiver Schmerz brannte sich in mich hinein und begann, sich auszubreiten. Es war kein gewöhnlicher Ninja-Stern. Ich konnte spüren, wie sich sein magisches Gift ausbreitete. Mein Magen verkrampfte sich sofort, und meine Brust wurde eng. Meine Schulter stand in Flammen. Ich war überrascht von einem Blutstrom, der plötzlich aus meiner Nase schoss.

Alyndra wirkte zufrieden. »Danke«, sagte sie.

Meine Lungen verschlossen sich schnell, und meine Sicht begann zu verschwimmen. Ich konnte sehen und fühlen, wie sich das Gift durch meinen Körper ausbreitete und meine Adern schwarz färbte.

Ich kannte mich mit Giften aus. Ich wusste, wie man sie herstellt und auch ihre Gegenmittel, aber ich war eine Ewigkeit von meinem Trankherstellungslabor entfernt, und Nervengift wirkt schnell.

Ich biss die Zähne zusammen und packte den vergifteten Stern fest, dann schloss ich die Augen und zog ihn heraus. Der Schmerz trübte die Erleichterung, die ich verspürte, als ich den scharfen Stahl aus meinem zerrissenen Fleisch entfernte, und ich konnte nicht anders, als aufzuschreien. Ich spürte, wie ein Teil der giftigen Magie mich verließ, aber es war immer noch genug in meinen Adern, um meine Organe zum Versagen zu bringen.

Alyndra, mit verschränkten Armen, tippte mit dem Fuß, ohne Zweifel überlegend, wie viel mehr ihrer kostbaren Zeit ich noch verschwenden würde, indem ich zu langsam starb.

Als ich sie beobachtete, vergaß ich augenblicklich meine Bedenken bezüglich der Tötung der Elfen.

KAPITEL 84

SCHWARZER BLITZ

ASHA

Rick umklammerte seine Sturmwaffe, seine Augen huschten von ihnen zu mir und wieder zurück, vermutlich fragte er sich, wie schwer ich verletzt war und ob er beide ausschalten könnte.

»Worauf wartest du noch, Ork?«, fauchte Alyndra ihn an. »Bring die Tiere zurück in den Zug.«

»Er arbeitet nicht für dich«, spuckte ich aus.

»Er ist ein *Ork*«, höhnte Gregory.

Ich wischte mir die blutige Nase am Saum meines T-Shirts ab. »Und was willst du damit sagen?«

»Elfen herrschen über die Orks«, sagte Alyndra.

Ich schnaubte. »Du bist wahnsinnig. Diese lächerlich teuren Vitalitätsshakes sind dir zu Kopf gestiegen.«

»Elfen sind in jeder Hinsicht überlegen«, sagte Gregory. »Es ist unsere Pflicht, die weniger gebildeten Mitglieder des Reichs zu führen.«

»Moralisch überlegen seid ihr anscheinend nicht«, erwiderte ich und blickte auf die kalten, verängstigten Kreaturen, die am Strand zusammengekauert waren. Ich war dankbar, dass Gizmo warm und sicher um meinen Hals saß – zumindest solange ich am Leben blieb. Meine Adern pulsierten immer noch lila, und ich hatte stechende Schmerzen in meinem Inneren wie schwarze Blitze. Den Stern hatte ich in meiner Tasche.

Die Elfen standen fest auf ihrem Posten. Sie mochten ein wenig ungeduldig sein, mich sterben zu sehen, aber ansonsten waren sie ruhig und gefasst.

»Harvey«, rief ich. »Hol weiter die Tiere raus.«

Er nickte und verschwand im Zug, sein ausgebrannter Körper von seiner Mission neu belebt. Rick näherte sich uns langsam.

»Wir bringen diese Tiere nach Hause, wo sie hingehören.«

Gregory verengte seine grausamen, wunderschönen Augen. »Nein, das werdet ihr nicht.«

Ich seufzte. Ich hatte nicht die Kraft, um gegen sie zu kämpfen, aber auf keinen Fall würde ich zulassen, dass sie die Kreaturen an die Insel-Wilderer lieferten, die den EverShade-Ring finanzierten. Und wenn ich mein Wort gegenüber Salty halten wollte, konnte ich die Sybil-Zwillinge nicht lebend hier rauskommen lassen. Ich musste das Gift aus meinem System spülen. Und ich musste wieder in der Lage sein, meine Magie zu nutzen.

Bevor ich einen Plan formuliert hatte, richtete Rick seine AK-47 auf die Elfen und drückte ab. Die Waffe klemmte. Er fluchte in gutturalem Orkisch und griff nach seinem Revolver, drückte ab und schickte ohrenbetäubende Schüsse in ihre Richtung. Alyndra streckte ihre Hand aus, um die Projektile zu verlangsamen, während Gregory sie wie lästige Fliegen wegwedelte. Die unverbrauchten Kugeln landeten lautlos im Sand. Rick ließ sich nicht beirren. Er feuerte weiter, bis die Trommel leer war, warf sie dann weg und stürmte auf das Paar zu. Ohne Munition schien er entschlossen, sie einfach mit roher Gewalt auszuschalten. Mit kaum einem Blick in seine Richtung hoben sie gleichzeitig ihre rechte Hand und erzeugten einen kaum sichtbaren Schild. Der Ork prallte dagegen und wurde zurückgeworfen, landete hart auf dem Boden und blieb dann regungslos liegen. Alyndra war amüsiert. »Du denkst, es wird so einfach sein?« Ihre Augen bohrten sich in meine. »Du bist überfordert. Geh jetzt, nimm deinen verschrumpelten Großvater mit, und wir lassen dich leben.« Sie hob eine makellose Augenbraue. »Letzte Chance.«

»Und lass den Ork hier«, fügte Gregory hinzu. »Wir haben Pläne für ihn.«

Der Geruch der Orgenernte-Halle kam mir wieder in den Sinn, und ich musste beinahe würgen.

Harvey brachte immer noch die Tiere einzeln heraus. Es ging nicht schnell genug. Die meisten waren noch im Zug.

Ich konnte spüren, wie mein Körper versagte. Machtlos.

Ich fragte mich, was die Hohepriesterin tun würde, was Madame Copperfield tun würde. Was Merlin tun würde. Und als ich immer noch keine Ideen hatte, zog ich mein Messer. Ich war schließlich die Fluchbrecherin, und dieses böse Paar war mit Sicherheit ein Fluch für das Reich.

»Ich gehe nicht ohne Rick oder die Tiere«, sagte ich. »Wenn euer Intellekt tatsächlich so überlegen ist, wie ihr behauptet, dann wisst ihr, dass es das Beste ist, mich meine Arbeit machen zu lassen.«

Alyndra war wieder amüsiert. Ihre perfekten Lippen verzogen sich zu einem schmollenden Lächeln. »Du glaubst wirklich, du kannst uns einschüchtern, mit deinem Ork-Haustier und deinem kleinen Dolch?«

»Schau dich an«, schnurrte Gregory. »Du bist ja so niedlich.«

Blut schoss mir ins Gesicht. Ich war mir nicht sicher, ob es eine weitere Wirkung des Gifts war oder pure Wut auf die Elfen, und es spielte keine Rolle. Ich hatte genug von ihnen und ihren grausamen Lächeln.

Mein Ritualmesser glitzerte im schwachen Licht. *RUPTOR MALE-DICTUM*. Ich zwang meine Muskeln, trotz ihres geschwächten Zustands anzuspannen. Ich warf einen kurzen Blick auf Rick, der immer noch bewusstlos am Boden lag. Harvey war noch auf der Zugplattform und versuchte, die Kreaturen herauszulocken oder zu tragen. Gizmo wickelte sich enger um meine Schultern. Ich konnte spüren, wie Salty in meiner Nähe schwebte, verzweifelt darauf wartete, aus dem Limbo befreit zu werden. Mit krampfendem Magen und enger Lunge wusste ich nicht, wie lange ich noch hatte. Meine Vergiftung durch Gregory Sybils Hand verbesserte eigentlich unsere Chancen, denn wenn ich ohnehin sterben würde, hätte ich nichts zu verlieren.

Ich würde lügen, wenn ich behauptete, ich hätte keine Angst – ich hatte Höllenangst –, aber wenn ich diesen Fluch nicht brechen würde, wer dann? Die Tiere würden an die madagassischen Wilderer verkauft werden, für ihr magisches Fell und ihre Federn, Salty würde in alle Ewigkeit hungern, und Rick würde geerntet werden, seine Überreste zu Tierfutter verarbeitet. Nein. Jetzt war es an der Zeit, dieser bösartigen Kraft ein Ende zu setzen.

Ich begann, das bisschen Magie zu sammeln, das ich von den Tieren bekommen konnte. Ihre Angst machte es für mich verfügbarer, sodass die Funken in meinen verdunkelten Adern stärker waren als erwartet. Vielleicht würde sich die schwarze Magie aus dem Gift mit meiner verbinden und einen doppelten Schlag erzeugen. Ich atmete so tief ein, wie meine Lungen es zuließen, und nahm meine Kampfstellung ein.

»Du hast recht«, sagte Alyndra und blinzelte mit ihren perfekten falschen Wimpern. »Sie ist wirklich niedlich.«

Ich war gerade dabei, auf sie loszugehen, als ein Gesicht aus der Dunkelheit hinter ihnen auftauchte. Mein Herz blieb fast stehen. Es war der dreckige Ork, der all den Ärger überhaupt erst angefangen hatte, nur dass er jetzt Körperpanzerung und eine schwarze Uniform trug. Seine kleinen Augen waren voller Bosheit, sein Ausdruck gleichzeitig bösartig und selbstgefällig. Mir stockte der Atem in der Kehle.

»Tiirak«, sagte Gregory, ohne einen Blick zurückzuwerfen. »Ich bin so froh, dass du es geschafft hast.«

Entweder hatte der Elf Augen am Hinterkopf, oder es war Tiiraks unglaublich fauliger Gestank, der seine Ankunft ankündigte. Ich würde meinen Koin auf Letzteres setzen.

Mir wurde schwindelig. So viel zu den Chancen, die zu unseren Gunsten standen. Rick war immer noch bewusstlos, und Harvey war so schwach, dass er kaum einen zwitschernden Vervetaffen heben konnte. Als ich die fiese Visage des Orks betrachtete, gab es Bewegung hinter ihm, mehr Gorgonzola-Gesichter tauchten aus der Dunkelheit auf, als ein Dutzend Ork-Wachen mit Tiirak nach vorne trat.

Das kleine bisschen Magie, das ich zu beschwören begonnen hatte, flackerte mit meiner Angst auf, und ich spürte die Elektrizität zwischen meiner Handfläche und dem Griff meines Ritualmessers. Die Gravur leuchtete golden, als würde sie signalisieren, dass ich bereit war, meine Feinde zu besiegen. Ich schluckte schwer, als die Elfen näher traten, ihre glatten Stirnen in krassem Gegensatz zu meinem verängstigten Gesicht.

Tiirak grunzte und wedelte mit seinem fetten Finger zu seinen Truppen, und sie schlurften leise zu den Tieren, die Harvey aus dem Zug geschafft hatte. Wie ogerhafte Roboter taten sie fraglos, was ihnen befohlen wurde. Ich sah, dass ihre Hammerskin-Tattoos leicht verändert worden waren, um zur Tinte des Xarlug-Stammes zu werden. Ein FW-Design, das genauso gut ein Hakenkreuz hätte sein können.

F und *W*.

Der Ewige Krieg, hatte Rick gesagt.

Die Wachen packten die Tiere.

»Nein!«, schrie ich.

Wenn sie mich hörten, zeigten sie es nicht. Mit groben Händen hoben sie die Kreaturen vom Strand auf und brachten sie zurück in ihre Käfige im Aquabullet. Harvey versuchte, ihnen den Weg in den Zug zu versperren, aber er wurde leicht beiseite geschoben.

»Nein!«, schrie ich wieder.

Harvey versuchte weiter, sie aufzuhalten, sein schwacher, dünner Körper tat alles, was in seiner Macht stand. Das kranke Faultier hing noch immer um seinen Hals wie ein leerer Lederbeutel. Sie schoben ihn weiter grob herum, bis sie die Geduld verloren, und ein Paar Orks packte ihn gewaltsam an den Schultern, entfernte Blondie und warf ihn über Bord. Das dunkle Wasser verschluckte Thomas Harvey kaum hörbar.

KAPITEL 85

QUID PRO QUO

ASHA

Mein Instinkt sagte mir, zurückzulaufen und ins Wasser zu springen, aber ich wusste, dass meine Aufgabe darin bestand, zu bleiben und zu kämpfen. Ich wurde als Kriegerin geboren, nicht als Retterin. Tatsächlich schien ich, wenn man diese SubRealm-Spielchen betrachtete, überhaupt nicht besonders gut in Rettungsmissionen zu sein.

»Lasst sie in Ruhe!«, schrie ich die Wachen an, während meine Magie sich von meinen Fingerspitzen über meine Hände ausbreitete. Die Haut meiner Handflächen wurde heiß am Griff meines Schwertes. Ich hob es an und drehte mich zu den Sybil-Zwillingen um, die nun unbewacht waren. Mit einer Drehung meines Handgelenks änderte ich meinen Griff am Heft und bevor die Elfen irgendetwas tun konnten, schleuderte ich die Klinge direkt auf Alyndras Kopf zu. Ich kann mich nicht erinnern, das geplant zu haben; mein Kampfinstinkt übernahm einfach. Es ging so schnell, dass keiner der Zwillinge einen Schutzschild errichten konnte. Das Ritualmesser, liebevoll von Ferra konstruiert und gefertigt, schoss schneller als eine Kugel direkt auf sein Ziel zu. Mein Ziel war gut, aber es wurde durch die Tatsache unterstützt, dass die Waffe wärmesuchend war.

408

Im Nachhinein könnten wir scherzen, dass die Sybil-Zwillinge so kaltblütig waren, dass die magische Technik nicht funktionieren würde, aber das tat sie. Der Dolch, immer noch in goldenes Licht getaucht, durchbohrte Alyndras Gesicht. Zunächst konnte ich den Schaden nicht erkennen, aber ihr Schrei verriet mir, dass er erheblich war. Ich sah ihre identischen entsetzten Gesichtsausdrücke, als Alyndra vor Schock und Schmerz zusammenbrach. Ich sah, dass mein Messer in ihrer Augenhöhle steckte. Ihr Schock war so elektrisch, ihr Schrei so schrill, dass die gesamte Höhle erbebte. Ihre Hände wanderten zum Griff, aber bevor sie etwas tun konnte, flatterten ihre Augen zu und sie sackte in Gregorys Arme.

Es war blutig und brutal, aber ich bereute nichts. Das war Krieg.

Gregory starrte auf das plötzlich schlafende Gesicht seiner Schwester. Er schrie auf und wischte ihre blutigen Tränen weg, während er ihr geflüsterte Worte auf Elfisch zumurmelte. Tiirak blickte von seiner Aufgabe auf und runzelte die Stirn, als er seine verwundete Herrin erblickte. Er richtete sich auf und brüllte, als wäre er derjenige, der aufgespießt wurde. Der Ork warf das Tier, das er hielt – das letzte, das am Strand übrig war – zu Boden und stürzte sich auf mich. Ich hatte keine Waffen mehr, und er war bereit, mich in Stücke zu reißen.

Bevor das Monster mich erreichte, stieß Gregory ein höhlenerschütterndes Heulen aus, identisch mit dem, das seine Schwester vor ihm getan hatte.

»Ich werde sie heilen!«, rief ich. Gregory kniff die Augen zusammen, als hätte er vergessen, wo er war. »Lasst die Tiere frei und ich werde sie heilen.«

Wieder das verwirrte Blinzeln.

»Das muss nicht das Ende sein«, sagte ich mit erhobenen Händen.

Tiirak krachte in mich hinein, und ich wäre fast bewusstlos geworden.

»Halt!«, befahl Gregory. »Tiirak! Bei Fuß!«

Der Ork knurrte und bleckte die Zähne wie ein wilder Hund. Ich spürte Tröpfchen seines Speichels auf meinen Wangen landen und wischte sie ab, wobei ich bemerkte, dass meine Nase immer noch blutete.

»Gib mir das Gegengift für dieses Gift und lass die Tiere frei, und ich verspreche, dass ich alles in meiner Macht Stehende tun werde, um deine Schwester zu retten.«

»Du willst, dass ich dir vertraue?«, knurrte er. »Du hast ihr eine Klinge ins Gehirn gerammt!« Sein Hass strahlte wie nukleare Energie von ihm aus.

»Du hast mich vergiftet«, sagte ich.

Quid pro quo, Mothertrucker.

Trotzdem zögerte der Elf.

»Ich brauche nicht dein Vertrauen«, erwiderte ich. »Du musst mich nie wieder sehen.«

Der Elf biss sich auf die Lippe, seine Augen huschten von dem beladenen Bullet Train zu Alyndra und wieder zurück. Ihre weiße Haut wurde von Sekunde zu Sekunde bleicher.

»Nur das Gegengift und die Tiere«, sagte ich. »Das ist ein kleiner Preis. Worauf wartest du?«

»So sollte es nicht sein«, sagte der Elf, was ich als ziemlich offensichtliche Feststellung empfand. Warum zögerte er?

»Es sei denn, du *willst*, dass sie stirbt«, sagte ich.

»Sei nicht lächerlich«, spuckte er aus. »Sie ist alles.«

»Und ohne sie wirst *du alles* sein. Du wirst nicht mehr die Hälfte eines Ganzen sein. Du bekommst alles für dich allein.«

»Das ist nicht, was ich will!«, schrie er.

»Dann lass mich ihr helfen!«, brüllte ich zurück.

Die Wahrheit war, dass ich in genauso großer Gefahr war wie Alyndra. Ich konnte praktisch spüren, wie meine Organe schmolzen, meine Arterien sich auflösten. Wenn ich dieses Gift nicht umkehrte, würde ich in wenigen Minuten neben ihr zusammenbrechen. Tatsächlich war das Zusammenbrechen fast ein willkommener Gedanke, denn die Göttin weiß, wie übel mir war.

»In Ordnung«, stimmte er zu.

Ich schloss die Distanz zwischen uns und kniete mich hin, um den Schaden zu beurteilen. Meine Hand zuckte automatisch zurück, als ich sie berührte. Sie war bereits so kalt. So nah am Tod. Es würde ein Wunder brauchen, um sie zurückzuholen.

»Ich kann sie reparieren«, log ich. »Aber wir haben nicht viel Zeit.«

Ich streckte meine Handfläche aus und sah direkt in seine eisigen Iriden. Seine Augen flackerten in Einwilligung. Er atmete ein, blähte seine Nasenlöcher auf und riss Alyndras blutbespritztes Hemd auf, dann holte er eine kleine zylindrische Ampulle mit gelbem Serum an einer silbernen Kettenkette hervor. Er zog fest daran, zerbrach die Kette und brach den Glasdeckel ab, und reichte sie mir. Ich nahm sie vorsichtig, mir bewusst, dass ein Fallenlassen einem Unterzeichnen meiner eigenen Sterbeurkunde gleichkäme. Sobald ich sicher war, dass ich einen guten Griff hatte, leerte ich sie in meinen ausgetrockneten Mund. Es schmeckte wie Essig und trocknete meine Zunge noch mehr aus. Bevor ich mich fragen konnte, ob es das Richtige war, beantwortete mein Körper schnell die Frage – mein Magen hörte auf zu krampfen, meine Venen verblassten zu ihrer normalen Farbe. Die Wunde an meiner Schulter flammte blau auf, als ob ein Schneidbrenner sie veröden würde. Als ich sie wieder berührte, war die Haut vollständig geheilt, und es blieb nur eine leichte Narbe, die sich meiner wachsenden Sammlung hinzufügte.

KAPITEL 86
ZOMBIE AN MARIONETTENFÄDEN

ASHA

Ich biss mir auf die Zunge und widerstand dem Drang, ihm zu danken, als er Alyndras Oberteil wieder zusammenzog und ihre silberne Jacke zumachte.

»Jetzt die Tiere«, sagte ich.

Er warf mir einen harten Blick zu. »Keine Chance. Du bist dran.«

»Das war nicht die Abmachung.«

»Die Abmachung ändert sich. Erst Ally helfen, dann bekommst du deine kostbaren Bestien.«

»Ich glaube dir nicht«, sagte ich. Angst stieg wie eine schwarze Rauchsäule in mir auf.

Wir starrten uns eine Weile an. Pattsituation.

»Dann lass sie eben sterben«, murmelte ich vor mich hin.

Gregorys Augen weiteten sich. »Was hast du gesagt?«

Ohne den Blickkontakt zu unterbrechen, ohne zu blinzeln, wiederholte ich mich. »*Dann lass sie eben sterben.*«

Ich riss den Dolch aus Alyndras Augenhöhle und stieß ihn sofort in Gregorys Bauch. Sein schockierter Gesichtsausdruck fror ein.

»Das ist dafür, dass du versucht hast, mich zu töten«, sagte ich, dann bewegte ich mich noch näher an ihn heran und drückte die Klinge tiefer hinein, wobei ich den glitschigen Griff drehte, um maximalen Schaden anzurichten. Der Elf schrie vor Schmerz auf, und es tat mir nicht leid. »Und das ist für die Ermordung von SaltySnap.«

Als wäre der Name der Goblin ein Wiederbelebungszauber, setzte sich Alyndra kerzengerade auf wie ein Zombie an Marionettenfäden, mit einem hässlichen roten Durcheinander dort, wo ihr linkes Auge gewesen war. Sie hatte genau rechtzeitig das Bewusstsein wiedererlangt, um den Tod ihres geliebten Bruders mitanzusehen. Er blickte sie an und versuchte, etwas zu sagen, aber nur Blut quoll aus seinem Mund. Er griff nach ihrer Hand, und sie sahen sich ein letztes Mal mit ihren übereinstimmenden blutigen Gesichtern an, bevor er gegen sie zusammensackte. Ich beobachtete, wie sein Körper erschlaffte und vollkommen leblos wurde. Seine Lebenskraft schien irgendwie in seine Schwester überzugehen, denn Alyndra wurde plötzlich lebendig. Es war überraschend, denn mein Ritualdolch hatte sicherlich ihr Gehirn durchbohrt, und sie sollte allen Regeln nach genauso tot sein wie ihr Bruder.

Nilve SaltySnap flackerte an und aus wie ein gestörtes Hologramm. Es schien, als hätte die Tötung eines ihrer beiden Mörder sie teilweise wieder ins Reich zurückgebracht. Ich musste die Sache zu Ende bringen.

Ich griff nach meinem Dolch in Gregorys Eingeweiden, aber die Elfe war schneller. Wie in Zeitlupe schnappte sie sich die Waffe und stürzte sich auf mich. Ich entkam ihrem ersten Hieb nur knapp, aber der zweite streifte meine Wange.

»Du hast meinen *Zwilling* genommen«, keuchte sie durch zusammengebissene Zähne.

»Ich bereue nichts«, antwortete ich. »Außer, dass ich dich nicht früher getötet habe.«

Sie heulte mich an wie eine einäugige Todesfee. Ich widerstand dem Drang, mir die Ohren zuzuhalten. Es war der schrecklichste Laut aus Trauer und Wut, den ich mir vorstellen konnte, und er schien durch meinen geschlagenen Körper zu vibrieren. Als der bösartige Klang verklungen war und nur ein Echo in der Höhle zurückließ, blickte sie mich mit purer Abscheu an. »Xarlug!«, schrie sie. Es war ein Schlachtruf. »Tiirak!«

Ihre Schläger hörten ihren Ruf und schlurften zu uns herüber, verwirrt, als sie Gregorys leblosen Körper am Strand sahen, wobei sich die purpurrote Farbe langsam auf dem Sand darunter ausbreitete. Ich versuchte, nach dem Messer zu greifen, aber sie war zu schnell für mich, und ich kam mit einem schmerzhaften Schnitt am Unterarm davon. Ich schrie auf, und sie sah zufrieden aus.

Salty versuchte, etwas zu sagen, aber ihr schimmerndes Bild kam ohne Ton. Sie zeigte hinter mich, und ich drehte schnell meinen Kopf, um nachzusehen. Tiirak war an meiner Schulter. Ich versuchte, ihm auszuweichen, aber er packte mich mühelos, wie ein Vater ein stampfendes Kleinkind packen würde. Mein Kampf schien ihn zu amüsieren. Als Ork hätte ich eine kleine Hoffnung gehabt, mich zu verteidigen, aber als Mensch hatte ich keine Chance. Ich gab Ellbogenstöße, trat um mich und schrie.

»Töte sie«, spuckte Alyndra. »Aber bevor du das tust, lass sie zusehen, wie ihre kostbaren Tiere ertrinken.«

Was? Ich war so darauf fixiert gewesen, mein eigenes Leben zu retten und Saltys Tod zu rächen, dass die geschmuggelten Tiere in den Hintergrund meines Bewusstseins gerückt waren. *Sie ertränken?*

»Du kannst sie nicht ertränken. Du hast selbst gesagt, sie seien ein kleines Vermögen wert.«

»Sieh zu«, erwiderte sie. Sie gab einem der Orkwachen ein Zeichen, und er holte ein Gerät heraus und tippte auf den Bildschirm. Bei weit geöffneten Türen des U-Bahn-Zuges begann die Plattform zu sinken und mit ihr die Aquabullet. Entsetzt beobachtete ich, wie das dunkle Wasser in die Kabine einzudringen begann. Ich schrie und trat so fest ich konnte, nur um mit einer widerlichen Handfläche belohnt zu werden, die über meinen Mund geklatscht wurde. Das Salz auf seiner Haut brannte in der neuen Wunde auf meiner Wange, und seine Hand war so groß, dass sie auch meine Nase bedeckte, sodass ich um Atem rang.

Der Zug war bereits zur Hälfte unter Wasser, und ich konnte das Kreischen und Krächzen der panischen Tiere in ihren Käfigen hören.

Ich kämpfte weiter, meine Beine baumelten nutzlos in der Luft, meine Lungen brannten wie Feuer.

»Nein«, wimmerte ich in die kräftige Handfläche des Orks. Kein Laut drang nach draußen. Mir wurde schwindelig, und ich versuchte, die Sterne wegzublinzeln, die in meinem Blickfeld funkelten. Mein Widerstand ließ nach; es war ein zu heftiger Angriff, um ihn zu ertragen. Ich spürte die Dunkelheit des Todes, die versuchte, mich zur leichten Aufgabe zu verführen. Ich sank in das Verständnis, dass es vorbei war. Mein Kämpfen hörte schließlich auf, und meine Muskeln entspannten sich.

Aber als ich die Augen schloss, bereit zu gehen, erwachte mein Schal zum Leben.

KAPITEL 87

EIN VAMPIR IN DER SONNE

Gizmo bäumte sich auf und versenkte seine scharfen Zähne in die Hand, die mich erstickte. Tiirak brüllte vor Schmerz und Überraschung und ließ mich instinktiv fallen. Ich stürzte wie ein Sack Kartoffeln zu Boden, entging nur knapp einem weiteren Schlag auf den Kopf. Ich hatte nicht genug magische Energie, um den Zug aus dem Wasser zu heben. Ich hatte kaum genug Energie, um zu stehen. Ich musste kreativ werden.

Ich erinnerte mich daran, wie Madame Ponesse uns über schlechtes Juju unterrichtete und die Warze, die auf der Nase der Hexe erschien. Sie hatte einen Verdampfungszauber benutzt, um sie loszuwerden.

»*Fumum*,« keuchte ich und stellte mir die verschlossenen Käfige in der Kabine vor. »*Nebulum!*«

Es war keine Magie in meinem Körper. Die Zaubersprüche waren nur tote Worte, graues Treibholz auf dem feuchten Sand. Ich versuchte es erneut, kniff die Augen zusammen und versuchte, Energie in meine Hände zu zwingen. Nichts.

Flüche explodierten in meinem Kopf. Die Wachen kamen alle auf mich zu, während die Tiere ertranken.

»Tötet sie!«, kreischte Alyndra hinter ihnen. Ihre Stimme war dämonisch schrill, wie ein Vampir in der Sonne. »Tötet die Hexe!«

Ich hob meinen Arm, um mein Gesicht vor den Stiefeln der Orks zu schützen. Ich war sicher, dass sie mich gleich zu Tode treten würden. Bei ihrer rohen Kraft würde es nicht viel brauchen. Dies war meine letzte Chance. Ich zwang diese Verzweiflung in meine Hände und hoffte, dass meine intensiven Gefühle und die übrig gebliebene schwarze Magie ausreichen würden, um den Funken meiner eigenen Magie zu entfachen.

»*Fumum!*«, schrie ich. »*Nebulum cavea!*« *Verdampfe die Käfige!* Ich spürte, wie etwas in mir aufflammte. »*Vaporem tu debes evadere!*«

Es gab Platschen. Da war Platschen! Ich konnte nicht an den Wilden vorbei sehen, die mich umringten, aber ich konnte hören, wie die Tiere dem Unterwasserzug entkamen und am Strand landeten. Die Wachen, die mich umgaben, zerstreuten sich, um das Spektakel zu beobachten, wie ein Tier nach dem anderen sich in Sicherheit schleppte, einige mit Nichtschwimmern auf ihren Rücken oder in ihren Schnauzen und Mäulern. Die Diamantrückenschlange, das schwanzschwingende Krokodil, die Pfauen, die Obsidianskylarks.

Salty blitzte und flackerte neben mir.

Ich hörte einen lauten Schuss. Gizmo zuckte und winselte.

Nein! Ich begann, im Leopardengang in Richtung der Kreaturen zu kriechen, bedeckt mit feuchtem Sand und Blut. Weitere Blitze und Lärm, als die Kugeln über mich hinwegsegelten. Doch dann geschah etwas Seltsames. Die knurrende Wache, die gerade dabei war, mich aufzusammeln, zuckte, stöhnte und fiel um. Ein Unfall? Aber dann fiel eine weitere Wache, und noch eine. Ich beobachtete, wie ein Stein durch die Luft flog und mit einem schrecklichen Knacken auf den Schädel einer Wache traf. Ich suchte nach der Quelle der Geschosse, scannte die schwarzen Felsen nahe dem Tunneleingang, wo Rick und ich uns versteckt hatten, was sich wie Jahrhunderte anfühlte, und da war er, mit brennender Pistole. Bei all dem Drama mit den Zwillingen und dem Gegenmittel hatte ich nicht gesehen, wie er sich davongeschlichen hatte. Jetzt war er zurück, und er war nicht allein. Er hatte eine kleine Armee mitgebracht.

Gewehrfeuer blitzte auf; Steine prasselten herab. Die Wächter zogen ihre Waffen und feuerten zurück. Als Ricks Truppe näher kam, sah ich, dass es alles Orks waren, aber keine gewöhnlichen Schläger. Es waren diejenigen, die in den Käfigen in der Organerntehalle eingesperrt waren, wie Vieh gebrandmarkt und darauf wartend, zerstückelt zu werden. Die Penner und die Pazifisten.

Die Wachen in schwarzen Uniformen fielen weiter. Ich machte mir Sorgen über verirrte Kugeln und Querschläger, besonders bei der halb ertrunkenen Arche. Ich kroch zu dem Wächter, der vor mir gefallen war, und nahm ihm seinen schweren Revolver ab. Als ich näher zu den Kreaturen kroch, spürte ich, wie meine Kraft stärker wurde. Meine Magie nährte sich von ihren Emotionen, so wie im U-Bahn-Zug.

Wie schütze ich sie vor dem Kugelhagel?

Sobald ich das Kribbeln in meinen Fingern spürte, beschloss ich, einen Eisschild zu errichten, um sie vor den Geschossen zu schützen. Ich erinnerte mich an die Poseidon-Welle, die ich benutzt hatte, um Stoker vor dem Copperfield-Institut zu retten.

»*Poseidon clipeum glaciei convexum!*«, rief ich. *Eisschild-Kuppel.* Dunkles Meerwasser stieg aus der zuvor ruhigen Flut auf wie ein schwarzer Tsunami. Anstatt über uns hinweg zu brechen, umhüllte es uns mit seiner riesigen Welle und gefror an Ort und Stelle zu einem trüben grauen Schild. Ich atmete aus, dankbar für die Atempause, von der ich wusste, dass sie nicht lange anhalten würde. Schon erschienen weiße Spinnennetze aus gebrochenen Eisstellen, wo die Kugeln eingeschlagen hatten.

Die Wassermenge, die es brauchte, um den Schild zu bilden, hatte den See teilweise entwässert, und aus den neuen Untiefen tauchte ein dünner Mensch auf, der ein Faultier hielt.

»Harvey!«, schrie ich. Ich konnte kaum glauben, dass er noch am Leben war, die alte Schweizer Kampfaxt. Ich fühlte mich wie im Delirium, als ich zusah, wie er aus dem Wasser stieg. Er hielt Blondie in seinen Armen, drei verschwindende Meerkatzen auf seinen Schultern, zusammen mit einem großen schimmernden Vogel mit gebrochenem Flügel. Er sah aus wie eine durchnässte, silhouettierte Fantasy-Version von Dr. Doolittle. Er sah mich und beschleunigte seinen Schritt. Bald waren wir alle hinter der gefrorenen Welle versammelt, während die Orks auf der anderen Seite kämpften. Harvey begann die Tiere zu untersuchen und versorgte sie, wenn er konnte. Das Eis zersplitterte an kleinen Stellen, dann wurden ganze Brocken weggesprengt. Wir hatten weniger Zeit als ich dachte. Harvey musterte die Truppe stirnrunzelnd.

»Einige fehlen«, sagte er. Er drehte sich um, um zum Zug zurückzukehren, der jetzt nur noch teilweise unter Wasser stand.

Ich packte seinen Arm. »Wir haben keine Zeit.«

Als ob es meinen Punkt beweisen wollte, gab direkt neben unseren Köpfen ein riesiges Stück des Eisschilds nach. Gewehrfeuer explodierte; Kugeln sausten durch die Luft.

»Sammle die Tiere ein, die du kannst«, sagte ich. »Wir müssen sofort los.«

»Wir können die anderen nicht zurücklassen«, antwortete er.

»Wir müssen!«

Harvey schob sanft meine Hand von seinem Arm und setzte seinen Weg zum Wasser fort. Ich biss die Zähne vor Frustration zusammen. Ich würde die Tiere selbst in Sicherheit bringen müssen. Aber wohin sollten wir gehen?

KAPITEL 88

MIT BLUT GETAUFT

Klingeln, Zerbrechen, Krachen – die gefrorene Welle brach zusammen und setzte uns wieder dem Lärm und den Blitzen des Ork-Scharmützels aus. Alyndra hatte Tiirak dazu gebracht, Gregorys Leiche aufzuheben und über seine Schulter zu werfen. Es sah aus, als wären sie bereit zu gehen, bis sie mich entdeckte.

Sie schrie Tiirak etwas zu, das ich über die Explosionen hinweg nicht hören konnte. Sie wirkte wütend darüber, dass er unbewaffnet war und dass ich noch am Leben war. Als sie die Geduld mit ihm verlor, schickte sie ihn weg und richtete ihren Finger auf mich, wobei sie murmelte, als würde sie gleich einen Todeszauber schleudern.

»*Fiat fulgur!*« rief ich und streckte meinen Arm in ihre Richtung aus. *Blitz!* Eine kleine gelbe Flamme erschien und erlosch in meiner Hand. »*Fiat fulgur!*« brüllte ich erneut, und dasselbe passierte. Dann fiel mir ein, dass ich einen frisch gestohlenen Revolver in meiner Tasche hatte. Ich zog ihn heraus und begann auf die Elfe zu schießen, und ich hörte nicht auf, bis die Trommel leer war. Alyndra wischte die Kugeln einfach beiseite, genau wie sie es mit Ricks getan hatte. Ich warf die Waffe weg.

»*Fiat fulgur!*« rief ich. Diesmal schoss ein blauer Blitzstrahl aus meiner Hand, aber bevor er eine Chance hatte, die Elfe zu erreichen, lenkte sie ihn auf mich zurück. Ich überbrückte die Distanz zwischen uns.

»*Effectus adversum*«, stöhnte Alyndra und lenkte die Elektrizität dorthin zurück, woher sie gekommen war. Ich duckte mich gerade noch rechtzeitig, dann nahm ich ihr mit einer schnellen Bewegung meinen Dolch ab, was sie in Rage versetzte, und verwandelte ihn rasch in ein Schwert. »*Augescis.*« *Vergrößere dich.*

Ohne meine Augen von ihr abzuwenden, schwang ich mein Schwert in einem weiten Kreis zu meiner Linken, kreuzte dann vor meinem Körper und führte es nach rechts, wo ich dasselbe tat. So schnitt ich das Symbol für Unendlichkeit in die Luft – ein Versprechen, dass ich in diesem Kampf nicht sterben würde.

Ich ging auf Alyndra zu. Sie hatte keine physischen Waffen, aber ihre Abwehrbewegungen waren so elegant, dass sie Wasser glich. Wenn ich nach ihr schlug, wich sie der Klinge mühelos aus und umfloss sie, wie es nur Elfen können.

»Chione!« rief ich und suchte in meinem peripheren Blickfeld nach ihr. Ich wusste, sie war irgendwo dort. »Chione!«

Ich holte zu einem Hieb gegen Alyndra aus, und diesmal gelang es mir, sie gerade mit der Spitze meiner Klinge zu berühren. Eine haarfeine Blutspur blieb auf ihrer Wange zurück – eine Wunde, die meiner eigenen glich. Nun waren wir Zwillinge.

Der Grimalkin erschien in seiner Katzengestalt.

»Führe die Tiere in Sicherheit«, bat ich. Da Chione früher im SubRealm als Rattenfängerin angestellt gewesen war, war sie die Einzige, die das Netzwerk unterirdischer Tunnel kannte. Sie blinzelte und schoss zu Harvey hinüber, der immer noch alle Kreaturen zusammentrieb, die er finden konnte.

»Erschießt diese Bestien!« befahl Alyndra.

Ich kann ehrlich sagen, dass ich noch nie so intensiv den Wunsch hatte, jemanden zu enthaupten, wie in diesem Moment. Ich fletschte die Zähne und stürzte mich auf sie, in der Hoffnung, ihren Kopf ein für alle Mal abzutrennen.

Sie verblasste und wirbelte um mich herum wie weißer Rauch. Ich schrie frustriert auf.

Die überlebenden Wachen machten sich auf den Weg zu den Tieren, die Finger an den Abzügen.

»*Invisibilis factus!*« sagte ich und schleuderte einen Unsichtbarkeitszauber in ihre Richtung. Harvey, Chione und alle Tiere verschwanden, was die Orks ratlos zurückließ. Während ich abgelenkt war, schwang Alyndra ihr Bein um meine Wade und stieß mich nach hinten, sodass wir beide zusammen fielen. Gizmo hüpfte weg, um nicht erdrückt zu werden. Ein Tropfen Blut aus ihrem zerstörten Auge und der beschädigten Augenhöhle landete auf meiner Stirn. Eine Art Segen. Mit Blut getauft. Ich rollte mich kraftvoll ab, schaffte es, sie abzuwerfen, und stand schnell auf, wobei ich taumelte, um mein Gleichgewicht zu finden.

Da die Wachen ihre Ziele aus den Augen verloren hatten, begannen sie, auf den Sand zu schießen, wo die Tiere zuletzt zusammengedrängt waren. Ich zuckte zusammen, als ich ein Tier jaulen hörte, und meine Wut loderte hoch und heiß auf. Der schuldige Ork zeigte auf den Sand unter ihm und lachte. »Blut«, krähte er. »Sucht nach Fußspuren und Blut.«

»Blondie!« ertönte ein Schluchzen. Mein Herz sank. Nicht nur, weil Harvey sein Lieblingstier verloren hatte, sondern weil sein Schmerzensschrei seine Position verriet.

»Blondie«, sagte er noch einmal, diesmal leiser, aber es war zu spät. Die Wachen umzingelten ihn, beobachteten seine Fußabdrücke am Strand, sahen, wie das Blut den Sand färbte.

Wo waren Ricks Männer? Ich sah mich um. Sie hatten kein gutes Schicksal erlitten. Leichen von beiden Seiten übersäten die Höhle,

Opfer der Grausamkeit der Sibyllen. Harvey wiegte das tote Faultier in seinen Armen. Er war zusammengesackt und schluchzte lautlos. Da Harvey die Aufmerksamkeit der Wachen auf sich zog, wurde den übrigen Tieren ein sicherer Fluchtweg gewährt, und bald konnte ich hören und riechen, dass sie verschwunden waren.

Ich dachte an meine einfache Einkaufsliste einer Mission.

Gizmo. Erledigt.

Goblin-Killer. Halb erledigt.

Wie hatte Alyndra meinen Dolch in ihrem Gehirn überlebt? Es steckte definitiv mehr hinter der Geschichte, als ich wusste. Die Art, wie sie sich wie ein Zombie aufgesetzt hatte, wie sie meiner Klinge auswich. Und wie sie sich verhielt, als wäre nichts Ungewöhnliches passiert, trotz ihres fehlenden Auges. Hatte sie irgendwie die Lebenskraft ihres Bruders absorbiert, als er sich im Moment des Todes zu ihr lehnte? Das war die einzige Erklärung, die mir einfiel. Ich erkannte die Magie nicht, aber ich bin kein Experte in den Wegen der Elfen. Falls das der Fall war, würde sie schwerer zu töten sein.

Eine weitere Salve Gewehrfeuer begann, und diesmal kam es nicht von den Wachen. Rick stand in voller Kampfausrüstung – gestohlene kugelsichere Westen, Arm- und Beinschützer, Helm, Stiefel – und mähte eigenhändig den überlebenden Kreis von Wachen mit AK-47s in jeder Hand nieder. Ich sah sie alle fallen, und als ich die Höhle absuchte, standen keine Wachen mehr. Die Xarlug waren besiegt – für heute. So viel zum Thema Rick sei ein Pazifist.

Was die Zombie-Elfenprinzessin betraf – die sehr lebendig wirkte – wusste ich, dass es Zeit war, dem ein Ende zu setzen. Einer von uns musste sterben. Ich hoffte, es würde ihre Leiche sein und nicht meine, die an diesem Strand zurückblieb, um sanft vom Salzwasser und Sand zersetzt und geformt zu werden.

Mein Ring blitzte auf und warnte mich vor Gefahr.

Es musste eine Fehlfunktion sein; er hatte den Großteil der Action verpasst. Warum mich jetzt warnen? Ich würde ihn zur Wartung zu Ferra bringen müssen. Er blitzte erneut auf, dringlicher. Als ich zu Alyndra aufsah, hatte sie die Arme verschränkt und ein hämisches Grinsen im Gesicht. Salty flackerte, ihr Gesicht eine Maske der Angst.

Moment mal, dachte ich. *Diesen Film habe ich schon einmal gesehen. Beim letzten Mal, als dies passierte, waren Dutzende von Wachen hinter Alyndra und Gregory aufgetaucht.* Bevor ich den Gedanken beendet hatte, begann eine riesige Welle neuer Wachen hereinzuströmen. Sie waren wie monströse Armeeameisen, die ihre Königin finden. Dutzende und Aberdutzende drängten in die Höhle. Frische Muskeln, frische Munition, bereit zu töten.

KAPITEL 89
WEISSE FAHNE

ASHA

Ihr erstes Opfer war Rick. Er drehte sich zu ihnen und feuerte mit seinen automatischen Sturmgewehren, aber er war hundert zu eins unterlegen. So viele Kugeln trafen ihn gleichzeitig, dass er rückwärts durch die Luft flog.

Nein! schrie ich in meinem Kopf. *Rick!*

Die Wachen verschwendeten keine Zeit und marschierten zu Alyndra, um weitere Befehle zu erhalten. Dieses dumme Grinsen klebte immer noch auf ihrem selbstgefälligen Mörderinnengesicht. Sie deutete auf Harvey, und die Wachen richteten pflichtbewusst ihre Läufe in seine Richtung. Überall, wo ich hinsah, war ein Meer aus Orks in schwarzen Uniformen, die nur eines im Sinn hatten: die Eindringlinge zu töten.

Es gab nur eine Sache, die ich tun konnte. Mit meiner rechten Hand zog ich aus der Tasche meines Umhangs die schöne weiße Feder, die ich auf dem EverShade-Markt aufgehoben hatte. Die, die Harvey mir verboten hatte zu benutzen, als wir in den Käfigen eingesperrt waren.

»*Was ist das?*« hatte ich gefragt.

»*Ich könnte mich irren*«, sagte er auf eine Weise, die klang, als würde er sich definitiv nicht irren, »*aber ich glaube, das ist eine Phönixfeder.*«

Er gab sie mir zurück und wartete, bis es bei mir ankam.

»*Bedeutet das, was ich denke?*« fragte ich.

»*Komm bloß nicht auf Ideen*«, erwiderte er.

»*Warum nicht?*« verlangte ich zu wissen. »*Vergiss den magischen Schlüssel. Diese Feder ist unser Weg hier raus.*«

Er schüttelte vehement den Kopf. »*Nein, nein, nein, auf keinen Fall. Es ist viel zu gefährlich.*«

»*Wie sollen wir sonst hier rauskommen?*« fragte ich fordernd, nun leicht gereizt von dem alten Mann. Wollte er nicht fliehen? Wollte er nicht die Tiere retten? Ich umklammerte die Feder in meiner Hand, als wäre sie eine geladene Waffe. In Wahrheit war sie mächtiger als das.

»*Hör mir zu, Asha. Bitte*«, sagte Harvey. »*Dieser Ort, dieses SubRealm, war früher ein Minenschacht.*«

»*Das weiß ich*«, schnappte ich.

»*In jeder verlassenen Mine sind noch alte Sprengstoffe übrig. Die Chemikalien im Dynamit zerfallen mit der Zeit. Sie können bei der kleinsten Berührung explodieren. Allein in diesem alten Schacht zu sein ist gefährlich. Eine Phönixfeder in dieser Umgebung zu benutzen ist, als würde man eine große Katastrophe heraufbeschwören.*«

Ich holte tief Luft und hielt die Phönixfeder hoch.

»*Ach*«, sagte Alyndra und neigte den Kopf. »*Eine Feder! Wie süß du wieder bist. Ergibst du dich?*«

»Ich werde mich dem Bösen niemals ergeben«, antwortete ich. »Niemals.«

Die weiße Feder war das Gegenteil einer weißen Fahne, aber das würde sie nicht mehr lange genug leben, um es zu verstehen.

Ich hielt sie höher, und die Orks grunzten verwirrt. Ich warf einen Blick auf Harvey, der mich mit grimmiger Miene beobachtete. Ich zog meine Augenbrauen hoch, als wollte ich fragen: »Bist du bereit?«

Seine Tiere waren sicher außer Reichweite. Er nickte.

Es dauerte nicht lange, bis ich die ganze Wut in meinem Körper zusammenziehen konnte.

Salty.

Das Floß der versteinerten Tiere.

Blondie.

Rick.

Dies würde für sie sein.

KAPITEL 90

DER LETZTE VORHANG

ASHA

So schnell ich konnte, erschuf ich einen kleinen Kuppelschild für Harvey und mich.

»Protendo convexum.«

Die schwarzen Felsen, die zuvor als schädelzertrümmernde Geschosse gedient hatten, flogen auf uns zu, stoppten nur Zentimeter vor unseren Gesichtern und fielen dann zu Boden. Wie von Magneten angezogen umgaben sie uns schnell und türmten sich zu einer dunklen Steinmauer auf, die sich an der Spitze zu verengen begann, um die schützende Kuppel zu bilden. Mit der Phönixfeder in der Hand, lenkte ich all meine Wut und Magie in meinen Arm, dann in meine Hand und schließlich in die Feder selbst. Alyndras Ausdruck wechselte von Belustigung zu Verwirrung, vielleicht fragte sie sich, ob ich den Verstand verloren hatte. Ich ließ sie nicht aus den Augen.

Alyndras Kiefer klappte herunter, als sie begriff, was ich getan hatte. Sie musste von dem zurückgelassenen Dynamit wissen. Kurz bevor unsere Kuppel ihr Dach vollendete, ließ ich die Feder in der Luft über uns schweben. *»Volas!«*

Die Orks waren wie hypnotisiert.

»*Ignem exquiris!*«, schrie ich. *Feuer!*

Ein Feuerball aus Magie schoss in die Feder, zündete sie und es gab einen Überschallknall, als sie explodierte. Eine Feuerkugel folgte, die den gesamten Sauerstoff aus der Höhle saugte, um ihre Explosion zu nähren.

Wir beobachteten, wie die Mutter aller Bomben die Höhlenwände auseinanderriss, kurz bevor sich die Kuppel schloss. Gizmo sprang in meine Arme, Harvey und ich klammerten uns aneinander und duckten uns. Ich wusste nicht, wie lange meine Magie die Stein-kuppel an Ort und Stelle halten würde; ich versuchte einfach, sie trotz meiner leeren Reserven aufrechtzuerhalten. Ich wiegte Gizmo, kauerte mich zusammen und hoffte das Beste, während der Raum außerhalb unseres improvisierten Schildes zur Hölle wurde.

Trotz der Dunkelheit kniff ich die Augen gegen das Unheil zusam-men. Ich stellte mir vor, wie die Höhlenwände barsten und die Trümmer auf die einäugige Elfe und die Xarlug-Armee herabregne-ten, um ihre Bösartigkeit ein für alle Mal zu beenden. Ich spürte, wie Harveys Körper an meinem zitterte, bei jeder neuen Explosion zusammenzuckte. Der arme Gizmo wimmerte an meiner Brust, was mich erkennen ließ, dass ich ihn zu fest hielt. Ich lockerte meinen Griff und er wurde still, sein Fell feucht an den Stellen, wo ich ihn gehalten hatte.

»Tut mir leid«, flüsterte ich, obwohl er es nicht würde hören können. Da er Pole war, wusste ich nicht, wie gut sein Englisch war, aber ich bin sicher, er verstand trotzdem. Tiere sind so.

Ein Stein fiel von unserer Kuppeldecke und markierte den Anfang vom Ende. *Verdammt.* Ein weiterer stürzte herab, dann noch einer. Harvey und ich rollten uns wie kleine Schuppentiere zusammen und umklammerten unsere Köpfe mit den Armen, um sie zu schützen.

Selbst wenn mir letzte Worte eingefallen wären, hätte Harvey sie nicht gehört. Stattdessen lehnte ich mich einfach an ihn und er sich an mich, wir trösteten einander, Seite an Seite, in dem, was wir für den letzten Vorhang hielten. Als meine Magie nachließ, fielen die restlichen Steine auf uns, bombardierten unsere Arme, Hände und Knie, bis wir vollständig im Schwarzen begraben waren.

KAPITEL 91

AUSGEGRABEN VON EINEM WERWOLF

ASHA

Ich schwebte an der Grenze des Bewusstseins, glitt immer wieder unter und tauchte wieder auf. Ich weiß nicht, wie lange wir begraben waren. Ich konnte atmen, aber es kostete mich Mühe, die kleine Menge Sauerstoff einzusaugen, die mir zur Verfügung stand. Es erinnerte mich daran, wie ich in diesem Sarg steckte, als ich in Oblivion wiedergeboren wurde. Mordecai hatte mich damals gerettet, aber ich hatte ihn offiziell als meinen Stalker-Slash-Beschützer gefeuert, also bestand keine Chance, dass er diesmal auftauchen würde.

Meine Brust fühlte sich kalt an; Gizmo war weg. Ich hoffte, er hatte es geschafft, sich aus den Trümmern herauszuwieseln. Ich konnte Harvey nicht sehen, war aber sicher, dass er in der Nähe war, gefangen wie ich.

Ich versuchte mich zu bewegen, in der Hoffnung, dass ich mich langsam durch die Schichten aus Steinen und Schutt nach oben arbeiten könnte, aber alle meine Gliedmaßen waren fixiert. Ich schlief wieder ein und wurde erst geweckt, als kaltes Wasser meine

Haut berührte. Ich war sicher, dass ich es mir einbildete, aber dann wurde mir mit einem bleiernen Gefühl klar, dass die Flut kam.

Wirklich, Realm? Im Ernst? dachte ich. Sicherlich hatten wir alle genug durchgemacht.

Mehr Wasser ergoss sich um mich herum und floss leicht durch die Lücken zwischen den Steinen und Felsen. Ich versuchte erneut zu treten, aber ich war vollständig eingeklemmt. Wasser strömte um mich herum, betäubte meine Füße und dann meine Beine. Ich ging alle Zaubersprüche durch, an die ich denken konnte, obwohl ich keine Magie mehr übrig hatte. Es war ein sinnloses Unterfangen, aber besser, als in Todespanik zu verfallen. Ich atmete tief ein und entspannte meinen Körper, während ich erneut ins Unbewusste glitt.

Stimmen weckten mich auf. Es war nicht das Grunzen von Orks, dem Nichts sei Dank, sondern menschlich klingende Wortfetzen besorgter Leute. In ihren Stimmen lag Dringlichkeit, während die Flut weiter anstieg. Sie kamen näher.

»Hallo!« rief ich.

Die Stimmen wurden lauter und aufgeregter. Ich rief wieder. »Ich bin hier unten!«

»Ich habe ihre Witterung«, knurrte ein Mann. Ein Werwolf. Er begann zu graben.

»Stoker«, wimmerte ich. Erleichterung durchströmte mich. Das Graben hörte auf.

»Asha?« rief er.

Ich würgte. Mir fehlten die Worte. Die absolute Erleichterung, gefunden worden zu sein, bildete einen dicken Kloß in meinem Hals und ich begann zu weinen. Es war eine lange, schwierige Reise gewesen und jetzt war sie endlich vorbei. Meine Schluchzer wurden lauter, bis sie durch meinen ganzen Körper bebten, und das ging so weiter, bis ich alles ausgeweint hatte.

Ein Lichtpunkt erschien über mir. »Sie ist hier«, schrie Stoker.

Mehr Stimmen, mehr Licht, das hereinströmte und meine Augen schmerzte, als sie die Trümmer entfernten, die mich einschlossen. Bald war das Licht hell und ich konnte ihre Silhouetten sehen, obwohl meine geschwollenen Augen kaum geöffnet waren.

»Da ist sie!«

»Asha!«

»Kannst du uns hören?«

»... Krankenwagen ...«

»Lebt sie?«

»... blass ... zerquetscht ...«

Stein für Stein wurde ich von einem Werwolf ausgegraben.

KAPITEL 92

EIN DÉJÀ-VU-TRAUM

ASHA

Es war wieder dunkel. Wohin war das Licht verschwunden?

Ach. Bewusstlosigkeit, mein alter Freund.

Oder tiefer als das – vielleicht hatte ich es doch nicht geschafft. Das wäre schade, nach all der Graberei.

Ich ruhte in der Dunkelheit. Was sollte ich auch sonst tun?

Und dann war ich zurück in der Traumlandschaft, die ich unter dem Einfluss der Riesenpilze entdeckt hatte. Der monochrome Wald, die baufällige Hütte. Ein *Déjà-vu*-Traum, aber diesmal mit einem wichtigen Unterschied.

Aus dem Augenwinkel bemerkte ich eine Bewegung auf dem schmutzigen Boden und zuckte zusammen. Gleichzeitig heulte draußen ein Wolf, als wolle er mich warnen zu bleiben. Ich konnte mir das wilde schwarz-weiße Tier vorstellen, als wäre es im Raum und knurrte mich an. Zögernd schaute ich auf die Stelle, wo ich die Bewegung gesehen hatte. Mein Herz raste in meinem Brustkorb, während ich hoffte, dass was auch immer es war, keinen grausamen Biss hatte. Während der Wolf im Wald immer noch bellte, erkannte ich, dass das Wesen in der Ecke weder scharfe

Krallen noch wilde Kiefer hatte. Es war ein menschliches Baby, alt genug, um selbstständig zu sitzen und mit den Holzschalen zu spielen, mit denen es beschäftigt war. Es schaute zu mir auf, scheinbar fasziniert davon, dass ein Fremder im Raum war. Es war nackt und schmutzig wie ich und hatte dunkles, verfilztes Haar. Es hob seinen molligen Arm zu mir und wackelte mit den Fingerchen. Es machte ein seltsames Geräusch, das vielleicht Freude bedeuten sollte, und seine fesselnden Augen waren groß, klar und neugierig. Es konnte mich sehen.

Es rief mir in Babysprache etwas zu, was mit einem aufgeregten Quietschen endete.

Ich erinnerte mich, wie die Hexe das Kleinkind einen »Fluch« genannt hatte.

Das Baby war eindeutig vernachlässigt, aber es verhungerte nicht. Jemand fütterte es. Ich sah mich um, weil ich nicht wollte, dass die Hexe auftauchte und dachte, ich würde versuchen, ihr Kind zu stehlen – jenes, das sie fast das Leben gekostet hatte, um es in diese seltsame, körnige, schwarz-weiße Welt zu bringen. Aber gleichzeitig, wer würde ein so kleines Kind allein in einer Hütte auf Stelzen lassen, ohne Essen oder Wasser? Sollte ich das Kind nicht an einen sichereren Ort bringen?

Als könnte es meine Gedanken lesen, sprach das Baby wieder in seinem wilden, charmanten Gebrabbel zu mir. Ich nickte, als würde ich verstehen.

Der Wolf heulte wieder und half mir so bei meiner Entscheidung. Ich konnte kein wehrloses Kind hier zurücklassen, mit einem hungrigen Raubtier draußen. Ich würde es mitnehmen – obwohl ich keine Ahnung hatte, wohin.

Als ich versuchte aufzustehen, konnte ich nicht.

Ich versuchte, das Problem zu verstehen. Als ich auf meine Hände schaute, sah ich, dass ich mit Schüsseln spielte. Als ich den Raum noch einmal musterte, wurde mir klar, dass ich nicht auf ein Baby blickte, sondern auf eine Spiegelung des Babys. Es war ein Spiegel, und ich schaute in mein eigenes schmutziges Gesicht.

Ich war das Baby.

Ich war der Fluch.

Ich hörte Pfoten die Treppe hochkommen. Ich wusste, dass es der Wolf war, aber diesmal hatte ich keine Angst. Er stieß die Tür mit seiner Schnauze auf, hielt inne und blickte mich an. Auf seinem wunderschönen Fell lagen Schneeflocken. Ich spürte sofort eine Verbindung zu ihm, als sich unsere Blicke trafen. Dies war der Wolf aus meinen Kindheitsträumen. Ohne es zu wollen, streckten sich meine pummeligen Arme nach ihm aus, und ich hörte Gebrabbel aus meinem Mund kommen. Es war nicht das erste Mal, dass ich den Wolf sah. Er hatte ein kleines Tier im Maul, das er zu mir brachte und auf den Boden fallen ließ. Ein noch warmes Geschenk. Ein toter Hase.

Ein leichtes Aufprallgeräusch, ein sanftes Gurgeln. Ich zuckte zusammen, als ich das arme Tier mit seinem blutbefleckten Fell und den stumpfen Augen sah und das Geräusch hörte, als es auf den Boden fiel. Ich streckte wieder meine Hand aus, berührte das Fell des Hasen und spürte die luxuriöse Weichheit. Es gab nicht viel Weiches in dieser Hütte.

Ich ließ das Fell los, und an meiner Handfläche blieben ein paar Haarsträhnen haften. Der Wolf tappte auf den Hasen zu und schob ihn in meine Richtung. Ich sah ihm wieder in die Augen. Ich sah dort Zuneigung und eine wilde, beschützende Energie. Er schaute nach unten und begann, den Kadaver zu zerreißen. Ich wollte wegschauen, tat es aber nicht. Es war so intim und so ursprünglich. Nach ein paar blutigen Momenten, in denen er das Tier bis auf die Knochen auseinander nahm, schob der Wolf mit seiner Nase einige kleine Fleischstücke in Richtung meiner Schüssel. Es schien, dass ich als Baby kein Problem damit hatte, Fleisch zu essen, denn ich griff hungrig nach dem rosafarbenen Fleisch und steckte es direkt in meinen Mund. Ich aß neben dem Wolf und hörte nur auf, um anerkennende Geräusche zu machen und aufgeregt auf den Boden zu klopfen. Gemeinsam verschlangen wir das Tier, wobei der Wolf überprüfte, ob ich zufrieden war, bevor er den Rest aufaß. Als wir fertig waren, legte er sich hinter mich, und ich fiel auf ihn zurück und schloss meine Augen, genoss die Wärme seiner Flanke. Er winselte leise, nur für einen Moment. Als ich mich an ihn schmiegte, zogen meine kleinen Finger Kreise in seinem Fell, und ich fühlte mich geliebt, vielleicht zum ersten Mal, als ich in den Schlaf glitt.

KAPITEL 93

PHANTOMGLIED

ASHA

»Ich war das Baby«, murmelte ich und versuchte zu verstehen. »Ich bin der Fluch.«

Ich spürte eine feuchte Nase an meiner Wange. Ich öffnete die Augen und erwartete, meinen Ersatz-Wolfsvater zu sehen, aber ich war nicht mehr in der Hütte. Ich war in Charybdis Harbour, das komplett auseinandergerissen worden war, und der Wolf, der nach Lebenszeichen suchte, war Stoker.

»Asha«, knurrte er. »Kannst du mich hören?« Ich spürte seine Pfote auf meiner Brust.

Ich öffnete meine Augen. Es kostete mich viel Kraft.

Der Werwolf verwandelte sich in seine menschliche Gestalt.

»Asha!«, rief er aus. »Du hast uns einen solchen Schrecken eingejagt.«

Ich war verwirrt. Was machte Stoker hier unten? Ich war überzeugt gewesen, dass ich für alle Ewigkeit in diesem SubRealm begraben

438

bleiben würde. Ein Skelett in den Felsen. Eine versteinerte Meerhexe.

Gizmos Gesicht tauchte in meinem Blickfeld auf.

»Gizmo!«, sagte ich. Ich war so glücklich, ihn zu sehen, ein wenig angeschlagen, aber lebendig.

»Der Frettchen hat mich hergebracht. Ich konnte deinen Geruch an ihm wahrnehmen«, antwortete Stoker. »Normalerweise nehme ich keine Befehle von Frettchen entgegen, aber er bestand darauf.«

Mögen die Göttinnen Gizmo und sein brillantes angeborenes Talent, Dinge zu finden, segnen.

»Du siehst schrecklich aus«, kam eine Stimme hinter ihm. Ich hob meinen Kopf für einen besseren Blick, und Stoker half mir auf die Füße.

Nilve SaltySnap trat aus seinem Schatten hervor. Sie schenkte mir das aufrichtigste Lächeln, das ich je bei ihr gesehen hatte, und entblößte dabei jeden einzelnen ihrer Seeigel-Stachel-Zähne.

»Salty!«, rief ich und bewegte mich, um sie zu umarmen. Ich beugte mich hinunter und umarmte die fettige Goblin, bevor sie Zeit hatte, mich abzuwehren. Erst da bemerkte ich ihren fehlenden Arm. Ich erstarrte. »Salty! Was ist passiert?«

»Oh, das ist nichts«, antwortete sie.

»Es ist *nichts?*«, fragte ich fordernd. »Du hast deinen Arm verloren!«

»Nicht wirklich«, lächelte sie. »Er ist immer noch da. Er ist nur unsichtbar.«

Um ihren Punkt zu beweisen, schlug sie mir mit ihrem Phantomglied in die Seite.

»Autsch«, sagte ich und rieb den Schmerz weg. *Als ob ich nicht schon genug blaue Flecken hätte.* »Warum ist er unsichtbar?«

Salty zuckte mit den Schultern. »Ich weiß nicht. Ein Fehler im Limbo-Land? Ist mir egal. Ich bin einfach froh, wieder im Reich zu sein. Es wäre ohne dich nicht passiert.«

»Ich hatte Hilfe«, sagte ich und keuchte dann auf, als ich mich an den Tiermagier erinnerte. »Harvey! Wir müssen Harvey finden!«

Stoker schüttelte traurig den Kopf. »Tut mir leid, er hat es nicht geschafft. Wir haben seinen Körper vor deinem geborgen.«

Ich wurde vor Schock blass. Ich konnte nicht glauben, dass nach allem, was wir durchgemacht hatten... Ich ballte meine Fäuste.

»Die Sybil-Zwillinge?«, fragte ich. Ich wollte ihre toten Körper sehen.

»Weg«, sagte Salty.

»Hat sie jemand mitgenommen?«, fragte ich.

Sie zuckte mit den Schultern. »Entweder das oder Elfenmagie.«

»Aber sie sind definitiv tot?«

»Ich glaube schon, sonst wäre ich nicht zurück.«

Ich dachte eine Sekunde darüber nach und antwortete langsam: »Aber du bist nicht hundertprozentig zurück.« Ich sah bedeutungsvoll auf ihren fehlenden Arm.

»Schau, Hexe, solange ich wieder essen kann, bin ich glücklich. Apropos, lass mich uns hier raus und an die Oberfläche portieren. Ich bin sicher, es gibt viele Leute, die dich sehen wollen.«

Ich verspürte sofort den Drang, Ferra im Kupferzahnrad & Ale zu besuchen. Es schien wie eine zu schöne Fantasie, um wahr zu sein.

»Die Tiere?«, fragte ich.

Stoker nickte. »Wohlauf und sicher, dank dir. Du hast im Alleingang einen EverShade-Tierhandelsring gesprengt.«

Ich schüttelte den Kopf. »Nicht im Alleingang.«

»Die Grimalkin hat die Tiere in Harveys Naturschutzgebiet gebracht«, sagte Salty. »Sie sagte, sie würde sich um sie kümmern. Sie braucht einen Ort zum Leben und die Tiere jemanden, der sie füttert, also scheint es eine gute Vereinbarung zu sein.«

Ich schauderte bei dem Gedanken an Liscious Tierfutter. Ich müsste Morgan so bald wie möglich davon erzählen. Ich hatte eine vage Erinnerung an sie in ihrem Büro, wie sie vor ihrer Pinnwand mit aktuellen Fällen stand, an denen sie arbeitete. Einer davon war Organhandel mit Orks.

Stoker nickte. »Lass uns von hier verschwinden. So viel Tod hier, das steigt mir in die Nase.«

Ich dachte an die hundert oder mehr Xarlug-Orks, die unter den Trümmern begraben waren.

»Was ist mit Rick?«, fragte ich. »Hat er es geschafft?«

Stoker rümpfte angewidert die Nase. »Rick?«, sagte er. »Ein Ork?«

»Ein Freund«, erwiderte ich.

Der Werwolf schüttelte den Kopf. »Begraben, schätze ich. Wir werden ihn nie finden.«

»Du hast vergessen«, sagte ich, »dass wir Gizmo haben.«

Eine Stunde später gelang es uns, Rick auszugraben, der mehr als ein Dutzend Kugeln in seiner kugelsicheren Rüstung, aber keine in seinem Fleisch abbekommen hatte. Sein Puls war schwach. Es war fast unmöglich, seinen riesigen Körper aus den Ruinen zu ziehen, aber ich weigerte mich aufzugeben. Stoker arbeitete an meiner Seite, und ich war dankbar für seine Kraft und Hartnäckigkeit. Rick war bewusstlos, also müsste ich ihn für die Portalreise aufwecken, um seine Einwilligung zu bekommen. Als ich es versuchte, reagierte er nicht. Ich überlegte gerade, welchen einfachen Zauber ich anwenden könnte, um ihn zu wecken, als plötzlich ein Helm voll kalten Wassers in sein Gesicht klatschte. Salty grinste mich an und ließ den nassen Helm fallen. Seine Augen öffneten sich sofort und er setzte sich auf, bereit zu kämpfen.

»Ich bin's!«, rief ich, bevor er mich k.o. schlug. »Asha!«

Es dauerte eine Weile, bis er begriff, dass er nicht mehr in Gefahr war, aber als er es tat, senkte er seine Fäuste und blickte auf die Zerstörung um uns herum.

»Ich lasse dich für ein paar Minuten allein«, tadelte er scherzhaft. »Und schau, was du angestellt hast.«

KAPITEL 94

EPILOG

Das Portalen verlief ohne Zwischenfälle, und wir kamen nicht nur an die Oberfläche, sondern direkt vor dem Copper Cog an. Nachdem wir uns von der Reise erholt hatten, gingen wir auf den Pub zu. Ich konnte die Kräuter riechen, die um die Ecke wuchsen. Der Anblick von Bäumen, Blättern und Blumen gab mir neue Kraft. Mein ganzer Körper schien aufzuleuchten, meine Blutergüsse verblassten. Ich streichelte Gizmo, der wieder meine pelzige Stola war.

»Woher wusstest du das?«, fragte ich Salty.

»Weil du so vorhersehbar bist«, antwortete sie. Nach ihrem Gesichtsausdruck zu urteilen, war das kein Kompliment.

Mein Wohlfühlort. Mein Zufluchtsort. Ich war so dankbar und erleichtert, hier zu sein.

Ich humpelte zum Haupteingang. Auf dem Parkplatz standen kaum Autos, und drinnen sah es dunkel und still aus. Der Copper Cog schloss nie, also warum wirkte er so verlassen? War etwas passiert? Das würde ich nicht verkraften können. Ich würde keine einzige Sache mehr ertragen können. Nun zögerlich, ging ich weiter. Mit

Stoker und Rick an meiner Seite, einem Werwolf und einem Ork, fühlte ich mich gut beschützt.

Die Eingangstür war geschlossen – ich hatte sie noch nie geschlossen gesehen – und am Drachenkopf-Türklopfer hing ein handgemaltes Schild mit der Aufschrift GESCHLOSSEN.

Ich runzelte die Stirn und sah Salty an.

»Mach schon!«, murmelte sie ungeduldig. »Mein Magen verdaut sich buchstäblich selbst.«

Ich wollte gerade klopfen, als die Goblin schnaubte und selbst die Tür öffnete. Ich war nervös, was uns erwarten würde, folgte ihr aber hinein.

Rick und Stoker traten nicht durch die Tür.

»Kommt schon«, bedeutete ich ihnen. »Worauf wartet ihr?«

Stoker schüttelte den Kopf. »Wölfe frequentieren keine Realm-Restaurants mehr, nicht seit dem Vorfall mit dieser verrückten Hexe.«

Auch Rick blieb draußen. »Geh nur«, sagte er und nickte zum Eingang. »Ich halte die Augen offen.«

Ich fühlte mich hin- und hergerissen, wollte sie nicht dort zurücklassen, aber sie bestanden darauf und schoben mich sogar über die Schwelle.

DAS INNERE DES COG, normalerweise summend vor Leben mit magischen Kreaturen aller Art, war viel zu still, aber das Feuer in der Mitte des Raumes loderte weiterhin und strahlte Hitze auf den Steinboden aus. Ich kniff die Augen zusammen und blickte zum einzigen Tisch im Restaurant hinüber.

»Asha!«, riefen die Anwesenden. Einige blieben sitzen, andere liefen auf mich zu und umarmten mich fest. Ferra war als Erste in der Schlange und lauter als alle anderen, dann eine tränenreiche Dusty und eine jubelnde Savvy. Ferra gab mir eine Flasche kühles Mineralwasser und bestand darauf, dass ich sie ganz austrank, was ich auch tat. Jax und Darick warteten, bis sie an der Reihe waren.

»Wir haben uns alle hier versammelt, als uns klar wurde, dass du vermisst wurdest«, sagte Ferra. »Wir waren nicht sicher, ob es zu einer Totenwache werden würde. Du hast uns einen echten Schrecken eingejagt, Rookie.«

Dustys Augen waren vom Weinen geschwollen. »Ich dachte, ich hätte dich verloren«, wimmerte sie.

»Danke, dass du Gizmo zurückgebracht hast«, sagte Jax. Sie weinte offen, eine Hand auf ihrem Bauch und eine unter Gizmo, der in ihre Arme gesprungen war. Ich war traurig, ihn gehen zu sehen.

»Eigentlich war es Gizmo, der mich zurückgebracht hat«, sagte ich, und wir umarmten uns.

Darick umklammerte meinen Arm. »Das werden wir nicht vergessen«, versprach er.

Sie gingen weg, um Salty zu umarmen und alles über ihre Abenteuer in Oblivion und darüber hinaus zu erfahren. Ich sah, wie die Goblin ihnen ihren unsichtbaren Arm zeigte, indem sie Darick einen Schlag versetzte, und ich hörte, wie Jax drei Limetten-Milchshakes und einen großen Teller Waffeln bestellte – alles für Salty.

Savvy bestellte mir einen doppelten Grin und Frolic bei einem rothaarigen Zwergenkind mit dem sich drehenden Tablett, und als ich mich wieder der kleinen Menge zuwandte, stand Detective Sam Armstrong mit offenen Armen da und mit einem Gesichtsausdruck, der mich zum Weinen bringen wollte. Es war so intensiv, so liebevoll, dass ich am liebsten direkt in ihn hineingeschmolzen wäre, genau wie Gregory sein Leben an Alyndra gegeben hatte.

Ich schüttelte die Erinnerung an die bösen Elfen aus meinem Kopf.

»Sam«, sagte ich blinzelnd und versuchte, nicht zu weinen.

Er schloss die Augen, seufzte und zog mich näher, drückte meinen Kopf an seine warme Brust. Es war absolute Ruhe, absolute Perfektion, und ich wollte nicht, dass es endete. Selbst als ich das Aroma der wunderbaren Mahlzeit wahrnahm, die auf dem Weg zum Tisch war, wollte ich in Sams Armen eingewickelt bleiben. Mein Magen jedoch hatte andere Pläne und machte sie bekannt.

»Du musst essen«, sagte er und führte mich zum Tisch, an dem die anderen nun saßen. Chione war da und hatte ihnen bereits erzählt, was passiert war, sodass ich den Albtraum nicht noch einmal durchleben musste, indem ich einen detaillierten Bericht gab.

Morgan stand auf, um mich zu umarmen. »Hallo, du brillantes Ding.«

Ich lachte. »Ich weiß nicht, ob das stimmt.«

»Und so bescheiden«, sagte sie. »Den EverShade-Tierschmugglerring ausschalten UND die Organdiebe finden. Du hast praktisch meinen Job für mich erledigt. Ich sollte wahrscheinlich einfach mein Büro abschließen und in den Urlaub fahren.«

»Du, im Urlaub?«, lachte ich. Wir wussten beide, dass das nie passieren würde. Ich hörte auf zu lächeln und erinnerte mich an die Xarlug-Armee. Ich setzte mich ein wenig gerader hin. »Spaß beiseite, wir haben ein Problem. Das Realm hat ein riesiges Problem.«

Morgan beugte sich vor, um zuzuhören, aber Sam lenkte das Gespräch sanft in hellere Gewässer.

»Du hast genug für heute getan«, sagte er. »Es ist Zeit zu essen, sich auszuruhen und mit deinen Freunden zusammen zu sein, und wir werden uns morgen mit dem nächsten Problem befassen.«

»Aber-«, sagten Morgan und ich gleichzeitig.

»Morgen«, sagte er bestimmt, und ich liebte ihn dafür. Ich zwinkerte Morgan heimlich zu und lehnte mich in meinem Stuhl zurück, während der kleine Kellner mir einen warmen Teller mit Gemüselasagne, hausgemachtem knusprigem Brot und einem frischen Salat brachte. Die anderen aßen Ferras Spezialität, goldbraun gebratenes Hähnchen und buttrige Kartoffeln, sowie ihre Steak-und-Stout-Pastete mit dem extra blättrigen Teig. Es gab Scherze und Gelächter, aber ich fühlte mich nicht als Teil davon, obwohl ich es versuchte. Ich bat einen Zwergskunk, dem Werwolf und dem Ork, die draußen warteten, Essen und Trinken zu bringen.

Chione schlich sich auf ihre geschmeidige, katzenhafte Art an mich heran. »Hallo, Hexe«, sagte sie und wirkte abgelenkt. »Wo ist der alte Mann?«

Der alte Mann. *Der alte Mann ist weg,* wollte ich sagen. *Er hat die Tiere gerettet und mit seinem Leben bezahlt. Er hätte es mehr als jeder andere in dieser Höhle verdient, zu leben.*

Gedankenverloren berührte ich die Himalaya-Gebetsperlen, die um meinen Hals hingen. Etwas, um mich an ihn zu erinnern.

Wir hatten in der Höhle ein Floß aus Trümmern gebaut, Rick, Stoker und ich, und wir legten seinen skelettartigen Körper darauf, zusammen mit Blondie, seinem Lieblingsfaultier, und den drei Macadamianüssen aus seiner Tasche.

Als wir das Floß hinausschoben, sprachen wir alle unsere eigenen Gebete und Segnungen, während es im dunklen Wasser davontrieb.

Ruhe in Frieden, Thomas Harvey. Mögen die Götter so gütig zu dir sein, wie du es zu deinen Mitgeschöpfen warst.

Als es weit genug draußen war, nahm ich meinen Zauberstab und zielte auf die schwimmende Plattform, schleuderte einen Feuerzauber, der sie in einem Flammenausbruch aufgehen ließ. Wir standen gemeinsam am Rand des sanft plätschernden Wassers und sahen zu, wie es brannte, wie die Funken in die Luft flogen. Wir beobachteten es, bis keine Flamme mehr übrig war.

Ich zuckte zusammen, als etwas meine Hand berührte, und stieß fast ein Glas um. Sam sah besorgt aus. Es war seine Hand gewesen, die versuchte, meine zu halten.

»Entschuldigung«, sagte ich zu ihm und Chione und schüttelte den Kopf. »Er hat es nicht geschafft.«

Die Grimalkin zeigte keine Emotion, sie blinzelte nur zur Bestätigung, dass sie gehört und verstanden hatte.

»Geht es dir gut?«, fragte Sam und sah mir in die Augen. Konnte er das Trauma darin sehen? Den Schmerz, den ich durchgemacht hatte? Meine Trauer um Harvey?

»Ja«, antwortete ich. »Ich bin nur... müde.«

So hungrig ich auch war, ich fühlte mich so erschöpft, dass ich dachte, ich könnte vornüber in meine Lasagne fallen, bevor ich sie überhaupt probiert hatte. Mein Magen knurrte wieder.

»Iss dann auf«, sagte er und reichte mir eine Gabel, »und ich bringe dich direkt nach Hause ins Bett.«

Als er das sagte, wusste ich, dass es nicht passieren würde. Es war viel zu schön, um wahr zu sein, und Hexen wie ich hatten nicht so viel Glück. Als hätte das Universum meine Zweifel gehört, polterte die Eingangstür des Pubs auf und ließ alle zusammenzucken. Ferra steuerte direkt auf die neuen Gäste zu, bereit, ihnen zu sagen, dass das Restaurant für eine private Veranstaltung geschlossen war, aber das Ehepaar ignorierte sie und richtete seinen Blick ausschließlich auf mich.

Ich spürte einen Stoß in meine Rippen – Morgans spitzer Ellbogen – und als ich sie ansah, flüsterte sie »Chalices«. Sie gingen direkt an Ferra vorbei und trugen ihre Überheblichkeit wie alte goldene Kronen.

»Sie sind Rook?«, fragte Mrs. Chalice. Ich weiß nicht, was mich verraten hatte. Vielleicht war es mein kampfesmüdes Gesicht, verschmiert mit Trauma und Schmutz.

»Ja«, antwortete ich, stand auf und ließ meine Serviette auf den Sitz des Stuhls fallen.

Ich erwartete, dass ihre harten Gesichtszüge bestehen bleiben würden und sie anfangen würden, mir Befehle zu erteilen, wie wohlhabende Menschen es zu tun pflegen. Stattdessen zerfielen ihre Gesichter vor Emotionen.

»Bitte«, sagte Mrs. Chalice und faltete ihre Hände. »Bitte, können wir einen Moment haben? Wir brauchen dringend Ihre Hilfe. Es sind neue Informationen ans Licht gekommen.«

Sam stand auf. »Es ist kein guter Zeitpunkt«, antwortete er. »Asha hat in den letzten Tagen die Hölle durchgemacht. Sie braucht Essen und Ruhe. Wenn Sie mir Ihre Karte geben, werde ich sie anrufen lassen, sobald sie-«

»*Sie* hat die Hölle durchgemacht?«, fragte Mr. Chalice empört. »Sie wissen nicht, was die Hölle ist. Haben Sie jemals erlebt, dass eine Tochter von Werwölfen entführt wurde?«

Der Tisch, der kollektiv aufgehört hatte zu reden, als die Chalices sich hereingedrängt hatten, brach in Geplapper aus.

»Wir können reden«, sagte ich. »Gehen wir in einen privaten Speiseraum.«

Ihre Erleichterung war greifbar. Ich nahm meinen Teller und mein Getränk mit, denn wenn ich nicht in diesem Moment essen würde, lief ich Gefahr umzukippen.

»Soll ich mitkommen?«, bot Sam an. Sein Beschützerinstinkt gefiel mir; er ließ mich fühlen, dass ich es wert war, beschützt zu werden, ein für mich neues und willkommenes Gefühl. Es erinnerte mich an meinen *Déjà-vu*-Traum, in dem der Wolf mich fütterte und wärmte, nachdem die Hexe mich verlassen hatte.

Ich bin der Fluch.

»Asha?«, forderte er mich auf und wartete auf eine Antwort.

Ich schüttelte die Schwarz-Weiß-Gedanken aus meinem Kopf. »Ich komme schon klar«, versicherte ich ihm und schaute das verzweifelte Paar an. Es gab viel zu fürchten im Realm dieser Tage, aber sich Sabine und Thavior Chalice zu stellen, gehörte nicht dazu.

ENDE

DEIN NÄCHSTES ABENTEUER ERWARTET DICH

Danke, dass du uns auf diesem Abenteuer begleitet hast!

Ich hoffe, du hattest beim Lesen genauso viel Spaß wie ich beim Schreiben.

Suchst du nach mehr magischer Urban Fantasy aus der Welt von **Magic & Mayhem?**

Blood Magic Serie

(komplette 6-teilige Serie)

oder vielleicht möchtest du einen eigenständigen Roman über eine moderne, fluchende und textende Hexe lesen, die möglicherweise ihren Klienten umgebracht hat...

★ ★ ★ ★ ★ *»Liebe und Angst, Mord und Chaos, Tiere und Zaubertränkegärten. Vergangenheit und Gegenwart prallen in dieser Geschichte aufeinander und die Funken fliegen.«*

GREY MAGIC

BÜCHER VON JT LAWRENCE

URBAN FANTASY

BLOOD MAGIC

1. The HighFire Crown

2. The Dream Drinker

3. The Witch Hunter

4. The Ember Isles

5. The Chaos Jar

6. The New Dawn Throne

CURSEBREAKER

1. The Dusk Reapers

2. The Haunted Portal

3. The EverShade Ring

4. The Obsidian Castle

5. The Pick Pocket's Curse

6. The Eternal Betrayal

STANDALONE NOVELS

The Memory of Water
(steamy psychological thriller)

Grey Magic
(witchy magical realism)

EverDark

(urban fantasy)

SHORT STORY COLLECTIONS

Sticky Fingers

Sticky Fingers 2

Sticky Fingers 3

Sticky Fingers 4

Sticky Fingers 5

Sticky Fingers 6

WHEN TOMORROW CALLS

(Futuristic kidnapping thriller)

The Stepford Florist: A Novelette

The Sigma Surrogate

1. Why You Were Taken

2. How We Found You

3. What Have We Done

NON-FICTION

The Underachieving Ovary

(memoir)

www.jt-lawrence.com